BASTEI
LÜBBE
TASCHENBUCH

Weitere Titel des Autors:

Mein böses Blut

Titel in der Regel auch als Hörbuch und E-Book erhältlich

Über den Autor:

Geoffrey Girard ist ein preisgekrönter Autor und hat sich als Herausgeber einen Namen gemacht. Seine Werke erschienen in zahlreichen Anthologien und Magazinen. Girard kam in Deutschland zur Welt und zog später in die USA. Er studierte in Washington Literatur und absolvierte ein Masterstudium in Kreativem Schreiben in Miami. Für mehr Informationen besuchen Sie den Autor auf seiner Website www.geoffreygirard.com/

Geoffrey Girard

Verdorbenes Blut

Thriller

Aus dem amerikanischen Englisch
von Wulf Bergner

BASTEI
LÜBBE
TASCHENBUCH

BASTEI LÜBBE TASCHENBUCH
Band 17281

MIX
Papier aus verantwortungsvollen Quellen
FSC® C014496
FSC www.fsc.org

Dieser Titel ist auch als Hörbuch und E-Book erschienen

Vollständige Taschenbuchausgabe
der bei Lübbe Paperback erschienenen Paperbackausgabe

Titel der amerikanischen Originalausgabe: „Cain's Blood"
Originalverlag: Touchstone. A Division of Simon & Schuster,
Inc., New York.

Für die deutschsprachige Ausgabe:

Textredaktion: Wolfgang Neuhaus
Titelillustration: Sandra Taufer, München unter Verwendung von Motiven
von © Steve Collender/shutterstock; Kerstin Schoene/shutterstock;
amptone-stock; Alhovik/shutterstock; © Dan Saelinger / Getty Images;
Umschlaggestaltung: Kirstin Osenau
Satz: Dörlemann Satz, Lemförde
Gesetzt aus der Adobe Garamond
Druck und Verarbeitung: GGP Media GmbH, Pößneck
Printed in Germany
ISBN 978-3-404-17281-8

5 4 3 2 1

Sie finden uns im Internet unter www.luebbe.de
Bitte beachten Sie auch: www.lesejury.de

Für Barbara O'Breza und Joe Truitt
als Dank für die Atzung

Es wachsen alle Kinder
sogar im kalten Winter.
Sie wachsen stets sehr leise,
sie werden klug und weise.
Und würde man sie gießen,
dann wüchsen sie zu Riesen.

– Gottfried Herold

Eine kurze Geschichte des Klonens

Alles fing mit Erbsen an.

Ein österreichischer Mönch namens Gregor Mendel begann mit Züchtungsversuchen im Garten des Klosters Brünn, wo er lebte, arbeitete und betete. Das war in den 1850er-Jahren. Charles Darwin schrieb noch an seinem Hauptwerk *Die Entstehung der Arten*, und in einer Höhle bei Düsseldorf waren kurz zuvor die ersten Knochen eines Neandertalers entdeckt worden.

Die Augustiner – der Orden, dem Mendel angehörte – hielten die Wahrheitssuche durch Wissenschaft und Forschung für einen wichtigen Schritt zur spirituellen Erleuchtung, sodass Mendel mit dem Segen der Ordensoberen seinen Arbeiten nachgehen konnte. Sein Forscherdrang war speziell auf die Vererbung gerichtet – für einen Mönch ein eher abwegiges Fachgebiet, aber Mendel hatte neben der Theologie auch Landwirtschaft studiert, was ihm ein solides Grundwissen verschaffte.

Im Mittelpunkt seiner Forschungen stand die Frage: Wie vererben Lebewesen ihre Merkmale auf Nachkommen? Um dies zu untersuchen, züchtete Mendel Bohnen und Erbsen. Dreißigtausend »Erbsenkinder« wurden sorgfältig aus speziellen »Erbseneltern« herangezogen. Mendel bestäubte jeden Trieb gewissenhaft und hielt die weitere Entwicklung seiner Sprösslinge im Hinblick auf bestimmte Hauptmerkmale fest: Blütenfarbe, Farbe der Schoten, Form und Farbe der Samen, Ort und Größe der Stängel.

Seiner Arbeit, die er im Naturforschenden Verein in Brünn zum ersten Mal vortrug, gab Mendel den Titel *Versuche über Pflanzen-Hybriden.* In dieser Abhandlung wies er nach, dass spezifische Allele – bestimmte Ausprägungsformen eines Gens, die Mendel »Elemente« nannte – der Erbseneltern die Merkmale der Erbsenkinder beeinflussten. Einige Elemente waren stark und dominant, andere schwach und rezessiv. Mendel analysierte ihre Wechselwirkung, nahm statistische Auswertungen seiner Beobachtungen vor und stellte die »Mendelschen Regeln der Vererbung« auf, die ihn zu einem der Begründer der modernen Genetik machten.

Doch seine Abhandlung von 1866 fand nur wenige Leser und noch weniger Anerkennung. Mendel sei kein »richtiger« Wissenschaftler, behaupteten die richtigen Wissenschaftler. Er sei nur ein Mönch mit einem kleinen Erbsengarten, und seine Arbeit habe eher mit Züchtungsversuchen als mit der gerade entstehenden Wissenschaft der Vererbungslehre zu tun. Mendel wurde größtenteils ignoriert.

Als Nächstes experimentierte er mit Bienen, wie er es schon als Jugendlicher im Garten seiner Dorfschule getan hatte, wobei ihm fünfhundert Bienenvölker aus aller Welt zur Verfügung standen. Mendel baute spezielle Kammern für die Paarung der Königinnen mit ausländischen Drohnen und züchtete prompt eine neue Art von Hybridbienen, die mehr Honig produzierte als alle bis dahin bekannten Arten.

Leider erwiesen Mendels Bienen sich überdies als aggressiver als ihre Artgenossen. Sie stachen andere Bienen, Mendels Klosterbrüder und schließlich auch die Einwohner von Brünn. Mendel musste sämtliche Bienenstöcke mit Zehntausenden von Tieren vernichten.

Er wandte sich wieder den Pflanzen zu. Statt mit Erbsen versuchte er es diesmal mit Habichtskraut, einem Verwandten der Sonnenblume, konnte seine ursprünglichen Schlussfolgerungen aber nicht erhärten. Schließlich stellte er seine Versuche ein und starb als schwer kranker Mann.

Nach seinem Tod verbrannte sein Nachfolger im Amt des Abts die Notizen und unveröffentlichten Schriften zur Vererbungslehre. Es sollte Jahrzehnte dauern, bis die Wissenschaft Mendels ursprüngliche

Abhandlung wiederentdeckte. Erst zu Anfang des 20. Jahrhunderts wurde allmählich deren Bedeutung erkannt.

Auf der Grundlage von Mendels Forschungen und neuer Erkenntnisse über die biologischen Mechanismen der Vererbung gelangen den Wissenschaftlern in den darauffolgenden Jahrzehnten entscheidende Durchbrüche auf dem Gebiet der Genetik.

In den 1940er-Jahren wurde der Nachweis erbracht, dass die DNA für die Weitergabe von Erbinformationen zuständig ist. Anfang der 1950er-Jahre wurde zum ersten Mal die Struktur der DNA beschrieben, die Doppelhelix. Die Wissenschaft begann mit der Entschlüsselung des genetischen Codes. Ende der 1950er-Jahre gelang die erste Replikation – eine exakte Verdoppelung – der DNA, und mit Fröschen wurden die ersten erfolgreichen Versuche auf dem Gebiet des Klonens unternommen. Anfang der 1980er-Jahre wurden die ersten Erfolge mit Säugetieren erzielt.

Und dann kam Dolly.

Dolly, das Schaf, geklont aus einem einzelnen DNA-Strang. Das Roslin Institute, eine kleine Tierforschungseinrichtung in Schottland, impfte unbefruchtete Eizellen mit den Zellkernen eines Spendertiers, jagte einen guten, altmodischen Stromstoß hindurch und produzierte auf diese Weise ein zu 98 Prozent identisches Tier. Damit gab es zwei nahezu gleiche Schafe, eine davon eine Art Frankenstein-Dolly.

Das war 1996.

Damit war der Startschuss gefallen. In den darauffolgenden fünf Jahren erfolgte eine regelrechte Explosion von Klonen.

Japan klonte Noto, die Kuh. Tausende von Notos. Die Italiener stellten Prometea her, die Stute. Der Iran produzierte Hannah, die Ziege, während Südkorea Snuppy hervorbrachte, den Hund, und Snuwolf, den Wolf. Die Schotten machten in Schweinen, die Franzosen in Kaninchen. China und Indien klonten Wasserbüffel, Spanien und die Türkei Stiere. Dubai stellte einhundertundvier identische Kamele her.

Doch die Vereinigten Staaten waren auf diesem Gebiet letztlich besser und schneller als der Rest der Welt. Dort gab es mehr Labors, mehr kommerzielles Interesse und viel mehr Geld. Die großen amerikanischen Pharmakonzerne nahmen das Klonen und die biogenetische Forschung in ihre Programme auf.

Innerhalb eines Jahrzehnts hatten die Amerikaner Cumulina, die Maus, produziert. Und Ralph, die Ratte. Mira, die Ziege. Noah, den Ochsen. Gem, das Maultier. Dewey, den Hirsch. Libby, das Frettchen. CC, die Katze. Und Tetra, die Äffin.

Von Mäusen über Haustiere zu Primaten. Das alles in zehn Jahren. Gregor Mendel, der Erbsenzähler aus Brünn, hätte die Welt nicht mehr verstanden.

Und was ist mit dem Klonen von Menschen?

Es ist kaum zu glauben, aber das Klonen von Menschen ist in den meisten Bundesstaaten der USA zumindest auf dem Papier legal, wenngleich man sich in der moralischen Ablehnung einig ist. Aber von einem grundsätzlichen Verbot kann nicht die Rede sein – alle Welt *glaubt* nur, das Klonen von Menschen sei verboten. Washington hält sich aus der Debatte weitgehend heraus. Gesetzentwürfe in den Jahren 2003 und 2007 für ein Klonierungsverbot von Menschen scheiterten im Kongress, und ein Entwurf aus dem Jahr 2009 wurde in verschiedenen Unterausschüssen jahrelang hin und her geschoben. Auf dem Gebiet des Klonens haben amerikanische Wissenschaftler nahezu freie Hand, solange sie keine Steuergelder einsetzen.

Was das Klonen von Menschen angeht, gibt es in vielen Industriestaaten bis heute keine eindeutige Rechtsgrundlage.

Als man dem Wissenschaftler Sir Ian Wilmut, unter dessen Leitung Dolly geklont worden war, die Frage stellte, ob damit zu rechnen sei, dass irgendwann auch Menschen geklont würden, lautete seine schlichte Antwort: »Es wäre naiv zu glauben, das ließe sich verhindern.«

Er hatte recht.

Prolog

EIN FELDVERSUCH

Es war nur ein Feldversuch von Tausenden, die im längsten Krieg der amerikanischen Geschichte durchgeführt wurden. Eine unwiderstehliche Gelegenheit, die potenzielle Wirksamkeit neuer Taktiken und Produkte unter Einsatzbedingungen zu erproben und so dem obersten Grundsatz der militärischen Entwicklung zu entsprechen: *Was nicht erprobt ist, funktioniert nicht.* Und erprobt wurde alles Mögliche, von neuen Tarnanzügen und Kevlarwesten, computergesteuerten Geschossen und Laserkanonen wie aus *Krieg der Sterne*, verbesserten Aufklärungssystemen und Satellitentechnologie, hochmodernen Sturmgewehren und Funkgeräten bis hin zu Pestiziden.

Aus wissenschaftlicher Sicht war dieser Feldversuch keine Besonderheit.

Die beiden Hubschrauber waren Black Hawks. Eine als »Nachtjäger« bekannte Luftlandeeinheit der US Army hatte sie zur Verfügung gestellt. Nun jagten die beiden Helikopter über das Dorf hinweg, nahezu lautlos und unsichtbar wie Schatten in den Winden, die vor Tagesanbruch aus den eisigen Höhen der schwarzen Berge herunterwehten. Das Dorf war als nahezu unbewohnt und überwiegend in feindlicher Hand liegend eingestuft worden. Und es war abgeschieden. Damit war sein Schicksal besiegelt.

Als die Black Hawks das Dorf überflogen, warf einer der Fluggäste – ein Mann, den die Besatzung nie zuvor gesehen hatte und nie wieder sehen würde – eine Pepsidose auf den Dorfplatz. Sie sprang und hüpfte in alle möglichen Richtungen, bevor sie in einer schlammigen Furche neben der unbefestigten Dorfstraße liegen blieb.

Die Black Hawks waren beinahe schon im nächsten Tal, als aus dem Dorf das Feuer auf sie eröffnet wurde. Der Lärm der Waffen weckte Tahir al-Umari. Fluchend stand er auf und herrschte seine quengelnden Kinder an, still zu sein, während er hastig in seine Sandalen schlüpfte.

Draußen waren Hundegebell und Schüsse zu hören. Mit verschränkten Armen, leicht nach vorn gebeugt, stellte Tahir sich in die Tür, sodass er den Pfad, der durch das Dorf führte, ein Stück weit einsehen konnte. Niemand war dort zu sehen. Tahir wagte sich ein paar Schritte auf den Pfad hinaus.

»Was waren das für welche?«, rief er mit gedämpfter Stimme zu einem Nachbarn hinüber, der ebenfalls neugierig geworden war.

»Amerikaner«, antwortete der Mann.

Tahir nickte und rieb sich nachdenklich das Kinn, während der von den schwarzen Bergen herabwehende kühle Wind sein Gesicht umfächelte.

Tahir al-Umari war das Oberhaupt einer der wenigen Familien, die noch in dem abgelegenen Dorf lebten, dessen Einwohnerzahl in den letzten zehn Jahren dramatisch zurückgegangen war. Tahir und seinen Söhnen gehörten viereinhalb Hektar Land, auf dem sie früher Weizen und Safran angebaut hatten. Doch seit die Taliban hier waren, zwang man die Dorfbewohner, Mohn anzubauen, der als Rauschmittel verwendet wurde.

So Allah es wollte, würden die Taliban bald abziehen, aber die alten Zeiten würden dadurch nicht wiederkehren, das wusste Tahir. Stattdessen würden die Amerikaner zurückkommen, oder sie würden die afghanische Drogenpolizei schicken, um die Felder abbrennen zu lassen. Vielleicht würden sie aber auch die unsichtbare Waffe benutzen, von der Tahir gehört hatte – ein Virus, der ganze Ernten binnen Stunden vernichten konnte.

Ich werde alles verlieren, ging es ihm durch den Kopf. *Aber vielleicht ist das gut so. Hauptsache, die Taliban ziehen ab.*

Feuerstöße erklangen vom Dorfplatz her. Es war das unverkennbare Hämmern von AK-47-Sturmgewehren. Dann laute, hektische Befehle, in die sich Schreie mischten.

»Papa?«, hörte Tahir die Stimme seiner Tochter. Er drehte sich um. Seine Frau stand mit den Kindern in der Haustür. Tahir sah, dass sein ältester Sohn sich bereits Jacke und Schuhe angezogen hatte. Offenbar wollte der Junge ihn begleiten.

Tahir schüttelte den Kopf. »Nein«, sagte er. »Ihr bleibt hier. Geht zurück ins Haus. Ich bin gleich wieder da.«

Er wartete, bis Frau und Kinder im Haus verschwunden waren. Dann eilte er den unebenen Trampelpfad zwischen den Lehmziegelhäusern entlang. Ein Nachbar folgte ihm, dann noch einer. Bald hatte sich eine kleine Gruppe gebildet, die sich in Richtung der Schüsse und Schreie bewegte. Eine Frau begann zu weinen und sprach mit schluchzender Stimme ein Gebet. Tahir brachte sie mit einer herrischen Handbewegung zum Schweigen. Die Luft schmeckte seltsam und hinterließ einen bitteren Geschmack auf der Zunge, wie von Kunststoff.

Auf dem Dorfplatz stand ein Lieferwagen mit laufendem Motor. Die Scheinwerfer brannten und tauchten den Platz in trübes Licht. Tahir und die anderen sahen, dass auf dem Platz Leichen lagen, verstreut wie achtlos fallen gelassene Stoffpuppen. Unter den Körpern breiteten sich Blutlachen aus.

»Sie töten sich gegenseitig«, flüsterte eine ängstliche Stimme aus den Schatten neben Tahir. »Aber vorher werden sie uns töten!«

Tahir beobachtete fassungslos, wie einer der Taliban einen anderen erschoss. Dann hielt der Mann sich die Gewehrmündung unter das Kinn und drückte ab. Ein Tagelöhner namens Rafik flitzte los, um sich die Waffe zu holen, wurde aber niedergeschossen, als weitere Taliban fluchend und Befehle brüllend auf den Platz stürmten. Einer von ihnen bemerkte Tahir und die anderen. Er riss die Waffe hoch. Schüsse fielen, und drei von Tahirs Begleitern brachen zusammen. Der Taliban ließ das Gewehr fallen, als es leer geschossen war, und taumelte wie betrunken auf Tahir zu. Schwankend blieb er stehen, zog seine Pistole und feuerte mehrmals auf die erste Leiche. Dann hob er die Waffe, schwenkte sie herum.

Tahir erstarrte, als der Taliban auf ihn zielte. Entsetzt beobachtete er, wie der Finger des Mannes sich am Abzug krümmte.

Klick. Klick. Klick.

Das Magazin war leer, doch die rechte Hand des Taliban ruckte jedes Mal nach hinten, als würde er tatsächlich feuern.

Erst jetzt, als Tahirs Panik verebbte, fiel ihm auf, dass mit dem Gesicht des Mannes irgendetwas nicht stimmte.

Seine Augen. Was ist mit seinen Augen?

Tahir lief ein kalter Schauder über den Rücken.

In diesem Moment stürmte ein weiterer Taliban heran und hämmerte seinem Kameraden den Gewehrkolben gegen den Schädel. Der Mann mit den eigenartigen Augen brach zusammen. Der andere hockte sich auf ihn und rammte ihm den Gewehrkolben ins Gesicht. Wieder und wieder. Blut spritzte.

Bei Allah, was ist hier los?

Tahir stolperte rückwärts. Seine Augen brannten, während ihm eine ungekannte Angst im Nacken saß. Als hinter ihm Schreie gellten, fuhr er herum. Er sah, dass eine junge Frau aus dem Dorf von zwei Männern, die er kannte, zu Boden gerissen worden war. Ihr Gesicht wurde in den Staub gedrückt, ihr *Tschadri* aufgerissen, während die Männer an ihren Hosenschlitzen fummelten.

»Nein!«, rief Tahir. »Tut das nicht!«

Er rannte los, um sie aufzuhalten. Entsetzt beobachtete er, wie der Körper der jungen Frau sich wand, als sie sich aus dem Griff ihrer Peiniger zu befreien versuchte. Ihre nackten Schenkel waren angehoben. Tahir ertappte sich dabei, wie er auf die Beine der Frau starrte. Er wusste, auch er konnte sie haben, wenn er wollte …

Angewidert schüttelte er den jähen Gedanken ab.

»Tut das nicht«, sagte er, als er die Männer und ihr Opfer erreicht hatte, doch seine Stimme klang jetzt müde und schleppend, als würde er im Traum sprechen. Einem Albtraum.

Die junge Frau hatte sich auf den Rücken gedreht und lag nun mit weit gespreizten Beinen vor ihnen, schamlos und verlockend zugleich, während einer der Männer sich auf sie schob. Plötzlich schrie er gellend und schlug die Hände vors Gesicht. Zwischen seinen Fingern sickerte Blut hervor und lief über seine Wangenknochen, die im Licht der aufgehenden Sonne rot schimmerten. Unter ihm lächelte die junge Frau verzerrt. Dann blickte sie mit einem triumphierenden Funkeln in den Augen zu Tahir hinüber. Blut rann ihr übers Kinn.

Ihre Augen, dachte Tahir voller Entsetzen. *Wie bei dem Taliban. Da ist irgendetwas in ihrem Blick …*

Seine Beine gaben nach. Er fiel zu Boden, blieb aber nicht liegen, sondern kroch instinktiv davon. Sein Schädel pochte.

O Gott, was ist mit mir? Was geht hier vor sich?

Schemenhafte Gestalten huschten an ihm vorbei. Der Geschmack nach Kunststoff, den Tahir vorher schon wahrgenommen hatte, füllte seinen Mund. Schreie gellten durchs Dorf, hallten von dem Bergmassiv wider, dessen Höhen in blutrotes Sonnenlicht getaucht waren.

Tahir schwirrte der Kopf. Gedanken, Geräusche, Bilder zogen an ihm vorüber, unendlich viele, unendlich schreckliche. Sie tanzten und summten wie Millionen Insekten. Tahir wurde schwindelig. Übelkeit erfasste ihn.

Reiß dich zusammen! Er gab sich einen Ruck. Er musste nach Hause, zu Frau und Kindern. Sie brauchten ihn.

Tahir rappelte sich auf, stolperte den Weg entlang und stützte sich an den Wänden der schäbigen Häuser ab, um auf den Beinen zu bleiben. Aus jeder Baracke erklangen Schreie und Stöhnen. Tahir hörte flehende Frauenstimmen, das entsetzte Kreischen kleiner Kinder und das grölende Lachen von Männern. Es war die Hölle. Die Geräusche machten die Kakophonie in seinem Kopf noch unerträglicher.

Plötzlich packte ihn jemand von hinten. Tahir schrie auf, warf sich herum, schlug blindlings zu. Seine Faust traf mit voller Wucht. Sein jugendlicher Angreifer taumelte zurück. Es war ein Junge, den Tahir gut kannte. Ein Freund seiner Söhne.

Der Junge grinste verzerrt und hob das Messer, das er in der rechten

Hand hielt, doch Tahir, der ihm körperlich weit überlegen war, entriss es ihm.

Und stieß zu, wieder und wieder.

Als der Junge blutüberströmt am Boden lag, wandte Tahir sich von ihm ab. Ein zufriedener Ausdruck lag nun auf seinem Gesicht. Er fühlte sich besser, stärker, entschlossener.

Von neuer Zuversicht erfüllt, ging er den Pfad entlang. Die wirbelnden Gedanken und Bilder waren zur Ruhe gekommen und hatten sich zu einem einzigen, alles beherrschenden Wunsch verfestigt.

Tahir betrachtete das blutige Messer.

Und lächelte.

Seine Familie wartete im Haus, wie er es befohlen hatte. Tahir sah, wie seine kleine Tochter als Erste an die Tür kam. »Papa!«, rief sie voller Freude. Dann erlosch ihr Lächeln, wich einem Ausdruck des Unglaubens. »Papa?«

Tahir kam näher, das Messer in der Hand.

Der ungläubige Ausdruck im Gesicht des Mädchens wurde von grellem Entsetzen verdrängt, als es die Miene seines Vaters sah, den Ausdruck seiner Augen.

»Papa!«

ERSTER TEIL

Klon, m

Nach dem altgriechischen *κλών* (klōn) = Zweig, Schössling gebildet.

Bedeutungen:

[1] *Biologie, Genetik*: Genetisch identisches Exemplar eines Lebewesens, künstlich erschaffen durch ungeschlechtliche Vermehrung

[2] Identische Kopie eines beliebigen DNA-Abschnitts, erschaffen mittels rekombinanter DNA-Technologie

[3] *übertragen*: die Nachbildung eines Originals, die dessen wesentliche Merkmale besitzt, aber dennoch anders ist

Sage mir, Muse, die Taten des vielgewanderten Mannes,
Welcher so weit geirrt, nach der heiligen Troja Zerstörung,
Vieler Menschen Städte gesehn, und Sitte gelernt hat,
Und auf dem Meere so viel unnennbare Leiden erduldet.

– Homer, *Odyssee*, erster Gesang

1.

THEODORE/7

03. JUNI, FREITAG – RADNOR, PENNSYLVANIA

Der Junge war die Standardausführung. Das Modell, das man im Supermarkt kaufen würde. T-Shirt, knielange Shorts, glattes Haar, das in ein rundliches Gesicht fällt. Große braune Augen. Stereokopfhörer um den Hals. Ein verspieltes Dauergrinsen. Zu lange Beine für den noch knabenhaften, sonnengebräunten Körper. In kindlicher Unrast rutschte er auf dem Stuhl hin und her. Schließlich war er erst zwölf Jahre alt.

Sein erstes Opfer, eine junge Frau, hatte er mit einer Metallstange vergewaltigt, die er vom Bettgestell losgerissen hatte. Anschließend hatte er die Leiche sorgfältig arrangiert, so aufreizend wie möglich, damit die Familie sie in dieser Pose auffand. Einer anderen Frau hatte er die Brustwarzen abgebissen, bevor er sie mit ihren eigenen Strümpfen erdrosselt hatte, die er so fest zuzog, dass sie das Fleisch am Hals bis auf den Knochen durchschnitten.

Schmerz. Blut. Tod. Die Werke dieses hübschen Jungen.

Theodore.

Doch wie aus seiner Akte hervorging, hatte er noch schrecklichere Dinge getan.

Oder besser, seine DNA. Sein *Original.*

Trotz aller Bemühungen war es Castillo bisher nicht gelungen, eindeutige Unterschiede zwischen beiden zu entdecken. Er war sich nicht mal sicher, ob dies die zwei Wissenschaftler konnten, die hinter ihm standen. Sie entsprachen so gar nicht Castillos Vorstellung von Gelehrten. Keine weißen Laborkittel, keine professorale Zerstreutheit, keine gewichtigen Mienen. Stattdessen trugen sie Kakihosen und identische Polohemden in hellem Purpurrot mit dem DSTI-Logo auf der linken Brust. Außerdem waren beide mit einem Taser bewaffnet, den sie in einem Halfter an der Hüfte trugen.

Castillo vermutete, dass auch er nicht dem Bild entsprach, das die Wissenschaftler von einem Mann wie ihm hatten. Er trug Jeans, ein ausgebleichtes graues T-Shirt und brauchte einen Haarschnitt. Seine Waffen hatte er im Auto gelassen.

Die drei Männer standen in einem Beobachtungsraum mit einem fast wandgroßen Einwegspiegel, der den Blick in den Nebenraum erlaubte, sodass Castillo und die Wissenschaftler die vier Jungen dort unbemerkt beobachten konnten.

Der Raum befand sich im Massey Institute in Radnor, Pennsylvania. Auf der Webseite des Instituts wurde damit geworben, Massey sei ein »Behandlungszentrum für Jugendliche, wo sie gesunde Verhaltensweisen entwickeln, ihre Selbstachtung stärken und lernen können, ihre Gefühle positiv auszudrücken«. Die Behandlung bestand aus Gruppen- und Einzeltherapien, Zornmanagement, Therapien gegen Essstörungen, Hilfestellung bei Drogen- und Alkoholentzug, experimenteller Therapie und fortschrittlicher Medikation. Hinzu kamen die Behandlung organischer, neurotischer und emotionaler Störungen sowie Verhaltens-, Entwicklungs- und Persönlichkeitsstörungen. Es gab maximal fünfzig Schüler, ausschließlich Jungen, wobei auf jeden Schüler acht Lehrer kamen, sowie einhundertfünfzig Physiotherapeuten.

Besitzer und Betreiber von Massey war das Dynamic Solutions Institute, kurz DSTI, dessen Einrichtungen auf der anderen Seite des bewaldeten Geländes lagen. Seiner Webseite zufolge hatte das DSTI zweihundert Mitarbeiter und war ein privates Unternehmen auf dem Gebiet der Biotechnik, spezialisiert auf die Entwicklung von pharmazeutischen und gentechnischen Therapien.

»Phase eins, auf die unsere Forschung sich hauptsächlich konzentriert, ist das therapeutische Klonen«, erklärte Dr. Erdman, der Abteilungsleiter, ein Mann mit Nickelbrille und weißem Bürstenhaarschnitt. »Die meisten Leute würden es als Stammzellenforschung bezeichnen. Es geht um Versuche mit sogenannten pluripotenten Stammzellen – Nerven-, Haut- und Knochenzellen. Für uns sind sie bloß mikroskopisch kleine Bausteine.« Erdmans Stimme blieb so nüchtern, dass Castillo sich fragte, ob der Mann vielleicht noch unter Schock stand. Nach allem, was Castillo über die Morde der letzten Nacht erfahren hatte, wäre das nur allzu verständlich gewesen.

Erdman zeigte mit dem Finger auf Theodore und die anderen Jungen hinter dem Spiegel. »Diese Versuchspersonen«, sagte er, »gehören zu Phase drei.«

Castillo blickte erneut in den angrenzenden Raum und betrachtete den Jungen, der neben Theodore saß. Das Labor hatte ihn Jerry genannt. Sein Alter wurde mit fünfzehn angegeben. In seiner Akte stand, sein *Original* habe es genossen, Geschlechtsverkehr mit toten Mädchen zu haben und mit ihren Leichen Elektroschockversuche anzustellen, die er penibel dokumentierte und fotografierte. Die präparierten Brüste habe er als Briefbeschwerer behalten. In der Akte stand auch, Jerrys Original sei vor mehr als zehn Jahren hingerichtet worden.

Das Original.

Ein weiterer Teenager mit Namen Dean schaute sich von der Couch aus eine Sportsendung an. Auf Deans Grundstück waren 1973 siebenundzwanzig Leichen gefunden worden, nachdem Ermittler die Folterkammer entdeckt hatten.

Castillo sagte: »Ich dachte, wir sind noch mindestens zehn Jahre von dem hier entfernt.«

»Das glauben die meisten Leute.« Erdman nahm die Brille ab und putzte sie am Hemdsaum. »Aber die Biotech-Lobby ist extrem einflussreich geworden. Wir sind eine Industrie, die schon jetzt mehrere hundert Milliarden Dollar jährlich umsetzt. Unsere Arbeit hier am DSTI ist eine natürliche Erweiterung dieser Forschung.«

Der vierte Junge trug den Namen Andrei. Seiner Akte zufolge hatte sein Original in der Ukraine dreiundfünfzig Morde verübt. Die heimische Presse hatte ihn den »Ripper von Rostow« genannt.

Ein viel zu harmloser Name, dachte Castillo. *Der Typ ist ein Monster, genau wie die anderen.*

Andrei hatte seinen weiblichen Opfern erst die Augen ausgestochen und danach seelenruhig ihre Gebärmutter gegessen, nachdem sie ihn nicht mehr sehen konnten. Der Junge war offenbar noch nicht lange in der Gruppe. Andrei war erst vor Kurzem zehn Jahre alt geworden.

»Woher bekommen Sie die DNA?«, fragte Castillo.

»Archiviertes Material«, antwortete der zweite Genforscher, ein stämmiger Mann namens Mohlenbrock. »Autopsieproben. John Wayne Gacys Gehirn zum Beispiel hatten wir monatelang hier. Leihweise. Wir haben Millionen brauchbarer Zellen daraus gewonnen.«

»Und wie?«, fragte Castillo.

»Der genaue Ablauf ist technisch sehr kompliziert«, erwiderte Mohlenbrock. »Jedenfalls können wir alles verwenden: von Haaren und Haarwurzeln bis hin zu Hautschuppen von Kleidungsstücken, die wir uns von Familienangehörigen beschaffen. Aber das ist vielfach gar nicht nötig. Die Hälfte dieser Leute hat uns bereitwillig Material zur Verfügung gestellt.«

Die Hälfte dieser Leute, dachte Castillo. *Die Hälfte der Originale.*

Er richtete den Blick wieder auf Theodore, den ersten Jungen. *THEODORE/7* stand auf der Akte unter dem Foto. Ein Klon. Haut. Knochen. Blut. Augen. Hirn. Jede einzelne Zelle dieses Körpers war die exakte genetische Kopie eines anderen Menschen.

Aber nicht irgendeines Menschen, sondern eines Ungeheuers.

Theodore war mit der wissenschaftlichen Zielsetzung erschaffen worden, gewalttätiges menschliches Verhalten zu studieren, um es besser begreifen und effektiver eindämmen zu können. Und was Gewalttätigkeiten anging, war Theodore das perfekte Versuchsobjekt, denn er war die exakte genetische Kopie eines der berüchtigtsten Serienmörders aller Zeiten.

Ted Bundy.

Die DNA dieses Jungen hatte somit eine beinahe legendäre Geschichte. Sie genoss so etwas wie einen Promi-Status. Diese DNA hatte gemordet. Achtundzwanzig Mal. Mindestens.

Castillo suchte irgendetwas in Theodores Augen, das jene Art von Ungeheuer erkennen ließ, das eine Frau langsam und methodisch mit einem Stück Sperrholz totschlägt und sich dabei mit der freien Hand selbst befriedigt. Doch er sah nur einen normalen Zwölfjährigen und sein eigenes schemenhaftes Spiegelbild auf dem getönten Glas.

»Das Massey Institute ist eine renommierte und exklusive Einrichtung«, fuhr Mohlenbrock fort. »Viele unserer Schüler sind auf normale Weise zur Welt gekommen und von ihren Eltern, die gutes Geld dafür bezahlen, regulär bei uns eingeschrieben worden. Die geklonten Jungen dagegen haben Adoptiveltern, die allesamt Vertragspartner des DSTI sind. Da ist es klar, dass sie ihre Söhne zu uns schicken.«

Castillo überflog noch einmal die Akte.

```
GD: 10.Juni 2001          ZKT: 1.Januar 2000
IMP: 10.Januar 2001       LM: N300
```

»Was bedeutet ZKT?«, fragte er.

»Zellkerntransfer«, antwortete Dr. Erdman. »IMP ist die Embryoeinpflanzung. LM ist die Leihmutter.«

»Verstehe«, murmelte Castillo, wandte sich vom Einwegspiegel ab und blätterte in den Papieren in seinem Ordner. »Und die sechs Jungen, die ausgebrochen sind ...«

Er las noch einmal die Namen der Original-Gene, eine erlauchte Gesellschaft der schlimmsten Psychopathen der letzten hundert Jahre:

```
Albert Fish    Jeffrey Dahmer  Henry Lee Lucas
Dennis Rader   Ted Bundy       David Berkowitz
```

Er hob den Blick von den Papieren und schaute Erdman verwirrt an. »Moment mal«, sagte er. »Ich dachte, der kleine Mistkerl in dem Raum da drüben, dieser Theodore, ist Ted Bundy. Wie kann er da ausgebrochen sein?«

Der Genetiker verzog das Gesicht. »Der Junge ist Theodore *sieben.*«

Castillo nahm sich Zeit, über die möglichen Konsequenzen nachzudenken, bevor er fragte: »Wie viele Theodores gibt es denn?«

»Ihr Interesse in allen Ehren, Mr. Castillo«, sagte Erdman ungeduldig, »aber uns geht es darum, dass die sechs Ausbrecher aufgespürt werden.« Er setzte seine Brille wieder auf. »Uns wurde versichert, Sie seien für diese Art Arbeit bestens qualifiziert.«

Castillo starrte ihn an und tippte dabei mit der Fingerspitze auf die Unterlagen, die man für ihn zusammengestellt hatte. Als Erdman den Ausdruck in Castillos Augen sah, wich er unwillkürlich zurück.

»Lassen Sie die Elternhäuser der sechs Ausbrecher überwachen«, sagte Castillo. »Wahrscheinlich werden diese Kids versuchen, Kontakt mit ihren Adoptiveltern aufzunehmen.«

»Wir lassen die Häuser bereits observieren«, erwiderte Erdman, hörbar erleichtert, Castillo diese Auskunft geben zu können.

»Gut.« Castillo nickte. »Ich brauche die vollständigen Akten aller Ausbrecher. Alles, was sie über diese Kids wissen. Freunde, Hobbys, Schulnoten … einfach alles. Ihre Fährte wird schnell kalt.«

»Selbstverständlich.« Erdman blickte rasch zu Mohlenbrock hinüber. »Diese Informationen werden bereits für Sie zusammengestellt. Natürlich stellen wir Ihnen auch die psychiatrischen und medizinischen Befunde zur Verfügung.«

»Ich brauche außerdem Informationen über die drei Geiseln«, sagte Castillo. »Detaillierte Angaben über Dr. Jacobson und die beiden Krankenschwestern, Santos und …«, er schaute in seinen Notizen nach, »Kelso. Wieso wurden Jacobson und diese beiden Schwestern nicht auch ermordet?«

Erdman zuckte die Schultern. »Das wissen wir nicht.«

»Vielleicht hat man sie leben lassen«, sagte Castillo nachdenklich, »damit sie helfen, Autos, Geld und Papiere zu beschaffen. Oder sie leben noch, weil sie irgendwie in diese Sache verwickelt sind. Vielleicht waren sie unzufrieden. Hat einer von den dreien Geschäftsgeheimnisse an einen Konkurrenten verkauft? Oder sich auf eine Romanze mit einem der Schüler eingelassen? Alles, was Sie mir geben können, würde mir helfen. Einschließlich sämtlicher E-Mail- und Telefonunterlagen.«

Erdman runzelte die Stirn. »Ist das wirklich notwendig? Die drei sind Geiseln. Oder bereits tot. Jede Minute Verzögerung bedeutet …«

»Zweimal messen, einmal schneiden.«

»Wie bitte?«

»Ein Zitat. Das hat mein Dad oft gesagt.«

»War er auch CIA-Auftragskiller?«

Castillo hob den Blick und lächelte. *Diese Eierköpfe sind ganz schön frech. Nachdem sie für diesen Scheiß verantwortlich sind, sollte man doch meinen, dass sie die Klappe halten und den Kopf einziehen, bis die großen Jungs alles wieder in Ordnung gebracht haben. CIA? Der Typ weiß ja nicht mal, für wen wir arbeiten.*

»Nein«, antwortete er. »Mein Vater war Paketzusteller.«

Castillo hatte in den letzten sieben Jahren beim JSOC, dem Joint Special Operations Command, ein halbes Dutzend Einsätze befehligt. Seine Spezialität war die Führung von Killerteams gewesen. Sie hatten feindliche Bombenbauer, Geldbeschaffer und militärische Anführer eliminiert. Obwohl sein Mentor, Colonel Stanforth, ihm erklärt hatte, der Auftrag für das DSTI fiele in die Kategorie »Entführungsfälle«, wusste Castillo aus Erfahrung, dass Befehle die seltsame Angewohnheit hatten, sich während eines Einsatzes zu verändern.

»Eines möchte ich klarstellen«, fuhr er fort. »Ich bin hier, um Ihnen zu helfen, diese sechs Kids aufzuspüren. Kann ich sie finden, verhafte ich sie, und das war's dann. Nur dafür bin ich engagiert worden. Habe ich den geringsten Verdacht, dass diese Jungen oder sonst jemand liquidiert werden soll, um zu vertuschen, was hier passiert ist, schleife ich Sie persönlich in den Knast. Ist das klar?«

»Völlig«, antwortete Erdman. »Meine Frage war auch nicht respektlos gemeint.«

»In Ordnung. Kann ich jetzt die Opfer untersuchen?«

Erdman nickte. »Kommen Sie bitte mit.«

Castillo warf einen letzten Blick auf die Jungen im Nebenraum. »Unglaublich«, murmelte er. »Wie konnte es jemals dazu kommen?«

Erdman lächelte zum ersten Mal. »Es hat mit Erbsen angefangen«, sagte er.

2.

DAS LAND NOD

03. JUNI, FREITAG – RADNOR, PENNSYLVANIA

Die meisten Toten lagen im Aufenthaltsraum.

Die Wände des Raumes waren in einem knalligen Hellblau gehalten, auf dem die dunkelroten Blutspritzer noch auffälliger waren, als sie es ohnehin gewesen wären. Castillo fühlte sich auf seltsame Weise an ein Bild aus seiner Vergangenheit erinnert: blutrote Korallen im tiefblauen Wasser das Aralsees.

Drei Männer in leichten Schutzanzügen und mit Atemschutzmasken, Angestellte des DSTI, huschten durch den Raum, sicherten Spuren, machten weitere Fotos. Morgen um diese Zeit würde es so aussehen, als wäre hier rein gar nichts passiert. Aber es war noch nicht morgen. Seit dem Ausbruch der Jungen waren erst knapp zwanzig Stunden vergangen.

Castillo folgte den beiden Wissenschaftlern. Als sie zu dem ersten Toten kamen, blieb er stehen, um die Leiche zu begutachten. Der Tote lag quer über dem Kickertisch des Aufenthaltsraums. Das Laken, mit dem jemand ihn bedeckt hatte, war durchgeblutet. Man konnte den Körper und die Gesichtszüge des Jungen darunter deutlich erkennen. Ein modernes Turiner Grabtuch, von dem noch immer Blut auf den Spieltisch und die Eisenstange mit kleinen Plastikfußballern tropfte.

»Wer ist das?«, fragte Castillo.

»Dylan«, antwortete Erdman.

Castillo wartete.

»Dylan Meinzer«, fuhr Erdman fort. »Geklont aus der DNA von Dylan Klebold, Amokläufer an der Columbine Highschool.«

»Okay.« Castillo zwang sich, diese Information wie eine normale Auskunft zu betrachten. Jetzt war nicht der richtige Zeitpunkt, um darüber nachzudenken, was diese Männer ihm gerade alles erzählt hatten. Über den fragwürdigen Prozess des Klonens. Stattdessen konzentrierte Castillo sich auf die Fakten und wühlte in seinem Gedächtnis. Er erinnerte sich, dass Klebold und sein Kumpel – dessen Namen er nicht mehr wusste – vor gut zwanzig Jahren an der Columbine Highschool in Littleton, Colorado, ein Blutbad angerichtet und ein Dutzend Mitschüler ermordet hatten, bevor sie sich in der Schulbibliothek selbst erschossen. Wenn es stimmte, was Erdman behauptete, war dieser Leichnam ein Klon des Amokläufers Dylan Klebold. Zumindest *einer* davon.

Der zweite Tote war mit Telefon- und Computerkabeln an das Geländer der Treppe gefesselt worden, die in den ersten Stock führte. Castillo schaute hinüber zu der halb unter einem Laken verborgenen blutigen Gestalt, die wie bei einem schlechten Scherz zu Halloween mit ausgestreckten Armen da hing.

»Und wer ist das?«, fragte er.

»Einer der Erics.« Erdman blätterte in den Unterlagen auf seinem Schreibbrett. »Eric Palmer. Eric *sechs.* Blut- und PCR-Tests stimmen überein.«

»Wurde die Haut schon gefunden?«, fragte Castillo. Eine weitere Schwarz-Weiß-Frage. Diese Fragen waren ungefährlich und beherrschbar. *Bleib dabei und sieh zu, dass du so schnell wie möglich aus diesem Schlachthof rauskommst.* Es war über ein Jahr her, dass Castillo auch nur einen Tropfen Blut gesehen hatte. Hier gab es einen ganzen See davon.

»Nein«, antwortete Erdman, als wäre es ihm peinlich.

Castillo blickte erneut auf den toten Dylan vor ihm, dann schlug er das Laken zurück.

Der Körper darunter war meisterhaft und vollständig gehäutet worden, sodass die Leiche bis auf einige grausige Löcher unter den Armen und zwischen den Zehen wie eine Zeichnung aus einem Skizzenbuch Michelangelos aussah. Die Informationen, die Castillo bei seiner Ankunft erhalten hatte, ließen den Schluss zu, dass Erics Leichnam genauso aussah.

»Warum haben die anderen Kids diese beiden so sehr gehasst?«, fragte er. »Dylan und Eric?«

In Erdmans Blick flammte Interesse auf. »Ist das so offensichtlich?«

»Ja. Dieser Junge hier … er lebte noch, als sie ihn gehäutet haben.« Castillo blickte in die lidlosen starren Augen des Toten.

»Woher wollen Sie das wissen?«, fragte Erdman fasziniert.

»Ich habe so etwas schon einmal gesehen.«

»Tatsächlich?« Noch stärkeres Interesse seitens Dr. Erdman, diesmal weniger wissenschaftlich motiviert. »Wo war das?«

Castillo ignorierte diese Frage und legte das Laken wieder über den Toten. »Man sieht es an den Händen«, sagte er und trat auf die zweite Leiche, Eric, zu. »Die ausgestreckten Arme. Sofortige Totenstarre. Wie der letzte Krampf eines Ertrinkenden. Dylan und Eric sind an ihrem eigenen Blut erstickt. Können Sie mir noch mehr zu den beiden sagen?«

»Nun ja …« Erdman folgte Castillo weiter in den Raum hinein. »Offen gestanden, die anderen sind mit ihnen nie so richtig warm geworden. Es war ein Fehler, dass wir sie hierhergeholt haben.« Seine Stimme klang nüchtern, beinahe distanziert. »Natürlich sind Amokläufer etwas anderes als Serienmörder.«

»Natürlich.« Castillo unterdrückte ein verächtliches Lächeln. »Woher wissen Sie, dass das hier nicht Eric drei oder vier ist?« Das Wettpinkeln mit dieser Bande schien schlimmer zu werden als vorhergesehen. Eine Horde von Betas, die sich einbildeten, Alphatiere zu sein – die Sorte Männer, mit denen Castillo sein Leben lang zu kämpfen gehabt hatte. Wie eine seiner Ex-Geliebten – eine Doktorandin irgendeines Orchideenfachs, die er während seines Studiums in Maryland kennengelernt hatte – in ihrer Abschiedsrede trocken festgestellt hatte: »Deine Harter-Kerl-Masche hat mir gefallen, bis ich gemerkt habe, dass es gar keine Masche war.«

Erdman war nicht beleidigt, was ihn ehrte. »Es gibt Methoden, die

Identität genau festzustellen. Wenn wir uns mit einer Sache auskennen, dann ist es die DNA. Außerdem hat keiner der anderen Erics die Schwangerschaft überlebt. Sie haben doch sicher schon von Dolly, dem Schaf, gehört: Fast dreihundert Klone dieses Tieres sind während der Trächtigkeit verendet, bevor das eine geboren wurde, das es zur internationalen Berühmtheit gebracht hat. Bei den meisten Klonen wird das Unternehmen noch heute vor der Geburt abgebrochen.«

Castillo musterte den Wissenschaftler. *Das Unternehmen wird abgebrochen*, dachte er. *Diese Typen reden genau wie wir früher in der Army.* Aber Erdman sprach nicht von einem Schaf, sondern von einem Raum, der von toten Jungen überquoll. *Schwarz-Weiß. Bleib beim Schwarz-Weiß.*

Den Rest des Raumes, die vielen Leichen, konnte Castillo nicht auf einmal in sich aufnehmen. Stattdessen konzentrierte er sich darauf, was unmittelbar vor ihm lag: blutige Metallplättchen von der Größe kleiner Tabletten.

»Das sind die Sender, nicht wahr?«, fragte er heiser.

»Ja«, antwortete Erdman.

»Erzählen Sie mir davon.«

Ein Dutzend dieser plättchenartigen Minisender war auf dem Kickertisch zurückgelassen worden – beinahe erwartungsgemäß in Gestalt eines Smileys angeordnet. Die Lücken zwischen den Plättchen waren mit Strichen aus Blut geschlossen worden. Auf dem Boden daneben lag die halb entkleidete Leiche einer Psychotherapeutin des Massey Institute mit dem Gesicht nach unten. Auch sie war mit einem blutdurchtränkten Laken bedeckt.

»Alle Versuchspersonen bekommen bei der Geburt einen Sender eingepflanzt – zu ihrer eigenen Sicherheit.«

Castillo beugte sich vor und betrachtete die Tote genauer. »Natürlich. Um sie jederzeit orten zu können.«

»Richtig. Wie es aussieht, haben die flüchtigen Jungen sich die Sender herausgeschnitten. Wir vermuten, dass sie Eric und Dylan die Haut abgezogen haben, um festzustellen, wo im Körper die Sender eingepflanzt sind.«

»Schon möglich«, sagte Castillo. »Die flüchtigen Jungen scheinen ihre eigenen Sender ziemlich schnell gefunden und sich aus dem Körper geschnitten zu haben. Und diese beiden armen Schweine hier haben Ihnen als Vorlage gedient … als Schnittmuster, sozusagen. Aber woher haben diese Kids gewusst, dass sie überhaupt nach Sendern suchen mussten? Wussten sie, dass man ihnen welche eingepflanzt hatte?«

Erdman schüttelte den Kopf. »Nein«, sagte er. »Das glaube ich nicht.«

Castillo ließ den Blick noch einmal durch den Aufenthaltsraum schweifen, katalogisierte kühl und professionell die überall vorhandenen Spuren der dramatischen Geschehnisse: Der Wachmann, der mit eingeschlagenem Schädel an der Treppe lag. Die zerrissenen, blutigen Schwesternuniformen. Blutrote Schimpfwörter und obszöne Cartoons an den Wänden. Ein halbes Dutzend Leichen unter blutigen Laken: die Schüler, die aus irgendwelchen Gründen nicht zur Gruppenexkursion eingeladen worden waren.

Nach Erdmans Auskunft hatten die Sommerferien des Massey Institute in der vergangenen Woche begonnen, sodass die meisten Schüler für zwei Monate nach Hause gereist waren. Castillo mochte sich gar nicht vorstellen, was hätte passieren können, wären beim Ausbruch der sechs Kids alle fünfzig Jungen hier gewesen.

Hellrot glänzendes Blut lief in Streifen über den großen Flachbildfernseher und die Xbox. Castillo schluckte. *Noch mehr Korallen.* Genau festzustellen, was sich hier abgespielt hatte – das Wer, Wie und Wann –, würde einige Zeit dauern. Die Digitalbilder der Überwachungskameras waren im Laufe der Nacht gelöscht worden; deshalb gab es keinen Hinweis auf den nächsten logischen Schritt.

Was ist hier passiert? Castillos Blickfeld schrumpfte auf einen stecknadelkopfgroßen Punkt. *Schwarz-Weiß … Schwarz-Weiß …*

Er wandte sich an Erdman. »Lassen Sie uns weitergehen. Wo ist Jacobsons Büro?«

»Gleich da drüben.«

Er folgte Erdman zur linken Ecke des Aufenthaltsraums. Dabei ließ er den Blick unbeirrt auf den Rücken des Wissenschaftlers gerichtet. Sie blieben vor einer Tür stehen. Castillo beobachtete, wie Erdman seine Hand über einen in die Wand eingelassenen Sensor führte. Der Sensor leuchtete blau auf und zeigte ein gespenstisches Bild der Hand mit ihrem Netz aus Adern.

»Gefäßerkennung«, sagte Erdman und drehte sich kurz zu Castillo um, als die Tür klickend entriegelt wurde. »Das Gerät vergleicht das Gefäßmuster und den Puls in Ihrer Handfläche mit gespeicherten Scans. Das Muster ist so einzigartig wie ein Fingerabdruck und praktisch fälschungssicher.«

»Wieso das?«, fragte Castillo.

Erdman zeigte auf seine Hand. »Weil ohne fließendes Blut kein Scan möglich ist.«

»Verstehe.« Castillo nickte. »Es gibt also keine Möglichkeit, das System mit Knetmasse oder den Fingern einer Leiche zu täuschen.«

»Völlig unmöglich.«

»Und wer hat die Tür gestern Abend geöffnet? Wer hatte Zugang?«

»Dem Sicherheitsprotokoll zufolge hat Dr. Jacobson die Tür um 22:13 Uhr geöffnet.« Erdman zeigte durch die geöffnete Tür. »Hier, bitte. Jacobsons Büro.«

Das geräumige, teuer eingerichtete Büro war völlig verwüstet. Die Sitzgruppe und der Couchtisch aus dunklem Sequoiaholz waren zertrümmert, die Schränke ausgeleert. Einbauregale waren zersplittert und leer geräumt. Bücher und Aktenmappen lagen zerfleddert auf dem Teppichboden. Castillo sah, dass jemand versucht hatte, ein paar Akten anzuzünden.

Spiegel und gerahmte Bilder waren zerschlagen, Computer und Bildschirme zertrümmert worden, sodass der ganze Raum im unnatürlich grellen Licht der Deckenbeleuchtung wie eine Kristallgrotte funkelte. Der Schreibtisch des verschwundenen Wissenschaftlers war mit Blut bedeckt, das sich entlang der Kanten eines Laptops angesammelt hatte.

»Das Blut der Lehrerin?«, fragte Castillo. »Die aus dem Treppenhaus?«

»Korrekt«, bestätigte Erdman. »Mrs. Gallagher. Nächsten Monat wäre sie sechzig geworden.«

Castillo schaute sich um. Dann deutete er auf das zusammengeknüllte Tuch im Ausguss einer kleinen Bar in einer Ecke des Büros. »Und das ist, wovon mir bei meiner Ankunft berichtet wurde?«

»Ja.«

Castillo nickte und tat so, als begutachte er beiläufig den Raum, während sein Hirn noch einmal die Information verarbeitete, die er bekommen hatte, als er vorab über die Morde informiert worden war.

Mrs. Gallaghers Gebärmutter und Eingeweide lagen keine drei Meter von ihm entfernt.

Heilige Scheiße, dachte er schaudernd. *Das ist ja schlimmer als Towraghondi.*

Um wieder klar denken zu können, versuchte er sich auf die beiden einzigen Dinge zu konzentrieren, die nicht zertrümmert waren: In einem Aquarium, in dem das Wasser von Blut rosa gefärbt war, schwammen noch ein Dutzend Zierfische, und hinter dem Schreibtisch hing eine gerahmte Stickerei. Ein Bibelzitat in Old English:

Und der Herr machte ein Zeichen an Kain,
und er wohnte im Lande Nod,
jenseits von Eden.

»Jacobson nannte es das ›Kain-Gen‹«, sagte Erdman, der hinter ihm stand. »Kain XP11, um genau zu sein. Nach Kain und Abel.«

»Verstehe. Der erste Mörder der Geschichte. Originell. Und was ist XP11 genau?«

»Ein codierendes Gen, das die Proteintranskription und die enzymatische Aktivität von DARPP-32, Dopamin, und Phosphoproteinen beeinflusst.«

»Ach, so einfach ist das?«, spöttelte Castillo. »Ihr Wissenschaftler seid echte Scherzkekse.«

Der Genetiker hob entschuldigend die Hand. »Tut mir leid. Ich werde versuchen, es einfacher zu erklären. Dopamin beeinflusst Gefühlsregungen. MAO-A – Monoaminooxidase-A – hilft, den Dopaminspiegel zu regulieren, und spielt eine Schlüsselrolle bei vielen asozialen Störungen und Psychopathien. Jedes Chromosom der menschlichen DNA enthält eine Million verschiedener Stränge mit Informationen darüber, wie der genetische Aufbau des Individuums aussehen wird. Der Strang XP11 bestimmt das MAO-A-Gen. Tritt in diesem Strang eine Anomalie auf, lässt sie auf anomale Dopaminwerte schließen, die beispielsweise einen Hang zu Gewalttätigkeit auslösen können.«

»Immer noch nicht das Gelbe vom Ei für einen Laien wie mich, aber schon besser«, sagte Castillo. »Und diese Klone werden hergestellt, damit Ihr Team dieses spezifische Gen, XP11, besser studieren und entwickeln kann?«

Erdman nickte. »Ganz genau.«

»Mit dem Ziel, die Neigung zur Gewalttätigkeit in den Griff zu bekommen?«

Der Genetiker zögerte mit der Antwort. Er überlegte offenbar, wie viel mehr Castillo wissen durfte. »Ja«, sagte er schließlich. »Und um sie zu heilen. Wir sind nicht nur hier, um Waffen herzustellen, Mr. Castillo. In den letzten zehn Jahren hat diese bahnbrechende Forschung mehr als fünfzig Patente hervorgebracht: Medikamente gegen Depression, bipolare affektive Störungen, die Parkinsonsche Krankheit und PTBS.«

Castillo musterte Erdman prüfend, um festzustellen, ob er PTBS – die posttraumatische Belastungsstörung – absichtlich erwähnt hatte. *War das ein Tiefschlag? Wie viel wissen die über mich?* Aber Erdman schien es nicht darauf angelegt zu haben, Castillo zu reizen oder gar zu beleidigen.

»Was ist mit Parkinson?« Castillo blieb lieber bei diesem Thema.

»Diese Krankheit lässt sich durch längere therapeutische Beeinflussung des Dopaminspiegels heilen. Wir befinden uns in der klinischen Erprobung mehrerer Produkte für genau diesen Zweck.«

»Und Sie machen Versuche an den Kids?«

»Nein!« Erdman schüttelte entschieden den Kopf. »Auf gar keinen Fall. Wenn wir neue Proteine, Antikörper oder sonst etwas testen wollen, haben wir dafür Mäuse und Affen. Und auch freiwillige menschliche Probanden.«

»Und diese sechs Kids, die abgehauen sind?«

»Die müssen Sie sich als lebende Arzneimittelfabriken vorstellen, als Bioreaktoren aus Fleisch und Blut. Ein einziger Liter ihres Blutes enthält dreißig Gramm verbesserten menschlichen Proteins und ist Abermillionen Dollar wert.«

Offenbar ließ Castillos Miene erkennen, wie widerwärtig er diese Vorstellung fand, denn Erdman fügte rasch hinzu: »Ein herkömmliches Labor für Proteinentwicklung würde vierhundert Millionen kosten, bei einer Bauzeit von fünf Jahren. Versuchspersonen für das Projekt Kain kosten jeweils hundert Millionen und sind in einem Jahr fertig. Jeder dieser Jungen wird im Laufe seines Lebens allein dadurch, dass er mehrmals im Jahr Blut spendet, sechshundert Millionen Dollar Gewinn einbringen. Ich weiß, was Sie jetzt denken. Die Entscheidung liegt nicht bei den Jungen. Die ethische Problematik ist zugegebenermaßen kompliziert, aber …«

»Oder unmenschlich«, fiel Castillo ihm ins Wort.

»Eine Frage, über die wir vielleicht später diskutieren sollten. Heute stehen Leben auf dem Spiel.«

»Wie recht Sie haben«, spöttelte Castillo. »Wozu haben Sie mir das alles überhaupt erzählt? Das mit den Klonen, meine ich. Sie hätten mir einfach sagen können, sechs extrem gewaltbereite Jungen wären ausgebrochen.«

»Colonel Stanforth meinte, Sie würden es irgendwann selbst herausbekommen.«

Castillo nickte. Das war ein nettes Kompliment von seinem geschätzten Mentor. Doch in Gedanken fügte er die Frage an: *Hättest du dir so was jemals vorstellen können, Stanforth? Kannst du dir vorstellen, was es für das Militär bedeuten könnte, dass man psychopathische Killer heranzüchten kann?* »Wieso klonen Sie Massenmörder?«, fragte er. »Sollten wir nicht lieber Einsteins oder Mozarts klonen? Oder Kobe-Rinder? Oder … ich weiß nicht … Eddie van Halens?«

»Wer würde dafür zahlen?«, lautete Erdmans Gegenfrage. »In fünfzig Jahren kann der Konsumgütermarkt solche Programme vielleicht schultern. Heutzutage aber würde ein Startup Hunderte von Milliarden kosten. Das können sich nicht viele Industrien leisten. Die Ölbranche vielleicht oder die IT-Branche, vielleicht auch die Telekommunikation. Aber wen sollten wir für sie klonen? Beim Militär sieht die Sache ganz anders aus. Es war das Militär, das die Entwicklung der menschlichen Technik zehntausend Jahre lang vorangetrieben hat. Und wenn dabei etwas Gutes abfällt, zum Beispiel neue Medikamente … umso besser.«

»Aber wieso mussten es berüchtigte Serienmörder sein? Die schlimmsten Psychos, die Sie kriegen konnten? Wäre es nicht einfacher und sicherer gewesen, einen guten alten Schwiegermuttermörder zu nehmen? Die Gefängnisse sind voll davon.«

»Oh ja. Es gibt Hunderttausende, vielleicht sogar eine Million. Aber Jacobson leitet nun mal das Projekt. Er wollte die Gewalttätigsten. Nicht einfach Sexualstraftäter oder Familienmörder. Er wollte hundertprozentige, unberechenbare, abnorme Psychopathen. Und die meisten dieser Leute – jedenfalls diejenigen, die irgendwann geschnappt werden – sind Berühmtheiten.«

»Hier gibt es keine Mädchen. Vermute ich richtig, dass Jungen eher zu Gewalt neigen?«

»Vermuten?« Erdmans Lächeln war echt – das eines Wissenschaftlers, der endlich über sein Lieblingsthema sprechen darf. »Es ist genetisch und statistisch unwiderlegbar. Das Geschlecht wird gemäß der mendelschen Regeln vererbt. Erinnern Sie sich aus dem Schulunterricht noch an das XY/XX-System? Die Sache mit den Geschlechtschromosomen? Frauen haben zwei X-Chromosomen, Männer ein X- und ein Y-Chromosom. Mit anderen Worten: In weiblichen Zellen kommt das X-Chromosom doppelt so häufig vor wie in männlichen. Die Mutter vererbt *immer* ein X-Chromosom, der Vater hingegen ein X-Chromosom *oder* ein Y-Chromosom. Die Wahrscheinlichkeit, dass Männer mit natürlicher Abwehr gegen den aggressiven XP11-Strang geboren werden, beträgt also nur fünfzig Prozent. Deshalb haben weibliche Individuen eine gute Chance, eine aggressive Mutation noch im Mutterleib zu überwinden.« Er lächelte. »Wir Männer hingegen sind für diese Krankheit erblich prädisponiert.«

»Also neigt der männliche Teil der Menschheit durch Vererbung zu Gewalt?«, fragte Castillo.

»So könnte man es ausdrücken«, antwortete Erdman. »Männer stellen fünfundneunzig Prozent der Strafgefangenen, neunundneunzig Prozent der Vergewaltiger und neunundneunzig Prozent der Insassen von Todestrakten.« Erdmans Lächeln wurde schief. »Man könnte sagen, dass uns Männern die Gewalt im Blut liegt.«

»Im wahrsten Sinne des Wortes, was?« Castillo deutete auf das Aquarium. »Was war da drin?«

Erdman blinzelte. »Bitte?«

»Wo Sie gerade von Blut reden – das Wasser im Aquarium ist rosa verfärbt. Vielleicht hat nur jemand die Hände eingetaucht, aber die Steine sind offenbar auch bewegt worden. Jedes Kind kann sehen, dass irgendwas dort hineingelegt wurde. Was war es?«

Obwohl Erdman die Antwort vermutlich kannte, gab er vor, in seinen Notizen nachsehen zu müssen. »Warten Sie mal … Es war ein Schlüssel«, sagte er. »Wozu dieser Schlüssel dient, wissen wir noch nicht. Er passt weder hier noch in Jacobsons zweitem Büro drüben im DSTI. Wir untersuchen das noch.«

Castillo überlegte, ob er den Schlüssel verlangen sollte, nur um zu sehen, wie Erdman reagierte. Dann aber sagte er sich, dass es sich nicht lohne, die Feindseligkeit des Wissenschaftlers weiter anzufachen. Schlösser jeder Art waren seit mehr als einem Jahrzehnt kein Problem mehr für Castillo; auf diesem Gebiet war er Profi. Also fragte er nicht nach dem Schlüssel, sondern erkundigte sich stattdessen: »Wurde Jacobsons Labor auch verwüstet?«

»Nein. Es gibt auch keinen Hinweis, dass er es letzte Nacht überhaupt betreten hat.«

Castillo bückte sich neben dem Schreibtisch und hob einen der Bilderrahmen auf. Das Foto unter den Glassplittern zeigte zwei Männer bei einem Händedruck. Der eine war ein ehemaliger amerikanischer Vizepräsident, der andere ein großer, schlanker Grauhaariger – ein

Mann, der sich mit den geheimen Schalthebeln der Macht besser auskannte als jeder andere.

»Ist das Jacobson?«, fragte Castillo.

Erdman nickte.

Castillo ließ den Blick noch einmal durch das Büro schweifen. »Diese Jungen und Jacobson waren zu einer Art Gruppenbesprechung versammelt?«

»Ganz recht. Die Gruppe traf sich am ersten und dritten Donnerstag jeden Monats. Angela Corwin, die Chefin unserer psychiatrischen Abteilung, und Dr. Jacobson leiten die Besprechung stets gemeinsam … *haben* sie geleitet.« Corwin war ebenfalls ermordet worden. Man hatte ihre nackte Leiche in ihrem Büro gefunden. »Ich hätte allerdings nicht gedacht, dass er es diesmal schafft.«

»Verzeihung … wer hat was geschafft?« Castillo hatte einen Moment nicht hingehört.

»Jacobson. Er war wochenlang außer Gefecht«, sagte Erdman. »Ich glaube, eine Lungenentzündung. Jedenfalls ging es ihm nicht gut. Er hat von zu Hause aus gearbeitet. Gestern Abend ist er zum ersten Mal wieder hierhergekommen.«

»Wieso hat er als Genetiker an solchen therapeutischen Sitzungen überhaupt teilgenommen?«

»Jacobsons Kerndisziplin ist Verhaltensneurologie. Seine Leistungen als Genetiker bauen darauf auf.«

»Verstehe. Und wer teilt die Schüler zu den Gruppentreffen ein?«

»Kommt darauf an. Meistens Vertrauenslehrer. Manchmal Dr. Jacobson persönlich.«

Castillo musterte Erdman mit zusammengekniffenen Augen, bevor er das Offensichtliche aussprach. »Wissen Sie, was ich glaube? Ich glaube, Jacobson hat die sechs Jungen freigelassen. Die ganze Sache war geplant.«

Erdman schwieg.

»Darauf sind Sie selbst schon gekommen, nicht wahr?«, fuhr Castillo fort, der aus seiner Herablassung keinen Hehl machte. »Das allein erklärt die mühelose Flucht der Jungen, die aus dem Körper herausgeschnittenen Sender, die fehlenden Sicherheitsaufzeichnungen. Die Tatsache, dass es gerade *diese* sechs Kids waren. Den Schlüssel. Jacobsons eigenes Verschwinden.«

Castillo merkte dem Wissenschaftler an, dass das DSTI bereits zu denselben Schlussfolgerungen gelangt war – es vielleicht von Anfang an gewusst hat. Erdman wollte es nur nicht eingestehen.

»Doch weshalb?«, fragte Castillo. »Weshalb sollte ein Mann wie Jacobson so etwas tun? War er wütend? Unzufrieden?«

»Aber nein!« Erdman schüttelte entschieden den Kopf. »Er hatte keinen Grund zur Unzufriedenheit. Das DSTI war praktisch sein eigenes Unternehmen. Er konnte so ziemlich alles tun, was er wollte.«

»So *ziemlich* alles? Was konnte er denn *nicht* tun? Hat er heimlich für die Konkurrenz gearbeitet? Den Börsenkurs des Unternehmens manipuliert? Hatte er finanzielle Schwierigkeiten? Oder hat er es vielleicht aus demselben Grund getan, aus dem ihr hier alles Mögliche tut?« Castillos schwenkte den Arm in einer umfassenden Geste. »Um zu sehen, was passiert.«

Erdman starrte ihn an und hielt dabei sein Schreibbrett schützend vor die Brust. Dann räusperte er sich umständlich. Castillo hatte das Gefühl, etwas gesagt zu haben, das der Wahrheit gefährlich nahe kam. *Aber was genau?*

»Das kann ich Ihnen leider nicht beantworten«, sagte Erdman schließlich. Nach einer Pause fügte er die Frage an: »Und was jetzt?«

Castillo spielte erneut mit dem Gedanken, dem Gemetzel hier den Rücken zu kehren und zu verschwinden. Den Job sausen zu lassen. Nach Hause zu gehen. Oder sich irgendwo ein Zuhause zu *schaffen*. Ein neues Leben.

Aber dann kam ihm wieder das alte Mantra in den Sinn, das er sich vor über einem Jahr angeeignet und seitdem häufig vorgebetet hatte. Es waren Verse aus Homers *Odyssee*:

Ich will's dulden; mein Herz im Busen ist längst zum Leiden gehärtet! Denn ich habe schon vieles erlebt, schon vieles erduldet, Schrecken des Meeres und des Kriegs; so mag auch dieses geschehen!

Galt das auch für diesen Auftrag?

Castillo hatte viele Jahre in der Army gedient, die meiste Zeit bei der Delta Force. Bei dieser Spezialeinheit hatte er gelernt, Menschen aufzuspüren und zu jagen.

»Was jetzt passiert, wollen Sie wissen?«, griff er die Frage Erdmans wieder auf. »Jetzt tue ich meine Arbeit.«

Die Wissenschaftler im DSTI hatten ihm gesagt, nur sechs Jungen seien dort draußen.

Das war nicht die ganze Wahrheit.

3.

HAUSBESUCH

03. JUNI, FREITAG – FELTON, DELAWARE

Albert konnte wieder nicht schlafen.

In seinem Kopf drängten sich zu viele Gedanken. Jede Idee, jede Erinnerung, jede Vorstellung führte zu einer anderen, während er an die Zimmerdecke starrte, die im Schatten lag.

Bald die Klassenarbeit in Spanisch. Die werde ich verhauen. Hab keinen blassen Schimmer davon. Verstehe kein einziges Wort von dem, was die Hackfresse von Spanischlehrer sagt, weil er aus Honduras oder sonst woher kommt. Was soll ich überhaupt mit Spanisch anfangen? Fahre sowieso nirgends hin. Bin noch nicht mal geflogen. Echt bescheuert. Eselficker wie der sollten nach Hause gehen in die beschissenen Slums, aus denen sie kommen. Oder Englisch lernen wie alle anderen.

Seine Gedanken schweiften zu einer Klassenkameradin. *Adrienne hat echt fantastico Titten. Ihre Nippel sind fast immer zu sehen. Könnte stundenlang draufstarren … auf ihre Titten, ihren Hintern, ihren Mund. Aber ich glaube, die Tussi ist kalt wie ein Fisch. Na, egal … Hab gehört, dass Mike Gaffney mich nach der Schule gesucht hat. Er will jemand in den Arsch treten, der Vollpfosten … Scheiße, ich brauch 'nen Wagen, ich muss mal was anderes sehen. New York. Oder Vegas. Irgendwas. Ich könnte Mrs. Nolan mitnehmen und sie durchvögeln …*

Er hatte sich schon dreimal einen runtergeholt. Um sich zu entspannen. Um müde zu werden. Er wollte einfach nur schlafen. Er musste sich beschäftigen, sonst kamen die verfluchten Gedanken zurück. Jede Nacht. Er war übersättigt von YouPorn und Red Tube und den affengeilen Fotos in seinen geklauten *Hustler*-Magazinen. Ein Mädchen darin hatte dunkle Haare unter den Armen. *Wie ein Tier.* Er hatte die vollgespritzten Seiten herausgerissen und im Klo runtergespült. *Geiler. Freak. Der. Ich. Bin.*

Wie gern hätte er mal auf Mrs. Nolan abgespritzt. Die Schlampe wohnte direkt gegenüber. Keine dreißig Meter weit weg. Albert wälzte sich auf die Seite, schaute aus dem Fenster zu ihr hinüber. Zu ihrem Schlafzimmer.

Sie macht es sich wahrscheinlich auch manchmal selbst. Sie ist vierzig oder so, aber sogar alte Leute machen es sich noch selbst. MILFs wie Mrs. Nolan erst recht. Liegt im Bett und besorgt es sich mit einem riesigen purpurroten Dildo. Vielleicht auch mit den Fingern. Wahrscheinlich hat sie ihren beschissenen Ehemann satt. Chris, diese Schwuchtel. Jede Wette, dass Mrs. Nolan voll darauf abfahren würde, wenn sie mal richtig durchgefiedelt …

Plötzlich kamen Geräusche aus dem Wohnzimmer. Irgendetwas zersplitterte. Bestimmt war das seine betrunkene Mutter, die wieder mal über den Beistelltisch stolperte, weil sie sich einen letzten Jack Daniels mit Diät-Coke genehmigte, bevor sie ins Bett ging. Wenn er Glück hatte, schlief sie sofort ein. In manchen Nächten aber kam sie zu ihm und fing an, ihn zu belabern. Ätzender Scheiß über seine Noten oder seine Kumpels oder zu laute Musik oder irgendwelchen anderen Stuss.

Besoffene Schlampe.

Er würde mit Dr. Jacobson reden. Der hatte immer Pillen oder Ähnliches, von denen die schlimmsten Gedanken weggingen. Jedenfalls für einige Zeit.

Mrs. Nolan trägt zu Hause einen schwarzen Stringtanga. Hab ich selbst gesehen. Erst letzte Woche, als sie sich nach der Zeitung gebückt hat. Oh Mann, den Arsch möchte ich mal in die Finger kriegen. Eine echte Milchschnitte, die Alte. Ich hätte die Schlampe zusammen mit Kevin rannehmen sollen, als sie besoffen und weggetreten war. Und was dann? Ach ja, ich könnte Mike Gaffney umlegen. Einfach die Pistole aus Moms Kleiderschrank nehmen und ihm die Birne wegpusten. Oder Mrs. Nolan.

Oder ihrem Mann, der alten Schwuchtel. Oder mir selbst. PENG! No masa Española. *Mom hält mich sowieso für 'nen Loser, für 'nen verdammten Freak. Wer würde sich was daraus machen, wenn ich tot wäre? Mrs. Nolan vielleicht?*

Albert schob die Hand in die Unterhose. Das vierte Mal hintereinander würde ein bisschen wehtun, aber es war die Sache wert. Er stellte sich vor, wie Mrs. Nolan unter ihm lag, die gespreizten Beine an seinen Hüften, die Arme über den Kopf gestreckt und an irgendetwas gefesselt. An einen Bettpfosten vielleicht. Oder ans Kopfteil. Sie keucht immer wieder NEIN, aber nur, um die Unschuldige spielen zu können, die alte geile Stute, falls sie beide beim Vögeln erwischt werden. Sie windet sich unter ihm, er kann ihr Gesicht nicht richtig erkennen, und …

Adrienne. Mrs. Nolan. Mommy.

Scheiße!

Vor der Tür des Zimmers stand jemand. Albert hörte eine Diele knarren. Wenn Mom ihn wieder dabei erwischte … An *diese* Folter erinnerte er sich noch deutlich. Sie war eine Zeit lang verschwunden und dann plötzlich zurückgekommen, als er an seinem Ding rumspielte. Sie hatte ihn stundenlang damit aufgezogen. Wollte einfach nicht aufhören. Als ob das ihr verdammter Job wäre.

Albert nahm rasch die Hand weg. »Was 'n los?«, rief er in die Dunkelheit. Versuchte, taff zu klingen, während ihm das Herz bis zum Hals schlug. Er wischte seine von Spucke feuchte Hand am Laken ab.

Die Tür wurde einen Spalt breit geöffnet. Ein Schatten erschien im geisterhaften Widerschein des Fernsehbildschirms. Albert hielt den Schatten zuerst für den von Russ, Moms neuestem Freund. *Nein, dieser Atze ist zu groß.* Bestimmt irgendein Neuer, der vorbeigekommen war, um die Schlampe durchzufiedeln. Ein weiterer Blondinenflüsterer, der ihn, Albert, eines Tages zusammenstauchen würde, weil er ihn komisch angeguckt hatte.

»Was ist?«, fragte Albert und setzte sich auf. »Was soll der Stuss?«

Der Schatten trat ganz in sein Zimmer.

Nein.

Das war unmöglich.

Das konnte nicht sein.

Was macht der denn hier?

»Dr. Jacobson?«

»Hallo, Albert. Tut mir leid, wenn ich dich erschreckt habe.«

Einfach so. Als hätte er den Mann durch seine Gedanken hierher befohlen. Wie mit Aladins Wunderlampe.

Albert setzte sich im Bett auf. »Ich bin nicht … hab nicht …«

»Keine Angst, mein Junge«, sagte der Mann, dessen Gesicht noch immer im Schatten lag. »Du hast nichts mehr zu befürchten. Setz dich. Von nun an wird alles gut.«

Mehrere dunkle Gestalten bewegten sich hinter dem Wissenschaftler durchs Wohnzimmer, doch Albert konnte sie nicht erkennen. »Wo ist meine Mutter?«

»Erst müssen wir miteinander reden«, sagte Dr. Jacobson.

»Warum sind Sie hier?« Albert merkte, dass er sich brav hingesetzt hatte, er zog die Decke als eine Art Schutz um sich. »Wir sollten uns doch erst wieder in ungefähr zwei Wochen treffen.« Mit zusammengekniffenen Augen blickte er zu dem Genetiker auf. »Was haben Sie da?«

»Das hier, Albert, ist eine Akte mit allen Informationen, die wir darüber haben, wer du bist.« Dr. Jacobson setzte sich ans Fußende von Alberts Bett und schlug lässig die Beine übereinander. »Wer du *wirklich* bist.«

»Was meinen Sie damit? Die Tests und das alles?«

»Damit sind wir fertig. Das hier betrifft deine Herkunft.« Er legte den dicken Ordner aufs Bett. »Deinen Stammbaum, könnte man sagen. Na los, sieh ihn dir an.«

»Geht es um meinen Dad?«

»Es geht um dich«, erwiderte der Wissenschaftler. »Um dich allein.«

Der Junge streckte zögernd eine Hand aus, griff nach der Akte.

ALBERT/5

Und darin: ALBERT HENRY DeSALVO (3/11/1931–25/11/1973) und ein Foto.

»Wer ist das?«

Es war ein Schwarz-Weiß-Foto, das Albert auf beinahe unheimliche Weise vertraut war. Als hätte er es schon einmal gesehen, obwohl er wusste, dass das nicht der Fall war.

Jacobson lächelte. Dann redete er über Dinge wie Klonen, DNA und das *Ego*. Bevor Albert auch nur an eine Frage denken konnte, nickte Jacobson wieder zu der Akte hinüber, als wären dort sämtliche Erklärungen zu finden. Also blätterte Albert nochmals darin.

Der Ordner enthielt fotokopierte Schlagzeilen: »Würger von Boston entkommt aus geschlossener Anstalt« und »Würger von Boston im Gefängnis Walpole ermordet«. Dann folgten beschriftete Fotos von älteren und alten Frauen – Anne Slesers (55), Mary Mullen (85), Nina Nichols (68), Helen Blake (65) und Ida Irga (75) – sowie verblasste Fotos ihrer Leichen.

Dann die jüngeren: Sophie Clark (20), Patricia Bisette (23), Beverly Samans (23), Joann Graff (23), Mary Sullivan (19).

Mary hat 'ne bescheuerte Frisur, ging es Albert durch den Kopf, *aber sie ist trotzdem heiß. Blond. Hübsche Augen. Sieht ein bisschen aus wie Mrs. Nolan.*

Er las weiter. Über seine Adoption. Und Albert Henry DeSalvo. Er verstand längst nicht alles, vor allem nicht, was da über die DNA stand. Trotzdem erklärte es irgendwie alles. Seine »Mutter«. Seine Gedanken. Sein ganzes verkorkstes Leben.

Wie viel Zeit verstrichen war, hätte Albert später nicht sagen können. Eine Stunde? Zehn Minuten? Er ignorierte die seltsamen Geräusche von nebenan, ignorierte Dr. Jacobson, der die ganze Zeit ruhig dasaß und ihn beobachtete. Schließlich schaute er wieder auf.

»Albert DeSalvo.« Er ließ den Namen auf der Zunge zergehen. Er hieß nicht McCarty, sein Adoptivname. Der Loser-Name, den alle Arschlöcher in der Schule kannten. Nein. *DeSalvo.* Sein *wahrer* Name. »Der Würger von Boston«, flüsterte er im Halbdunkel. *Mein wahrer Name.* Worte von magischer Wirkung.

»Haben *Sie* mich gemacht?«, fragte Albert.

»Nein«, antwortete Dr. Jacobson aus den Schatten. »Du hast dich selbst erschaffen.«

Albert schaute zu Jacobson hinüber und bemerkte zum ersten Mal, dass der Mann Blut an der Hose hatte. Aber das konnte das alles überwältigende Gefühl, das Albert erfüllte, nicht beeinträchtigen.

Friede.

»Danke«, sagte Albert.

Dr. Jacobson tätschelte dem Jungen das Knie, dann stand er auf. »Jeder Mensch sollte wissen, wer er wirklich ist«, sagte er. Dann ging er zur Schlafzimmertür. Albert folgte ihm langsam. Er hatte keine Ahnung, wo seine Mutter war – seine *angebliche* Mutter –, aber er sah ein paar weitere Gestalten, die sich in der Diele herumdrückten und zur Haustür hinaushuschten, als er und Dr. Jacobson sich näherten. Es waren Jungen in seinem Alter. Albert fragte sich, ob es noch weitere gab.

Andere wie mich.

Der Doktor folgte ihnen hinaus.

»Was soll ich jetzt tun?«, rief Albert ihm nach.

Dr. Jacobson machte nicht halt, um zu antworten. Das war nicht nötig.

Als die beiden Autos anfuhren, wurde Albert bewusst, dass die Haustür weit offen geblieben war. Zur Nacht hin geöffnet.

Eine Nacht, in der Mrs. Nolan vermutlich noch hellwach war.

Und auf ihn wartete.

4.

EIN GEHEIMRAUM

03. JUNI, FREITAG – HADDONFIELD, NEW JERSEY

Dr. Jacobsons Haus stand in einem Villenviertel in Haddonfield, New Jersey, auf einem bewaldeten kleinen Hügel. Alter Efeu, neuer Innenausbau. Der Country Club war weniger als eine Meile entfernt. Bei Dunkelheit und aus einiger Entfernung hatte Castillo zuvor einen heimlichen Rundgang gemacht. Selbst aus der Ferne war deutlich zu erkennen, dass schon vor seiner Ankunft in dem Haus eingebrochen worden war. Ein Fenster auf der Rückseite war zersplittert; das Brett, das die Einbrecher zum Aufhebeln benutzt hatten, lag noch darunter.

Castillo öffnete die Hintertür mit einem elektrischen Dietrich. Das Innere des Landhauses blieb im Dunkeln, und er ließ sich bei der Durchsuchung Zeit. Es war das Haus eines Junggesellen. Spärlich möbliert. Mehrere leere Gästezimmer. Castillo fand leere Aktenschränke, aber nirgends einen Computer. Hier sah es nicht so aus, als seien die sechs Klone oder Jacobson selbst hier gewesen. Das Haus war nicht verwüstet, es war nur ausgeräumt worden. Vielleicht vom DSTI oder sonst jemandem im Auftrag des Verteidigungsministeriums. Vielleicht auch von einem ausländischen Konkurrenten, der seine Spuren verwischen wollte.

Vermutlich steckte das DSTI dahinter, entschied Castillo. Er hatte ein Auto am Ende der Straße gesehen. Und zwei Kerle, die das Haus beobachteten. Wären sie Profis gewesen wie er, hätte er sie nie entdeckt. Außerdem war der Einbruch amateurhaft ausgeführt worden. Castillo vermutete, dass die Täter das Fenster aufgehebelt hatten, um einen normalen Einbruch vorzutäuschen. Es wäre ein Leichtes gewesen, den teuren Fernseher oder Jacobsons goldene Manschettenknöpfe mitgehen zu lassen, um diesen Eindruck zu bekräftigen, aber das hatten diese Flaschen nicht getan. Castillo lächelte über den tollpatschigen Versuch des DSTI, ihr Eindringen zu tarnen, war aber nicht wirklich überrascht davon, dass sie das Haus selbst durchsucht hatten. Es war immer schwierig, gute Arbeit zu leisten, wenn die eigenen Auftraggeber versuchten, einen hinters Licht zu führen. Doch mit diesem Berufsrisiko war Castillo nur allzu vertraut.

In den dunklen, stillen Fluren des Hauses hatte er zum ersten Mal das Gefühl, allein zu sein, seit Colonel Stanforth angerufen hatte. Seit Castillo *wirklich* verstanden hatte, worum es bei diesem Auftrag ging. Das war kein gutes Gefühl. Allein zu sein bedeutete, dass er zu viel Zeit hatte, darüber nachzudenken, was er gesehen hatte. Zu viel Zeit, die ethischen und juristischen Konsequenzen dessen zu hinterfragen, was diesen Kids, diesen Klonen im Namen der nationalen Sicherheit und der Gewinnmaximierung angetan wurde. Castillo war nicht weltfremd und war selbst an fragwürdigen Geheimunternehmen beteiligt gewesen, aber das hier …

Er ließ eine Hand über die Wandvertäfelung gleiten, schaute sich den Durchgang zum nächsten Zimmer genauestens an und entdeckte das Gesuchte. *Hab ich dich.* Mit dem Zeigefinger fuhr er behutsam über die linke Kante der Geheimtür und fand das kleine Schlüsselloch.

Was ist wohl hinter dieser Tür?

Castillo verspürte erneut das beinahe unwiderstehliche Verlangen, sich aus dem Staub zu machen, geradewegs zum Flughafen zu fahren und nach Albuquerque zurückzufliegen. Schließlich hatte er andere Möglichkeiten, Geld zu verdienen. Möglichkeiten, ohne die Army zurechtzukommen. Aber trotz seiner Bemühungen, sich auf ein Leben nach dem Krieg einzustellen, hatte es sich verdammt gut angefühlt, Colonel Stanforths Anruf zu bekommen. Sicher hätte er ablehnen sollen. Sobald Stanforth die Jungen erwähnte, hätte er auflegen sollen.

Aber das hatte er nicht getan. Ein einziger Anruf, und er hatte sofort wieder das Gefühl gehabt, eine aktive Rolle zu spielen, statt routinemäßige Security-Aufgaben für eine Versicherungsgesellschaft zu übernehmen und nur so zu tun, als wäre er Soldat. Er hatte sich plötzlich nicht mehr wie der Mann gefühlt, der mit fünfunddreißig Jahren aus »medizinischen« Gründen ehrenhaft, aber zwangsweise aus der Army entlassen worden war. Nicht mehr wie der Typ, hinter dessen Rücken alle tuschelten: *Dieser Spinner tickt nicht richtig.*

Castillo war mit achtzehn zur Army gegangen, als einer von einer halben Million Soldaten. Einige Zeit später hatte er zu den nur zweitausend Handverlesenen gehört, die für die Eliteeinheit der Rangers ausgewählt worden waren. Er hatte Terroristenbekämpfung, Spionageabwehr, Wüstenkriegsführung und den Umgang mit Sprengmitteln aller Art gelernt.

Von den zweitausend Rangers wiederum waren *vierzig* für die Delta Force ausgewählt worden, darunter Castillo. Vierzig Mann von einer halben Million. Als Angehöriger der Delta Force hatte Castillo im Jemen, in Somalia, im Irak und in Pakistan Männer mit Namen wie al-Jasari, Binalshibh und Scheich Mohammed gefangen genommen. Er hatte dreiundzwanzig Terroristen liquidiert. Er besaß ein Diplom in internationaler Wirtschaftsgeschichte. Er war mit drei Purple Hearts, vier Bronze Stars, zwei Silver Stars und dem Distinguished Service Cross ausgezeichnet worden.

Sollte ein solcher Mann im Auftrag von Versicherungen Firmenräume nach Wanzen der Konkurrenz absuchen? In den Limousinen von Öl-Tycoons als überflüssiger Leibwächter mitfahren?

Castillo verscheuchte diese Gedanken, konzentrierte sich wieder auf die vor ihm liegende Aufgabe. Hinter dieser Tür konnte alles Mögliche lauern. Am besten, er fragte nach, bevor er mehr entdeckte, als er entdecken sollte.

Castillo rief seinen Boss an.

Auch Colonel Stanforth war offiziell Zivilist geworden. Wie Castillo war der Colonel jetzt »Mr.« Stanforth, arbeitete aber weiterhin als Berater für die Abteilung Spezialeinsätze des US-Verteidigungsministeriums. Dabei ging es um Operationen, für die es niemals eine Bestätigung in den Medien gegeben hätte, in manchen Fällen nicht einmal im Kongress.

»Unsere neuen Freunde spielen falsch, Sir«, berichtete Castillo. Das Wort »Sir« kam ihm wie von selbst über die Lippen. Es nicht zu sagen, wäre ihm so absurd vorgekommen, als hätte er seine Mutter plötzlich nicht mehr »Mom« nennen dürfen.

»Unsere *alten* Freunde«, verbesserte Stanforth ihn – für Castillo eine deutliche Erinnerung daran, dass das DSTI für das Ministerium ein langjähriger und weiterhin geschätzter Partner war. »Wie sieht's aus, mein Junge?«

»Gut, Sir. Ich bin in Jacobsons Haus. Hier ist allerdings schon vieles weggeschafft worden.« Castillo blickte aus dem Fenster zu den beiden Männern, die das Haus überwachten, ohne zu wissen, dass er sie längt bemerkt hatte. *Amateure.* »Unsere Freunde, ob alt oder neu, haben uns nicht mitgeteilt, dass sie hier draußen gewesen sind.«

»Sie sind wohl in Panik geraten. Aber das ist nicht überraschend. Für sie ist das kein Routinefall. Für keinen von uns.«

»Ja, Sir.«

»Ich beschaffe Ihnen eine Liste aller Gegenstände, die sie mitgenommen haben«, sagte Stanforth. »Und ich sorge dafür, dass so etwas nicht noch einmal passiert.« Die ersten Anzeichen von Verärgerung schlichen sich in seine Stimme. Trotz seiner Bemerkung, das alles käme nicht überraschend, fühlte Stanforth sich offenbar aufs Kreuz gelegt. *Keine guten Aussichten für die Eierköpfe im DSTI*, dachte Castillo.

»Verstanden, Sir«, sagte er. »Bitte um Zuweisung weiterer Leute. Ich brauche ein komplettes Team.«

»Nein. Nichts zu machen. Wir lassen die jeweiligen Heimatadressen bereits überprüfen«, sagte Stanforth. »Das erspart Ihnen einige Lauferei. Falls wir etwas finden, informiere ich Sie. Alles andere, die Drecksarbeit, muss schnell und diskret abgewickelt werden. Das ist Ihr Job, mein Junge. Bei *Fox News* flippen sie schon aus, wenn irgendein besoffener Teenager auf Aruba verloren geht. Was glauben Sie, würden die erst aus *dieser* Sache machen?«

Ich weiß, dachte Castillo stumm. *Und wenn irgendwas schiefgeht, hast du Pech gehabt, ›mein Junge‹. Du verschwindest auf Nimmerwiedersehen, und diese Sache ist nie passiert.*

Castillo kannte die Hauptgefahr bei Spezialkommandos. Selbst bei offiziellen Einsätzen würde die Führung jede Kenntnis über die Existenz ihrer Leute abstreiten, wenn sie geschnappt wurden oder auf eine Weise versagten, die in der Heimat unerwünschtes Aufsehen erregte. Und das hier war nicht einmal ein militärischer Einsatz. Schließlich hatte die Army ihn, Castillo, vor über einem Jahr auf die Straße gesetzt. Nein, dies hier war Schwarzarbeit als freiberuflicher Kopfgeldjäger. Letzten Endes konnten seine Aufraggeber ihn ebenso leicht liquidieren wie ihm einen Scheck als »Beraterhonorar« ausstellen.

Doch Castillo bemühte sich, seinen Verfolgungswahn zu unterdrücken. *Ist es fair, an Stanforth zu zweifeln?* Schließlich war es Stanforth gewesen, der in den Irak zurückgekehrt war, um ihn aus der Klemme zu befreien, während die anderen den Fall mit einer knappen Vermisstenmeldung abgeschlossen und ihn seinem Schicksal überlassen hätten: weiterer Folter und vielleicht einem gnädigen Tod. Es war Stanforth gewesen, der ihn vor gerade einmal vierundzwanzig Stunden reaktiviert hatte. Und es war Stanforth, der ihm nun vertraute. Castillo wusste, dass er diesem Mann mehr Vertrauen schuldete, als er ihm zugestand. Das einzige Problem war: Stanforth wusste das ebenfalls.

»Es hat einen Schlüssel gegeben«, kam Castillo wieder auf den Fall zu sprechen. »Jacobson hat ihn als eine Art Hinweis im DSTI zurückgelassen. Der Mann *will* gefasst werden. Er *will*, dass wir etwas finden.«

»Weiß man im DSTI schon, wozu der Schlüssel passt?«

»Zu einem geheimen Lagerraum«, antwortete Castillo. »Vor dem stehe ich jetzt.«

Stanforth lachte leise. »Deshalb habe ich *Sie* angerufen.«

»Was passiert mit den Jungen, wenn ich sie finde? Und mit Jacobson?«

»Finden Sie sie erst einmal«, antwortete Stanforth. »Das DSTI hat Einrichtungen und Spezialisten, um solche Dinge zu regeln. Dort sind die Jungen gut versorgt.«

»Sie werden nicht liquidiert?«

»Ich gebe Ihnen mein Wort.«

Castillo wusste, dass es besser gewesen wäre, das Thema fallen zu lassen. Trotzdem fragte er: »Was dann? Verschwinden sie für immer? Werden sie für den Rest ihres Lebens ruhig gestellt und irgendwo weggesperrt?«

Schweigen am anderen Ende. Langes Schweigen. Lange genug, um Castillo erkennen zu lassen, dass er eine rote Linie überschritten hatte. Möglicherweise dachte Stanforth bereits darüber nach, ob er ihn auf der Stelle von dem Auftrag entbinden sollte – mit unabsehbaren Konsequenzen.

»Was würden die Gerichte mit diesen Klonen anstellen?«, erwiderte der Colonel schließlich. »Diese kleinen Ungeheuer haben ein Dutzend Menschen ermordet.« Kurze Pause, dann: »Sind Sie diesem Job gewachsen oder nicht?«

Bin ich das? »Ja, Sir. Tut mir leid, Sir.«

»Schon gut. Ich weiß, dass das nach Ihrer Rückkehr ein schwieriger erster Auftrag für Sie ist. Vor allem wegen dieser Jungen. Aber Sie sind mein bester Mann für den Job, das steht außer Frage. Sonst hätte ich Sie nicht angerufen.«

Castillo ging rasch seine Optionen durch, analysierte Stanforths Aussagen. Erster Auftrag bedeutete, dass es weitere Jobs geben würde. Und: mein bester Mann? Wenn jemand wie Stanforth so etwas sagte, dann meinte er es auch so.

Wenn du die Klappe halten und den Auftrag ausführen würdest, wie du es jahrelang getan hast, wäre das ein Weg zurück in den aktiven Dienst, sagte sich Castillo. Stanforth war gut vernetzt und hatte ausreichend Einfluss, um ihn in einem der großen privaten militärischen Unternehmen unterbringen zu können. Wie viele andere Ehemalige könnte Castillo ein privater Subunternehmer werden. Ein Söldner. Es gab Hunderte private Sicherheits- und Militärunternehmen, zwischen denen er die Wahl hatte. Er würde alle seine Fertigkeiten, alle seine Begabungen, all seine Erfahrung wieder einsetzen können.

Aber Stanforth hatte gesagt: ›Ich weiß, dass es ein schwieriger erster

Auftrag für Sie ist, vor allem wegen dieser Jungen.‹ Ein Beweis dafür, dass Stanforth von seinen Träumen wusste, von Towraghondi, der afghanischen Grenzstadt. Von dem Jungen. Natürlich hatten sie Berichte, Aufzeichnungen.

Wie viel hat Kristin ihnen erzählt?

Lass gut sein.

»Erlaubnis, den Raum zu betreten, Sir?«, fragte Castillo.

»Erteilt. Noch was, Captain ...« Nicht *mein Junge* oder sein Spitzname aus der Gruppe, sondern ein förmliches Captain, obwohl Castillo offiziell keiner mehr war. »Ich lasse Sie im Sicherheitsstatus höherstufen. Ein ganz neues Spiel.«

»Verstanden, Sir.«

»Das hoffe ich. Weil diese Sache rasch hässlich werden kann.«

»Wie hässlich?«

»Die Hölle ist noch hässlicher.«

»Ja, Sir.«

»Aber es gibt kein Zurück. Niemals.«

Das weiß ich. »Verstanden, Sir.«

»Halten Sie mich auf dem Laufenden, Castillo. Bleiben Sie clever.«

»Klar, Sir.« Castillo beendete das Gespräch, steckte sein Smartphone ein und zog wieder den elektrischen Dietrich hervor, um das Schloss der Geheimtür zu öffnen. Es dauerte nicht lange.

Er steckte den Dietrich ein und zog zum ersten Mal seit Monaten seine Pistole.

Das kleine Zimmer erwies sich als unbelebt. Castillo steckte seine Waffe wieder weg. Wie er vermutet hatte, war der Raum kaum größer als ein begehbarer Wandschrank. Vielleicht war er ursprünglich als Panikraum gedacht gewesen. Er enthielt zwei Aktenschränke, die von Ausdrucken, CDs, externen Festplatten und Blutproben überquollen. Dutzende von Notizbüchern in unterschiedlichen Formen und Größen, alle voller handschriftlicher Vermerke. Jacobsons Notizen.

Außerdem stand hier ein Kunststoffbehälter, der eine halb verweste Leiche enthielt. Der an das Stromnetz angeschlossene Behälter war kalt, als Castillo ihn öffnete. Dornröschen war in Folie verpackt und nur knapp halb so groß wie der Behälter, die zwei Hälften der Leiche lagen darin nebeneinander. Tiefgekühlt. Angefault, aber noch einigermaßen erhalten wie eine Mumie.

Deshalb musste Castillo sich nicht dringend mit der Leiche beschäftigen. Stattdessen verbrachte er die nächsten neun Stunden damit, die Unterlagen und Jacobsons private Tagebücher durchzusehen, sich stichprobenartig die Videos und CDs anzuschauen, Kopien zu machen und alles mit seinem Smartphone zu fotografieren.

Bei Tagesanbruch hatte er mehr Fragen als Antworten.

Eines jedoch wusste er: Die Hölle konnte nicht viel abscheulicher sein als das hier.

*

In einem der Filme wird ein kleiner Junge geschlagen. Die Digitalkamera ist an der Decke seines Zimmers montiert, vermutlich in einer Lampe. Der Film zeigt, wie der Vorgang sich monatelang wiederholt. Der Mann – oder »Vater« – blickt manchmal direkt in die Kamera.

Castillo lief jedes Mal ein kalter Schauder über den Rücken. *Der Hurensohn weiß, dass die Kamera da ist.*

Im nächsten Film wird ein kleiner Junge von seinem Vater angebrüllt, aber nicht geschlagen. Der Junge wird als »Trottel«, »Arschloch« und »Schwuler« beschimpft. Er weint. Der Film zeigt, dass es monatelang so weitergeht.

Äußerlich gleichen sich die Jungen in den beiden Filmen bis aufs Haar. Sie könnten ein und derselbe sein. Aber die Zimmer sind unterschiedlich. Die Väter ebenfalls. Adoptivväter, vermutete Castillo. »Vertragspartner« des DSTI, um Erdmans Bezeichnung zu verwenden.

Die mitsamt Datum am unteren Bildrand eingespiegelten Namen der Jungen lauten Dennis/6 und Dennis/10. Sie sind Klone. Castillo hatte den Auftrag, Dennis/6, den körperlich misshandelten Jungen, aufzuspüren. *Dennis zehn geht dich nichts an,* sagte er sich.

Im nächsten Film wird ein anderer Junge, John/3, dazu gedrängt, eine Katze mit einem Hammer zu erschlagen. John/5 hingegen wird angehalten, mit Legosteinen zu spielen. Den dazugehörigen Notizen nach wurden beide Jungen aus der DNA des Serienkillers John Wayne Gacy herangezüchtet.

Plötzlich erscheint eine tote Katze nicht mehr so schlimm. Castillo fand einen Ordner mit Unterlagen über »John«. In nur sechs Jahren, von 1970 an, hatte John Wayne Gacy dreißig Jungen und junge Männer vergewaltigt und ermordet. Die Polizei fand zwanzig der Leichen im Kriechraum seines Dachbodens. Es gab Dutzende Fotos, die Castillo sich ansehen konnte, darunter die original Fahndungsfotos und weitere Aufnahmen von Gacy als »Pogo«, dem berüchtigten Clown, als der er sich zu Gemeindefesten und ähnlichen Anlässen gern und oft verkleidet hatte. Außerdem Farbfotos der Bilder, die Gacy im Gefängnis gemalt hatte, hauptsächlich Vögel, Clowns und Totenschädel. In Jacobsons Notizen stand, Pogo/Gacy sei 1994 in Illinois mit einer Giftspritze hingerichtet worden … aber halt.

Castillo betrachtete wieder die flackernden Videos. Hier waren zwei weitere Pogos/Gacys. Vom DSTI hergestellt.

Pogo lebt und ist erst zehn Jahre alt.

Doch der eine Pogo-Klon hilft in dem Film mit, eine Katze zu erschlagen, während der andere Burgen aus Legosteinen baut.

Veranlagung/Umwelt.

Studien in Verhaltensforschung in sorgfältig gestalteter Umgebung sind als Teil des Forschungsprojekts mindestens zwei Jahre lang aufgezeichnet und ausgewertet worden. Stunden um Stunden mit kleinen Pogos. Folter im Namen der Wissenschaft … oder der nationalen Verteidigung.

Stunde um Stunde. Tagelang. Wochenlang. Jahrelang.

Castillo schaute sich so viel an, wie er ertragen konnte.

*

Auf einem anderen Laufwerk klickte er einen WMV-Ordner an.

Ein Sarg wird von drei Männern mühsam aus einem geöffneten Grab gehoben. Im Film ist es Nacht – die beste Zeit für Grabräuber. Es regnet. Die Männer sind nach stundenlanger Arbeit schmutzig und durchnässt, und das Grab ist auf allen Seiten von frischer, aufgeworfener Erde umgeben. Einen der Männer erkennt Castillo als Dr. Gregory Jacobson. In dieser nächtlichen Umgebung rinnt das Regenwasser dunkel wie Blut von den Erdhaufen in das gähnend schwarze Loch. Als die Männer den Sarg anheben, bricht der verrottete Boden unter dem Gewicht der inneren Bleihülle durch, und der Sarg droht zu bersten. Jacobson bedeutet den Männern, ihn abzustellen. Nachdem sie die Anweisung befolgt haben, liegt der Sarg schräg im Grab, halb drinnen, halb draußen. Die Männer öffnen ihn von oben her. Die Kamera zoomt heran, als der Sarg aufgebrochen wird. Zum ersten Mal seit unbestimmbar vielen Jahrzehnten regnet es wieder auf den Mann im Sarg, dessen Gestalt in ein verrottendes Leichentuch gehüllt ist. Der Film zeigt, wie Jacobsons Finger das Tuch zurückschlagen, es zerreißen. Der mürbe Stoff gibt sofort nach. Darunter kommt der Brustkorb des Toten zum Vorschein. Rippen. Halswirbel. Als Jacobson weiter reißt, erscheint der Schädel. Zähne. Haarklumpen. Faltige, verwesende Hautstreifen am skelettierten Unterkiefer. Der Regen prasselt auf alles hernieder. Jacobson fährt mit dem Zeigefinger über das nass glänzende Schädeldach. Er hebt den Kopf, blickt in die Kamera. Regen klatscht ihm ins Gesicht. Er lacht. Es sieht aus, als würde er gleichzeitig weinen. Aber das könnte auch vom Regen herrühren.

Im letzten Film malt ein Junge. Der gleiche blonde Junge, vielleicht zehn Jahre alt, spielt Klavier. Dann sieht er wie zwölf aus und spielt Guitar Hero auf seiner PlayStation. Er ist von Luftballons umgeben und pustet die Kerzen auf einer Geburtstagstorte aus. Diesmal ist die Kamera nicht versteckt. Sie wird von Händen gehalten. Ein Amateurfilm.

Der Junge spricht in die Kamera. Und der Mann, der sie hält, antwortet ihm. Der Junge sagt: »Dad, musst du andauernd filmen?«

Castillo kommt der Junge bekannt vor. Seine Gesichtszüge.

Das Haus in dem Film erkennt er auf Anhieb.

Kein Wunder. Es ist *dieses* Haus.

Jacobsons Haus.

5.

UNSERE SCHLECHTESTEN ZÜGE

04. JUNI, SAMSTAG – HADDONFIELD, NEW JERSEY

Aus Dr. Gregory Jacobsons Tagebüchern

12. Okt. – Psychopathische Versuchspersonen, die als »H« oder höher eingestuft werden, erzielen mit die niedrigsten Asymmetriewerte unter überwachten Straftätern. Im Gespräch zeigt die Versuchsperson weiterhin typische psychopathische Symptome: Oberflächlichkeit, Unmotiviertheit, Manipulationsdrang, mangelhaftes Schamgefühl, Gefühlsarmut. Ich fragte die Versuchsperson, was sie tun würde, wenn ich sie mit vorgehaltener Pistole ausrauben wollte. Sie sagte, sie würde davonlaufen. Oder mir das Geld geben. Oder mich angreifen, um mir die Waffe zu entwinden. Als ich wissen wollte, was sie dabei empfinden würde – nicht, was sie denken oder tun würde –, wusste die Versuchsperson keine Antwort. Keine. MMPI für nächste Sitzung eingeplant. Wärterin der Kontrollperson angewiesen, mütterliche Vernachlässigung um 2,0 Punkte, weibliche Dominanz um 1,0 zu erhöhen.

9. Nov. – Lunch mit Dr. Carla Bayliff (Tulane), die kommendes Jahr ein Symposium leitet und wissen wollte, ob ich eine Einladung als Ehrengast annehmen würde. Vielleicht. Einfluss von gewöhnlichem funktionalen Polymorphismus in MAO-A-Genen auf

Struktur und Funktion des Gehirns untersucht. Kaum Ausdrucksvarianten in MPRs der Versuchsperson gefunden. Erdman hegt weiterhin Vorbehalte gegen beschränkte Testgruppe. Signifikanter Rückgang der Ausschüttungen von Endorphinen und hyperempfindliche Amygdala bei emotionaler Erregung. Markant verringerte Reaktivität der regulierenden Frontallappenregionen im Verhältnis zum hoch expressiven Allel. Die eindeutigste Verbindung zwischen genetischer Variation und Aggression stellt das Chromosom XP11.23 dar. Es ist das wahre Kainsmal. XP11 ist die neue Zahl des Tieres. Die neue 666.

22. Nov. – Die MAO-A-Werte der Versuchsperson bleiben mit denen des DNA-Spenders identisch. Neue Blutbilder bestätigen weiterhin niedrige Serotonin-, Noradrenalin- und Dopaminwerte. Hunde bellen, wie sie gezüchtet werden. Besuch bei John und Albert in sekundärer Umgebung einplanen. Voxelbasierte Morphometrie verordnet, um Gehirn der Versuchsperson auf regionale Volumenänderungen in Abhängigkeit vom Genotyp zu untersuchen.
Er hat darum gebeten, dass sein Zimmer beige gestrichen wird. Eine echte gefühlsmäßige Vorliebe oder das Nachahmen konventionellen Verhaltens? Heute hat er wieder nach seiner Mutter gefragt. Unwahrheit erneuert sich beständig. Vielleicht hätte ich ihn nie herbringen sollen.

6. Apr. – Träume sollten in die Nacht verbannt bleiben. Bei Sonnenlicht werden sie üble Eindringlinge. Triazolam-Injektionen verkürzen den REM-Schlaf, aber nun haben sie mich tagsüber gefunden. Ich konnte ihr Gesicht wieder nicht sehen. Die Wärme, die sich aus ihrem Inneren ergoss, hüllte mich ein wie eine Decke von Mutterhand. Ich wachte an meinem Schreibtisch auf, in Schweiß gebadet, mein Bauch warm und feucht von Sperma. Ich habe heute von Rochester gehört, dort ist

jetzt alles arrangiert. Die Menschheit wird unablässig von genetischen Eigenschaften motiviert, die längst begrabene Vorfahren uns vererbt haben. Individuelle Kindheitserlebnisse können sie modifizieren, unterdrücken oder verstärken, aber niemals wirklich beseitigen. Ich werde dabei sein, wenn er ausgegraben wird.

4. Mai – Tumbletys DNA stimmt überein, und ich bin überglücklich. Wie ich stets gehofft habe, ist es beruhigend, unsere schlimmsten Eigenschaften in unseren Ahnen zu entdecken. Das spricht uns frei.

Castillo warf Jacobsons Tagebuch in den Karton mit den anderen zurück. Überwiegend medizinisches Kauderwelsch und an Glückskeks-Texte erinnernde willkürliche Maximen zu Gewalt und Vererbung.

Ein Stapel klinischer Studien über verschiedene Serienmörder (Castillo kannte keinen vom Namen nach). Eine Luftaufnahme, vermutlich aus Afghanistan, auf die Jacobson konzentrische, farbige Kreise gezeichnet hatte, die von einem kleinen Dorf ausgingen; darüber war an den oberen rechten Rand »SharDhara« gekritzelt – es klang beinahe vertraut. Fachartikel über das Superman-Syndrom, XYY-Kinder und das sogenannte Klinefelter-Syndrom. PCR-Ausdrucke, die DNA-Doppelstränge kartierten, von denen Castillo nicht das Geringste verstand, obwohl er sich daran erinnerte, dass Erdman die Wichtigkeit von »MAO-A-Werten« hervorgehoben hatte. Außerdem Grafiken zum Vergleich der Oxytocin- und Vasopressinwerte mehrerer Versuchspersonen, die für Castillo noch weniger Sinn ergaben. Aber es gab auch Farbfotos von verstümmelten Opfern, aufgeschlitzt und zerschlagen. Diese Botschaft verstand Castillo perfekt. Kleidung und Aufnahmequalität ließen auf Verbrechensopfer vom Anfang des 20. Jahrhunderts bis in die Jetztzeit schließen. Stadtpläne von East London aus dem 19. Jahrhundert. Alte Fotos von einem gewissen Francis Tumblety und eine alte Broschüre mit dem Titel *Die Entführung des Dr. Tumblety.*

Aus Jacobsons Tagebüchern wusste Castillo, dass Francis Tumblety der skelettierte Leichnam war, den Jacobson bei strömendem Regen ausgegraben hatte. Eine rasche Google-Suche ergab, dass der 1903 gestorbene Tumblety verdächtigt worden war, Jack the Ripper zu sein. Wie aus Jacobsons Tagebuch und dem Film hervorging, hatte er sich vor einem halben Jahr die DNA dieses Mannes verschafft:

Tumbletys DNA stimmt überein, und ich bin überglücklich.

Womit *hat sie übereingestimmt?*, fragte Castillo sich. *Mit Jacobsons eigener DNA? Mit der eines anderen Klons?*

Er dachte nicht allzu lange darüber nach, denn es gab noch rätselhaftere, verwirrendere Dinge als den Toten.

Die anderen CDs.

Die Filme von Testgruppe Nr. 2.

Kinder, die geschlagen wurden, und Schlimmeres. Jacobsons Tagebücher und Berichte bestätigten, dass die verschiedenen Misshandlungen im Namen der Wissenschaft systematisch *verschrieben* worden waren.

Castillo stützte die Ellbogen auf und ließ das Gesicht in den Händen ruhen. Es war eine lange Nacht gewesen. Er war zu betäubt, um noch klar denken zu können. Diese ganze verdammte Geschichte war verrückt. Er überlegte, ob er beten sollte, aber im Augenblick empfand er nur Zorn, wenn er an Gott dachte. Der Colonel hatte recht. Es gab kein Zurück.

Ein Zitat aus der *Odyssee* ging ihm durch den Kopf.

Und verfolgt mich ein Gott im dunkeln Meere, so will ich's dulden; mein Herz im Busen ist längst zum Leiden gehärtet. Denn ich habe schon vieles erlebt, schon vieles erduldet, Schrecken des Meers und des Kriegs: so mag auch dieses geschehen!

Er blickte auf sein Smartphone. 06:14 Uhr. Er rief die Nummer an, die er bekommen hatte.

»Hier Castillo«, sagte er und konnte die Wut in seiner Stimme hören. Er wusste schon jetzt, dass dieser Anruf ein Fehler war.

»Ja?«, fragte Dr. Erdman am anderen Ende. Seine Stimme klang matt. Die Nacht war für alle lang gewesen. Castillo fragte sich, wie die Aufräumarbeiten vorankamen. »Stanforth hat mir mitgeteilt, dass Sie etwas gefunden haben, und mich angewiesen, Sie in Ruhe zu lassen, bis Sie fertig sind. Sind Sie das?« Erdman versuchte gelangweilt zu klingen, aber Castillo spürte, dass der Bioingenieur fürchtete, was er entdeckt haben könnte. *Völlig zu recht.*

»Wer mit Ungeheuern kämpft«, antwortete Castillo.

»Nur weiter.«

»Das ist von Nietzsche. ›Wer mit Ungeheuern kämpft, mag zusehn …‹«

»›… dass er nicht dabei zum Ungeheuer wird‹«, ergänzte Erdman. »Alte Binsenweisheit. Was hat sie mit dem aktuellen Fall zu tun?«

Castillo lachte rau. »Was sehen Sie, wenn Sie in den Spiegel blicken, Erdman?« Er hätte nicht anrufen sollen. Das hier war eine unnötige Konfrontation. Die Art Anruf, die schon vor einem Jahr fällig gewesen wäre. Nur um Streit zu suchen, irgendeine Auseinandersetzung. Der Wunsch, sich an jemandem für das Grauen zu rächen, das er sich die ganze Nacht hatte ansehen müssen. Es war eine emotionale Reaktion, für die während eines Einsatzes eigentlich kein Platz war.

Verdammt. Warum habe ich ihn bloß angerufen?

»Was ich bei einem Blick in den Spiegel sehe?«, hörte er den Wissenschaftler sagen. »Was die meisten Männer sehen, nehme ich an.« Erdmans Antwort brachte Castillo auf den Boden der Tatsachen zurück. »Ich hoffe, Mr. Castillo, Sie haben Informationen gesammelt, die dazu beitragen können, diesen Fall rasch aufzuklären. Stanforth hat uns jedenfalls versichert, dass Sie dazu imstande sind.«

»Informationen?« Castillo schluckte die Drohungen hinunter, die ihm auf der Zunge lagen. »Ihr Chef ist zweifellos geisteskrank. Jacobsons Tagebücher sind voller zusammenhangloser Fantastereien. Es gibt sogar eine Verbindung zu einem viktorianischen Mörder namens Francis Tumblety, einem Engländer, der vor mehr als hundert Jahren gestorben ist. Es existiert ein Video, auf dem zu sehen ist, wie Jacobson und zwei Helfer die Leiche dieses Mannes ausgraben. Tatsächlich stehe ich im Moment sogar vor Mr. Tumbletys sterblichen Überresten, wenn ich mich nicht irre.«

»Tatsächlich?«

»Offenbar überrascht Sie das nicht.«

»Erzählen Sie weiter.«

»Zweitens: Um verkäufliche Arzneimittel herzustellen, Genforschung zu betreiben und potenzielle militärische Einsatzmöglichkeiten zu erkunden, züchtet das DSTI – ein üppig finanziertes, aber kaum bekanntes Genetiklabor – absichtlich und gezielt Monster. Es erprobt Klone von Menschen, die als pervers und extrem gewalttätig bekannt sind. Es verordnet die Misshandlung von Kindern … Nein, Augenblick, es verordnet sie im Rahmen einer Untersuchungsreihe nur der *Hälfte* der Kinder. Dabei geht es mal wieder um die Frage, was bedeutsamer für die Charakterentwicklung ist: Vererbung oder Umwelt.«

»Diese Untersuchungen, die es offiziell nie gegeben hat, wurden bereits vor Jahren eingestellt.«

Leugnen. Leugnen.

Andererseits *waren* die Filme mehrere Jahre alt, sodass die Untersuchungen tatsächlich beendet worden sein konnten. Und das offizielle Leugnen von unangenehmen Wahrheiten war Castillo vertraut. Manchmal musste man darüber hinwegsehen, aber in diesem Fall …

»Ich verstehe«, sagte er. »Wie vertraut sind Sie mit den Praxistests, der Einschleusung von Versuchspersonen in Phase drei, Doktor?«

»Nun …« Erdman zögerte. »Jacobson hatte große Pläne, aber das DSTI hat sie zurückgewiesen. Sollte etwas in dieser Richtung unternommen worden sein, hat er auf eigene Faust gehandelt.«

Leugnen. Leugnen.

»Also gut.« Castillo rieb sich die Augen. »Jacobsons Notizen zeigen, dass er genau wusste, was er tat. Er hat genetische Psychopathen im Babyalter bei ahnungslosen Adoptiveltern untergebracht, um zu sehen, wie das Killer-Gen sich auswirkt. Da Sie nicht für so etwas zahlen wollten, hat er es selbst finanziert.«

»Das DSTI hat das Projekt abgelehnt, weil es keine Vorteile für unsere Primärziele gebracht hätte.«

»Das haben Sie schon mal gesagt. Anscheinend hatte Jacobson doch einige Gründe zur Unzufriedenheit, was? Aus seinen Unterlagen geht hervor, dass auch er ein Kind adoptiert hatte.«

»Haben Sie einen der Klone entdeckt?«

»Nein. Noch nicht.«

Am anderen Ende gab es eine lange Pause. Dann sagte Erdman: »Jacobson hat das DSTI praktisch allein aufgebaut. Er ist einer der größten Bioingenieure der Welt. Als solcher hatte er viele Freiheiten.«

»Den Eindruck habe ich auch. Wussten Sie, dass er einen Sohn hat?«

»Natürlich.«

»Und dass dieser Junge ein Klon aus Ihrem Labor ist?«

»Ja.«

»Wie viele weitere Kinder könnte es gegeben haben? In wie vielen Familien sind solche Jugendlichen untergebracht worden? Jacobsons Aufzeichnungen sind absichtlich vage. Verschlüsselt.«

»Das wissen wir nicht mit Bestimmtheit. Vielleicht ein Dutzend. Alle übrigen Embryos sind nachgewiesen. Wir müssen Jacobsons Notizen durchforsten.«

»Gut. Denn er wollte, dass sie gefunden werden. Er hat den Schlüssel absichtlich zurückgelassen. Ich habe mir Kopien gemacht und lasse die Originale für Sie hier. Sie können sie in einer Stunde abholen. Noch was: Sie können mir Kopien von allem mailen, was Ihre Leute gefunden haben, als sie sein Haus ausgeräumt haben. Aber ich habe wahrscheinlich schon alles, was ich brauche. Die sechs Ausbrecher waren erst der Anfang. Jacobson will die Adoptivkinder aufspüren und sie alle auf die Menschheit loslassen.«

»Wie kommen Sie darauf?«

»Das steht in seinen Tagebüchern. Er will die Käfige leeren. Könnten bis zum Ende dieser Woche achtzehn solcher Klone auf freiem Fuß sein? Wäre das möglich?«

Erdman schwieg.

»He, kommen Sie«, drängte Castillo. »Wann kapieren Sie und Ihre Kumpel endlich, dass wir Mannschaftskameraden sind? Ich kann meine Arbeit nicht tun, wenn ich belogen werde.«

Erdman schwieg weiter.

»Also gut, eine andere Frage. Haben Sie eine Ahnung, was *Shar-Dhara* ist? Eine Person? Ein Ort? Hat es mit Afghanistan zu tun?«

»Keine Ahnung.«

»Wirklich nicht? Ich habe hier eine Luftaufnahme eines Gebietes in Afghanistan. Jacobson hat sie mit farbigen konzentrischen Kreisen versehen, neben denen offenbar Sterblichkeitsziffern vermerkt sind. Schätzungen. Irgendwelche Messwerte, mit denen ich nichts anfangen kann.«

»Ich erst recht nicht. Wie haben Sie den Raum eigentlich gefunden?«

»Ich melde mich wieder.« Castillo beendete das Gespräch, tippte sich mit dem Handy ans Kinn und dachte nach. Sein Streit mit Erdman gab ihm einen weiteren Grund, Kristin anzurufen.

Es gab sehr viele Gründe, sie anzurufen.

Und ein Dutzend mehr, es nicht zu tun.

»Verdammt«, murmelte er.

Er tippte ihre Nummer aus dem Gedächtnis.

06:30 Uhr. Vielleicht war sie noch gar nicht im Dienst. *Hätte ich den Mut, es dann noch mal zu versuchen?*

Sie meldete sich nach dem ersten Klingeln. »Kristin Romano.«

Ihr Name und der Klang ihrer Stimme bewirkten, dass Castillo sich fühlte, als wäre er in zehn Kilometern Höhe zu einem HALO-Freifall aus einer Hercules HC-130 gestoßen worden.

Kristin Romano.

Als Heimkehrer aus dem Irak hatte er sich ein Jahr lang im Walter Reed Medical Center in Washington, D. C., erholt. Colonel Stanforth hatte veranlasst, dass seine Verwundung dort bestens versorgt wurde. Die psychische Heilung war schwieriger gewesen. Das größte Hindernis, das war ihm klar, war immer er selbst. Aber die bei Veteranen übliche Fließbandabfertigung hatte nicht viel zur Heilung beigetragen. Die beiden ersten Psychologen hatten ganz auf Pillen gesetzt. Hatten sich ausgerechnet, wenn sie ihn weitere vierzig Jahre lang als Zombie hielten, würde er über das Foltertrauma hinwegkommen – und auch darüber, dass die Army beschlossen hatte, ihn mit einem Berg funkelnder Orden zu dekorieren und mit fünfunddreißig Jahren möglichst schnell und unauffällig zu entlassen. Das hatte nicht besonders gut geklappt. Einem der beiden Penner hatte Castillo während einer Sitzung sogar einen Kinnhaken verpasst.

Dann war Dr. Kristin Romano gekommen. *Captain* Romano. *Kristin.*

Sie hatte sofort seine Medikamente abgesetzt. Sie arbeitete lieber mit Tagebüchern, Kunsttherapie, Meditation und später mit noch esoterischeren Übungen wie Astralprojektion und Channeling.

Anfangs hatte Kristin ihn eingeladen, eine Woche lang mit neun weiteren Veteranen in den Adirondack Mountains zu campen, um sich in gefühlsduseligem Oprah-Schund zu suhlen. Castillo und die anderen Jungs hatten um ein Lagerfeuer gesessen und wie ein Haufen alter Weiber über die eigenen Gefühle gegackert. An den beiden ersten Tagen hatte Castillo ganze sechs Worte gesagt, und die anderen Typen waren nicht viel gesprächiger gewesen. Am dritten Abend aber hatte Kristin sie zu einer Schwitzhütte geführt, ein paar Meilen von ihren Blockhäusern entfernt, und hatte die zehn Männer für den Rest der Nacht allein gelassen. Da hatten sie zu reden angefangen. Erst einer, dann noch einer, dann alle. Sie hatten über Dinge gesprochen, die sie gesehen und getan hatten. Vor allem über Dinge, die sie hätten tun *sollen.* Sie wechselten sich mit Beschämung und Verlegenheit, Schmerz und Reue ab. So wurde es Vormittag, bevor sie merkten, dass sie froren und kein Brennholz mehr da war.

Sie waren jetzt zehn Brüder. Zehn Einzelerfahrungen waren zu einer einzigen verschmolzen. An den Tagen darauf wurden die Gruppengespräche fortgesetzt. Zum Abschluss schenkte Kristin jedem ein Exemplar von Homers *Odyssee* und sagte dazu: »Der größte griechische Held hat zehn Jahre gebraucht, um aus dem Trojanischen Krieg heimzukehren. Gebt euch eine Chance.«

Castillo hatte das Buch seither unzählige Male gelesen, hatte jeden Abend über einzelnen Passagen gebrütet und sie auswendig gelernt. Die Abenteuer des Odysseus erschienen ihm seitdem als eine sehr reale

Allegorie für *jeden* heimkehrenden Krieger. Jede Woche hatten Kristin und er darüber diskutiert, was er gelesen hatte. Sie hatten entspannter denn je darüber gesprochen, was er in der Army getan und erlebt hatte. Seine Opfer. Seine Gefangennahme. Auch über den Jungen, Shaja.

Im Laufe der Zeit waren sie auf seine Kindheit und seine Zukunftsplanung zu sprechen gekommen. Dann auf ihre eigene. Und dann hatten sie über Liebe gesprochen. Oder Lust. Oder beides. Und dann war es irgendwann passiert.

Dass Kristin verheiratet war und eine kleine Tochter hatte, machte das vorhersehbare Ende noch schlimmer. Als Castillo verschwand, war das eine saubere, schnelle Trennung gewesen. Wie eine Hinrichtung. Als wäre die ganze Affäre nur eine zehnmonatige Fickerei zum Zeitvertreib gewesen. Teufel, Castillo konnte sich schwach erinnern, so etwas tatsächlich ihr gegenüber angedeutet zu haben. Vielleicht, damit sie ihn hasste, um ihr die Trennung zu erleichtern.

Aber letzten Endes hatte er sie nur aus einem Grund verlassen: Er liebte sie.

Und was noch schlimmer war: Sie wusste es.

»Ich bin's, Castillo«, sagte er.

Schweigen.

»Ist ziemlich lange her, ich weiß.« Er merkte, dass er sich abstrampelte, wie ein Mann, der sich in geringer Höhe mit einem verhedderten Fallschirm abmüht. »Wie geht's?«

»Was kann ich für Sie tun, Captain?«

Das war die Stimme einer völlig Fremden. *Ausgezeichnet.* So wollte er es. Er war sicher gelandet. *Fast.*

»Ich bin kein Captain mehr«, sagte er, obwohl sie wahrscheinlich längst davon gehört hatte. Wenn Castillo richtig informiert war, waren Kristins Notizen über ihn in sein Entlassungsverfahren eingeflossen. »Man hat mich vor zehn Monaten entlassen. Ich brauche Ihre Hilfe.«

Kristins Stimme veränderte sich. »Haben Sie etwa …«

»Nein, nichts dergleichen. Mir geht es gut. Sie haben mich geheilt, wissen Sie noch?«

Sie lachte leise. Es klang gezwungen, aber noch immer vertraut.

Dabei hatte er sich eingebildet, es längst vergessen zu haben. »Sie waren nie krank«, sagte sie, und Castillo glaubte, diesmal ein ehrlicheres Lachen zu hören. Dann wieder die Stimme der Fremden: »Was kann ich für Sie tun?«

»Nichts«, sagte er. Wartete. Dachte wieder daran, das Gespräch zu beenden. »Weiß ich nicht.«

»Redegewandt wie immer.«

Castillo richtete geistesabwesend einige Papiere auf dem Tisch vor sich aus, überlegte und überlegte. *Wieso zum Teufel habe ich sie angerufen?*

»Ich brauche deine Hilfe, Kristin«, sagte er schließlich.

»Kristin? Wow. Was verschafft mir die Ehre?«

»Ich arbeite an etwas, das …« Castillo atmete tief durch, als Erinnerungen auf ihn einstürmten. »Okay, es geht um Folgendes: Ich muss für einen Fall, an dem ich arbeite, mehrere psychologische Berichte lesen. Aber ich sehe nichts als Zahlensalat und Fachchinesisch, das ich nicht entziffern kann.«

»Okay …«

»Ich brauche Hilfe, um aus dem Zeug schlau zu werden. Ich brauche jemanden, dem ich vertrauen kann.« *Und vielleicht jemanden, der mir helfen kann, bei diesem ersten Auftrag nach meiner Rückkehr durchzuhalten.*

»Noch vor einer Minute hast du mir gesagt, du wärst draußen.« Ein paar Sekunden lang klang ihre Stimme leiser. Anscheinend machte sie die Bürotür zu. »Was haben sie dir diesmal aufgehalst?«

»Das darf ich dir nicht sagen, das weißt du doch.«

»Ja.« Sie seufzte. »Das weiß ich.«

»Hilfst du mir?«

Pause.

»Kris?«

»Ja«, sagte sie.

»Du müsstest dir nur die Akten ansehen und mir vielleicht ein paar Persönlichkeitsprofile erstellen. Wer diese Kerle sind, wie sie denken. Sechs Personen. Hast du Zeit?«

»Das ist total verrückt. Aber meinetwegen. Schick mir die Akten. Ich nehme sie mir so schnell wie möglich vor.«

»Außerdem könnte ich allgemeine Profildaten von Soziopathen gebrauchen, wenn du mir welche zusammenstellen könntest. Das Paket kommt heute Nachmittag per Kurier.«

»Okay.« Sie klang hörbar verwirrt, stellte aber keine Fragen. »Kein Problem.«

»Danke. Das bedeutet mir sehr viel.«

»Sonst noch was?«

Castillo überlegte. Vielleicht sollte er jetzt nachhaken. Ungefähr so: *Tut mir leid, dass ich damals einfach abgehauen bin. Was hast du in den letzten zehn Monaten gemacht? Wie geht es Allie? Und deinem Mann?*

»Nein«, sagte er. »Ich muss jetzt weiter. Wenn du mal Zeit hast …«

»Ich sehe mir das Material gleich heute an.«

»Danke. Ich melde mich wieder.«

Er trennte die Verbindung, steckte das Handy ein und zog seine 9-mm-Pistole.

Später würde er diesen Anruf in Gedanken noch oft wiederholen.

Er würde an Kristin denken.

Später.

Jetzt wurde es Zeit, die Klone aufzuspüren.

6.

PLÄNE SCHMIEDEN

04. JUNI, SAMSTAG – SALISBURY, MARYLAND

Jacobson beobachtete den abnehmenden Mond von der hinteren Veranda eines kleinen Ranchhauses in den Außenbezirken von Salisbury, Maryland, aus. Ein zartes Purpurrot am östlichen Himmel kündigte die Morgenröte an. Die einzige andere matte Lichtquelle war die Flurbeleuchtung im Inneren des Hauses.

Jacobson saß zurückgelehnt in einem Schaukelstuhl, die Beine ausgestreckt, den Rucksack zu seinen Füßen abgestellt, ein schwaches, besänftigendes Lächeln auf den Lippen. Seine Jungen hatten sich in einem Halbkreis um ihn versammelt, rauchten schweigend Zigaretten und tranken das Bier, das sie im Kühlschrank entdeckt hatten. Krankenschwester Santos lag ein paar Meter von ihnen entfernt frisch im Tomaten- und Paprikagarten vergraben. Die gesamte Schöpfung wirkte still, abwartend.

»Im Mittelalter«, sagte der Genetiker, »glaubten die Leute, Kain lebe auf dem Mond.«

»Krass!« Einer der Jungen lachte. Es war Dennis.

Jacobson betrachtete ihn, analysierte ihn. Dann wandte er sich Ted zu, der ihm am nächsten saß. Der schöne Theodore. Das gleiche Engelsgesicht, das einst dreißig Frauen bezaubert, vergewaltigt und abgeschlachtet hatte. »Weißt du, was mit Kain passiert ist, nachdem er seinen Bruder ermordet hatte?«, fragte er den Teenager.

»Er hat im Land … äh, Nod gelebt«, antwortete Ted. Seine Stimme war bereits tief, weil er seine Kindheit bald hinter sich lassen würde. »Wie es auf dem Poster in Ihrem Büro steht.«

Jacobson nickte. »Und was dann?«

Der Junge dachte nach, zuckte mit den Schultern. »Weiß ich nicht.«

»Weiß es jemand anders?« Jacobson wusste, dass die anderen Jungen bestenfalls mit halbem Ohr zuhörten. Sie waren abgelenkt. Erregt. »Im Aramäischen, der Sprache der Bibel, bedeutet *nod* ›wandern‹. Die meisten Religionen glauben, Kain sei über die Erde gewandert. Verflucht. Zu ewigem Leben verdammt.«

»Wie ein Vampir«, sagte Jeff. Passenderweise klangen diese Worte tief und heiser, als spräche ein Wesen, das sich eben erst aus seinem Grab befreit hatte. Trotzdem konnte Jacobson in Jeffs Stimme deutlich das Echo seines eigenen Adoptivsohns hören. Der Altersunterschied betrug nur drei Jahre, aber es hätten ebenso gut tausend sein können. Letzten Endes würde sich zeigen, dass nur ein wahrer Jeffrey Dahmer unberührt und ungehindert durch die Zeit reiste. Schlussendlich würden *alle* seine Nachkommen so bereitwillig und freudig Blut vergießen wie das Original.

»Merkwürdig, dass du das sagst.« Jacobson deutete auf den Jungen, während flüchtige Erinnerungen an *seinen* Jeff in ihm aufstiegen. *Wo mag er jetzt sein? Ob er schon vom DSTI beseitigt wurde? Oder ist er vielleicht im Begriff, sein wahres Ich zu entdecken, wie diese befreiten Seelen es tun?* »Hebräische Apokryphen berichten, Kain sei später mit Adams erster Frau Lilith zusammen gewesen. Angeblich hat sie ihn gelehrt, Blut zu trinken, um stark zu sein. Die beiden haben viele Kinder bekommen, heißt es. Dämonen und Ungeheuer – falls man an solche Kreaturen glaubt. In anderen alten Texten ist Kain ein unehelicher Sohn Evas, den Satan gezeugt hat.«

»Geil!« Dennis kicherte. Mehrere der anderen Jungen lachten.

Jacobson lachte mit ihnen. »In beiden Fällen«, fuhr er dann fort, »soll Kain als unsterblicher Nomade weitergelebt haben. Er hat die Menschen angefleht, seine Qualen zu beenden. Aber niemand hat ihm diesen Gefallen getan. Zuletzt soll er auf den Mond geflüchtet sein.« Er schaute wieder zum Himmel. Einige der Jungen folgten seinem Blick.

»Ja«, sagte Ted und starrte auf den Mond. »Das hört sich irgendwie logisch an. In manchen Nächten liegt irgendwas Seltsames in der Luft. Als würde etwas Schlimmes passieren …«

»Wie heute Nacht!«, rief Henry.

»Ja, wie heute Nacht«, bestätigte Ted, aber sein Tonfall ließ erkennen, dass ihm klar war, dass die Ausschweifungen dieser Nacht vorüber waren.

Jacobson beugte sich nach vorn. »Ja, heute Nacht. Und am heutigen Tag«, versicherte er den Jungen. »Und auch morgen.«

Jetzt hörten ihm alle zu.

»Heute gehen wir auseinander«, sagte Jacobson, worauf die Jungen rasche Blicke wechselten. Viele von ihnen hatten sehnsüchtig darauf gewartet. Sie waren es müde, alles zu tun, was Jacobson von ihnen verlangte. Jacobson war sich dessen bewusst. Kurz fragte er sich, wie weit es einige von ihnen schaffen würden, ehe er fortfuhr: »Ihr alle seid nun frei und ungebunden, in jeder Hinsicht. Ich verlange nur noch zwei Dinge von euch.«

»Scheiß drauf«, sagte Henry lachend.

»Halt die Klappe!« Ted funkelte ihn an. Henry zuckte nur mit den Schultern.

Ted blickte wieder zu Jacobson. »Und was?«

»Zwei Listen«, antwortete Jacobson. Er zog sie aus seiner Hemdtasche. Ein Blatt reichte er Ted, das andere Dennis. Beide waren mit Bleistift vollgekritzelt. »Das sind Namen und Adressen von anderen. Von anderen wie ihr. Wie Albert. Wie unser John hier.«

John war der Junge, den sie vor einigen Stunden aufgespürt hatten. Als Jacobson ihm erklärt hatte, wer er war und *was* er war, war der Junge nach nebenan gegangen und hatte seinen kleinen Bruder mit einem Baseballschläger aus der Garage erschlagen. Zur gleichen Zeit hatten die anderen Jungs sich mit Johns Adoptiveltern vergnügt, die jetzt nackt, blutig und tot im Esszimmer der Familie lagen.

Danach war es keine Frage mehr gewesen, wie es mit John weitergehen sollte. Er gehörte zu ihnen. Und als jetzt ein neuer Tag anbrach, saß er in ihrer Runde und machte sich bereit, sich auf ewig mit ihnen treiben zu lassen.

»Im Auto habe ich Ordner mit Informationen über alle, die so sind wie ihr«, erklärte Jacobson.

»Und nun wollen Sie, dass wir die anderen ebenfalls freisetzen, nicht wahr?«, fragte Ted.

»Oh ja.«

»Warum tun Sie das nicht selbst?«, erkundigte sich Henry.

Im Halbdunkel blitzte in Jacobsons Augen etwas auf, das die Jungen erst ein einziges Mal gesehen hatten. Damals, als im DSTI alles angefangen hatte. Als der »stille Gelehrte« Mrs. Gallagher in sein Büro gezerrt hatte.

»Weil ich jetzt andere Verpflichtungen habe«, antwortete Jacobson auf Henrys Frage. Auch seine Stimme hatte sich völlig verändert. Sie klang furchterregend wie die eines erzürnten Gottes. »Ihr tut mir diesen Gefallen, ja?«

»Ja, klar, natürlich, Sir. War bloß 'ne Frage.« Henrys Stimme bebte hörbar.

»Kein Problem, Dr. Jacobson«, sagte Ted. »Was noch?«

Jacobson griff in seinen Rucksack, holte etwas heraus und hielt es in die Höhe, damit alle es sehen konnten. Sie drängten näher heran, um es genauer zu betrachten.

»Was ist das?« Ted stand auf.

Jacobson gab ihm das kleine Behältnis.

Es sah wie eine Pepsidose aus.

7.

VORSTELLUNGEN

04. JUNI, SAMSTAG – HADDONFIELD, NEW JERSEY

Ich tue dir nichts«, sagte Castillo ins leere Zimmer hinein.

Aber es war nicht leer. Ganz und gar nicht. Castillo war zu viele Jahre in zu viele Zimmer gekommen, in denen sich Leute versteckt gehalten hatten. Außerdem hatte er dieses Zimmer beim ersten Rundgang durch das Haus zu schnell als leer abgehakt. Eigentlich hätte er hier allein sein müssen. Aber dann war ihm das beige Zimmer eingefallen. Er hatte sich daran erinnert, durch ein leeres beiges Zimmer gegangen zu sein …

Er hat darum gebeten, dass sein Zimmer beige gestrichen wird, hatte Jacobson in sein Tagebuch geschrieben. *Vielleicht hätte ich ihn nie herbringen sollen.*

Eine kaum merkliche Bewegung im Einbauschrank ließ Castillo herumfahren.

»Komm raus«, verlangte er. »Ich weiß, wo du bist. Du kannst jetzt rauskommen.«

Die Lamellentür öffnete sich.

Castillo hob die Waffe.

Der Junge, der im Schrank auf einem Deckelkorb saß, war ungefähr fünfzehn. Aschblondes Haar. Brille. Schlaksig. Es war der Junge aus den Amateurfilmen. Außerdem erkannte Castillo ihn von den Klonfotos wieder, die er im DSTI bekommen hatte. Er wusste allerdings nicht mehr, welcher von den Jungen dieser hier war. Er hatte noch keine Zeit gehabt, die Gesichter der Klone zu studieren und sie sich genau einzuprägen. Und auch aus Jacobsons Tagebüchern ging nicht hervor, um welchen Klon es sich handelte.

Dieser Junge war jedenfalls keiner der ursprünglichen sechs Ausbrecher.

Er war Jacobsons Adoptivsohn.

»Keine Angst«, sagte Castillo, »ich tue dir nichts. Bist du allein?«

Der Junge nickte. Soweit Castillo sehen konnte, war er unbewaffnet.

»Wo ist dein Dad?« Er ließ die Pistole sinken. Damit war eines der Kids abgehakt. Noch ungefähr fünfzehn waren auf freiem Fuß.

Mehr als ich schaffen kann.

Der Junge zuckte mit den Schultern.

»Komm jetzt raus.« Castillo winkte ihm, während er den Blick rasch in die Runde schweifen ließ. Er konnte nichts Verdächtiges entdecken. »Was tust du überhaupt da drin?«

Wieder ein Schulterzucken.

»Du hast dich vor mir versteckt, nicht wahr?«, fragte Castillo. »Das brauchst du nicht. Ich tue dir nichts. Alles cool.«

»Sie gehören zu denen, oder?«

»Zu wem?«

»Massey Institute.« Der Junge stemmte sich unbeholfen hoch. Er war dünn, aber schon so groß wie Castillo. »Stimmt's?«

»Stopp. Bleib stehen. Du wohnst hier?«

»Ja.«

»Ich suche dich jetzt nach Waffen ab. Bleib locker.« Castillo tastete den Jungen ab. »Wer wohnt noch hier?«

»Mein Dad. Ich habe keine …«

»Alles in Ordnung. Setz dich hier hin.« Castillo deutete auf das Bett. »Wann hast du deinen Dad zuletzt gesehen?«

Der Junge gab keine Antwort.

»Du musst mir nur ein paar Fragen beantworten, mehr will ich nicht von dir.«

»Er hat gesagt, sie würden mich umbringen.«

»Wer? Die Leute vom Massey Institute?«

Keine Antwort.

»Hat er gesagt, warum sie dich umbringen wollen?«

»Er sagte, ich sei eine Belastung«, antwortete der Junge.

Castillo seufzte. »Okay, pass auf. Ich tue dir nichts. Und auch nicht deinem Vater oder sonst jemandem. Ich bin nur hier, um dabei zu helfen, dass alles wieder in Ordnung kommt. Hast du verstanden? Dein Dad hat ziemlich großen Ärger.« Castillo zog sich einen Stuhl heran. »Aber dir wird nichts passieren.«

Der Junge schwieg.

»Wann hast du deinen Vater zuletzt gesehen?«, wiederholte Castillo seine Frage.

»Gestern Abend.«

Castillo setzte sich. »Okay, was ist dann geschehen?«

»Nichts. Wir haben geredet.«

»Worüber?«

Wieder schüttelte der Junge den Kopf. »Nichts Besonderes. Wir haben uns nur ein bisschen unterhalten. Dann ist er weggefahren.«

»Hat er gesagt, wohin?«

»Nein.«

»Bestimmt nicht?«

»Bestimmt nicht.«

»Bist du mal im DSTI gewesen?«

»Ich? Ja, schon oft.«

»Wann genau?«

»Weiß nicht. Mein Dad hat mich ab und zu mitgenommen.«

»Wozu?«

»Weiß ich nicht. Er arbeitet dort. Manchmal machte er da mit den anderen Jungen irgendwelche Sachen.«

»Was für Sachen?«

»Keine Ahnung.«

»Gehst du da zur Schule? Im Massey Institute?«

»Nein. Ich hab Hauslehrer. Und ich glaube auch nicht, dass die anderen das Massey Institute jemals für eine Schule gehalten haben.«

»Für was dann? Ein Behandlungszentrum?«

»Kann schon sein.«

»Wogegen bist *du* behandelt worden?«

»Weiß ich nicht genau. Ich hatte vor ein paar Jahren einen schweren Unfall. Da habe ich Reha-Maßnahmen gekriegt ... Gedächtnistraining, Sprachunterricht, so was alles. Mein Dad wollte, dass ich hingehe, also bin ich hingegangen.«

»Was haben die anderen Kids dort gemacht?«

»Gruppenspiele, Gruppengespräche, Tests. Alles Mögliche.«

»Verstehe. Hat sonst noch jemand im Massey Institute gewusst, dass du hier wohnst?«

»Klar. Fast jeder. Werden Sie meinen ... werden Sie Dr. Jacobson jetzt verhaften?«

Castillo zuckte die Schultern. »Ich bin kein Cop. Aber ich muss ihn finden. Möglichst schnell. Ihn und ein paar von den Kids.«

»Ist was passiert?«

»Wie kommst du darauf?«

»Sie haben gesagt, dass mein Dad Ärger hat. Und hier kreuzen immer wieder bewaffnete Typen auf.«

Castillo nickte. »Ja. Es ist etwas passiert. Ein paar Leute sind umgekommen.«

»Wer?«, fragte der Junge ängstlich.

»Nicht dein Dad. Ein paar Schüler. Und Mitarbeiter vom Massey Institute. Meinst du, dein Vater könnte irgendetwas Dummes getan haben?«

»Weiß nicht.«

»Okay. Jedenfalls, einige von den anderen Schülern könnten in die Sache verwickelt sein. Und jetzt sind sie abgehauen. Kennst du diese Typen? Albert? Henry? David?« Castillo wartete.

Der Junge schaute weg. Seine Lippen bewegten sich, als er nachdachte. »Ein paar von denen kenne ich wahrscheinlich ...«

»Kennst du Jeff? Oder Dennis?«

»Nein.«

»Was heißt das?«

»Ich kenne keinen Jeff und keinen Dennis.«

»Hör zu, ich muss diese Kids finden. Und deinen Dad. Hast du eine Ahnung, wo sie jetzt sein könnten?«

Der Junge schüttelte den Kopf.

»Weißt du, wo die anderen wohnen?«

»Nein.«

»Was ist mit deinem Dad?«

»Er wohnt hier.«

»Nein, ich meine … wo könnte er hingegangen sein? Eltern? Geschwister? Freundin?«

Der Junge schüttelte den Kopf.

»Reist er viel? Verreist ihr manchmal gemeinsam?«

»Manchmal.«

»Wohin?«

»Nach Washington. Ohio. New York. Ans Meer und so.«

»An welchen Strand?«

»Hatteras. Florida Keys. Stone Harbour.«

»Nicht schlecht.« Castillo holte seine Digitalkamera heraus und rief die Fotos auf, die er aufgenommen hatte. Fotos von Jacobsons Tagebucheintragungen.

»Was ist mit St. Louis oder Baltimore? Seid ihr dort mal zu zweit gewesen?«

»Nein. Er war manchmal alleine dort. Zu Tagungen.«

»Wie oft?«

»Ein paar Mal im Jahr. Einmal hat er mir ein Ray-Rice-Trikot mitgebracht.«

»Cool.«

»Die Typen haben es mitgenommen. Sie haben alles mitgenommen.«

Castillo ließ den Blick durch das Zimmer des Jungen schweifen. Ausgeräumte Bücherregale und Schubladen. Nur noch Umrisse, wo Poster geklebt hatten, wo anscheinend ein Aquarium auf einer Kommode gestanden hatte. Es gab keinen Beweis mehr dafür, dass der Junge jemals existiert hatte. Alles vom DSTI entsorgt. Castillo wollte sich lieber nicht vorstellen, was sie mit dem Jungen angestellt hätten, wäre er zu Hause gewesen. Er steckte das Smartphone wieder ein. »Du könntest mir vielleicht helfen.«

»Ich? Wie sollte ich Ihnen helfen können?« Der Junge wollte aufstehen.

»Bleib sitzen.« Castillo wartete, bis er sich aufs Bett hatte zurücksinken lassen. »Okay«, fuhr er dann fort. »Ich glaube, du hast mir die Wahrheit gesagt. So was gibt es heute nicht mehr oft, deshalb macht es dich zu einer Seltenheit. Du könntest mir vielleicht dabei helfen, ein paar Dinge herauszufinden. Diese Kids sind dir ziemlich ähnlich, weißt du. Vielleicht fahren sie dahin, wo du gewesen bist. Vielleicht tun sie Dinge, die auch du tun würdest.«

»Wieso? Ich hab nichts mit denen zu tun.«

»Klar.«

»Sie übergeben mich nicht dem DSTI?«

»Dem DSTI?« Castillo schüttelte den Kopf. »Nein. Die können mich mal. Die haben mir nicht mal gesagt, dass du existierst.«

Der Junge machte ein Gesicht, als hätte er soeben von seinem eigenen Tod erfahren. »Oh …« Mehr brachte er nicht heraus.

»Ich glaube wirklich, du könntest mir helfen.«

»Echt?«

»Ja.«

»Wie haben Sie eigentlich das Zimmer gefunden? Den Geheimraum, meine ich. Die anderen haben ihn nicht entdeckt.«

Castillo nickte. »Ich habe mir draußen überlegt, wie hier im Haus alles aufgeteilt sein könnte. Man schaut sich das Haus an und stellt sich vor, wo Wände und Zimmer sein *sollten*. Das hilft einem meistens, wenn man ein unbekanntes Gebäude betritt. Aber als ich hier drin war, hat irgendetwas nicht gepasst. Also habe ich weitergesucht und schließlich den Geheimraum entdeckt.«

»Stark«, sagte der Junge und dachte kurz nach. »Ich könnte vielleicht doch etwas für Sie tun. Vielleicht kann ich Ihnen bei der Suche nach den Kids helfen. Diese Jungs, die abgehauen sind.«

»Bestimmt. Du weißt immerhin, wie die meisten von denen aussehen. Vielleicht hast du mal gehört, wohin sie gerne reisen würden? Und du weißt ja, wo dein Dad überall war.«

»Sie wollen diesen Jungs wirklich helfen?«

»Ja«, sagte Castillo, und es fühlte sich gut an. *Es fühlt sich wie die Wahrheit an.* »Ich will ihnen helfen, heil aus der Sache rauszukommen. Und dir. Und deinem Dad.«

»Das ist krass.«

»Ja, ist es wohl. Bist du dir sicher, dass du mir helfen willst?«

Und bin ich mir sicher, dass ich deine Hilfe überhaupt will?

Der Junge schaute sich im leer geplünderten Zimmer um. »Ja, ganz sicher.«

»Also gut. Dann verschwinden wir am besten von hier. Jetzt gleich. In diesem Haus dürfte es in ungefähr einer halben Stunde von Leuten wimmeln. Normalerweise würde ich dir jetzt sagen, du solltest dir ein paar Klamotten schnappen, aber die Typen scheinen dich komplett ausgenommen zu haben. Na ja, vielleicht ist das gut so. Willst du irgendwas anderes mitnehmen?«

»Da gibt's nichts mehr«, antwortete der Junge. »Die haben schon alles mitgenommen. Wir können gehen.«

Castillo nickte und hielt ihm die Hand hin. »Shawn Castillo.«

Der Junge stand auf und schüttelte die dargebotene Hand.

»Hi«, sagte er. »Ich bin Jeffrey Dahmer.«

8.

SEIN BESTER TIPP

04. JUNI, SAMSTAG – MARLTON, NEW JERSEY

Castillo fuhr auf der Route 70 in Richtung Norden. Dunkle Wälder wechselten sich mit Einkaufszeilen ab. Er hatte keinen besonderen Grund, nach Norden zu fahren. Er tat es vor allem, um von Jacobsons Haus und dem DSTI wegzukommen. Irgendwohin, wo er und der Junge miteinander reden konnten. Wo er vielleicht herausfinden konnte, wohin er anschließend *wirklich* fahren sollte.

Castillo hatte keine Zeit mehr in dem Haus vergeudet, sondern war mit dem Jungen durch ein Seitenfenster, das die beiden stümperhaften Beobachter nicht sehen konnten, gestiegen. Durch den Garten hinter dem Gebäude waren sie dann zu Castillos Wagen geschlichen.

Es war für sie beide ein langer Tag gewesen, der aber längst noch nicht zu Ende war. Jacobson und die sechs Klone hatten zwanzig Stunden Vorsprung. Wären diese Klone darin ausgebildet, sich einer Gefangennahme zu entziehen, wären diese Stunden gleichbedeutend mit einer Ewigkeit. Zu Castillos Glück aber waren diese Jungen – sah man von ihrer Herkunft ab – im Grunde kaum mehr als eine Bande jugendlicher Ausreißer.

Der Fall Jacobson hingegen lag anders. Der Mann war sehr wahrscheinlich geisteskrank – was aber nicht hieß, dass er sein Verschwinden nicht sorgfältig vorbereitet hätte. Seinem Tagebuch zufolge hatte er den Leichenraub aus Tubletys Grab fast ein Jahr lang geplant. Aber ein Möchtegern-Jack-the-Ripper war Castillos geringste Sorge. Er dachte an die Worte des Jungen: *Hi, ich bin Jeffrey Dahmer.*

Jeffrey Dahmer. Jeffrey Jacobson. Jeff.

Nun saß Jacobsons Adoptivsohn, ein Klon des berüchtigtsten Serienkillers der Welt, auf dem Beifahrersitz, während Castillo auf die Straße vor ihnen starrte und nachdachte. Hin und wieder hörte er den Jungen schniefen.

»Du musst dich an alles erinnern, was dein Dad dir gesagt hat«, sagte Castillo, ohne zu ihm hinüberzuschauen. »Alles kann nützlich sein. Fällt dir etwas ein?« Als der Junge schwieg, versuchte er es noch einmal. »Was genau hat er gesagt, als ihr zuletzt miteinander gesprochen habt?«

»Weiß ich nicht.«

»Du weißt es nicht?«

»Ich hab doch gesagt, ich kann mich nicht erinnern.«

»Okay, Jeff. Dein Dad kommt in dein Zimmer und … was? Hattest du schon geschlafen?«

»Nein, ich hab gelesen.« Jeffrey drehte sich halb von ihm weg und starrte aus dem Seitenfenster.

»Was dann?«, drängte Castillo.

»Er sagte, er müsse mit mir reden. Und dass er gar nicht mein wirklicher Vater sei. Dann gab er mir einen Ordner mit Papieren. Und weißt du, was er dann gesagt hat?«

»Nein. Was denn?«

»›Du bist der Klon eines berühmten Serienkillers.‹«

»Er hat dir früher nie davon erzählt?«

»Nein.«

»Was geschah dann?«

»Er sagte, dass sie mich umbringen würden. Anschließend ist er einfach weggefahren. Und … das war's.« Der Junge wischte sich mit dem Handrücken Tränen ab. »Du hältst mich bestimmt für 'n Weichei, was?«

»Weil du weinst?« Castillo blickte zum ersten Mal seit zwanzig Minuten zu Jeff hinüber und versuchte, ihn als Jungen zu sehen, nicht als

Ungeheuer. Aber das war nicht einfach, stellte er fest. Weil er genau wusste, was Jeff wirklich war und welches Leben ihn bestenfalls erwartete. »Wer dich für ein Weichei hält, beweist nur, dass ihm noch nie etwas Schlimmes passiert ist.«

Jeffrey blickte ihn an. »Meinst du das ernst?«

»Na klar. Und jetzt erzähl. Was hast du dann gemacht?«

»Wann?«

»Nachdem dein Dad weggefahren war.«

»Bin in der Gegend herumgelaufen. Als ich zurückgekommen bin, war es dunkel. Ich konnte sehen, dass auf einmal Leute im Haus waren, also hab ich mich versteckt.«

»Dein Vater fährt einen weißen Avalon, richtig?«

»Genau.«

»Darfst du schon fahren?«

»Nein. Ich sollte diesen Sommer meinen Führerschein machen.«

»Was ist mit dem Ordner, den dein Dad dir gegeben hat?«

»War nicht mehr da, als ich zurückkam. Alles war verschwunden.«

»Verstehe. Du machst das gut. Okay, weiter.« Castillo zog sein Smartphone hervor und tippte mit der Fingerspitze auf das Display. »Das hier ist eine Liste der Schüler, die bei dem Ausbruch ermordet wurden«, sagte er und reichte Jeff das Handy. Es waren neun Namen. Neun tote Schüler. »Kennst du welche von denen?«

»Weiß ich nicht«, antwortete der Junge. »Wie viele Henrys gibt's denn?«

»Zu viele, du hast recht«, pflichtete Castillo ihm bei. »Okay, dann nur Nachnamen.«

»Hmmm.« Der Junge streckte die Hand aus, als wollte er einen Namen antippen.

»Vorsicht, Touchscreen.«

Jeff zog die Hand zurück, las weiter und nannte vier Namen. »Die Typen waren ganz in Ordnung«, sagte er.

»Der Meinung sind offenbar alle.« Castillo nahm das Handy wieder an sich, um die Liste mit den Namen der sechs Ausbrecher aufzurufen. Wie die neun Toten waren sie unter ihren Adoptivnamen aufgeführt:

Albert Young	Jeffrey Williford	Henry Roberts
Dennis Uliase	Ted Thompson	David Spanelli

»Kennst du die?«, fragte Castillo und reichte ihm wieder das Smartphone.

»Sind das auch Klone?«

»Ja. Kennst du sie?«

»Henry und Al. Und David. Aber David …«

»Was ist mit ihm?«

»Er würde niemals … Ich kann nicht glauben, dass er so was tun würde.«

»Wie kommst du darauf?«

»Er ist cool. ’n netter Typ.«

»Vielleicht hat er wirklich nichts damit zu tun«, sagte Castillo, der den Namen David bereits gespeichert hatte. »Vielleicht sind er und ein paar von den anderen gegen ihren Willen als Geiseln in die Sache verwickelt worden. Wer weiß?«

»Ja, wer weiß.«

»Und Henry und Al?«

Der Junge erschauderte.

»So schlimm?«

Jeff nickte. »Schon wie sie einen anstarren … Wie sie *jeden* anstarren. Als wäre man eine Maus, und sie wären Katzen. Immer mit diesem … Grinsen. Als könnten sie alles tun, was sie wollen. Einfach alles. Ich weiß, das hört sich bescheuert an …«

»Nein, überhaupt nicht. Und es hilft mir.«

»Wobei?«

»Vielleicht kann ich abschätzen, wer der Anführer ist. Weißt du, wo diese Typen rumhängen?«

»Keine Ahnung. An der Xbox vielleicht. Oder im Kino. Henry steht auf Paintball.«

»Was ist mit David? Oder mit Ted? Kannst du mir zu denen mehr sagen?«

»Nein.«

»Kein Problem. Das war ein guter Anfang, Jeff. Die Elternhäuser der sechs Ausbrecher werden bereits überwacht. Du und ich fahren zurück und klappern die Einkaufszentren und Kinos ab. Und die Hallen, in denen Paintball gespielt wird. Viele von den Typen haben nicht weit vom DSTI entfernt gewohnt. Wir versuchen es zuerst in der King of Prussia Mall. Normale Menschen verstecken sich am liebsten an Orten, die sie kennen.«

»Diese Typen sind keine normalen Menschen.«

»Sie sind Zivilisten.« Castillo nahm das Handy wieder an sich, suchte etwas und gab es dem Jungen zurück. »Für mich ist das durchschnittlich genug. Hier, sieh dir das mal an.«

Auf dem Display standen Daten und Zahlen, mit denen Jeffrey jedoch nichts anfangen konnte. Aber da stand auch:

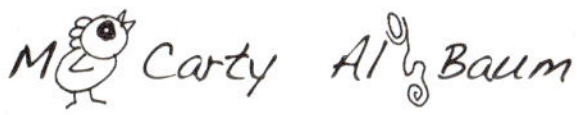

In Jacobsons Tagebuch gab es pro Seite eine Zeichnung, die von scheinbar willkürlichen Ziffern und Buchstaben umgeben war. Castillo vermutete, dass es sich um irgendwelche verschlüsselten Daten handelte, konnte sich dessen aber nicht sicher sein.

»Was ist das?«, fragte Jeffrey.

»Das sind Seiten aus dem Tagebuch von deinem Dad«, erklärte Castillo. Er konnte sehen, dass diese Mitteilung den Jungen verblüffte, und hakte nach – Schwarz-Weiß-Fragen funktionierten immer. »Wer ist M. Carty?«

Jeff zuckte mit den Schultern.

»Kennst du einen Carty oder McCarty?«

»Nee.«

»Bestimmt nicht?«

»Nee.«

»Was bedeutet dieser Vogel?«

»Weiß ich nicht.«

»Al steht für Albert, oder?«

Schulterzucken.

»Wahrscheinlich.«

»Albert Fish oder Albert DeSalvo …«, murmelte Castillo.

»Wer sind die beiden?«

»Berühmte Männer, die beide Al hießen.«

»Berühmt wegen ihrer Morde.«

Das war keine Frage, und Castillo nickte. »Für was hältst du das hier?« Er deutete auf das Handydisplay. »Dieser Kringel. Eine Musiknote? Spielt dein Dad ein Instrument?«

»Ich glaub nicht. Und das sieht keiner Note ähnlich, die ich kenne. Soll das 'ne Nase sein?«

»Spielst du denn ein Instrument?«

»Ja, aber nicht besonders gut.«

»Welches?« Castillo entdeckte vor ihnen die Filiale einer Donut-Kette. Ein guter Ort, um zu parken und ein paar Telefongespräche zu führen, bevor er in Richtung Philadelphia zurückfuhr.

»Bass.«

»Cool.« Castillo blickte mit zusammengekniffenen Augen in den Innenspiegel. Es wurde Zeit, Pete Brody zu kontaktieren, so viel stand fest. Und er musste Colonel Stanforth noch einmal anrufen. Vielleicht auch seinen alten Kumpel Ox. Er brauchte eine Menge weiterer Informationen. Aber wo sollte er anfangen? Die Idee mit den Einkaufszentren war ohnehin Spekulation.

»Vielleicht ist es ein DNA-Symbol«, sagte er zu Jeffrey. »Was meinst du? Irgendeine wissenschaftliche Notiz?«

Wieder ein Schulterzucken. »Kann schon sein.«

Aus dem Augenwinkel beobachtete Castillo, wie Jeff das Smartphone erkundete und sich einige der anderen Bilder aus den Tagebüchern anschaute.

Hi, ich bin Jeffrey Dahmer.

»Dein Vater hat einen der Albert-Klone von einer Familie namens Baum adoptieren lassen«, sagte er. »Al Baum. Sagt dir das was?«

»Nee …«, antwortete der Junge geistesabwesend, in das Gekritzel seines Vaters vertieft.

Castillo hatte sich zuvor in eine NSA-Datenbank niedriger Stufe eingeloggt. »In den Vereinigten Staaten gibt es zwanzigtausend Familien mit Namen Baum.«

»Sind das viele?«

»Zu viele für uns.« Er bremste, um auf den Parkplatz von Dunkin' Donuts abzubiegen.

»Was tust du?«

»Bleib cool. Wir müssen ohnehin bald umkehren. Und ich muss ein paar Leute anrufen. Leute, die uns auf die richtige Fährte bringen können. Vielleicht besorgen wir dir was zu essen.«

»Ich hab keinen Hunger.«

»Hunger kommt beim Essen.« Castillo parkte absichtlich so, dass die Sonne die einzige Überwachungskamera des Parkplatzes blendete, falls sie überhaupt funktionierte. Außerdem musste er Jeff verkleiden, sobald sich die Gelegenheit ergab.

»Ich brauche fünf Minuten«, sagte er. »Anschließend klappern wir ein paar der Spielhallen ab, die du kennst. Danach quartieren wir uns in der Stadt ein, schlafen eine Runde und werten das Material aus. Wie hört sich das an? Du bleibst inzwischen hier, ich bin gleich da drüben. Aber hör zu … he, Jacobson, pass auf!« Der Junge, der gedankenverloren zur Seite geschaut hatte, wandte sich ihm zu, als er seinen Namen hörte. Castillo musste sich eingestehen, dass es ihm leichter fiel, den Nachnamen des Jungen auszusprechen als den Vornamen. »Versuch nicht abzuhauen oder irgendwelche Dummheiten zu machen. Du würdest nicht weit kommen. Und wenn ich dich dann habe, bringe ich dich ins DSTI zurück. Kapiert?«

Der Junge nickte.

»Beim DSTI behauptet man, dass du nicht existierst, auch gegenüber der Polizei. Weißt du, was das bedeutet? Solltest du auf die Idee kommen, mir die Polizei auf den Hals zu hetzen – oder jemanden um Hilfe bitten oder in der Öffentlichkeit herumschreien –, bringt dich das geradewegs ins DSTI zurück. Ist das klar?«

»Klar«, antwortete der Junge sichtlich eingeschüchtert.

»Da ist noch etwas.«

»Und was?« Diesmal klang Jeffreys Stimme neugierig.

»Niemand hat mich beauftragt, *dich* zu finden«, sagte Castillo. »Ich soll nur die sechs Kids und deinen Dad aufspüren. Niemand bezahlt mich dafür, *dich* auszuliefern. Nach meinem Verständnis gehörst du also zu meinem Team.«

»Und was ist, wenn …«

»Wenn sie zu dem Schluss gelangen, dass du eine ›Belastung‹ bist, wie dein Vater sich ausgedrückt hat, und mir den Auftrag geben, auch dich zu fassen?«, unterbrach Castillo. »Ich verspreche, dass ich dir dann etwas Geld und eine Woche Vorsprung gebe. Fair?«

Der Junge schaute weg.

Castillo klopfte ihm unbeholfen auf die Schulter. »Hey«, sagte er. »Ich verstehe noch nicht wirklich, was hier abläuft. Und ich weiß, dass es dir ähnlich geht. Aber wenn du willst, dass du *und* dein Dad heil aus diesem Schlamassel rauskommen, bin ich deine beste Wahl.«

Jeff wandte sich Castillo zu und schaute ihm zum ersten Mal offen ins Gesicht. Erstaunlich, wie offenkundig Kids ein Gegenüber musterten und abschätzten.

An deiner Stelle würde ich abhauen, dachte Castillo.

Er hatte keine Ahnung, ob der Junge wirklich noch im Auto warten würde, wenn er zurückkam. »Rühr dich nicht vom Fleck. Ich bin gleich wieder da.«

»Hier.« Jeff gab ihm das Handy zurück.

»Nicht nötig. Dafür hab ich ein zweites. Willst du wirklich nichts essen?«

Der Junge schüttelte den Kopf.

»Dann sieh dir weiter die Aufnahmen an. Nachher sagst du mir, ob dir noch irgendwas eingefallen ist. Orte. Namen, die du vielleicht wiedererkennst. Ein Hinweis, wo dein Dad sein könnte. Wir müssen diese Kids so schnell wie möglich aufspüren.« Das war größtenteils gelogen. Castillo wusste, wie es im richtigen Leben zuging. »Schnell« war relativ. Wichtig war nur, dass der Job erfolgreich abgeschlossen wurde und nicht, wie lange es dauerte.

»Wie soll ich aus dem Scheiß hier schlau werden?«, fragte Jeffrey. »Das sind doch nur Seiten mit komischen Zeichnungen und hingekritzelten Zahlen.« Er starrte drauf. Fragend. Wütend. Verwundert. Entsetzt.

Shit, schoss es Castillo unvermittelt durch den Kopf. *Verdammt noch mal.*

In diesem Augenblick sah er den Jungen zum ersten Mal als jemandes *wirklichen* Sohn, als einen *richtigen* Teenager, einen Jungen aus Fleisch und Blut, der Call of Duty spielte oder sein erstes Bier trank oder seine erste Freundin flachlegte.

Wahrscheinlich war Jeff vor Angst zu keinem klaren Gedanken fähig. Alles, was der arme Kerl bis vor wenigen Stunden als Wahrheit gekannt hatte, war mit einem Mal falsch. Und um dem Ganzen die Krone aufzusetzen, schien sein Vater völlig durchgeknallt zu sein. Castillo hatte plötzlich den Wunsch, dem Jungen zu versichern, dass alles wieder in Ordnung käme … nur wäre das eine Lüge gewesen. Stattdessen versuchte er es mit der Wahrheit. »Dein Dad macht es uns nicht gerade leicht, was?«

Der Blick des Jungen blieb wie gebannt auf das Display gerichtet. »Ohne Scheiß«, sagte er.

Castillo lächelte beinahe, als er die Autotür zuschlug und abschloss.

9.

GROUND ZERO

04. JUNI, SAMSTAG – ARLINGTON, VIRGINIA

Es war früh am Morgen, noch dazu ein Samstag, aber der Innenhof war trotzdem voller Leute, die für zehn Minuten frische Luft schnappten und sich einen Kaffee oder einen Imbiss besorgten, bevor sie wieder nach drinnen an die Arbeit gingen. Colonel Stanforth beobachtete sie von einer Holzbank auf der Nordwestseite aus. Um sich die Zeit zu vertreiben, spielte er ein altes Spiel: Er versuchte zu erraten, woran jeder von ihnen im Augenblick arbeitete. *An welchem Projekt? In wessen Abteilung?* Ein Hinweis konnte beispielsweise sein, ob sie sich ein Frühstück oder ein Mittagessen besorgt hatten. Oder die Art und Weise, wie sie sich bewegten. Ihre Blicke, ihre Gesten. Oder im Vorbeigehen aufgeschnappte Gesprächsfetzen.

Es war kein leichtes Unterfangen, zumal die meisten Angestellten in diesem gigantischen Bauwerk Zivilisten waren, manche sogar Ausländer. Für sie alle war es einfach, in der Menge unterzutauchen.

Scheint das Gebot der Stunde zu sein, überlegte Stanforth.

Er selbst trug eine Kakihose und ein weißes Polohemd, dazu eine Sonnenbrille, denn die Morgensonne stand noch tief. In den Händen hielt er einen halb aufgegessenen Hotdog und einen Becher Sprite. Er sah beinahe aus wie ein ergrauender Tourist, dem seine Reisegruppe abhandengekommen war. *Beinahe.* Denn an Samstagen gab es hier keine Besichtigungen. Und als die hübsche dunkelhaarige Sekretärin ihm vor nicht mal fünf Minuten zugelächelt hatte, hatte sie seine zivile

Aufmachung in einer halben Sekunde durchschaut. Sie hatte den ordensgeschmückten West Point-Absolventen in ihm erkannt, den hohen Militärberater, den ehemaligen Vorsitzenden des Amerikanisch-Afghanischen Sicherheitsausschusses. Sie hatte die Macht so deutlich gesehen, als hätte er ein Schild hochgehalten. Die meisten Leute erkannten so etwas sofort. Zumindest die, die etwas wert waren. Und wer hier arbeitete, der *war* etwas wert. Zumindest war er tüchtig, verbesserte sich Stanforth. Oder sie.

Stanforth ließ den Blick über den Rasen, die Bäume und den bereits sonnenwarmen Kies des Innenhofs schweifen, der vom machtvollsten Gebäude der Welt umrahmt würde. Fünfzig Jahre lang hatte man den Park mitten im Pentagon »Ground Zero« genannt, weil jeder wusste, dass die Russen mit zwanzig Atomraketen darauf zielten. Heutzutage waren es die Russen und die Chinesen. Vermutlich auch die Nordkoreaner. Und wenn sie keine Raketen hatten, stürzten die Feinde der USA sich eben mit amerikanischen Flugzeugen darauf. So geschehen am 11. September 2001.

Ansonsten aber war es ein wundervoller Park. Der richtige Ort, um sich einen Hotdog zu kaufen, sich die Beine zu vertreten und einen sonnigen Morgen in Arlington, Virginia, zu genießen.

Dann sah Stanforth den Mann, mit dem er sich treffen wollte: Executive Deputy Burandt. Er kam quer über den Innenhof auf ihn zu. Sogar aus hundert Metern Entfernung wirkte Burandt sorgenvoll. *Arschloch.* Stanforth aß seinen Hotdog auf, während er den Mann beobachtete. *Wir leben im goldenen Zeitalter der Waffenentwicklung, und dieser Heini macht sich wegen einer Sache Sorgen, die es nicht mal auf Seite drei in den Zeitungen geschafft hätte.*

Die Hälfte aller staatlichen US-Forschungsgelder ging an das Militär – so viel wie die Forschungsmittel für Medizin, Energie, Umwelt, Verkehr, Industrie und Landwirtschaft zusammen. Mehr als dreißigtausend Privatfirmen betrieben militärische Forschung und Entwicklung. Hier flossen Milliarden von Dollar – aber das war längst noch nicht alles. *Wirklich* geforscht und entwickelt wurde mit dem Geld aus den »schwarzen Haushalten« der vier Teilstreitkräfte, die weitere fünfhundert Milliarden als Spielgeld zur Verfügung stellten. Diese Sonderhaushalte waren so geheim, dass nicht einmal der Präsident wusste, wofür das Geld ausgegeben wurde. Und *wie* dieser ungehinderte Geldstrom floss! Teufel, damals hatte es vier Jahre gedauert, bis jemand Präsident Truman erzählt hatte, dass sie eine Wasserstoffbombe gebaut hatten.

Als nach dem Kalten Krieg kein Feind mehr in Sicht war, hatte das US-Verteidigungsministerium es trotzdem irgendwie geschafft, sein Budget zu verdoppeln. Und nach dem 11. September hatte es kein Halten mehr gegeben. Der globale Terrorismus, vor dem tagtäglich gewarnt wurde, und zwei neue Kriege bewirkten, dass der Verteidigungshaushalt weiter wuchs und zu über fünfzig Prozent in »schwarze Budgets« ging. Fünfhundert Milliarden Dollar. Ungeprüft. Unaufhaltsam.

1994 gab ein Forschungslabor der US Air Force in Ohio zu, heimlich an Bomben zu arbeiten, die mit künstlichen Pheromonen und Aphrodisiaka gefüllt waren und feindliche Soldaten »schwul machen« sollten. Sie sollten zu sehr mit den eigenen Kameraden beschäftigt sein, um richtig kämpfen zu können. Das ließ die Schwulenpolitik des Militärs in eigenartigem Licht erscheinen. Dasselbe Labor arbeitete auch an der Züchtung gigantischer Bienenschwärme. Die US Navy gab zwanzig Millionen Dollar dafür aus, Fledermäuse für den Transport von Sprengladungen abzurichten. In den vergangenen fünfzig Jahren waren enorme Summen in ziemlich obskure wissenschaftliche Untersuchungen geflossen, zum Beispiel über Unsichtbarkeit und Zeitreisen, über die Existenz von Gespenstern, über Gedankenkontrolle, sprechende Delfine und Telekinese, um herauszufinden, ob etwas davon sich als Waffe verwenden ließe.

Natürlich war es unvermeidlich, dass es zwischendurch Pannen gab. Wie jetzt bei dieser Sache. Nur ein Schlagloch in der Straße. Und wenn Burandt, dieser schleimige Caltech-Absolvent, das nach fünf Jahren als Büroleiter des Generalstabschefs noch nicht begriffen hatte …

»Guten Morgen, Sir«, sagte Stanforth.

Executive Deputy Burandt setzte sich neben ihn. »Wo stehen wir?«

Stanforth trank einen Schluck von seiner Limonade. In den Bäumen hinter der Bank, auf der die Männer saßen, zwitscherten Vögel. »Das DSTI ist abgeriegelt«, sagte er. »Kein Problem.«

»Alles militärische Material ist sichergestellt?«

Stanforth fiel sofort SharDhara ein. Castillo hatte danach gefragt. *Nein, sagt mir überhaupt nichts*, hatte Stanforth geistesgegenwärtig gelogen. Wie konnte noch Material dazu existieren? Die meisten Zivilisten, die von dieser Sache wussten, waren liquidiert worden.

Entschlossen schüttelte Stanforth diesen Gedanken ab. Er würde schon noch herausfinden, wie Jacobson von dem Feldversuch erfahren hatte. Aber damit würde er sich später befassen. Jetzt gab es wichtigere Dinge.

»Um das militärische Material scheint es nicht zu gehen«, log er wieder. »Es geht anscheinend nur um die entflohenen Jungen.«

»Dann sorgen Sie dafür, dass es so bleibt. Wie schlimm ist die Sache?«

Stanforth hatte beschlossen, Jacobsons heimlich zur Adoption freigegebenen Klone zu verschweigen. Diese kleinen Monster ließen sich später mühelos im Rahmen eines separaten Unternehmens beseitigen. Außerdem konnte er ohnehin nicht damit rechnen, dass man seine Methode zur Lösung dieses Problems genehmigen würde. *Lieber später um Verzeihung bitten, als jetzt um Erlaubnis.*

»Dreizehn Tote«, sagte er. »Davon neun Jungen, und es gibt drei Geiseln. Eine schmutzige Sache, die aber rasch und diskret in Ordnung gebracht wird. Die meisten der Toten haben offiziell nie existiert. Das hilft natürlich. Nach unserem Gespräch hier habe ich weitere Termine, um ein paar Ressourcen zu aktivieren, bevor ich nach New Jersey fahre, um die restlichen Aufräumungsarbeiten zu überwachen.«

»Und die sechs Entflohenen?«

»Sind bloß ein paar verängstigte Teenager. Möglich, dass Dr. Gregory Jacobson ihnen hilft, ein Genetiker. Er ist Chef der Forschungsabteilung. Anscheinend hat er diesen Ausbruch seit Jahren geplant und entsprechende Vorbereitungen getroffen. Der Mann hat den Verstand verloren. Aber keine Sorge, wir spüren diese Kids auf.«

»Und dann?«

»Wollen Sie das wirklich wissen?«

»Nein.«

»Gut.« Stanforth lehnte sich zurück.

»Was brauchen Sie?«, fragte Burandt.

»Halten Sie mir die Behörden vom Leib. Lassen Sie die Ermittlungen einstellen, falls das FBI eine unserer Zielpersonen verhaftet. Diese Kids haben vielleicht schon genug vom Morden. Wenn nicht, müssen Sie helfen, sie aus den beschissenen Fernseh-Gerichtsverhandlungen rauszuhalten, in denen sie unweigerlich enden würden. Das gilt insbesondere für den Fall, dass jemand fragt, wieso die DNA von einem Mann, der seit zwanzig Jahren tot ist, heute im Körper eines Jungen zu finden ist.«

»Du lieber Himmel, Stanforth. Sind das wirklich gottverdammte Klone?«

Der Colonel lächelte. »Wollen Sie das genau wissen?«

Burandt blinzelte in die Sonne, schüttelte den Kopf. »Ich will, dass diese verdammte Firma dichtgemacht wird. Ausradiert. Endgültig. So schnell wie möglich.«

»Nein«, widersprach Stanforth. »Das wollen Sie nicht.«

Der Büroleiter funkelte ihn an. »Jetzt hören Sie mal …«

»Das meiste Geld für Forschung und Entwicklung ist zum Fenster rausgeworfen«, fiel Stanforth ihm ins Wort. »Das wissen Sie so gut wie ich. Neunzig Prozent von diesem Blödsinn führt zu nichts. Das DSTI hat im vergangenen Jahrzehnt gut fünfzig Millionen Dollar bekommen. Peanuts.« Er zählte die Punkte an den Fingern ab. »Dafür haben sie das Toxin 5HIAA entwickelt, Biodrohnen, den Kampfstoff IRAX11 …«

»Das Projekt IRAX11 wurde beendet.«

»Das ändert aber nichts daran, dass es funktioniert hat«, erwiderte Stanforth. »Wir sollten nicht zu viele Kinder mit dem Bade ausschütten.«

»Also gut. Aber bringen Sie diese Sache in Ordnung. Wie lange wird das dauern?«

Stanforth stellte den Pappbecher auf den Boden. »Das weiß ich nicht.«

»Wir geben Ihnen achtundvierzig Stunden.«

»Und dann?«, fragte der Colonel mit lauerndem Unterton.

Wie erwartet kam keine Antwort. Doch Stanforth hatte selbst eine passende parat.

»Die Jagd auf Bin Laden hat dreizehn Jahre gedauert«, fuhr er fort. »Obwohl Tausende fähiger Leute nach ihm gefahndet hatten. So geht es im richtigen Leben nun mal zu. Die Arschlöcher bei CNN und Fox verstehen das vielleicht nicht, aber Sie doch bestimmt.«

Burandt nickte grimmig.

»Ich habe meinen besten Spezialisten darauf angesetzt«, versicherte Stanforth ihm. Die wenigen Männer, die er für genauso gut oder besser als Castillo hielt, waren im Ausland oder arbeiteten noch für das Verteidigungsministerium. Castillo war perfekt: Er war vor Ort, selbstständig und in Geldnöten. Und notfalls leicht zu beseitigen, wenn alles vorbei war. »Und falls es ihm nicht gelingt, diese sechs Kids aufzuspüren«, fügte Stanforth hinzu, »sind sie in ein paar Monaten sowieso tot.«

»Woher nehmen Sie Ihre Zuversicht, Colonel?«

»Was wissen Sie über Dolly?«

»Das Schaf?«

»Genau das.«

Burandt zuckte die Schultern. »Nicht viel, muss ich zugeben.«

»Dollys Laborname – ihr wirklicher Name – war 6LL3. Sie hat nur sechs Jahre gelebt. Die meisten Schafe werden zwölf. Aber 6LL3 hatte riesige Tumoren im Brustraum, und ihre Beine waren von Anfang an arthritisch. Ständig hat sie Blut gehustet. Deshalb musste sie 2003 eingeschläfert werden. Bei der Biopsie wurden überraschenderweise verkürzte Telomere gefunden, die mit biologischen Vorgängen in Verbindung gebracht wurden, die mit der Alterung von Zellen zusammenhängen. Die Wissenschaftler haben diesen Umstand darauf zurückgeführt, dass das Spendertier – die ›Mutter‹ Dollys – sechs Jahre alt war, als ihm die DNA entnommen wurde, aus der Dolly herangezüchtet wurde. Mit anderen Worten: Dolly war bei ihrer Geburt genetisch betrachtet bereits sechs Jahre alt. Verrückt, nicht wahr?«

»Kann man wohl sagen. Dann sind diese Jungen also in den Fünfzigern?«

»Sagen wir einfach, dass sie dem Tod näher sind als wir. Im DSTI haben sie spezielle Medikamente zur Unterdrückung von altersbedingten Abnutzungserscheinungen und Tumoren bekommen.«

»Von diesem Jacobson, nehme ich an.«

»Nein, eben *nicht* von Jacobson. Entweder hat er es in all dem Trubel vergessen, was ich nicht glaube, oder er will ihren Tod ebenso wie wir.«

»Wieso sollte er ihren Tod wollen?«

»Jacobsons Motive sind ein Rätsel. Vielleicht rechnet er sich aus, dass der Spuk in ein paar Monaten ohnehin vorbei ist. Aber wir finden diese Kids vorher.«

»Na schön.« Burandt stand auf und strich eine Falte in seinem Oberhemd glatt. »Gehen wir mal von dem schlimmsten Fall aus«, sagte er. »Wie viel Schaden können diese sechs Jungen bis zu ihrem Tod anrichten?«

Stanforth, der sitzen geblieben war, blickte über den Rand seiner Sonnenbrille zu Burandt hoch. »In den USA hat es in den vergangenen zwölf Monaten fast hunderttausend Vergewaltigungen gegeben. Und mehr als sechzehnhundert Morde.«

»Ich weiß.« Der Executive Deputy nickte. »Und?«

Stanforth zuckte mit den Schultern. »Was bedeuten da schon ein paar Dutzend Morde mehr?«

10.

IM PARK

04. JUNI, SAMSTAG – MCARTHUR, OHIO

Als Ashley den Clown sah, war sie sich ihrer Sache sicher. Vorher hatte sie nur einen Verdacht gehabt, ausgelöst durch ein unangenehmes Kribbeln in ihrem Magen, das ihr sagte, sie könnte sich in einer bedrohlichen Situation befinden.

Könnte.

Aber sie hatte keine Angst gehabt. Noch nicht. Jedenfalls nicht annähernd genug, dass sie sich ihre beiden Kinder geschnappt hätte und zum Wagen gerannt wäre. Das wäre zu dumm gewesen, zu peinlich.

Die beiden Autos standen nebeneinander auf dem Kies des Parkplatzes. In beiden Wagen saßen Jugendliche, fast nur Jungen. *Was haben die auf einem Kinderspielplatz zu suchen?*, ging es Ashley durch den Kopf. Dann sah sie, dass auch ein Mädchen dabei war. Älter als die Jungen. Ungewaschene, ins Gesicht hängende Haare, seltsam abgehackte Bewegungen.

Ashley drehte sich wieder um und beobachtete ihre Tochter, die auf der kleinen Kletterburg des Spielplatzes herumtollte. Abwesend reichte Ashley ihrem kleinen Sohn eine weitere Mini-Salzbrezel, während sie zu dem Tisch hinüberschaute, an dem zwei andere Mütter mit ihren Kindern gepicknickt hatten. Ashley fiel ein Stein vom Herzen, als sie sah, dass die Frauen noch dort waren und ein Schwätzchen hielten.

»Pox«, brabbelte Michael neben ihr. »Pox.«

Pox, Tik, Mop. Die sich ständig wandelnde Babysprache des kleinen Michael Steins, fünfzehn Monate alt. Selbst erfundene Wörter, die Ashley in einem kleinen Tagebuch sammelte, um sie Michael später zu zeigen, wenn er Verstand genug hatte, sich darüber zu amüsieren.

»Pox«, sagte sie lächelnd. »Brezel.«

Michael kicherte.

Zwei der Jungen saßen auf Schaukeln und stießen sich mit den Füßen ab, um die Ketten zu verdrehen. Zwei andere hockten auf der Wippe.

Harmlos, dachte Ashley. Die Kids versuchten wahrscheinlich nur, halb vergessene Kinderfreuden wieder aufleben zu lassen. So wie Holden Caulfield in Salingers *Der Fänger im Roggen*. In fünf Minuten würden sie sich langweilen. Und das Mädchen war vermutlich angetrunken oder high.

Ashley tastete nach ihrem Handy. Dann fiel ihr ein, dass sie es im Auto gelassen hatte. Sie packte ihre Sachen zusammen. »Schatz!«, rief sie zu Cassie hinauf. »Hey, Mäuschen!« Ashley wollte Cassies Aufmerksamkeit erregen, ohne sie beim Namen zu nennen. Beiläufig fragte sie sich, warum ihr das auf einmal wichtig war.

Cassie bewegte sich von ihr weg, tiefer in die Kletterburg hinein. Ashley stand auf, folgte dem Mädchen und klatschte in die Hände. »Komm jetzt, Schatz. Wir müssen fahren.«

Cassie drehte sich um. »Warum?«, fragte sie quengelnd von der obersten Brüstung der Burg aus. Ihre dunkelbraunen Zöpfe hingen über ihr gelbes Kleid.

»Komm jetzt runter, Cassie. Beeil dich.«

Die Vierjährige verzog unwillig das Gesicht.

Ashley schaute zu den Autos hinüber. Aus der Nähe sahen die Jungs älter aus. *Das sind keine Teenager*, erkannte sie jetzt. *Das sind junge Männer.*

»Komm runter, Cassie!« Ashley winkte dem Mädchen, denn sie konnte nicht schnell genug zu ihr hinaufkommen. »Auf der Heimfahrt essen wir ein Eis.«

»Mikey auch?«

Sag seinen Namen nicht. Bitte, sag seinen Namen nicht!

»Ja. Aber komm jetzt endlich!«

Ein grauenvolles Geräusch. Autotüren, die zugeknallt wurden.

Ashley fuhr herum. Der andere Tisch war plötzlich leer, die anderen Mütter mitsamt ihren Kindern verschwunden. Irgendwie hatten sie es geschafft, in dieser kurzen Zeit ihre kleinen Rucksäcke mit Büchern und Spielzeug, Handarbeiten und Chipstüten vollzustopfen. Der Geländewagen, mit dem die anderen Frauen gekommen waren, rollte in diesem Augenblick langsam von dem unbefestigten Parkplatz. Ließ Ashley allein.

Mit *ihnen.*

Ashley drehte sich zu ihrer Tochter um und wäre fast zu Boden gegangen, als der ganze Spielplatz plötzlich zu kippen schien.

O Gott. Cassie. Wo ist Cassie?

Sie war verschwunden. Wo eben noch das Mädchen gewesen war, war jetzt nichts mehr.

O, lieber Gott, lass das nicht wirklich geschehen!

Ashley näherte sich wie in Trance der Kletterburg.

Cassie ist weg. CASSIE IST WEG. Was haben diese Kerle mit meinem kleinen Mädchen gemacht?

Sie griff sich vor Schreck an die Brust, als Cassie plötzlich kreischend vor Freude aus der Öffnung der grünen Röhre gerutscht kam. Ihre Füße baumelten über dem Boden aus Rindenmulch.

»Cassie!«, rief Ashley. »Verdammt noch mal!«

»Was hast du, Mami?«

»Nichts.« Ashleys Stimme zitterte. Ihr war schwindelig, und sie hatte weiche Knie. »Ist schon okay, Baby. Alles in Ordnung. Komm jetzt, wir müssen weg.« Sie zog Cassie mit sich zum Picknicktisch.

In diesem Moment sah sie den Clown. Er stand unbeweglich zwischen den Autos. Eine dämonische Vogelscheuche. Er beobachtete sie. Und ihre Kinder.

Meine Kinder.

Er trug einen roten Anzug mit weißen Knöpfen und Rüschen, dazu eine rote Ballonmütze. In dem weiß geschminkten Gesicht prangten riesige blaue Dreiecksaugen wie die einer Kürbislaterne. Der blutrote

Mund nahm die gesamte untere Gesichtshälfte ein und war zu einem grässlichen Lächeln verzerrt.

Da begriff sie es.

Ashley raffte in fliegender Hast ihre Sachen zusammen, hängte sich die Tasche über die Schulter, nahm den kleinen Michael auf einen Arm und zog Cassie mit der anderen Hand mit sich.

»Pox«, sagte Michael. »Pox!«

»Im Auto, Baby! Still jetzt!«

Sie blickte zu den Schaukeln hinüber, nahm das Mädchen dort zum ersten Mal richtig wahr. Nein, das war kein Mädchen. Das war eine junge Frau. Ihr Freund stieß die Schaukel langsam und methodisch von hinten an. Ihr Gesicht wurde von den ungewaschenen Haaren verdeckt, weil sie leblos den Kopf hängen ließ. Was Ashley für ein T-Shirt gehalten hatte, war gar keins, denn die Frau war von der Taille aufwärts nackt. Und was sie für das Muster eines T-Shirts gehalten hatte, war angetrocknetes Blut.

»Was ist, Mami?«

Ashley schleppte sich zu ihrem Auto weiter. Michael begann zu weinen.

»Mami? Was ist?«

»Sei still!«, zischte Ashley und zog ihre Tochter näher zu sich. »Bitte, Baby …«

Einer der Jungen lachte.

Ashley hatte ihren Wagen erreicht.

»Pox«, jammerte Michael. »Pox!«

»Pox«, wiederholte Ashley mit einem hohlen Lachen, das ihren ganzen Körper erzittern ließ. »Brezeln. Genau, Baby.«

Sie hatte die Autotür schon beinahe geöffnet, als die Jugendlichen sie umringten. Der erste Junge ging neben ihr in die Hocke, um Cassie im Scherz mit dem Finger zu drohen. Das kleine Mädchen hatte vor Schreck geweitete Augen und umklammerte krampfhaft die Hand seiner Mutter.

Ein anderer Junge kam nun näher, streckte den Arm aus und berührte Ashleys Lippen.

»Bitte …«, brachte sie mühsam hervor und schauderte unter den forschenden Fingern.

Vom Heck des Autos her näherte sich ihnen eine weitere Gestalt. Es war ein grässliches Ding aus Weiß und Blau und Rot. Irgendwie hatte Ashley darauf gewartet.

»Pox.« Der Clown lächelte mit einem blutigen Grinsen, das die ganze Welt ausfüllte. »Pox?«

Michael kicherte.

ZWEITER TEIL

DNA, f

Kurzform für »Desoxyribonuclein acid«,
auch DNS: Desoxyribonukleinsäure

Bedeutungen:

[1] Eine zu Replikation und Synthese fähige Nukleinsäure, in der das Erbgut jeder Zelle gespeichert ist

[2] Zwei lange Ketten von Nukleotiden, die eine Doppelhelix bilden und durch Wasserstoffbrücken zwischen den gepaarten Basen Adenin und Thymin oder Cytosin und Guanin zusammengehalten werden

[3] Sequenz, die individuell vererbbare Eigenschaften von Eltern festlegt und auf Nachkommen überträgt

Als er solche Gedanken im zweifelnden Herzen bewegte,
Siehe, da sandte Poseidon, der Erdumstürmer, ein hohes steiles schreckliches Wassergebirg', und es stürzt auf ihn nieder.
... Also zerstreut die Flut ihm die Balken. Aber Odysseus
schwang sich auf einen und saß wie auf dem Rosse der Reiter.

– Homer, *Odyssee*, fünfter Gesang

II.

UND DIE MONSTER

04. JUNI, SAMSTAG – MARCHWOOD, PENNSYLVANIA

Das Dynamic Solutions Technoloy Institute (DSTI) wurde 1977 von Dr. William Asbury gegründet und ins Gesellschaftsregister eingetragen. Verwaltungsdirektor war Dr. med. Dr. phil. Thomas Rolich. Das Forschungslabor leitete Dr. Gregory Jacobson, ausgezeichnet mit dem Zonta Science Award und dem angesehenen Novitski Prize der Generics Society of America »für außergewöhnliche Kreativität und Ideenreichtum auf dem Gebiet der Genforschung und -anwendung«.

Diese Informationen hatte Castillo von der DSTI-Webseite.

Der Rest kam von Pete Brody, einem ehemaligen Analysten in der nachrichtendienstlichen Abteilung der CIA, der bei einem halben Dutzend Einsätzen mit Castillo zusammengearbeitet hatte und nun irgendwo an der Wall Street in der Privatindustrie arbeitete. Brody hatte interessiert zugehört, als Castillo ihn angerufen hatte, und erklärt: »Okay, ich sehe zu, was ich finden kann.«

Zehn Stunden später besaß Castillo Informationen, die das DSTI auf seiner Webseite zu erwähnen »vergessen« hatte. »Sie wurden 1990 von BioStar aufgekauft, weil das DSTI wertvolle Klon-Patente besaß«, berichtete Pete. »BioStar ist eine Tochtergesellschaft von Goodwin Bio-Med, einer 1987 vom Nerney Institute gegründeten Firma. Das NI ist wiederum eine Schwester der Firma Terngo Engineering, die im Auftrag des US-Verteidigungsministeriums Sonderfahrzeuge und Schwermaschinen konstruiert und baut.«

»Nur weiter«, sagte Castillo. Er hatte längst aufgehört, sich Notizen zu machen.

Der Junge, Jeffrey, schlief in einem der beiden Betten ihres Motelzimmers. Zumindest sah es so aus, als würde er schlafen. Castillo wusste es nicht mit Bestimmtheit. Jeffrey war schon im Auto mehrmals eingenickt, aber immer nur für ein paar Minuten. Vermutlich hätte er eine Woche lang schlafen müssen, um ausgeruht zu sein. Hinter ihnen lag ein anstrengender Tag, an dem sie kreuz und quer durch Pennsylvania gefahren waren und Einkaufszentren, Verbrauchermärkte und Highschools abgeklappert hatten. Außerdem hatten sie mehrere Paintball-Hallen besucht, hatten mehr als fünfzig Jugendlichen Fotos von Jacobson und den sechs Ausbrechern gezeigt und mehrere Ladenbesitzer ausgefragt.

Ohne Erfolg.

Castillo hatte ungefähr eine Stunde Schlaf bekommen. Bestenfalls. Immerhin hatte seine chronische Schlaflosigkeit sich auf diese Weise von einem gesundheitlichen Nachteil in einen beruflichen Vorteil verwandelt.

Sie hatten das Motelzimmer gegen 19:00 Uhr bezogen. Als Erstes hatte Castillo dem Jungen die Haare gefärbt und geschnitten. Er wusste nicht genau, ob das DSTI oder sonst jemand nach ihm fahnden würde, aber Jacobson hatte Jeff davon überzeugt, er sei eine »Belastung«, wie der Junge zitiert hatte. Vielleicht fand Jeffrey es zumindest tröstlich, dass Castillo ihn noch nicht umgebracht hatte – doch sicher war er sich da nicht.

Weil Erdman es nicht für nötig gehalten hatte, Jeffrey Jacobson auch nur zu erwähnen, fühlte sich Castillo im Gegenzug nicht verpflichtet, ihm zu berichten, wen oder was er gefunden hatte. Zumindest nicht sofort. Er würde den Jungen aushorchen und ihn dem DSTI übergeben, wenn er Zeit gehabt hatte, sich mit diesem Gedanken anzufreunden.

Falls überhaupt etwas aus Jeffrey herauszukriegen war. Die Einkaufszentren und Paintball-Hallen waren ein Reinfall gewesen, und Jeffrey war den ganzen Tag vor Schock wie gelähmt. Nach dem Färben und dem Haarschnitt hatte Castillo ihm weitere Seiten aus den Tagebüchern seines Vaters gezeigt – genauso erfolglos wie beim ersten Mal. Jeffrey hatte sich die Seiten kaum angesehen und das Gesicht verzogen, als kämpfe er gegen einen Brechreiz an. Wer konnte es ihm verübeln? Castillo erging es ähnlich, obwohl er Jacobson nicht einmal persönlich kannte. Aber dieser Irre war der Vater des Jungen, oder zumindest hatte er ihn wie einer aufgezogen …

»Terngos Hauptaktionär«, sagte Pete gerade, »heißt Plainview. Die Firma kennst du bestimmt.«

»Sehr gut sogar.« Castillo hatte zehn Jahre lang in der sogenannten Plainview-Version der Realität gelebt – es gab dort alles: Unterkünfte und Mahlzeiten, eine eigene Wäscherei, Computerräume, einen Trainingsbereich. Plainview war zwar kein Riese wie Halliburton, aber mit vierzigtausend Mitarbeitern, darunter auch ausländische Söldner, nicht sehr viel kleiner.

»Der Jahresumsatz liegt bei hundert Milliarden Dollar«, fuhr Pete fort. »Hinzu kommen weitere zehn Milliarden jährlich vom Verteidigungsministerium.«

»Ein Haufen Kohle.«

»Allerdings. Das DSTI wird teilweise auch von der Johns Hopkins University finanziert, die ihrerseits zwei Milliarden Dollar Staatsgelder pro Jahr einstreicht. Der größte Teil davon kommt wiederum aus dem Verteidigungshaushalt.«

»Ein Kreislauf ohne Ende«, sagte Castillo trocken.

»Vergiss nicht, das Ganze ist ein riesiges globales Hütchenspiel, um eine Sache vor uns allen zu verstecken: das Geld.«

»Und die Monster«, sagte Castillo.

»Es hat auch ein paar Tote gegeben.«

»Wen?«

»Vor zehn Jahren gab es einen Flugzeugabsturz. Eine zweimotorige Beechcraft King Air über Kentucky auf dem Flug zu einem Kongress in Nashville. Die Toten waren drei DSTI-Genetiker und ein Vizepräsident von Goodwin Bio-Med. Die nationale Behörde für Transportsicherheit hat den Absturz auf ein Unterschreiten der Mindestgeschwindigkeit zurückgeführt. Die häufigsten Unfallursachen bei Kleinflugzeugen – Triebwerkausfall, Vereisung, Einflug in schlechtes Wetter – konnten ausgeschlossen werden. Leider hatte das Firmenflugzeug keinen Flugschreiber, weil das gesetzlich nicht vorgeschrieben war.«

»Wie praktisch.«

»Außerdem gab es ein paar Selbstmorde.«

Castillo nickte, den Telefonhörer ans Ohr gepresst. ›Ein paar‹ klang nicht so schlimm, wenn man berücksichtigte, dass sich jedes Jahr mehr US-Veteranen umbrachten, als GIs im Kampf fielen. »Wie viele?«, fragte er.

»Drei in den letzten zwölf Jahren. Für ein Unternehmen dieser Größe überdurchschnittlich viele.«

»Weißt du Näheres?«, fragte Castillo.

»Nicht viel. Der letzte Selbstmörder war ein Dr. Sanjay Chatterjee. Er hat sich vor zwei Jahren aufgehängt. Die Angehörigen haben einen Riesenwirbel gemacht und behauptet, so etwas hätte er niemals getan. Aber dann sind sie sang- und klanglos nach Hause verschwunden, nach Indien. Willst du noch mehr hören?«

»Später vielleicht, okay?«

»Klar. Willst du die Namen der anderen toten Mitarbeiter?«

»Mail sie mir bitte.«

»In Ordnung.«

»Danke, Pete.« Castillo beendete das Gespräch und blickte wieder zu Jeff hinüber. Der Teenager schlief bemerkenswert friedlich. Castillo konnte sich nicht daran erinnern, jemals so jung gewesen zu sein.

Sein Smartphone zeigte 20:53 Uhr an. Kristin hatte mittags eine SMS geschickt, sie werde kurz vor 22 Uhr zurückrufen. In ungefähr einer Stunde.

Von Ox war noch keine Antwort eingegangen, und vielleicht würde auch nie eine kommen. Ihn zu kontaktieren war ohnehin nur ein Schuss ins Blaue gewesen. Bei Ox wusste man nie.

Er war ein ehemaliger Kamerad, den Castillo vor fast fünfzehn Jahren im Einsatz kennengelernt hatte. Wenn Erdman und Stanforth nicht wussten, wer oder was *SharDhara* war – Ox wusste es möglicherweise. Er war ein notorischer Enthüller staatlicher Vertuschungsversuche und einer jener Typen, die immer jemanden kannten, der jemanden kannte … und so weiter. Stets auf dem Laufenden, was den neuesten Militärklatsch betraf, auch wenn seine Gedankengänge oft ziemlich paranoid klangen.

Das eigentliche Problem bei Ox bestand darin, dass er schlecht zu erreichen war. Nach seiner militärischen Dienstzeit war er mehr oder weniger abgetaucht, hatte sich einer Bande schrulliger Überlebenskünstler angeschlossen und war ins Hügelland von Tennessee, West Virginia oder sonst wohin verschwunden. Castillo hatte ihn seit Jahren nicht mehr gesehen und seit seiner Rückkehr in die USA nur ein einziges Mal mit ihm telefoniert. Er kannte die genauen Anweisungen, wie eine Kontaktaufnahme mit Ox erfolgen musste: über einen speziellen NYM-Server mit einer Mail-Adresse, die sich nicht zurückverfolgen ließ, PGP-Schlüsselpaaren und einem anonymen Remailer in Norwegen. *Verrückt.* Seine Mail an Ox war vermutlich direkt zur Weihnachtsmannwerkstatt am Nordpol weitergeleitet worden. Als er auf dem Parkplatz des Dunkin' Donuts *Senden* angeklickt hatte, war nur eines sicher gewesen: Falls er Ox tatsächlich erreichte, würden nur sie beide davon wissen. War diese Bedingung nicht erfüllt, würde Ox sich nie mehr bei ihm melden.

Castillo kontrollierte den FBI-Feed nochmals auf neue Verbrechen, machte sich ein paar unproduktive Notizen und blätterte dann gut eine halbe Stunde lang in Jacobsons Tagebüchern, bis sein Telefon wie angekündigt klingelte. Er eilte mit dem Handy in der Hand zur Tür.

»Hey«, sagte Castillo und trat leise ins Freie. Die Nacht war überraschend warm; die Brise brachte noch Tageswärme mit. Unter einem rötlichen Mond glitt sein Blick über die fast leeren Parkplätze. Dann beobachtete er den schwachen Verkehr auf den umliegenden Straßen. »Danke, dass du so prompt …«

»Ich habe mir die Akten angesehen«, unterbrach Kristin ihn.

Castillo wartete, aber sie schwieg.

»Danke, ich …«, begann er, doch zu viele Gedanken stürmten wieder auf ihn ein, und er wusste nicht, was er sagen sollte. »Was kannst du mir erzählen?«

Kristin zögerte. Castillo spürte, dass sie noch unschlüssig war, ob sie ihm eine Standpauke halten, auflegen oder ihm einfach die gewünschten Informationen geben und ihr Leben weiterleben sollte. »Was darfst du mir über die näheren Umstände erzählen?«, fragte sie schließlich. »Überhaupt etwas?«

»Du brauchst nur zu wissen, dass ich diese Kids finden muss.«

»Nun gut. Also, alle sechs sind klassische Einzelgänger mit dokumentierten soziophoben Tendenzen, die von knapp überdurchschnittlich bis hin zum ausgeprägten psychopathischen Monster reichen. Dreien fehlt fast jegliches Merkmal üblicher menschlicher Sozialisierung. Und manche dieser Jungen verstehe ich ehrlich gesagt überhaupt nicht. Wie gut kennst du dich mit den einschlägigen Begriffen aus?«

»Du meinst, Soziopath? Psychopath? Ich dachte, das seien Synonyme.«

»Das sind sich stark ähnelnde, aber unterschiedliche Defekte – vor allem im Hinblick darauf, wie sie sich äußern. Das könnte dir helfen, gezielter nach den Jungen zu fahnden.«

»Deshalb habe ich dich angerufen.« Castillo hatte die Außentreppe gefunden, die zur Dachterrasse des eingeschossigen Motels führte. Er stieg sie langsam hinauf, streckte die Beine aus und genoss das Gefühl warmer Luft auf der Haut. Trotzdem fröstelte er leicht, war verkrampft und unruhig.

»Ungefähr ein halbes Prozent aller Amerikaner könnte als Soziopath oder Psychopath diagnostiziert werden. Diese Angabe stammt vom National Institute of Mental Health.«

»Zwei Millionen potenzielle Psychokiller?«

Kristin Romero lachte leise: ein sanfter, vertrauter Laut. »Keineswegs. Wie überall gibt es auch hier Abstufungen. Achtundneunzig Prozent dieser zwei Millionen sind lediglich Soziopathen, und die meisten Soziopathen sind kaum mehr als armselige Arschlöcher.«

»Weniger Fachausdrücke, wenn ich bitten darf.«

»Menschen ohne Rücksicht auf die Rechte und Gefühle anderer. Klasse Egoisten, die zum Spaß stehlen, Arbeitskollegen mobben, aus Langeweile Schlägereien in Bars anfangen, nie mit ihren Kindern reden … so was alles. Psychopathen sind viel seltener. Der Unterschied ist wichtig – und schrecklich.«

»Bitte weiter.«

»Auf den ersten Blick gibt es kaum Abgrenzungsmerkmale zwischen dem Soziopathen und dem Psychopathen. Beide manipulieren andere Menschen ohne einen Sinn für Recht und Unrecht, um zu bekommen, was sie wollen. Beide betrachten Menschen als Opfer, als Gelegenheiten zum Zweck, und sie glauben an das Klischee, dass dieser Zweck die Mittel heiligt. Deshalb lügen sie mit jedem Atemzug. Sie plündern und stehlen. Und manchmal vergewaltigen und morden sie. Sie sind unfähig, die Schmerzen ihrer Opfer nachzuempfinden, *verachten* ihre Leiden sogar. Sie sind sich der Verheerungen, die sie anrichten, gar nicht bewusst und kennen weder Reue noch Scham. Oft verhalten sie sich grausam gegenüber Tieren, sie haben ein übersteigertes Selbstwertgefühl und kennen keine persönlichen Grenzen. Sie sind anspruchsvoll und verzogen, zeigen eine mehr oder weniger ausgeprägte Gefühlsschwäche und sind nicht zur Liebe fähig. Sie brauchen Stimulierung und suchen oft das Risiko, weil es ihnen einen Kick verschafft. Sie fühlen sich allmächtig, allwissend und berechtigt, sämtliche Wünsche erfüllt zu bekommen. Sowohl im Soziopathen als auch im Psychopathen lodert unterschwelliger Zorn.«

»Wann treten die Symptome zum ersten Mal auf?«

»Sie zeigen sich bei den Betroffenen im Alter von ungefähr vierzehn, fünfzehn Jahren.«

»Verstehe. Und was sind die Unterschiede zwischen Soziopath und Psychopath?«

»Das Leben von Soziopathen wird von Verhaltens- und Bildungsproblemen geprägt. Zum Beispiel sind sie schlecht organisiert und haben deshalb in der Schule und am Arbeitsplatz oft zu kämpfen. Sie wirken häufig nervös und leicht erregbar und handeln auf unangemessene Weise spontan, ohne die Folgen zu bedenken. Aus diesen Gründen leben sie typischerweise ohne ein ausreichendes regelmäßiges Einkommen am Rande der Gesellschaft. Es fällt ihnen schwer, Freunde zu gewinnen und Jobs zu behalten. Außerdem neigen sie zu häufigen Umzügen und Ortswechseln. Weil sie die meisten gesetzlichen Regeln missachten – ebenso die Regeln des zwischenmenschlichen Umgangs –, sind ihre Straftaten oft spontan. Ihnen ist alles egal, und das dürfen die anderen ruhig wissen. Die Gefängnisse sind voll von solchen Leuten. Die meisten von uns würden sich in Gegenwart eines Soziopathen nicht besonders wohlfühlen. Seine Anwesenheit ließe sich unmöglich ignorieren.«

»Aber bei Mr. Psycho sähe das anders aus?«

»Oh ja. Ein Psychopath ist extrem gut organisiert und stets Herr der Lage. Obwohl auch er keinen Respekt vor den gesellschaftlichen Regeln hat, *versteht* er sie. Er hat sie jahrelang sorgfältig studiert und kann die richtigen Verhaltensweisen nachahmen, um normal, freundlich, sogar charmant und anziehend zu wirken. Er ist zumeist gebildet, kann eine Familie ernähren und wechselt selten den Arbeitgeber. Er hat das Spiel verstanden und spielt es, um zu gewinnen, indem er unsere eigenen Regeln gegen uns anwendet. In der Gesellschaft eines Psychopathen würdest du dich wohlfühlen.«

»Wieso das?«

»Weil du sein wirkliches Wesen nicht einmal ahnen würdest.«

»Und du? Würdest du einen Psycho erkennen?«

»Nicht unbedingt … na ja, vielleicht schon.«

»Woran?«

»Zum Beispiel an der Ausdrucksweise und Gestik. Suchen normale Leute ein schwieriges Wort, sagen wir einen Ausdruck in einer fremden Sprache, reden sie häufig mit den Händen … vollführen kleine Kreise mit Händen oder Fingern oder gestikulieren auf andere Art. Das stimuliert jenen Teil des Gehirns, der wenig vertraute Wörter sucht und deutet.«

»Und was hat das mit unserem Psycho zu tun?«

»Nun, für Serienmörder besteht fast jeder Satz aus einer Ansammlung nicht vertrauter Begriffe. Das, was die Leute im Laufe eines Tages an alltäglichen Bemerkungen von sich geben, ›Ja, ich komme morgen pünktlich zur Arbeit‹ oder ›Ja, heute ist ein schöner Tag‹ oder ›Ja, ich liebe dich auch‹, so was ist für sie unverständliches Kauderwelsch. Und da sie ständig nach den richtigen Worten suchen, gestikulieren sie auffällig oft mit den Händen.«

»Interessant.« Castillo war aufgefallen, dass Jeffrey manchmal ganze Sätze durch ein Schulterzucken oder ein Grunzen ersetzte. Bisher hatte Castillo diese Beobachtung auf sein jugendliches Alter zurückgeführt und auf die Tatsache, dass der Junge verängstigt war. Aber vielleicht steckte doch mehr dahinter. »Nach genau solchen Zeichen habe ich gesucht. Kannst du mir mehr über den Sprachaspekt erzählen?«, fragte er.

»Sicher. Vor ein paar Wochen wurde in einer Fachzeitschrift über einen Versuch berichtet, bei dem Probanden lange Listen mit Wörtern vorgelegt wurden, die man nach dem Zufallsprinzip aus drei Kategorien ausgewählt hatte. Es waren erfundene Begriffe wie ›Frizzmaus‹ oder ›Champstal‹, aber auch alltägliche Begriffe wie ›Bleistift‹ oder ›Kanu‹. Außerdem Wörter wie ›Mutter‹, ›friedlich‹ und ›einsam‹ – Begriffe mit einer tieferen, komplexeren Bedeutung. Ein Bleistift ist nur ein Bleistift, aber ›Mutter‹ und ›einsam‹ haben Millionen verschiedene Bedeutungen, über die man mit dem richtigen Gesprächspartner eine ganze Nacht lang diskutieren könnte.«

»Genau«, pflichtete Castillo ihr bei – vielleicht etwas zu rasch, aber sie schien es nicht zu bemerken.

»Nun«, fuhr Kristin fort, »bei den Tests bekommt die Versuchsperson also diese Wörter gezeigt. Sie soll erkennen, ob es sich um ein richtiges Wort handelt, und auf einen Knopf drücken. Die verstrichene Zeit wird gemessen. Für die geistig gesunden Leute war die dritte Kategorie am leichtesten, rund dreißig Prozent entschieden hier am schnellsten. Sie sahen die Begriffe ›Großmutter‹, ›Heimat‹ oder ›Liebe‹ und wussten sofort: Dieses Wort gibt es wirklich. Zack, den Knopf drücken und weiter. Bei Serienmördern und anderen Psychopathen, die demselben Test unterzogen wurden, sah die Sache ganz anders aus. Hinsichtlich ihrer Reaktionszeit beim Erkennen von Begriffen wie

›Bleistift‹ oder ›Mutter‹ zum Beispiel gab es keine Unterschiede. Für die Ärzte und Psychologen lag die Schlussfolgerung auf der Hand: Für Serienmörder waren diese Kategorien gleichwertig. ›Mutter‹ und ›Liebe‹ bewerteten Psychopathen ebenso wie normale Menschen ›Bleistift‹ oder ›Kanu‹.«

»Könnten die Ärzte und Psychologen sich geirrt haben?«

»Wie meinst du das?«, fragte Kristin.

Castillo überlegte kurz. »Vielleicht trifft das genaue Gegenteil zu. Vielleicht waren die Reaktionszeiten gleich, weil einem Serienmörder alltägliche Begriff wie ›Bleistift‹ oder ›Kanu‹ in Wirklichkeit *mehr* bedeuten als uns Normalbürgern. Vielleicht hat für ihn jedes Wort das gleiche Gewicht.«

»Interessanter Gedanke. Jedenfalls, ich sehe hier überdurchschnittlich hohe IQs und WAIS-IV-Werte. Die meisten Fallakten, die du mir geschickt hast, enthalten detaillierte MAO-A- und Testosteronwerte. Demnach zu urteilen sind diese Kids schon jetzt echte Machos – Männer hoch zwei, sozusagen. Das bedeutet eine Menge potenzieller Gewalt.«

»Was weißt du über das XP11-Gen?«

»Nichts. Was ist das?«

»Anscheinend ein codierendes Gen, das den Dopaminspiegel beeinflusst.«

»Ach so, ja, richtig. Das Zorn-Gen. Davon habe ich gelesen, es hängt irgendwie mit dem MAO-A-Gen zusammen. Klingt durchaus logisch.« Eine kurze, nervöse Pause. Dann eine betont lässige Frage: »Sag mal, worauf hast du dich da eingelassen, Shawn?«

»Darf ich nicht sagen. Was kannst du mir über die einzelnen Jungen erzählen?«

»So einiges«, antwortete Kristin. »Fangen wir mit David an?«

David. Der Junge, den Jeff als »netten Typen« bezeichnet hatte. »Einverstanden.«

»Diesen Unterlagen zufolge brauchst du dir wegen ihm die wenigsten Sorgen zu machen. Er zeigt gewisse soziopathische Züge, ist aber im Grunde genommen harmlos. Eine gemäßigt antisoziale Persönlichkeit. Nomadenhaft. Schizoid, neigt zu Vermeidungsstrategien. Das alles könnte mit einer Risperidon-Therapie behandelt werden.«

»Ich dachte, du wärst gegen Medikamente?«

»Bin ich in der Regel auch. Aber manchmal sind sie angeraten.«

»Wie ist Davids soziales Verhalten? Würde er mit den Wölfen heulen? In einer Gruppe mitarbeiten?«

»Vielleicht, doch nicht freiwillig. Die Anmerkungen sind bruchstückhaft, aber ich vermute einen nahezu völligen Mangel an Interesse für soziale Beziehungen. Stattdessen neigt er zu einer Art Einsiedlerdasein, zu Verschlossenheit und emotionaler Kälte. Er ist nicht in die Gruppe integriert. Als Teenager fühlt er sich jedoch zu ihr hingezogen und ist durch Gruppendruck leicht beeinflussbar.«

»Sonst noch was?«

»Der Rest ist ein Wust aus Zahlen. Biochemische Analysen. Medikamente, vermute ich. Anscheinend ist irgendwas an mehreren dieser Jungen ausprobiert worden.«

»Würde dich das überraschen? Vorklinische Tests an Kindern und Jugendlichen? Psychologische Experimente? Irgendwas in dieser Art?«

»Leider nicht«, antwortete Kristin. »Siebzig Prozent der Waisenkinder bei Pflegeeltern erhalten heutzutage Neuroleptika, von denen viele noch in der Testphase sind. Es gibt sogar Hinweise darauf, dass Versuche mit Aids-Medikamenten an solchen Kindern durchgeführt wurden. Aber das sind nur die Medikamente. Die Verhaltensexperimente sind sehr viel schlimmer.«

Wenn du wüsstest! »Was meinst du genau?«, fragte er.

»Die University of Iowa hat mal an zwanzig Waisenkindern eine Studie zu emotionaler Bestärkung durchgeführt. Die Hälfte der Kinder stotterte, die andere Hälfte sprach normal. Die Stotterer wurden für ihre Sprachfertigkeit gelobt, während die normal sprechenden Kids wegen ihrer ›schrecklichen Sprechweise‹ beschimpft und verspottet wurden. So ging das über Monate. Während die Stotterer kaum besser sprachen, stotterten die anderen Kinder später *alle*. Ohne Ausnahme. Dieses Experiment wurde unter dem Namen ›Die Monster-Studie‹ bekannt.«

»Ein treffender Name«, sagte Castillo. *Nur wurde er zu früh verwendet. Man hätte ihn für Jacobsons und Erdmans Projekt aufheben sollen.* Wenn es schon monströs war, aus Kindern Stotterer zu machen, was war dann erst eine Studie, in der Prügel und Erniedrigungen verordnet wurden? »Was ist aus den Kindern geworden?«

»Die Studie wurde unmittelbar vor dem Zweiten Weltkrieg abgeschlossen. Man hielt die Ergebnisse unter Verschluss, weil man Vergleiche mit den Menschenversuchen der Nazis fürchtete. Der Projektleiter wurde später einer der bekanntesten amerikanischen Sprachpathologen. Den Versuchspersonen erging es nicht so gut. Zwei von ihnen verübten später Selbstmord.«

Castillo schüttelte den Kopf und versuchte, diese wissenschaftliche Fußnote gleich wieder zu vergessen, um weiterzukommen. »Was kannst du mir zu diesen Kids sonst noch sagen? Wonach muss ich Ausschau halten? Worauf sollte ich achten?«

»Kommen wir noch einmal zu den einzelnen Jungen. Al giert nach Anerkennung, viel mehr als die anderen. Er kann keine Kritik vertragen und braucht viel Lob. Er wird auf ein Publikum und auf die Unterstützung anderer aus sein. Ted ist vermutlich der Aggressivste von allen. Eine Art Raubtier. Es wird ihn vermutlich dorthin ziehen, wo Mädchen sind. Zu Treffpunkten, wo viele Jugendliche verkehren … Discos, Einkaufszentren. Wo Jungen sich heutzutage mit Mädchen treffen. Da solltest du anfangen. Mal sehen. Die beiden anderen …« Kristin hielt inne, suchte die Namen und die Akten. »Jeff. Wow, zu dem kommen wir gleich! Und dann ist da noch Henry. Befangenheit im Umgang mit Menschen. Exzentrisches Verhalten. Unkonventionelle Ansichten. Aber bei ihm ist auch eine komplexe, ausschließlich innere Fantasiewelt zu erkennen. Er ist der Typ, der gerne in Kinos oder vor Videospielen sitzt. Und nun zu Jeff …«

»Was ist mit ihm?«

»Vermutlich ist er der Gefährlichste der Gruppe. Leicht schizophren. Depressiv. Voller Zorn. Manche Kommentare lassen darauf schließen, dass er latent homosexuell ist. Vielleicht engt das dein Suchgebiet ein bisschen ein. Physiologisch weisen seine Blutbilder Unregelmäßigkeiten auf, die ... ich weiß nicht. Einige der MAO-A-Werte sehen total verrückt aus. Sie sind so hoch, dass sie unmöglich stimmen können. Aber eins kann ich dir sagen ...«

»Ich höre.«

»Der Typ gehört weggesperrt. Schnellstens. Vielleicht sollte ich diese Profile einem Kollegen zeigen, damit er ...«

»Nein! Gib die Papiere auf keinen Fall weiter. Behandle sie als streng geheimes Material.«

»Aye, Sir.« Es klang keineswegs spöttisch. Castillo war nicht der Einzige mit rascher Auffassungsgabe.

»Mindestens fünf von diesen Kids könnten zusammen sein«, fuhr Castillo fort. »Vielleicht sogar zehn. Würden sie sich vertragen? Und wenn ja, wie lange? Lässt sich ein Verhaltensmuster vorhersagen?«

»Das hört sich wie ein schlechter Witz an. ›Fünf Psychokiller und ein Priester kommen in eine Bar ...‹«

»Sehr komisch. Sag mir lieber, wie es mit der Gruppendynamik aussieht. Würden diese Typen in einen gemeinsamen Blutrausch verfallen oder so was?«

»Die meisten Serienmörder arbeiten allein. Aber nicht alle. Es gibt eine ganze Reihe belegter Fälle, in denen sie paarweise oder als Gruppe aufgetreten sind. Der noch immer aktive Smiley-Killer im Mittleren Westen könnte in Wahrheit eine solche Gruppe sein.«

»Was ist mit meinen Kids?«

»*Deine* Kids, wie du sie nennst, sind Psychopathen wie aus dem Lehrbuch. Massive Egos, übersteigerter Narzissmus und grandioses Selbstwertgefühl.«

»Na, toll. Das lässt mich hoffen«, spöttelte Castillo. »Außerdem sind sie Teenager. Du hast selbst darauf hingewiesen.« Er dachte an Jeffrey Jacobson, der im Zimmer unter ihm schlief. »Wie bedeutsam ist das Alter?«

Kristin erwiderte nachdenklich: »Vermutlich sind deine Kids mehr auf das Rudel angewiesen. Die meisten Serienmörder verüben ihren ersten Mord mit Ende zwanzig. Dieser Mord ist häufig die Verwirklichung beziehungsweise Umsetzung einer Gewaltfantasie aus der

Kindheit – eine Fantasie, wie fast alle Kinder sie haben. Auch du und ich hatten solche Gedanken. Aber während wir sie überwinden, weil wir uns sozial weiterentwickeln und die Reaktion der Gesellschaft zu respektieren lernen, ist das bei diesen Kindern nicht der Fall. Ihnen ist es völlig egal, was andere Leute denken. Was das angeht, sind sie noch radikaler als die meisten erwachsenen Psychopathen. Waren dir manche Konsequenzen deines Tuns nicht auch egal, als du sechzehn, siebzehn warst? Jedenfalls dürfte die soziale Entwicklung deiner Kids, die wegen ihrer Psychopathie ohnehin schon begrenzt ist, unter ihrer Jugendlichkeit noch mehr leiden. Freud hat einmal gesagt, ein Kind würde die ganze Welt vernichten, wenn es könnte.«

»Ein schöner Spruch.«

»Aus den Fallakten schließe ich, dass die meisten dieser Jungen sich in einem fortgeschrittenen Stadium soziopathischen Verhaltens befinden. Auf ihrer To-do-Liste dürfte die Vernichtung der Welt ziemlich weit oben stehen – neben Realitätsflucht und Rückzug in eine Fantasiewelt. Erwachsene Psychopathen wählen eine, vielleicht zwei Fantasien aus, um sie zu entwickeln und im Lauf der Jahre zu perfektionieren. Eine Fantasie wahr werden zu lassen, erfordert Vorarbeit, Präzision und Zeit. Selbst Mr. Psycho versteht diese Beschränkungen, wenn er achtundzwanzig ist. Aber die Kids, die du finden musst, denken in der Sekunde, in der sich eine Fantasie einstellt, sie müsste – *peng!* – in der Realität geschehen. Sie streben nach sofortiger Befriedigung ihrer kindlichen, gottähnlichen Begierden.«

»Und sie glauben, damit durchkommen zu können?«

»Das ist der beste Teil jeder Fantasie, nicht wahr?«

»Weiß ich nicht«, sagte Castillo. »Jedenfalls danke ich dir. Du hast mir sehr geholfen. Sollte mir noch etwas einfallen …«

»Ich bin hier«, sagte Kristin. Dann fügte sie hinzu: »Ist was mit dir? Du hörst dich an, als wärst du nicht gut drauf.«

»Oh, vielen Dank.«

»Ehrlich, Shawn. Du klingst nicht gut.«

Castillo runzelte die Stirn. Welche Art von Hilfe bot sie ihm hier an? Die als ehemalige Geliebte, die ihm nur bei der Erstellung der Profile hilft? Oder als seine Therapeutin, die *ihm* helfen will? »Ich hab bloß ein paar schlimme Tage hinter mir«, sagte er schließlich. »Mir geht's eigentlich ganz gut.«

»Versuch, ein bisschen Schlaf zu bekommen«, sagte Kristin, nun wieder mit gewohnt kühler, professioneller Stimme. »Und falls du noch etwas brauchst …«

»Wir telefonieren später. Danke.«

Castillo blieb noch ein paar Minuten auf der Dachterrasse des Motels stehen, die Hände auf das Geländer gestützt. Erinnerungen schwirrten ihm durch den Kopf – Erinnerungen an Kristin und ihn selbst in einer anderen Wirklichkeit, einer anderen Zeit. Sein Atem ging schneller, seine Hände umklammerten das Geländer. Schließlich zwang er seine Gedanken, ins Jetzt zurückzukehren. Weg von Kristin, hin zu den Jungen und zu Jeffrey Jacobson.

Jeff war keine Hilfe gewesen. Er hatte keine einzige brauchbare Fährte geliefert, hatte nicht mal die Notizen seines Ziehvaters entziffern können. Castillo machte dem Jungen keine Vorwürfe, war nicht einmal sauer auf ihn – aber vielleicht wurde es doch Zeit, sich von ihm zu trennen. Jeffrey Jacobson war vermutlich nur ein Klotz am Bein.

Ist das der wahre Grund dafür, dass du ihn loswerden willst?

Er hatte dem Jungen viele Gelegenheiten zur Flucht gegeben und beinahe darauf gehofft, er würde sie ergreifen und ihm so die Entscheidung abnehmen. Ein Anruf, und das DSTI würde kommen und Jeff abholen. Immerhin ein kleiner Erfolg, den er Stanforth und den Pennern vom DSTI präsentieren konnte.

Nein, die Gründe spielten keine Rolle. *Am besten, du wirst ihn gleich sofort los*, sagte sich Castillo, als er zurück zur Treppe ging.

Zurück zu Mr. Psycho.

12.

IN DER NATUR NICHT VORKOMMENDE FORMEN

04. JUNI, SAMSTAG – RADNOR, PENNSYLVANIA

Dr. Patrick Mohlenbrock hielt den Fötus mit der linken Hand behutsam umfasst und hob ihn ans Licht, um ihn besser sehen zu können. Der winzige Kopf baumelte unbeholfen von seiner Zeigefingerspitze, während Flüssigkeit aus dem Brutkasten auf das Handgelenk des Genetikers tropfte. Eine der winzigen Hände umklammerte reflexhaft die Spitze von Mohlenbrocks dickem Daumen, der in einem Latexhandschuh steckte.

Sechs Wochen, stand auf der Karte. Aber die Entscheidung, ob das Heranreifen der Föten beschleunigt oder um ein paar Jahre verzögert werden sollte, lag nicht mehr bei Mohlenbrock. Beim DSTI fand ein großer Hausputz statt. Bestimmte Projekte wurden unter den Teppich gekehrt. Stand das Institut später nicht mehr unter Beobachtung, konnten diese Versuchsreihen problemlos wieder aus der Schublade gezogen und weitergeführt werden.

Was das Projekt Kain betraf, war es Mohlenbrock im Grunde egal. Er hatte sich ohnehin nie viel daraus gemacht. Nur Jacobson war ganz versessen darauf gewesen. Doch Mohlenbrocks Interesse galt einem ganz anderen Gebiet. Wie nicht anders erwartet, hatte das therapeutische Klonen sich zu einer Industrie mit Milliardenumsätzen entwickelt. Während die elektronische Börse NASDAQ langsam den Bach hinunterging, verzeichnete die Biotechnik alljährlich Rekordzuwächse. Die Zeit war reif. Künstliche Befruchtung, genveränderte Lebensmittel, kommerzielle Eugenik, neue Medikamente – schon heute gab jeder Amerikaner durchschnittlich fünfhundert Dollar im Jahr dafür aus, die DNA von Angehörigen und Schoßtieren konservieren zu lassen. Der bevorstehende Boom würde alles, was jemals an den Börsen geschehen war, weit in den Schatten stellen. Und er, Mohlenbrock, würde diesen Boom todsicher nicht verpassen.

Wir dürfen uns dem Tempel der Wissenschaft niemals mit der Seele eines Geldwechslers nähern. Mohlenbrock hatte Jacobsons Tadel noch im Ohr.

Scheiß auf Jacobson! Der Blödmann hatte ihnen diesen Schlamassel eingebrockt, mit seiner Faszination für das Gen XP11 und seinem verbissenen Ringen um mehr staatliche Fördergelder.

Und wo, zum Teufel, steckte der Kerl jetzt? Vielleicht war er schon tot. Abgeschlachtet von den speziellen, einzigartigen, ganz besonderen Klonen, die er herangezüchtet hatte. Oder war er tatsächlich, wie es gerüchteweise hieß, auf einem Kreuzzug durch die USA unterwegs, um Klone zu befreien, von denen das DSTI nichts geahnt hatte?

Fucking fantastisch.

Und in ein paar Stunden würde alles noch schlimmer werden. Viel schlimmer. Es sei denn, Erdman konnte Stanforth umstimmen.

Mohlenbrock hoffte beinahe, dass Jacobson noch lebte, weil er ziemlich genau wusste, was bald auf ihn angesetzt würde. Eine angemessene Vergeltung dafür, dass das DSTI und seine Mitarbeiter alles verlieren würden, wenn diese Sache ans Licht kam. Und viele Leute würden ins Gefängnis wandern. Auch er, Patrick Mohlenbrock.

Bei einem halben Dutzend Klone hatten sie bereits eine chemische Lobotomie vorgenommen. Nur hatten sie anstelle eines Bohrers oder Eispickels einen wüsten Cocktail aus Antipsychotika, Neuroleptika und Antidepressiva benutzt, der gezielt mit einer Überdosis Thorazin versetzt war. Eine Operation war nicht nötig gewesen; die chemischen Lobotomien des 21. Jahrhunderts waren genauso wirksam.

»Ist das der Letzte?«

Der Genetiker drehte sich nach der Stimme um. »Ja«, sagte er. »Von diesen hier.«

Dr. Erdman, der in der Tür erschienen war, nickte und ließ den Blick durch den großen Raum schweifen. Vierzig röhrenförmige Inkubatoren, die vom Boden bis zur Decke reichten, waren in fünf langen Reihen aufgestellt. Fast die Hälfte war schon bis auf die breiten Sockel abgebaut. Drei DSTI-Mitarbeiter hatten begonnen, auch die anderen zu demontieren, während ein vierter Mann einen der geleerten Zylinder abspritzte. Im Licht der Deckenlampen schimmerte das Glas leicht bläulich. Mitten im Raum standen zwei große Rolltonnen aus Stahl, in denen schwarze Plastiksäcke steckten.

Die restlichen Zylinder waren noch belegt. Die ahnungs- und verstandlos in der uringelben Nährflüssigkeit schwimmenden Klone waren zwischen fünf Wochen und vier Jahre alt. Im Raum nebenan befanden sich zwei weitere erwachsene Klone, die in weniger als sechzehn Monaten zu Zwanzigjährigen herangezüchtet worden waren. Eigentlich ein völlig anderes Projekt – die beiden wollte Stanforth vorläufig behalten.

»Na?«, fragte Mohlenbrock beinahe heiter, wenn man bedachte, wie spät es war und was für ein Tag hinter ihnen lag. »Gibt's schon eine Nachricht von unseren kleinen Monstern? Wie will dein Kumpel Stanforth sie …«

»Konzentrier dich auf deine Arbeit«, sagte Erdman streng. »Die Lage ist unter Kontrolle. Gib zu, dass du froh bist, dass Jacobson weg ist.«

»Jacobson war immer eine Gefahr«, pflichtete Mohlenbrock ihm bei.

»Was gibt es dann zu meckern?«

»Glaubst du wirklich, wir können das in den Griff kriegen? Es kontrollieren?«

Erdman schüttelte bei dieser Wortwahl missbilligend den Kopf. Mohlenbrock war das egal. Das DSTI konnte so viel verniedlichen, wie es wollte, es änderte nichts an der Wahrheit. Pakistan oder Afghanistan waren eine Sache, aber hier ging es um die Vereinigten Staaten. Der helle Wahnsinn! Doch Erdman wollte keinen Streit. »Das macht mir die geringsten Sorgen«, sagte er.

»Ach ja?«

»Seht zu, dass ihr hier sauber macht.« Erdman wandte sich zum Gehen. Ehe er den Raum verließ, sagte er über die Schulter: »Stanforth dürfte in einer Stunde hier sein.«

Mohlenbrock blickte ihm hinterher, dann betrachtete er wieder den in seiner Hand erkaltenden Fötus. *Seine Augen sind geschlossen, Gott sei Dank.* Er war erst sechs Wochen alt, aber schon achtzehn Zentimeter groß und fast zweihundertfünfzig Gramm schwer. Bereits mit hundert Milliarden Nervenzellen ausgestattet. Er besaß Stimmbänder, männliche Geschlechtsorgane. Seine Schilddrüse pumpte schon jetzt männliche Hormone in sein unfertiges Gehirn – künstlich mit genetischer Wut und Grausamkeit angereichertes Testosteron.

Mohlenbrock dachte an Erdmans letzte Bemerkung: »Stanforth dürfte in einer Stunde hier sein.«

Und wir wollen ihm zeigen, dass wir alle brave kleine Soldaten gewesen sind, nicht wahr?

Er fuhr zusammen. Ein kaum hörbares Sauggeräusch, dann noch mal. Eine kleine Lunge, die darum kämpfte, erstmals Luft zu atmen. Er spürte, wie das winzige Etwas in seiner nassen Hand sich bewegte.

Welche Gedanken entstehen jetzt in seinem noch unterentwickelten Gehirn? Welche schrecklichen Gedanken?

Mohlenbrock hatte schon vergessen, ob dies hier ein weiterer Klon von Ted Bundy oder Albert DeSalvo war.

Das ist nicht mehr wichtig, sagte er sich und zog eine der Stahltonnen zu sich heran.

*

Eine Stunde später diskutierten in einem anderen Raum auf demselben Flur drei Männer darüber, wie es weitergehen sollte. Der Soldat, Stanforth, war dabei, sich durchzusetzen. Erdman, der Wissenschaftler, hielt dagegen. Rolich, der Verwaltungsdirektor des DSTI, schwieg die meiste Zeit.

»Wir haben sie schon erfolgreich eingesetzt«, sagte Stanforth.

»Mit Konsequenzen«, erinnerte Erdman ihn.

»Alles hat Konsequenzen, Gentlemen«, warf Rolich ein, der Verwaltungsdirektor. »In einem Jahr hat es doch sicher Fortschritte gegeben.«

»Zum Guten oder Schlechten?«

Stanforth zuckte mit den Schultern. »Das ist *Ihr* Projekt. Klären Sie mich auf.«

»Nun ja …« Der Verwaltungsdirektor blickte zu Erdman. »Was meinen Sie?«

Stanforth schmunzelte. *Diese Weicheier.* Auch er wandte sich an den Genetiker, der ihm zunehmend sympathischer wurde. Erdman war kein akademischer Schlappschwanz und Spinner, wie Jacobson einer gewesen war. Er schien den weiten Horizont zu besitzen, auf den es im Augenblick ankam.

»Sie sind gefährlich«, sagte Erdman.

»Allerdings.« Der Colonel fuhr mit der Hand über das Plexiglasbedienfeld des Tanks. »Dafür haben wir sie hergestellt.«

»Haben Sie …«, begann Rolich. Er stockte, setzte dann noch einmal an. »Haben Sie kein Vertrauen, dass Castillo seinen Auftrag ausführt? Sie haben uns doch aufgefordert, Geduld zu haben und den Mann seine Arbeit tun zu lassen.«

Stanforth fuhr herum. »Er hatte den Auftrag, sechs Jungen zu finden, Sie Volltrottel. Nicht sechzig, sondern *sechs*! Klar, er wird im Lauf der Zeit ein paar aufspüren – der Kerl versteht seinen Job –, aber aus Jacobsons Tagebüchern geht hervor, dass er im *ganzen* Land Klone verteilt hat. Klone, vor denen Sie mich nicht gewarnt haben! Klone, deren Existenz Sie nicht leugnen, wie mir auffällt. Und für diesen Scheiß sind Sie beide verantwortlich, nicht wir. Sie wussten, dass Jacobson durchgeknallt war, und haben ihn gewähren lassen. Und was noch schlimmer ist, Sie haben darüber hinweggesehen, dass der Dreckskerl selbst einen Klon aufgezogen hat. Und sollten Sie das *nicht* gewusst haben, wäre das *noch* bedenklicher. Wir waren bereit, Ihren Dreck ein- oder zweimal aufzufegen. Aber nicht zwanzigmal, verdammt!«

»Traut Castillo sich wirklich zu, die anderen Klone zu finden?«, fragte Erdman.

»Er hat mich vor einer Stunde angerufen. Er arbeitet daran. Ich vertraue ihm. Das ist mehr, als ich von Ihnen beiden behaupten kann. Eines will ich ganz deutlich sagen: Wenn ich merke, dass Sie mich noch einmal belügen, lege ich Sie um. Sie beide.«

»Können wir mehr Leute einsetzen?«, fragte Erdman, ohne auf die Warnung einzugehen.

»Ich setze bereits ein halbes Dutzend meiner besten Männer ein. Die meisten müssen Spuren beseitigen, weil das im Augenblick am wichtigsten ist. Außerdem könnte diese Sache hochgehen, wenn wir noch mehr Männer daransetzen. Kleine Teams können unauffälliger operieren. Und wir wissen, dass *dieser* Soldat hier den Mund halten wird.«

»Glauben Sie das wirklich?«, fragte Erdman.

»Lassen Sie mich nur machen, Gentlemen.« Der Colonel starrte Erdman an. »Aber wir dürfen nur mit diesem einen anfangen. Ich nehme an, dass er so gut wie einsatzbereit ist.« Er verließ rasch den Raum, bevor jemand Einwände erheben konnte.

»Yes, Sir«, rief Dr. Erdman ihm nach.

Hinter ihm, in dem Tank, bewegte sich der Körper.

*

Sie verbrachten den Rest der Nacht mit Vorbereitungen für den geplanten Einsatz.

Es gab Dutzende von Injektionen. Speziell abgestimmte Flüssigkeiten. Komplexe Enzyme gegen Angiogenese. Chemopräventive Mittel. Bewegungstherapie. Beweglichmachen von Gelenken. Akupunktur. Kryotherapie und Iontophorese. Außerdem eine Flut an Informationen: Stadtpläne, Fotos, Blutproben zum Riechen und Kosten.

Und zuletzt Kleidung.

Auf den ersten Blick, in dunklen Räumen, sah er völlig menschlich aus.

13.

WIE EIN MÖRDER AUSSIEHT

05. JUNI, SONNTAG – MARCHWOOD, PENNSYLVANIA

So also sieht ein Mörder aus, dachte Jeffrey.

Seine Brille lag neben dem Waschbecken. Der Spiegel war halb beschlagen vom Dampf aus der Dusche, unter der er angeblich stehen sollte. Mit zusammengekniffenen Augen starrte er auf sein Spiegelbild. Castillo war nebenan und beschäftigte sich mit mehreren Laptops und Landkarten, die er an die Wände geklebt hatte.

Sie hatten den ganzen Tag in diesem schäbigen Motel, dem Golden Ranch Inn, irgendwo nördlich von Radnor verbracht. Sie waren nicht wie gestern auf der Jagd nach bösen Jungen gewesen. Stattdessen hockten sie Stunde um Stunde herum, was langweilig hoch zehn war. Jeff sah fern und gab vor, zu schlafen, während Castillo recherchierte und wartete. Worauf wartete? Auf Morde, wie sich herausstellte. Castillo hatte ihm erzählt, jede Woche würden in den Vereinigten Staaten dreihundert Morde verübt. *Dreihundert Menschen? Ermordet?* »Jede Woche«, hatte Castillo bestätigt. »Über vierzig jeden Tag. Die Hälfte der Opfer wird vom eigenen Partner, besten Freunden, Arbeitskollegen oder Gangstern ermordet. Der Rest wird nie aufgeklärt. Das sind die Fälle, die mich interessieren.«

Alles Weitere hatte Jeff sich leicht ausrechnen können. Das waren über siebeneinhalbtausend unaufgeklärte Morde pro Jahr. Fremde, die Fremde wegen des Nervenkitzels ermordeten, einfach um jemanden sterben zu lassen. Sterben zu *sehen.* Jedes Opfer war jetzt ein kleiner roter Punkt auf der Wandkarte. Castillo hatte unermüdlich auf seinem Laptop getippt, und so war nach und nach jeder in den letzten achtundvierzig Stunden verübte Mord auf die Karte gelangt. Jede Vergewaltigung. Jede Vermisstenmeldung.

Manche roten Punkte waren größer als andere, leuchteten wie Sirius oder wie Mars, der rote Planet, und waren heller als der restliche Nachthimmel mit seinen Dutzenden roter Punkte. »Je brutaler der Mord, desto besser«, hatte Castillo gesagt. »Ich finde diese Kerle.« Er hatte gesagt, es sei nur eine Frage der Zeit und der richtigen Vorausberechnung, indem er Highways markierte, um mögliche Bewegungen festzuhalten. Vorläufig führten diese Linien noch in hundert verschiedene Richtungen.

»Wie Malen nach Zahlen«, hatte Jeff gemeint.

»Genau so.« Castillo hatte sich ihm zugewandt. »Allerdings mit Leichen.«

Jeff wusste, dass Castillo ihn aus tiefster Seele hasste. Er wusste es ganz sicher. Immer wenn der Kerl hinausging, um heimlich zu telefonieren oder sonst was zu machen, kam er gereizt, manchmal sogar wütend zurück. Als wäre er sauer, dass Jeff noch da war. Er schickte Jeff sogar unnötigerweise mitten in der Nacht zum nächsten Schnellrestaurant. Gab ihm einen verdammten *Hunderter* für ein paar Sandwiches mit. Hoffte natürlich, Jeff, der Freak, würde den Wink verstehen und mit der Kohle abhauen. Seine anfänglichen Drohungen, ihn ins DSTI zurückzuschleppen, waren anscheinend überholt. Offenbar wollte Castillo diesen Mist doch nicht auf dem Gewissen haben.

So also sieht ein Mörder aus.

Aber der Freak hatte sich nicht ködern lassen. Stattdessen war er aus dem Schnellrestaurant zurückgekommen und hatte Castillo eine Liste sämtlicher Orte vorgelegt, an denen sein angeblicher Vater seines Wissens jemals gewesen war. Es war eine ziemlich lange Liste, aber Castillo schien nicht sonderlich beeindruckt. *Was für ein Arschloch.* Am besten ging er dem Burschen aus dem Weg. Jeff blieb meist im Bett, stellte sich schlafend oder sah fern, fast immer ohne Ton, während Castillo am Laptop arbeitete und an seiner Karte herumwerkelte.

Nach mehr als zehn Stunden hatte Jeff ihn gefragt, ob er ein bisschen spazieren gehen dürfe. Sich die Beine vertreten, frische Luft schnappen. Irgendwas, nur um aus diesem verdammten Loch rauszukommen. Castillo hatte ihn wie eine Fliege weggescheucht. Bestimmt hatte er gehofft, Jeff werde endgültig verschwinden.

Aber die Außenwelt hatte sich als noch scheußlicher erwiesen als das Motelzimmer, weil Jeffs Albträume sich in Schreckensgestalten und Halluzinationen direkt aus den Tagebüchern seines Vaters verwandelten.

Ich werde verrückt, dachte Jeff. *Oder bin es immer gewesen.*

Und als wären die Halluzinationen nicht schlimm genug, lauerten draußen höchst reale Gefahren. Auf dem Rückweg zum Motel hatten sich ein paar besoffene oder zugedröhnte Typen vor ihm aufgebaut. Grausam, feindselig, vermutlich so böse wie die Kids, nach denen Castillo fahndete.

Oder wie ich.

Es war besser und am sichersten, hier zu sein, sich im Bad zu verstecken. *Unsichtbar.* Das war jetzt ganz leicht. Er, Jeffrey, war der unsichtbare Junge geworden. Gleich am Tag ihrer Abfahrt aus Haddonfield war Castillo in einen Old Navy Store gegangen und nach einer Viertelstunde mit zwei vollen Tragetaschen herausgekommen: zwei Jeans, ein paar T-Shirts und ein Kapuzenpulli, alles blau oder dunkelgrau, so unauffällig wie möglich. Im Bad des Motelzimmers hatte Castillo ihm dann die Haare geschnitten und gefärbt. Nun waren sie kurz und braun. Castillo hatte ihm auch erklärt, er dürfe seine Brille nur tragen, wenn sie in ihrem Zimmer seien. Kein Mensch würde ihn wahrnehmen, geschweige denn erkennen. Jeffrey hatte zu existieren aufgehört, genau wie Castillo es wollte. Wie sein Vater es gewollt hatte. Sein *vermeintlicher* Vater.

Jeffrey hatte einen Fantasy-Roman gelesen, als sein angeblicher Dad nachts hereingekommen war und ihm erklärt hatte:

a) Ich bin nicht dein wahrer Vater und
b) du bist in Wirklichkeit der Klon eines berühmt-berüchtigten Mörders und
c) das DSTI wird dich beseitigen wollen und
d) ich liebe dich, aber
e) ich verschwinde, alles Gute.

Das waren eine Menge Informationen auf einmal gewesen. Als sein vermeintlicher Vater davonfuhr, war Jeff dem Wagen noch bis zur Straße hinterhergelaufen. Und jetzt sehnte er sich nach diesem Mann.

Er versuchte, sich zu erinnern, wie er sich vor nur einem Tag gefühlt hatte. Zufrieden. Normal. Dann stellte er sich vor, wie er mit achtzehn sein würde – so alt wie Jeffrey/5, den sein angeblicher Dad im Labor hergestellt hatte. Einer der sechs Klone, auf die Castillo Jagd machte. Jeffrey/5 gehörte wahrscheinlich zu den Mördern der DSTI-Mitarbeiter. Vielleicht hatte dieser Jeffrey sich Koteletten oder einen Kinnbart stehen lassen. Wahrscheinlich war er eine Handbreit größer, als Jeff selbst es war.

Wie alt wohl die anderen waren? Die anderen Jeffreys. Wie viele gab es überhaupt? Den Unterlagen nach, die sein Vater ihm in jener Nacht übergeben hatte, war er Jeffrey/82. Siebzig dieser Kopien waren ungewollt oder planmäßig vor seinem ersten Geburtstag gestorben. *Siebzig.* Also gehörte er zu den vielleicht vier, fünf, *zehn* Jeffrey-Dahmer-Klonen, die überlebt hatten.

Er konnte sich nur an die letzten fünf Jahre seines Lebens erinnern. Davor war alles irgendwie verschwommen. Sein Vater – sein angeblicher Vater – hatte ihm von gemeinsamen Erlebnissen erzählt und ihm auf diese Weise ein paar Erinnerungen vermittelt. Aber er hatte gelogen. *Das hatte er doch, oder?* Es war schwierig, die Wahrheit zu erkennen. Er hatte Jeff von einem Verkehrsunfall erzählt, der am Tod seiner Mutter schuld sein sollte, an Jeffs Gedächtnislücken und daran, dass Jeff manchmal Kopfschmerzen hatte oder Dinge sah, die nicht da waren. Und er hatte ihm Fotos von dem Unfall gezeigt.

Manchmal sah Jeff sogar Leute, die es gar nicht gab. Vertraute Gesichter in der Menge oder neben ihm. Ein Asiat, ein paar Schwarze, ein großer blonder Junge. Eben noch da, im nächsten Augenblick verschwunden. Wie Gespenster oder eine Art Déjà-vu-Erlebnis. Jeff hatte immer geglaubt, es seien Leute, die er früher gekannt habe. Vielleicht vor dem »Unfall«. Aber jetzt wusste er es besser. Er hatte die Fotos dieser Leute in seiner Akte gesehen. Diese Gesichter, die ihm so oft erschienen waren, waren tatsächlich Déjà-vus. Gebannte Geister. Ererbte Erinnerungen.

Es waren seine Opfer.

So also sieht ein Mörder aus.

Jeffrey versuchte, sich als Fünfundzwanzigjährigen zu sehen. Als Jeffrey Dahmer Nr. 1. Das Original. Der abgedrehte Typ in der Akte, die sein angeblicher Vater ihm gegeben hatte. Der Irre, der siebzehn Menschen ermordet hatte. Jeff wusste nicht viel über ihn, hatte seinen Namen bis vor drei Tagen nie gehört. Der Ordner mit detaillierten Angaben zu Dahmer war verschwunden, seitdem DSTI-Mitarbeiter sein Haus durchsucht hatten. Jeff wusste nur, was er sich beim ersten Durchblättern des Ordners hatte merken können. Dass Dahmer, 1960 als Sohn eines Chemikers geboren, in Ohio gelebt hatte. Dass er seinen ersten Mord mit achtzehn Jahren begangen hatte. Dass er in rascher Folge weitergemordet hatte, wegen fünfzehn Morden schuldig gesprochen und jeweils zu lebenslänglich verurteilt worden war. Das machte fast tausend Jahre Gefängnis. Jeff konnte sich nicht mal *ein* Jahr vorstellen. Unwichtig. Nach zweijähriger Haft wurde Dahmer von einem Mithäftling mit einer Hantelstange erschlagen. Der Typ hatte behauptet, Gott habe es ihm befohlen.

Dieses Gesicht suchte Jeff nun in dem beschlagenen Spiegel: das mit einer Hantelstange zerschmetterte Gesicht. Es war nicht allzu schwierig, es zu finden. Jeff hatte die Fotos in dem Ordner gesehen, braun gefärbtes Haar genügte nicht. Das Gesicht darunter blieb gleich. Vielleicht müsste er ein paar Pfunde drauflegen. Nicht allzu viele.

Dieses Gesicht hatten siebzehn Menschen als Letztes auf Erden gesehen.

Bevor sie ermordet wurden.

Ja, kein Zweifel. Es war dasselbe Gesicht wie im Spiegel.

Sein Gesicht.

So also sieht ein Mörder aus.

Er drehte das heiße Wasser ganz auf. Es dauerte noch eine Minute, bis der Spiegel komplett beschlagen war. Jeff stellte sich in den kondensierenden Dampfschwaden die Umrisse weiterer Gesichter vor. Aber sein eigenes war verschwunden.

Gott sei Dank, dachte er.

*

Castillo drehte sich um und musterte Jeff, als der aus dem Bad kam.

»Was ist los?«, fragte der Junge.

Castillo schüttelte den Kopf, beachtete ihn nicht weiter und schaute wieder durch den Türspion.

»Was ist passiert?«

»Nichts«, sagte Castillo, ohne seine Beobachtung zu unterbrechen. »Ein paar Besoffene.«

»Sind das die Typen, die …«

»Ja, deine Freunde von vorhin. Verdammt, du hättest im Zimmer bleiben sollen!«

»Tut mir leid.«

»Schon gut. Ist meine Schuld.«

»Können wir sie nicht einfach ignorieren?«

»Nein. Irgendwann kreuzt die Polizei auf. Das Motel ist fast leer. Dann klopfen die Cops hier an, um zu fragen, was ich gehört habe. Und ich hab keine Lust, den Bullen oder sonst wem mein Auto oder dich oder auch nur *mich* zu erklären.« Vernünftige Motels hatten Überwachungskameras und verlangten, dass ihre Gäste sich eintrugen. In den billigen Absteigen jedoch fiel man schnell auf, wenn man erkennbar nicht dorthin gehörte. Castillo fluchte stumm in sich hinein. Sie hätten in der mittleren Preisklasse bleiben sollen.

Eine weitere leere Bierflasche zerschellte auf dem Parkplatz des Motels.

»Zieh dich an«, sagte Castillo und öffnete die Tür.

Vier Türen weiter standen ein schmutziger alter Kastenwagen und ein roter Pick-up schräg vor einer offenen Zimmertür. Laute Musik und helles Licht strömten ins Freie. Süßlicher Haschischrauch hing in der Luft. Zwei Mädchen und drei junge Burschen lehnten am Türrahmen, saßen auf den Stufen vor der Tür oder hockten auf der Ladefläche des Pick-ups. Anfang bis Mitte zwanzig, schwer zu schätzen. Die Typen hatten allesamt Bürstenhaarschnitte und kümmerliche Bärte. Zwei trugen Feinrippunterhemden, die billige Tätowierungen und Ansätze von Bierbäuchen erkennen ließen. Alles Einheimische. Einer schubste eines der Mädchen »spielerisch« – eine Geste, die Castillo für eine Art tölpelhaftes Vorspiel hielt. Das Mädchen reagierte halb lachend, halb ausweichend darauf.

»Was 'n los, Arschgesicht?«, rief einer von ihnen, als Castillo ins Freie trat. Die anderen lachten laut.

Castillo reagierte nicht auf die Beleidigung. Stattdessen fragte er: »Macht es euch was aus, die Party nach drinnen zu verlegen?«

»Wozu denn, Alter?« Jetzt starrten ihn alle an. Im Zimmer war ein vierter Mann gewesen, der nun ins Freie kam.

Castillo musterte die Meute prüfend. Zwei der Kerle waren ziemlich zugedröhnt.

»Mir wird's hier ein bisschen zu laut.« Castillo nickte dem Neuankömmling zu. »Irgendwann ruft jemand die Cops, wisst ihr?«

»Willst du uns die Bullen auf den Hals hetzen, Alter?«

»Nein.« Castillo hob beschwichtigend die Hand. »Aber hier gibt es einen Nachtportier und ein paar Gäste, die schlafen wollen. Die könnten sie anrufen. Ich wollte euch bloß sagen, dass ihr ein bisschen laut seid.«

»Bill ist hier der Nachtportier. Der kennt uns. Dich kennt keiner, Hackfresse. Also verschwinde nach drinnen und hol dir einen runter.«

Grölendes Gelächter.

Castillo nickte. »Ich kann's ja mal versuchen, Mann.«

Er kam ins Zimmer zurück und schloss die Tür. »Pack deine Sachen«, sagte er noch mal.

Jeff hatte seine Aufforderung längst befolgt und war bereits angezogen. »Wir mussen fort?«

»Ja. Ich kann keinen Streit gebrauchen.« Castillo schob seine Unterlagen zusammen und steckte Pistole und Handy ins Schulterhalfter unter seinem Hemd. Dann packte er die beiden Laptoptaschen und seine Sachen in die große Reisetasche.

Ein Klopfen an der Zimmertür. Dann noch einmal, diesmal lauter. Schließlich ein Hämmern.

Castillo schüttelte den Kopf. »Diese Penner. Bist du fertig?« Er sah zu Jeff hinüber.

»Ja.«

Castillo nickte zufrieden. »Bleib in meiner Nähe«, sagte er. »Und steig sofort ins Auto.«

Er öffnete die Tür.

Draußen standen zwei der Schlägertypen. »Ich wollt mich entschuldigen, Mann«, sagte einer von ihnen. »Von wegen Hackfresse und Schwuchtel und so. Nix für ungut.« Grinsend streckte er Castillo die Hand hin.

»Okay, Kumpel. Kein Problem.« Castillo ignorierte die Hand und nickte Jeff zu, weiterzugehen.

»Ihr wollt abhauen?«, fragte einer der Typen spöttisch. »Ist das dein süßer kleiner Freund? Habt ihr da drin Schwänze gelutscht?«

Castillo trat ins Freie, damit die Typen nicht an Jeff herankamen. Er roch ihren Bierdunst, schätzte sie aber noch halbwegs nüchtern und deshalb umso gefährlicher ein.

»Haut ihr wegen uns ab, Spacko? Ich dachte, du wärst 'ne härtere Nummer. Du siehst aus wie 'n echter Kampfhundstreichler. Kacke, Mann, jetzt bin ich enttäuscht.«

»Wir wollten sowieso auschecken«, erwiderte Castillo. »Jetzt habt ihr hier alles für euch allein.«

»Was hältste davon, wenn *wir* die Cops holen, Sackgesicht. Ich wette, du hast es dem Kleinen von hinten besorgt. Ihr verdammten Homos.« Der Schläger starrte nun Jeff an. »Was glotzte so? Willste meinen Schwanz auch lutschen, du Flachzange?«

Jeff schaute Castillo fragend an.

»Los, steig in den Wagen«, forderte der ihn auf.

»Hey, Spasti! Du hast die Cops schon gerufen, nicht wahr?«

Der rote Pick-up setzte sich in Bewegung.

Verdammte Bande, dachte Castillo. *Immer dieselben primitiven Tricks.*

Der Pick-up hielt hinter seinem Wagen und versperrte ihm so den Weg.

Castillo ging hinüber, riss die rechte Tür auf, schob Jeff ins Fahrzeug und wies ihn an: »Verriegel von innen die Tür.«

Dann ging er nach hinten zum Kofferraum.

Hämische Stimmen folgten ihm: »Wohin wollt ihr beiden Sitzpinkler? Ihr fahrt nirgendwo hin, kapiert? Will dein kleiner Freund 'n Bier?«

Castillo stellte die Taschen in den Kofferraum, knallte den Deckel zu und sah sich die Kerle nun genauer an. Sie waren zu viert. Nummer eins trug ein Jagdmesser am Gürtel. Nummer drei, einer der Zugedröhnten, hatte vielleicht eine Pistole. *Nein, nicht vielleicht*, erkannte Castillo, *er hat eine.* Als der Typ aus dem Pick-up gestiegen war, hatte sie in seinem Hosenbund gesteckt. Die beiden Mädchen und der vierte Bursche bildeten als Zuschauer einen Halbkreis und feixten, während sie Castillo musterten.

Besser, als Bierflaschen zersplittern zu lassen.

Castillo fiel auf, dass Jeff sich halb umdrehte, um besser sehen zu können.

Scheiße.

»Seid so nett und fahrt den Pick-up weg, Leute«, sagte Castillo.

»Welchen Pick-up?«, schnaubte der größte der vier Schläger, während seine Kumpel und er näher kamen. »Hör zu, du Vollpfosten, ich will dir mal was …«

Castillo traf seine Kehle mit einem wuchtigen Handkantenschlag. Machte einen halben Schritt zurück, trat zu. Die Kniescheibe des Typen zersplitterte hörbar. Als er zusammenbrach, war Castillo bereits an ihm vorbei, um an Gegner Nummer drei heranzukommen, den mit der Pistole.

Er verringerte die Entfernung mit drei, vier gleitenden Schritten – viel zu schnell für einen Bekifften –, packte den Kerl am Handgelenk und riss es herum. *Krack.* Irgendetwas brach. Castillo ignorierte die schrillen Schreie und zwang seinen Gegner mit einer weiteren Drehung zu Boden. Zerschmetterte ihm mit drei knappen Schlägen das Nasenbein. Nahm ihm die Pistole weg. Warf sie auf die Motorhaube des Pick-ups.

Die letzten beiden Kerle griffen zu zweit an. *Gut.* Castillos Blick streifte die Mädchen: Sie liefen nicht weg, hatten auch keine Angst, sahen nur fasziniert zu.

Schläger Nummer eins hatte wie erwartet sein Messer gezogen. Er und sein Kumpel wirkten allerdings schon etwas unsicherer. Castillo lächelte.

»Jetzt gibt's eins auf die Fresse, Spacko …«

Red nur weiter. Castillo war bereits an den Gegner herangekommen. Dessen Angriff war unbeholfen. Wahrscheinlich versuchte er sich zum ersten Mal mit dem Messer. Castillo drehte sich zur Seite weg, packte den Arm des Typen, riss ihn nach vorn und stieß ihn wieder zurück, wie er es tausendmal geübt und im Einsatz ein Dutzend Mal getan hatte. Die Wirkung war verheerend: wieder ein Splittern. Dann war das Messer, noch immer in der Hand des Schlägers, auf seinen eigenen Rücken gerichtet.

Zustechen, zustechen, zustechen.

Castillo wehrte sich gegen seine antrainierten Reflexe und verdrehte den Arm noch weiter. Wieder ein lautes Krachen. Das Messer fiel zu Boden. Der Typ heulte wie ein Hund.

Castillo packte seinen Kopf mit beiden Händen und schmetterte ihn auf die Motorhaube. Spürte, wie die Nase brach. Der Kerl sackte in sich zusammen und verstummte, weil ihm zu viel Blut in den Mund strömte.

Castillo wandte sich dem letzten Gegner zu.

»Ich … hören Sie«, stammelte der. »Ich will keinen Ärger …«

»Tut mir leid, Kumpel, anders geht es nicht.« Castillo kam geduckt heran, trat ihm die Beine weg und legte ihn mit einem Handkantenschlag an die Halsseite schlafen. Der Junge gab keinen Laut von sich.

Das Ganze hatte ungefähr zwanzig Sekunden gedauert.

Um ihn her stöhnten die drei anderen Burschen. Sie bewegten sich kaum. Und nicht besonders fließend. Wahrscheinlich wussten sie noch gar nicht, was über sie gekommen war. Und so viel Blut hatten sie vermutlich auch noch nie gesehen, nicht einmal, wenn sie ein Stück Wild geschossen hatten.

Eins stand fest: Keiner von ihnen würde jemals zugeben, dass ein einzelner Kerl sie so zugerichtet hatte. Deshalb hatte Castillo alle vier fertigmachen müssen. Die Mädchen würden später vielleicht darüber lachen, aber sie würden es niemals wagen, diese Sache weiterzuerzählen.

Castillo tastete Gegner Nummer drei ab und fand seinen Autoschlüssel. »Fahrt die Scheißkiste weg, wenn ich bitten darf.« Er warf den Schlüssel zu den Mädchen hinüber. Eines der beiden beeilte sich, ihn aufzuheben.

Castillo nahm die Pistole von der Motorhaube und ging zur Fahrertür seines Wagens. »Sucht euch vernünftige Freunde, mit denen ihr rumhängen könnt«, riet er den Mädchen. »Nicht solche Nullen.«

Die Kleine nickte und setzte sich ans Steuer des Pick-ups. Sie war nicht älter als sechzehn. Castillo schüttelte den Kopf, ehe er selbst einstieg. »Verdammte Pappnasen.«

Er ließ den Motor an. Der Pick-up hinter ihnen rollte bereits zurück. Castillo schlug den Lenker ein und fuhr los.

Jeff starrte ihn noch immer an.

»Hast du ein Problem?«, fragte Castillo.

Der Junge schüttelte stumm den Kopf.

»Gut. Sieh zu, dass es so bleibt.«

14.

JACOBSON ENTFESSELT

05. JUNI, SONNTAG – INDIANAPOLIS, INDIANA

Aus Dr. Gregory Jacobsons Tagebüchern

5. Jun. – Welcher Defekt liegt vor, wenn man sich dazu überwinden kann, einander zu töten? MÄNNER sind für das Blut und die Gewalt aller Kulturen, aller Länder, aller Zeiten verantwortlich. Und Serienmorde sind der maskuline Zenit dieser geschlechtsspezifischen Lust an Dominanz und Exekution. Sie sind das asoziale Gegenstück zu Philosophie, Mathematik, Musik et al. Merke: Es gibt keinen weiblichen Mozart, weil es keinen weiblichen Jack the Ripper gibt.

5. Jun. – Üben wir Gewalt aus, vergessen wir, wer wir sind. Die Männer und Frauen, die mir heute begegnet sind, die mir in die Augen geschaut haben, wussten nicht, wer ich wirklich bin. Seit der Renaissance, dem Tod Gottes, haben wir uns angemaßt, Gewalt wissenschaftlich erklären zu wollen. Früher, als ich T. war, hieß es, die Anthropometrie könne Hinweise liefern: Vergewaltiger seien blond, Pädophile hätten längere linke Füße, Mörder hätten eine niedrige Stirn etc. Das sollten wissenschaftliche Fakten sein. Absurd? Absurder als der Glaube, Menschen könnten vom Teufel oder anderen bösen Geistern besessen sein? Absurder als unsere Beschäftigung mit dem

Kain-Gen? XP11. Brauchen wir uns nur dort umzusehen? Nein, auch ich trage das Kainsmal. UND NUN VERFLUCHT SEIST DU AUF DER ERDE, so heißt es bei Luther.
Üben wir Gewalt aus, erinnern wir uns, wer wir sind.

Ihr Haar war nicht in Ordnung.

Es musste am Haar liegen. Es war ein bisschen zu kurz. Zu sauber. Alles andere war perfekt.

Der Körper der Toten lag zu zwei Dritteln auf der linken Seite des Betts. Die Schultern flach auf der Matratze, der Kopf ruhte auf der linken Wange. Die Beine waren gespreizt. Der linke Oberschenkel lag genau rechtwinklig zum Rumpf, der andere war in einem stumpfen Winkel abgespreizt. Eine der abgetrennten Brüste befand sich unterhalb des Kopfs, die andere unter dem rechten Fuß. Die Leber lag zwischen den Füßen, das Gedärm rechts neben dem Körper, die Milz links daneben. Der Speck von Schenkeln und Unterleib lag auf dem Nachttisch.

Das Ding auf dem Bett.

Wie auf den Bildern. Wie in seinen Träumen.

Jacobson fuhr mit dem Kukri-Messer sanft über ihre Stirn. *Soll ich weiterschneiden?* Nase und Ohren hatte er ihr bereits abgehackt. *Soll ich noch etwas abtrennen?* Ihre Lippen und das halbe Kinn hatte er auch schon entfernt. Ebenso Lider und Augenbrauen, die Wangen. Formvollendet.

Sie hatte noch fast zwei Minuten gelebt, als er an ihr herumgeschnitten hatte. Erst durch einen tieferen Schnitt quer über die Kehle bis zu den Halswirbeln war sie langsam verblutet. Das Blut aus der Schlagader hatte ihre durchtrennte Luftröhre und anschließend ihre Lunge geflutet, während Jacobson unverdrossen weitergearbeitet hatte. Als Nächstes hatte er sich den Unterleib vorgenommen. Dann ihr Gesicht. *War das der Augenblick, in dem ich einen Fehler gemacht habe?* Vielleicht hätte er mit dem Gesicht anfangen sollen. Solche Details wusste er einfach nicht, denn die Spurensicherung war im Jahr 1888 noch keine richtige Wissenschaft gewesen.

Jacobson schloss die Augen, lehnte sich zurück und ließ zu, dass die vulgären Gerüche des winzigen Zimmers seine Nase füllten. Er spürte die Wärme von Blut auf seiner Stirn, während ihm irgendetwas Nasses über den linken Unterarm lief und sein Verstand in die Vergangenheit wanderte.

Seine allererste Erinnerung, die erste seiner Kindheit, war die an einen Traum. Er war damals vier oder fünf gewesen. Beim Aufwachen hatte er nach seinen Eltern geschrien und gemerkt, dass er wie ein Baby ins Bett gemacht hatte. Er hatte geweint, hatte gar nicht mehr aufhören können. In jener Nacht hatte sein Vater ihm den Hintern versohlt.

Der Traum war später wiedergekehrt. Wann, wusste er nicht genau, aber er *war* wiedergekehrt. Einen Monat oder ein Jahr später. Er hatte wieder geschrien, wieder ins Bett gemacht, aber diesmal rief er nicht nach seinen Eltern, sondern gab sich Mühe, sein ängstliches Schluchzen so leise wie möglich zu halten, während er sich mit der Dunkelheit seines Zimmers tröstete.

Der Junge wurde zum Mann, aber der Traum blieb, kam einmal, zweimal oder zehnmal im Jahr. Er schrie und weinte nicht mehr. Er wachte einfach nur auf und machte sich sauber.

Im Traum ist er in einem kleinen, dunklen Zimmer. In dem offenen Eckkamin brennt ein Feuer, an einer Wand steht ein Bett. Und auf dem Bett liegt etwas. Etwas Böses. Etwas Unaussprechliches. Das Ding auf dem Bett will ihn zu sich locken. Will ihn verzehren, in sich aufsaugen. Will ihn fressen. Es will in sein INNERES. Er weiß, dass das Ding viel stärker ist als er. Dass er sich letztlich seinen Wünschen beugen muss. Er konnte nicht gewinnen. Er hatte nie eine Chance.

Mit den Jahren nahm das Ding auf dem Bett deutlichere Züge an. In seiner Jugend wurde ihm klar, dass es eine Frau war. Blutgetränkt. Aufgeschnitten. Aber sie lebte noch. Jahre später spreizte sie ihre missgebildeten Beine und reckte ihm wollüstig die Hüften entgegen. Blut blubberte aus dem Mund mit fehlendem Unterkiefer. Im Laufe der Zeit *sprach* sie zu ihm. Als er Anfang zwanzig war, stand er dann leibhaftig über ihr, über dem *Ding*, in seiner Hand ein Messer.

Es gab weitere Träume. Andere Frauen. Jede wurde ihm mit der Zeit vertrauter. Aber keine hatte ihm jemals so viel gegeben wie die erste.

Aus diesen Eindrücken entwickelten sich jene Fantasien, die er in die reale Welt mitnahm. Mädchen, die er in der Schule sah. Arbeitskolleginnen. Eine Unbekannte in der Buchhandlung. Er konnte sie sich auf dem »Traumbett« vorstellen: aufgeschlitzt, blutig, auf ihn wartend.

Nur mit dem Sex war es so eine Sache. Er konnte nicht ejakulieren – es sei denn, er stellte sich vor, er stieße in das Ding auf dem Bett hinein. Aus diesem Grund hatte er in seinem Leben nur zwei Freundinnen gehabt. Die letzte hatte er gefragt, ob sie eine seiner Fantasieszenen mit ihm nachstellen würde: Er wollte sie fesseln und so tun, als würde er sie schneiden.

Das war gar nicht gut angekommen.

Danach hatte er Frauen gemieden und sich auf die Wissenschaft konzentriert, in der Hoffnung, dass sie seine wahre Leidenschaft werde. Aber sie konnte ihn nicht von der Wahrheit ablenken. Während er als Genetiker Karriere machte, schloss er jede Nacht die Augen vor der Dunkelheit, er *wusste*, dass er eine Anomalie war. Ein Monster.

Bis zum 22. Mai 1990. Während einer Konferenz in Baltimore hatte er müßig in einem Buch geblättert, als ihm plötzlich bewusst geworden war, dass er einen wahren Schatz in den Händen hielt.

Alles hatte sich mit einem Mal aufgeklärt. *Alles.*

Auf Seite 176 fand er es, schwarz auf weiß:

Das Ding auf dem Bett.

Es war real. SIE war real. Die Frau in seinen Träumen.

Mary Jane Kelly. Ermordet am Freitag, den 9. November 1888.

Die nächsten Stunden hatte er damit verbracht, das Buch in einem Zug durchzulesen. Dann las er es noch einmal. Und noch einmal.

Jack the Ripper: Memoiren des ersten Serienmörders der Welt.

Er war nicht überrascht, dass einer der vielen Verdächtigen Tumblety hieß. Das war ein alter Familienname, um den sich viele Geschichten rankten. So hieß auch der biologische Vater seiner Mutter, ein unruhiger, unbeständiger Taugenichts, den er nur aus ein paar alten Geschichten kannte. Aber Zeit und Geschichten bedeuteten in der Genetik nichts.

Was wird durch RNA und Aminosäuresequenzen sonst noch vererbt?, hatte Jacobson sich in diesem Augenblick gefragt. Mit neuer Zielsetzung für seine Forschungsarbeit hatte der Genetiker begonnen, erst die Nachkommen von Mördern, dann die Mörder selbst zu studieren, um sie klonen zu können, stets auf der Suche nach der Wurzel des Bösen.

Aber nicht, um ein Heilmittel dafür zu finden. Sondern um es zu verstehen. Es zu würdigen, es aufzuklären.

Unsere schlimmsten Eigenschaften in unseren Ahnen zu entdecken, spricht uns frei.

Er hatte über zwanzig Jahre gewartet, bis er Tumbletys DNA ausgegraben hatte und ihre genomische Verwandtschaft bestätigt fand. Zwanzig Jahre, in denen er Alternativen und Heilmittel erforscht hatte, bevor er letztendlich erkannt und nachgewiesen hatte, dass es kein Entrinnen gab vor unserem eigenen Blut, unserer körperlichen Quintessenz.

Wenn er nur beenden könnte, was er angefangen hatte. Wenn er nur dieselbe Erlösung finden könnte, die seinem eigenen Blut einst zuteil geworden war!

Mit der unvorstellbar brutalen und blutrünstigen Ermordung von Mary Jane Kelly war die Mordserie des Rippers zu Ende gegangen. Jacobson hatte über Jahre hinweg alle zeitgenössischen Berichte studiert, die er finden konnte, sodass er die Tatorte und die Bilder so gut kannte wie sein eigenes Gesicht. Das identische Molekulargewebe seines Körpers, sein eigener Verstand, das durch seine Adern strömende Blut waren 1888 dort gewesen.

Damals und jetzt. Das Ding auf dem Bett. Alles identisch.

Er schaute auf das Bett, das nun vor ihm stand, hinunter. Flackernder Feuerschein tanzte über die verstümmelte Tote. Er seufzte. Nein. Sie war nicht die Richtige. Noch nicht. Aber dafür war noch Zeit.

Bitte, Gott …

Er würde es noch einmal versuchen müssen.

Er strich mit der stumpfen Seite des Messers über ihren Oberschenkel, um in der Blutlache etwas Platz zu schaffen.

Dann legte er das Notizkärtchen dorthin.

15.

FORSCHUNG & ENTWICKLUNG

06. JUNI, MONTAG – HARRISBURG, PENNSYLVANIA

Die Senators spielten gegen ein Team, das sich Erie Seawolves nannte.

Das Stadion war an diesem Montagabend nicht ausverkauft, aber mit über fünftausend Zuschauern gut besetzt. Castillo hatte Plätze am Rand des Fanblocks ausgewählt. Jeff saß schweigend neben ihm und verfolgte das Spiel in unschuldigem Staunen, ganz wie in den alten Zeiten, als Baseball die Leute noch fasziniert hatte.

Nach dem dritten oder vierten Abschlag sprang Jeff auf und erklärte, er müsse auf die Toilette. Castillo war das nur recht; er wollte ein paar Minuten allein sein, um nachdenken zu können. Er hatte den Vormittag damit verbracht, seine »Mordkarte« um einige rote Punkte zu ergänzen, und die Linien verliefen inzwischen in Hunderte verschiedene Richtungen. Bald würde er sich für eine Spur entscheiden müssen. Deshalb brauchte er etwas. *Irgendeinen* Hinweis, und wenn er von einem Halbverrückten wie Ox käme.

Ox hatte ihn am frühen Morgen tatsächlich angerufen. Castillo hatte ihm erklärt, er und der Junge seien in Pennsylvania, woraufhin Ox für ihr Treffen das Spiel der Senators vorgeschlagen hatte. Castillo wusste nicht, von wo aus der Bursche angerufen hatte, doch Ox hatte ihm versichert, er werde an Ort und Stelle sein.

Nun beobachtete Castillo, wie Jeff sich auf dem Rückweg durch die Menge zu ihm vorarbeitete. *Hoffentlich kommt Ox überhaupt*, ging es ihm durch den Kopf. Sein Verhalten hatte sich merklich verändert, als Castillo SharDhara erwähnt hatte. Vielleicht würde er nun endlich ein paar Antworten bekommen.

Ox erschien gegen Ende des letzten Drittels.

Er war ein Schwarzer, nicht größer als Jeff, mit goldgeränderten runden Brillengläsern, Kinnbart und kahl rasiertem Schädel unter einer Senators-Mütze. Dazu trug er ein weites Hemd aus leuchtend burgunderroter Seide; der Hemdrücken war mit farbenprächtigen Koi-Karpfen bestickt.

Er umarmte Castillo herzlich, dann schüttelte er Jeff die Hand. »Toller Abend für Baseball«, sagte er. »Wirklich toll.«

»Immer gut getarnt, wie ich sehe«, spöttelte Castillo und musterte seine Aufmachung.

Ox setzte sich, schlug die Beine übereinander und ließ den Blick durch das Stadion schweifen. »Ausreichend getarnt, würde ich sagen«, antwortete er lächelnd. »Auf mich achtet hier keiner. Für wen jubeln wir?«

»*Alle* achten auf dich«, stichelte Castillo, dann wurde er ernst: »Was ist SharDhara?«

Ox legte den Kopf schief. »Vielleicht hab ich nie davon gehört.«

»Vielleicht.« Jetzt lächelte Castillo. »Vielleicht bist du neunhundert Meilen weit gefahren, nur um mir das zu sagen. Und um die Seawolves spielen zu sehen.«

»Vielleicht bin ich *elfhundert* Meilen weit gefahren, um einen alten Freund zu treffen.« Ox winkte einen Stadionverkäufer heran. »Wieso hast du dich gerade an mich gewandt?«

»Weil du von allem etwas weißt.«

»Nie im Leben! Willst du 'n Bier?«

»Nein.« Castillo wartete, während Ox sein Bier bezahlte. Ox' Miene war mittlerweile ausdruckslos geworden. Er zeigte keine Gefühlsregung, als er das Spiel beobachtete.

»So schlimm?«, fragte Castillo.

»Erzähl mir erst, woran du gerade arbeitest.«

»Das darf ich nicht.« Castillo schüttelte den Kopf. »Sorry.«

Jeff hatte das Interesse an dem Spiel verloren; stattdessen beobachtete er die beiden Männer gebannt.

Ox kniff ein wenig verärgert die Augen zusammen. »Wenigstens ein paar Hinweise, okay?«, forderte er. »Damit wir auf dem gleichen Stand sind. Ich will nicht, dass meine Familie und ich Unannehmlichkeiten bekommen.«

»Okay.« Castillo beugte sich leicht zu ihm hinüber. »Eine Privatfirma macht zweifelhafte Versuche für unsere ehemaligen Bosse. Beschissen *grausige* Versuche. Dabei geht es um Kids. Tote Zivilisten. Und um jemanden oder etwas, das *SharDhara* heißt. Keine Ahnung, was das genau bedeutet. Aber ich merke es, wenn die Leute mir Bockmist erzählen, und das ist hier definitiv der Fall.«

Castillo verstummte.

»Sonst noch was?«, fragte Ox.

Castillo schüttelte den Kopf.

»Okay.« Ox musterte Jeff. »Du bist einer von diesen Kids, was?«

Der Junge blickte Castillo fragend an. Der nickte.

»Ja, Sir«, antwortete Jeff.

»Das alles scheint dich nicht zu überraschen, Ox«, meinte Castillo.

»Mich konnte schon nichts mehr überraschen, als ich noch in die Windeln geschissen habe. Im Gegensatz zu dir, hab ich den Eindruck.«

»Du glaubst, ich war überrascht?« Castillo lehnte sich zurück. »Ja, das muss ich wohl zugeben.«

»Gott erhalte dir deine Einfalt, Shawn.« Ox blickte an ihm vorbei zu Jeff. »Dieser Typ glaubt noch immer, dass es die Guten und die Bösen gibt.«

»Ich habe in meiner aktiven Zeit bei einigen moralisch fragwürdigen Einsätzen mitgemacht«, sagte Castillo. »Ich weiß, dass man manchmal Grenzen überschreiten muss.«

»Grenzen überschreiten?« Ox kicherte und trank einen Schluck Bier. »Kennst du dich mit Geschichte aus, Junge?« Er schaute Jeff an, aber Castillo wusste, dass er weiterhin auch zu ihm sprach. »Kennst du die Nazis?«

»Klar«, antwortete Jeff.

»Klar tust du das. Sie sind berüchtigt, weil sie Millionen umgebracht und tödliche Menschenversuche durchgeführt haben, stimmt's? Berüchtigt, weil sie böse waren, nicht wahr? Aber die Vereinigten Staaten«, obwohl er mit gedämpfter Stimme sprach, schwang die Inbrunst eines Predigers aus Alabama darin mit, »haben die bösen Nazis besiegt. Das Problem ist nur, dass die Amerikaner zur selben Zeit *ebenfalls* tödliche Menschenversuche gemacht haben.«

Jeff und Castillo wechselten einen wissenden Blick.

»Das tun sie noch immer«, sagte Jeff.

Ox zwinkerte ihm zu. »Noch immer, Baby, noch immer.« Er schaute zum Spielfeld und beobachtete den nächsten Abschlag. »Ich will euch beiden eine Geschichte erzählen: Dr. Cornelius Rhoads, ein amerikanischer Wissenschaftler, infiziert eine Gruppe von Leuten mit Krebszellen, an denen sie sterben, was keine Überraschung ist. Seine Versuchspersonen sind bettelarme Puertoricaner, um die sich keine Sau kümmert. Entschuldigt«, fügte er schmunzelnd hinzu, »ich bin nur ehrlich. Die USA haben Puerto Rico 1898 besetzt. Als Rhoads seine netten Versuche macht, schreiben wir das Jahr 1931. Aber weiter mit der Geschichte. Einem Politiker in Puerto Rico namens Pedro Campos werden Briefe zugespielt, in denen Rhoads damit prahlt, diese Leute umgebracht zu haben. Daraufhin marschiert der olle Pedro Campos mit den Briefen zur einheimischen und zur amerikanischen Presse. Ratet mal, was passiert! *Nada*. Nichts. Stattdessen wird unser Pedro als Terrorist verhaftet und verbringt die nächsten zwanzig Jahre in einem Knast in Puerto Rico, wo er für unzurechnungsfähig erklärt und später von den USA als Versuchsperson für Strahlenexperimente benutzt wird.«

Ox verstummte, schaute erst Castillo, dann Jeff an. »Ironie des Schicksals, nicht wahr?«, fuhr er dann fort. »Wollt ihr noch mehr hören? Rhoads, dieser Hippokrates, der ein Dutzend Leute umgebracht und sogar damit geprahlt hat, wird zum Direktor der Abteilung Biologische Kriegführung der US Army ernannt. Die Amerikanische Gesellschaft für Krebsforschung benennt sogar einen Preis nach ihm. Das ist die Strafe für ein Dutzend Morde. Wollt ihr noch mehr hören? Kein

Problem. Dr. Rhoads hat *persönlich* dafür gesorgt, dass an Pedro Campos Strahlenversuche vorgenommen wurden. Später hat er in einem Brief geschrieben: ›Alle Ärzte finden Vergnügen daran, ihre bedauernswerten Versuchspersonen zu missbrauchen und zu foltern.‹ Das kann man sogar im Internet recherchieren. An manchen Tagen kommt einem das alles beinahe komisch vor. Bevor man SharDhara richtig würdigen kann, muss man sich in der Geschichte auskennen, Leute.«

»Darum habe ich mich an dich gewandt«, sagte Castillo.

Ox seufzte, schüttelte den Kopf. »Na gut, hör zu, Shawn ... vor Kurzem hat das Verteidigungsministerium zugegeben, dass es weiter auf dem Gebiet der biologischen Kampfstoffe forschen lässt, obwohl ein Dutzend Verträge die Erforschung und Entwicklung solcher Kampfstoffe untersagen. Die entsprechenden Versuche laufen in mehr als hundert Labors im ganzen Land. Außerdem an zwei Dutzend großen Universitäten. Und die alle machen *irgendwas*. Nachdem die am Manhattan-Projekt beteiligten Wissenschaftler die erste Atombombe konstruiert hatten, machten sie sich an ein neues Projekt: Hunderten von Amerikanern – Männern, Frauen und Kindern – wurde Plutonium injiziert, um Strahlungsschäden durch Kernwaffen zu studieren. Ihre erste Versuchsperson war ein Zivilist, der zufällig in der Nähe ihres Labors mit dem Auto verunglückt war. Zehn Jahre später ließen dieselben Wissenschaftler in der New Yorker U-Bahn mit *Bacillus subtilis* gefüllte Glühbirnen platzen, um festzustellen, wie effektiv biologische Waffen sind, wenn sie inmitten großer Menschenansammlungen angewendet werden. Binnen vier Tagen waren eine Million New Yorker infiziert.«

»Was ist ein *Bacillus subtilis*?«, fragte Jeff.

Perfekt, dachte Castillo. *Genau die richtige Frage, um Ox zum Thema zurückzuführen.* Falls er wirklich etwas Brauchbares wusste, würde es bald ans Tageslicht kommen.

»Ein Grippebazillus. Nichts Großartiges. Das war nur eine Übung, Junge. Diese Typen testen für ihr Leben gern. Zehn Jahre später bestätigte der Senat, dass zwischen 1949 und 1969 in mehr als zweihundert bewohnten amerikanischen Gebieten biologische Kampfstoffe angewendet worden waren. In San Francisco, Washington, Key West, Minneapolis, St. Louis … *überall.* Die CIA hatte vierzig Universitäten und Pharmaunternehmen darauf angesetzt. Das sind lauter alte Geschichten, aber die Parallelen liegen auf der Hand, nicht wahr? Dann gab es das Projekt MK-ULTRA: heimliche Drogentests an Soldaten, Geisteskranken, Nutten und der Allgemeinheit, um die potenzielle Waffenwirkung psychotischer Drogen zu erforschen. LSD, Heroin, Morphium, Meskalin, Marihuana, was auch immer. Schwarze Brüder wurden wochenlang high gehalten, um zu sehen, was passiert.« Er blickte Jeff an. »Hast du in der Schule etwas über Tuskegee gelernt? Den Menschenversuch in diesem Kaff in Alabama?«

»Ich gehe nicht zur Schule. Aber ich weiß Bescheid über Tuskegee.«

Ox legte neugierig den Kopf schief. »Okay, Gefreiter, was weißt du darüber?«

»Wissenschaftler hatten eine Gruppe von Farmern zusammengeholt, alles Schwarze, und ihnen Scheinmedikamente gegen ihre Krankheit verabreicht. Sie hätten sie heilen können, haben aber hundert Leute sterben lassen, nur um zu sehen, was passiert.«

Ox nickte anerkennend. »So ungefähr. Woher weißt du das?«

»Mein Dad ist Wissenschaftler.«

Ox schaute zu Castillo hinüber, der die Hände hob, als wolle er sich ergeben.

»Sein Dad ist *definitiv* ein Wissenschaftler«, bestätigte Castillo. Er beobachtete, wie Ox versuchte, sich über die Rolle des Jungen klar zu werden. Vielleicht wäre es besser gewesen, er hätte Jeff im Auto warten lassen. Aber insgeheim hoffte er, dass Ox alles herausbekam. Wirklich ALLES. Weil sein einziger Vertrauter auf dieser Welt im Augenblick der jugendliche Klon von Jeffrey Dahmer war.

»Nun«, sagte Ox, »das waren nicht irgendwelche hergelaufenen Wissenschaftler. Das war die US-Gesundheitsbehörde, die auch in Guatemala Hunderte von Leuten ohne ihr Wissen und ihre Erlaubnis mit Gonorrhö und Syphilis infiziert hat, vor allem Geisteskranke in Anstalten. Im Rahmen der Studie wurden die Infizierten sogar ermutigt, andere mit ihrer Krankheit anzustecken. Und heutzutage besitzen

Weiße die Frechheit, zu lachen, wenn Schwarze behaupten, dass der Staat die Brüder an den Theken von Schnellrestaurants heimlich sterilisiert.«

Castillo schüttelte den Kopf. *War so etwas möglich?*

»Wir könnten den ganzen Tag darüber quatschen, Shawn, aber du verstehst doch, was ich sagen will? Such dir einfach etwas aus: Projekt Artichoke. Projekt Paperclip. Third Chance. QK-Hilltop. Projekt Derby Hat. Chatter. Camelot. Montauk. MK-SEARCH. MK-NAOMI. MK-OFTEN.« Ox hatte den Pappbecher zwischen seine Füße gestellt und zählte schneller an den Fingern ab, als Jeff ihm folgen konnte. Castillo kannte die Aufzählung, weil Ox sie schon häufig heruntergerattert hatte, aber diesmal hörte er aufmerksamer zu. Dass »Projekt Kain« oder »Kain XP11« eines Tages auch auf dieser Liste stehen könnte, machte die anderen Projekte auf einmal zur erschreckenden Realität. Und Ox war mit seiner Aufzählung noch immer nicht fertig:

»Projekt 112«, fuhr er fort. »Projekt Shard. DTC Test 69–12. H.R. 15090. Big Tom. Fearless Johnny. Das Philadelphia-Experiment. Programm F – viel Spaß heute Abend beim Zähneputzen, mein Junge. Operation Whitecoat. Uralte Geschichten, ich weiß. Etwas Neueres gefällig? Etwas Relevanteres? Okay, wie wär's mit Chemtrails? Das sind Kondensstreifen mit chemischen Zusätzen. Oder HARP. Die gewaltigsten Geschütze aller Zeiten. Oder Plum Island. Ein Forschungszentrum für Tierseuchen. Oder SharDhara … Aber die ganze Wahrheit über diese Dinge bekommen wir erst nach Jahren zu hören, wenn die Geheimhaltung aufgehoben wurde. Wenn jemand zu beschissen alt ist, um noch Angst davor zu haben, man könnte ihn zum Schweigen bringen, und endlich auspackt. Aber dann sind diese Geschichten alte Kamellen. Dann gibt es bereits schlimmere Dinge, die uns Sorgen machen. Unser Gedächtnis ist kurz. Agent Orange? Wen interessiert das noch? Ist lange her, Mann. Das ist Ur- und Frühgeschichte. Das Golfkriegssyndrom? Auch uninteressant. Schon zwanzig Jahre her. DX 111? Scheiße, Bruder.« Er wandte sich direkt an Castillo. »Überleg doch mal, was für 'n Zeug sie an *uns* ausprobiert haben! Pyridostigmin-Bromid, Organophosphat als Pestizid, abgereichertes Uran … weiß der Teufel was. Wir reden ja nicht das erste Mal darüber, du und ich.«

»Ich weiß«, bestätigte Castillo. In ihrer Dienstzeit waren manche Gefechtsgebiete von Chemikalien geradezu verseucht gewesen, und mancher Soldat war als ein wandelndes Labor benutzt worden.

»Wir haben eine Freiwilligenarmee. Also ist es scheißegal, richtig? Wenn dieser Mist noch zehn Jahre unter Verschluss bleibt, und dann packt jemand aus, wird es sich anhören, als würde er sich über den Einsatz von Senfgas bei der Maas-Argonnen-Offensive im Herbst 1918 aufregen. Erst 1995 haben wir erfahren, dass vierhundert Amerikanern Plutonium injiziert worden war, um zu sehen, was passiert. Okay, es gab eine *Entschuldigung*, aber die gibt es immer. Die Vereinigten Staaten entschuldigten sich 1994 für die Versuche an Pedro Campos. 1995 für die LSD-Tests. 1997 für Tuskegee. 2010 für Guatemala. Wie lange noch, bis sie sich bei uns entschuldigen, Shawn?«

»Oder bei uns«, sagte Jeff.

Ox schaute zu dem Jungen hinüber. »Vorher bist du tot, kleiner Mann.«

»Hey, Ox.« Castillos Körper verkrampfte sich unwillkürlich. »Komm schon. Mach mal halblang.«

Ox hob entschuldigend die Hände. »Sorry. Aber hört mir jetzt beide zu. Ihr erinnert euch an MK-ULTRA, die LSD-Tests? Könnt ihr recherchieren: Dr. Frank Olson war während des gesamten Projekts der kommissarische Chef der Special Operations Division. Der Mann weiß, dass die Experimente moralisch fragwürdig sind, wie du es ausgedrückt hast, und kündigt deshalb. Vielleicht will er zur *New York Times*, bei Mike Wallace auspacken oder so was. Aber ein paar Tage später wird gemeldet, dass Olson Selbstmord verübt hat. Er hat sich aus einem Fenster im zwölften Stock gestürzt, vollgepumpt mit LSD. Seine Familie glaubt natürlich kein Wort und kämpft in den nächsten vierzig Jahren um seine Rehabilitierung.«

Castillo musste an Sanjay Chatterjee denken, den letzten Selbstmörder im DSTI.

Ox fuhr fort: »Als die Leiche vom guten alten Olson 1994 endlich exhumiert wurde, trug der Gerichtsmediziner als Todesart ›Mord‹ ein und wies auf Kopfverletzungen hin, die darauf schließen ließen, Olson sei niedergeschlagen worden, *bevor* er aus dem Fenster gefallen war. Natürlich entschuldigten die Vereinigten Staaten sich auch dafür und zahlten der Familie 750000 Dollar. Verstehst du, was ich damit sagen will? Wozu sie bereit sind? Diese verdammten Schweinepriester. Glaubst du, dass für die ein Dutzend oder hundert Kids eine Rolle spielen?«

»Nein«, sagte Castillo. »Und jetzt erzähl mir von SharDhara.«

»Infos aus zweiter Hand, Kumpel. Mehr hab ich nicht.«

»Die nehme ich auch.«

»Hollyman, First Sergeant Hollyman. Ich hab ihn durch einen Kerl kennengelernt, den ich aus dem Veterans Medical Center in Miami kenne. Der Typ hat angedeutet, Hollyman, der dort einige Zeit in Behandlung war, könnte mich interessieren. Nach offizieller Lesart war er geistig verwirrt, aber mein Kumpel weiß, dass ich angeblich Verrückte oft anders beurteile, deshalb der Hinweis … Ich spüre Hollyman also auf. Zweite Kompanie, zweites Bataillon, siebte Luftlandedivision. Es hat ein bisschen gedauert, aber nach einiger Zeit sind wir ins Gespräch gekommen. Haben miteinander getrunken. Du weißt ja, wie so was abläuft. Irgendwann kommt er auf SharDhara, Afghanistan, zu sprechen – als hätte er sich die ganze Zeit danach gesehnt, *endlich* darüber reden zu können. All die Andeutungen, das übliche Blabla von wegen geheim, all die Geschichten aus dem Krieg, bis er endlich von SharDhara sprechen kann: Er war 2008 mit einem kleinen Team dort. Sie waren sechs Männer und sollten ein paar Typen direkt aus Langley eskortieren, ein Top-Secret-Unternehmen. SharDhara war ein Bergdorf, ein typisches Scheißkaff. Mehrheitlich von Taliban bewohnt: ein Anführer, ungefähr zwanzig Kämpfer. Angeblich sollte es auch ein Lager für unkonventionelle Sprengmittel geben. Hollyman rechnete mit einem Standardüberfall: den Sprengstoff in die Luft jagen, vielleicht den Subcommander erledigen und schnell wieder weg. Dann aber wurde ihnen befohlen, ihre ABC-Schutzanzüge zu tragen.«

»Das ist ein Schutzanzug mit Gasmaske«, erklärte Castillo Jeff.

»Gegen atomare, biologische und chemische Kampfstoffe, Massenvernichtungsmittel wie Sarin oder Senfgas. Aber die wurden dort eigentlich nicht eingesetzt …«

Ox schüttelte den Kopf. »Hollyman hat gesagt, und ich zitiere, das Dorf sei ›ein Höllenpfuhl‹ gewesen.«

»Was hat er damit gemeint?«, fragte Castillo.

»Diese unfassbare Gewalt«, antwortete Ox. »Alle waren regelrecht abgeschlachtet worden. Das ganze Dorf. Von hundert Kugeln durchsiebte Leichen … in Stücke gehauene Menschen … zerfetzt, zerbissen, verstümmelt. Männer und Frauen vergewaltigt. Kinder mit Messern, mit denen sie sich anscheinend tödlich verletzt hatten. Niemand konnte es begreifen. Vielleicht ein Racheakt der Taliban, aber die waren ebenso tot wie die Dorfbewohner. Dann wurde eine Überlebende gefunden. In einem der Häuser entdeckten sie eine verwirrte alte Frau, die sich von den Leichen ernährte. Sie hockte auf dem Fußboden und zehrte von den Toten, die um sie herum lagen.«

»Zombies?«, fragte Jeff.

Ox schüttelte den Kopf. »So verrückt war die Alte nicht. Die Toten waren tot. Die Frau war einfach nur irre. Hollyman hätte am liebsten gleich abgedrückt, aber das haben die Langley-Typen nicht zugelassen. Sie haben die Frau mitgenommen. Hollyman und den anderen wurde befohlen, einen Überfall der Taliban auf das Dorf vorzutäuschen und es mitsamt dem Sprengstofflager niederzubrennen. Während Hollyman und die anderen diesen Befehl ausführten, haben die Typen Proben genommen.«

»Proben?«

»Ja. Aus der Luft, aus dem Boden, aus dem Wasser. Außerdem Blut und Gewebe von den Toten. Sie haben einen halben Tag gebraucht, um zu sammeln, was sie brauchten. Anschließend haben sie alles verbrannt. Leichen, Felder, Vieh, Hunde, alles.«

»Was hatten sie als Auslöser in Verdacht?« Castillo bemühte sich, die apokalyptischen Bilder zu verdrängen, die vor seinem inneren Auge erschienen waren.

»Was hast *du* in Verdacht? Hollyman war der Meinung, dort sei irgendwas erprobt worden. Irgendein biologischer Kampfstoff. Er wusste nicht welcher, aber er hatte noch nie solche Szenen gesehen. Schlimmer als im Schlachthaus. Und diese Frau, ihre Augen … sie bereiteten ihm Albträume. Als Berufssoldat hatte er schon vieles gesehen, das Albträume auslösen konnte, aber das … Er hat gesagt, er habe dort *Dinge* verbrannt. Nicht Menschen. *Dinge.*« Ox schien die Stimme zu versagen.

»Sonst noch was?«

Ox schüttelte den Kopf. »Das war's, Mann.«

»Weißt du, wie ich Hollyman erreichen kann? Würde er mit mir reden?«

»Er ist tot. Schon seit zwei Jahren.«

»Woran ist er gestorben?«

»Benelli M1014.« Die Benelli war eine bei den US-Streitkräften eingeführte italienische Schrotflinte.

»Selbstmord?« Castillo dachte wieder an die »Selbstmorde« und »Unfalltode« im DSTI. Wie leicht es auf einmal war, diese Wörter gedanklich in Anführungszeichen zu setzen. »Oder glaubst du, dass sie ihn …«

»Er wäre nicht der Erste.« Ox trank sein Bier aus. »Vor allem Wissenschaftler sind seit fünfzig Jahren Freiwild. Wir leben im goldenen Zeitalter von Chemie und Biologie. Seit wir im Irak aufgekreuzt sind, sind über dreihundert irakische Wissenschaftler gestorben; durch Unfälle, Bombenanschläge, Selbstmorde … In jüngerer Zeit trifft es die Iraner. Im Web kannst du nachlesen, welche iranischen Wissenschaftler diesen Monat verschwunden, auf rätselhafte Weise vergiftet oder in die Luft gesprengt worden sind.«

»Aber sie sind der Feind. Du redest davon, dass die US-Regierung eigene Bürger beseitigen lässt. Zivilisten.«

»Zivilisten?«, wiederholte Ox grinsend. »Oh nein, Männer, die Waffen konstruieren, sind keine Zivilisten. Egal, zu welchem Team sie gehören. Willst du tote Amis sehen, musst du in den Bereich Biowaffen gehen. Seit mindestens einem Jahrzehnt sind dort vermehrt Genetiker die Opfer, DNA-Experten. Wie heißt es doch gleich? *Die Wahrheit ist irgendwo da draußen.*«

»Amerikanische Forscher werden ermordet?« Jeff holte erschrocken Luft. »Vom Staat?«

Castillo wusste, dass der Junge an seinen Vater dachte. Trotz allem, was er nun wusste, trotz allem, was dieser Mann ihm angetan hatte, machte der Junge sich noch immer Sorgen um ihn. Erstaunlich.

Ox machte eine schwungvolle Handbewegung wie ein Magier, der einen Zaubertrick vorführt. »Der DNA-Experte Dr. David Schwatz in Virginia, erstochen. Der DNA-Experte Don Wiley, Harvard-Absolvent, treibt tot im Mississippi. Der DNA-Experte David Kelly, der für die US Navy gearbeitet hat, wird tot aufgefunden, nachdem er sich Pulsadern *und* Kehle durchgeschnitten hat und *danach* eine halbe Meile weit von seinem Haus weggekrochen ist. Der DNA-Experte Franco Cerrina wird in seinem Labor an der Boston University tot aufgefunden, Todesursache noch unbekannt. Der DNA-Experte Dr. John Clark, der das Labor geleitet hat, in dem Dolly, das Schaf, geklont wurde, wird erhängt in einem abgelegenen Landhaus aufgefunden. Der Biowaffenexperte Dr. John Wheeler wird in Delaware tot auf einer Müllhalde entdeckt. Der Biowaffenexperte Dr. Robert Schwartz wird in seinem Haus in Virginia ermordet. Der Biowaffenexperte Bruce Edwards Ivins vom Medizinischen Forschungsinstitut der US Army stirbt angeblich an einer Überdosis des Schmerzmittels Tylenol. Eine Autopsie wurde nicht gestattet. Das alles kannst du selbst recherchieren. Oder glaubst du, dass die … sagen wir mal, die Franzosen unsere Forscher abmurksen? Islamische Schläfer dahinterstecken? Wie ich schon sagte: Die DNA-Experten waren nicht die Ersten, und sie werden ganz sicher nicht die Letzten sein. Ein Toter ist möglich, zwei vielleicht ein merkwürdiger Zufall, aber zehn bedeuten: *Bloß weg hier!* Alles in Ordnung, Shawn? Du machst 'nen leicht verwirrten Eindruck.«

»Mir geht's gut.« Castillo blickte erst Jeff, dann wieder Ox an. »Ich habe keine Benelli-Schrotflinte, um das mal festzuhalten.«

»*Entiendo.* Was brauchst du noch von mir?«

»Weiß ich noch nicht.« Castillo blickte über das Spielfeld und versuchte sich zu konzentrieren. »Aber du hast mir jetzt schon sehr geholfen. Sollte ich mehr brauchen …«

»Kannst du dich jederzeit an mich wenden, Kumpel. Das weißt du.«

»Danke.« Castillo stand auf, um zu gehen.

»Was macht meine Kristin?«

»Der geht es gut.«

Ox schüttelte den Kopf. »Ihr seid nicht mehr zusammen?«

»Waren wir nie.« Castillo tippte Jeff auf die Schulter. »Komm.«

»Ja, klar.« Ox lächelte wehmütig. »Weißt du, manchmal spiele ich noch ihre Geisternummer nach. Nur um mit vertrauten Gesichtern reden zu können. Was für ein trauriger Scheiß, mit Geistern zu reden.«

Castillo nickte. »Denkst du manchmal, dass *wir* die Geister sind? Dass all die anderen heimgekehrt sind und jetzt den Rasen mähen, fernsehen oder sonst was machen? Und wir sind die, die nie zurückgekommen sind?«

Neben Castillo war auch Jeff aufgestanden.

Ox musterte die beiden. Dann nickte er.

»Ja«, sagte er. »Die ganze Zeit.«

16.

NÄCHTLICHE SCHRECKEN

06. JUNI, MONTAG – HARRISBURG, PENNSYLVANIA

Bald, flüstert der Mann, versprochen, und tritt auf seine Werkbank zu. Das Licht einer rostigen Petroleumlampe wirft lautlos huschende Schatten an die Höhlenwand hinter ihm. Es sind verzerrte, groteske Schemen, denn er muss wegen der niedrigen Decke unnatürlich krumm dastehen. Der Mann ist nicht allein. In den benachbarten Tunneln und Höhlen ist Gebrabbel zu hören in einer fremden Sprache, undeutlich, gebetsmühlenartig flüsternd, vom Brummen der Notstromaggregate und Abluftventilatoren übertönt. Es riecht nach Urin, Schweiß und Blut. Irgendwo lacht jemand. Unter zwei leeren Stühlen stehen dunkle Lachen: Spuren der Folter. Die beiden Leichen wurden bereits weggeschleift, nur ihre Köpfe stehen noch auf dem kleinen Holztisch und schauen zu. Der Mann wählt sein liebstes Skalpell aus. Dann schneidet er flach in Brust und Genitalien, zieht Haut- und Fleischlappen ab. Fluchen. Verwünschungen. Betteln. Flehen. Aber die Wörter sind verworrene Laute, es sind gar keine Wörter mehr. Ein offenes Auge starrt ihn zornig blitzend an, das andere ist zugeschwollen, mit angetrocknetem Blut verkrustet. Nein. Tu das nicht! Doch der Mann tritt näher, drückt mit dem Daumen die Oberlippe hoch. Die Gestalt auf dem Stuhl windet sich, blutgetränkte Stricke halten sie fest, sie kreischt, als das Skalpell gehoben wird. Der Mann setzt die Klinge am Gaumen an. Dann nochmals am Körper. Unvermittelt hämmern Feuerstöße durch einen der Tunnel. Die Echos sind ohrenbetäubend. Der Mann lässt das nasse Skalpell neben den zwei Köp-

fen auf den Tisch fallen. Beobachtet. Irgendwo schreit jemand Unverständliches: die Stimme eines Sterbenden. Der Mann greift sich nun ein Gewehr. Er hat Angst. Gestalten kommen plötzlich hereingestürmt. Ein Körper wird hochgehoben und schwebt wie ein schwarzes Gespenst in einem Meter Höhe über dem Boden. Dann klatscht Blut auf den graubraunen Fels der Höhle. In den Schatten bewegt sich jetzt noch etwas anderes. Eine schmächtige dunkle Gestalt, die wie Rauch heranschwebt. Der Mann schreit auf.

Castillo fuhr aus dem wirren Traum hoch und rang keuchend nach Atem. Im Bett sitzend, lässt er den Blick durch den halbdunklen Raum schweifen.

Die Höhle war verschwunden. Das schwarze Ding war weg. Auch der Mann.

Der Mann.

Sein eigener Schrei gellte noch in seinen Ohren. Aber die Realität holte ihn ein.

Du bist wach. Was du siehst, ist die Wirklichkeit. Dieses Zimmer. Du bist wieder in den USA. In Pennsylvania. Das war bloß ein Traum, ein Albtraum. Hier ist nichts und niemand.

Trotzdem blieb seine Hand in der Reisetasche neben dem Bett, umklammerte den Griff der Pistole, die er darin aufbewahrte. Sein Herz raste. Er legte die freie Hand flach auf die Brust. *Beruhig dich. Beruhig dich.* Sein Verstand rang um Worte, die richtigen Worte, die ihm helfen würden. Er konnte seine eigenen hektischen Atemzüge hören. Ihm wollte nichts einfallen. *Denk nach! Konzentrier dich!*

Er schaute durch das Zimmer zu dem anderen Bett.

Der Junge, Jeff Jacobson, lag darin. Schlief tief und fest.

Vielleicht hatte er gar nicht geschrien. Vielleicht hatte er es sich nur eingebildet. Er ließ die Pistole los. Bedeckte sein Gesicht mit den Händen. Ließ einen Spalt zwischen den Handkanten, damit er unregelmäßig ein- und ausatmen konnte.

Unglückseliger, denke nun endlich des Vaterlandes; wenn dir das Schicksal bestimmt, lebendig wiederzukehren in den hohen Palast und deiner Väter Gefilde …

Dieses Zitat aus der *Odyssee* fiel ihm endlich ein, und er sagte es sich im Dunkeln liegend immer wieder auf. Seine Hände sanken auf die Brust, ertasteten das deutlich hervortretende Narbengewebe unter seinem T-Shirt.

Er überlegte, ob er aufstehen sollte. Licht machen. Den Jungen wecken, um mit jemandem reden zu können.

Aber der Junge war kein gewöhnlicher Junge.

Er war ein Klon.

Der Klon von Jeffrey Dahmer.

Ein Monster. Und Monster ließ man am besten schlafen.

Castillo schaute auf die Armbanduhr. Viertel nach elf. Er hatte erst eine halbe Stunde geschlafen. Er brauchte mindestens noch vier, fünf Stunden Schlaf. Er schloss die Augen und konzentrierte sich auf seine Atmung.

Schlaf.

Wenn dir das Schicksal bestimmt …

Die Albträume kehrten fast nie in derselben Nacht zurück.

Fast nie.

17.

EMILY

06. JUNI, MONTAG – UNITY, OHIO

Emily führte Allison bewusst langsam in die Wohnung. Sie wollte nicht, dass ihrer kleinen Schwester irgendetwas entging. Es roch muffig wie nach Sex oder wie der schmutzige Umkleideraum einer Sporthalle. Nach zu vielen Jungen. Allison war an der Tür stehen geblieben, doch Emily nahm ihren Arm, um sie entgegen ihres warnenden Instinkts weiter in die Wohnung zu führen. Die Tür fiel hinter ihnen ins Schloss.

Ihre letzte Begegnung mit Allison lag ein paar Monate zurück. Seitdem Emily ausgezogen war – oder rausgeworfen worden war oder wie zum Teufel man es nennen wollte –, standen sie sich nicht mehr so nahe. Aber ein einziger Anruf hatte genügt. Die große Schwester, die ihre Verbündete einlud, um gemeinsam eine Pizza zu essen und einen Film anzuschauen.

Allison hatte sofort zugesagt. Sie war nun mal ein nettes Mädchen. Das war sie schon immer gewesen. Hübsch dazu. Sogar noch hübscher, als Emily sie in Erinnerung hatte. Sie hatte ihr Haar wachsen lassen und trug es offen, was den Jungs bestimmt gefallen würde.

Zwei von ihnen, Al und Jeffrey, hockten wieder vor dem Fernseher. Al biss gerne. Nur Jeffrey war der Einzige, der Emily – und übrigens auch ihre Mitbewohnerin – noch nicht gebumst hatte. Er stand anscheinend auf Jungen. Deshalb war er eines Nachts mit John und Ted zum Nachbarn gegenüber gegangen. Sie hatten den fetten

Mittdreißiger überrascht, der dort wohnte. Es war zu komisch gewesen.

Die Krankenschwester, Mrs. Stacey, saß mit leicht zur Seite geneigtem Kopf zwischen den Jungen auf der Couch. Ihre Augen waren zu Schlitzen verengt, hinter denen das Weiße der Augäpfel zu sehen war. Die Jungs hatten ihr die fleckige Flanellbluse wieder ganz aufgeknöpft, sodass ihre Titten raushingen.

Keiner der drei schien gemerkt zu haben, dass die beiden Mädchen hereingekommen waren. »Das sind Jeff und Al und Mrs. Stacey«, stellte Emily sie trotzdem Allison vor. »Und natürlich John.«

In einem Sessel fläzte ein als Clown verkleideter weiterer Junge. Seine rot-blaue Schminke war verschmiert und verlaufen, sein Kragen dunkelrot verfärbt, wo sein Kinn auf der Brust ruhte. Auf dem Schoß hielt er einen Beutel Doritos. Von seinem Hut hing ein dicker roter Bommel bis über sein linkes Auge. Er wandte sich träge den Mädchen zu und verfolgte ihren Weg weiter in die Wohnung hinein, während seine roten Lippen sich lustlos zu einem dümmlichen Lächeln verzogen.

»Emily?« Sie spürte, wie ihre Schwester sie am Ärmel zupfte.

»Hey.« Eine Stimme kam aus der Küche hinter ihnen. »Ihr kommt spät. Ist sie das?«

»Ja, das ist Allison.« Emily schob sie lächelnd vor. »Meine kleine Schwester. Ist sie nicht ein süßes kleines Ding?«

»Süß, süß.« Der Junge lachte. Er schien ein paar Jahre älter zu sein als die anderen. Langes, lockiges dunkles Haar und unglaubliche blaugraue Augen. Beinahe türkis, je nach Lichteinfall. »Aber sie ist kein Baby mehr, stimmt's?« Die fantastischen Augen musterten in aller Ruhe Emilys Schwester, wobei der Junge sich auf die Unterlippe biss. »Alles paletti, Allison?«, fragte er. »Ich bin Ted.«

Allison hielt den Kopf gesenkt.

Das auf dem Küchenboden getrocknete Blut sah wie ein ganz normaler Fleck aus.

»Sprichst du etwa nicht mit meinen Freunden?«, fragte Emily.

»Doch, ich …« Die Stimme ihrer Schwester zitterte. »Ich … freut mich, dich kennenzulernen.«

»Schon besser.« Ted trat näher, ließ dabei sein typisches Grinsen sehen, das Emily zu deuten gelernt hatte. *Das wird ein Spaß. Spaß. Spaß.*

Sie hatten sich über das Internet kennengelernt. Vor einem halben Jahr hatte ein Junge namens Al sich via Facebook mit ihr angefreundet. Ein weiterer Klugscheißer im Web, der ihr gern Schwanzfotos und private Instant Messages schickte, um zu erzählen, dass er davon träumte, Fußball-Mamas zu vergewaltigen, während ihre Sprösslinge Happy Meals mampften und darauf warteten, dass er mit ihrer Mom fertig wurde. Al machte Scherze darüber, dass er eine Ladenpassage in die Luft sprengen würde, sodass Leichenteile in einem unheiligen Regen aus Blut, Payless-Schuhen und Boxershorts von Abercrombie niedergehen würden. ROFL.

Dann schickte er eines Tages eine Mail und sagte, dass er mit einem Kumpel nach Ohio unterwegs sei. Ob es ihr recht wäre, wenn sie vorbeikämen, um ein bisschen zu feiern? Sie würden Pot oder X mitbringen, sagte er. Emily ging davon aus, Al sei vermutlich viel jünger, als er behauptete, aber sie war noch nicht zu alt, um sich mit jemandem aus der Highschool abzugeben. Also antwortete sie: KLARO. Warum nicht?

Aber dann kreuzten nicht nur Al und sein Freund bei ihr auf, sondern fünf Kerle.

Und sie hatten sich mit den beiden Mädchen – Emily und ihrer Mitbewohnerin Kim – viel Zeit gelassen.

Tage.

»Kein Grund zur Sorge, stimmt's?«, sagte Ted gerade zu Allison. »Deine Schwester sagt, dass du hübsch und cool bist. Mit hübsch hat sie allerdings recht.« Er tätschelte Allisons Wange. »Vierzehn, richtig? Ohne Scheiß. Bist du 'n Partygirl? Willst du feiern wie deine Schwester hier?« Er zwinkerte Emily zu.

Emily mochte Ted am meisten.

Seit er sie zum ersten Mal gefickt hatte. Vergewaltigt hatte. Sie geliebt hatte. Emily wusste nicht, wie sie es nennen sollte. Seine Hände hatten sich fest um ihren Hals gelegt, als er sie im Wohnzimmer zu Boden gerungen hatte. Sie hatte geglaubt, sie müsse ersticken. Wie durch eine Wand hatte sie die verzweifelten Schreie ihrer Mitbewohnerin gehört, durch Gewebeband gedämpft, ganz in der Nähe, während schemenhafte Gestalten durch das Zimmer huschten.

Schon halb bewusstlos und voller Todesangst, hatte Emily in seine Augen geblickt … und *nichts* gesehen. Keine Wut, nicht mal Belustigung. *Nichts.* Die Schwärze des Todes hatte immer mehr von ihrem Gesichtsfeld eingenommen, das in Tränen schwamm, während er maschinengleich in sie hineinstieß. Dem Kerl war es vollkommen egal, ob sie lebte oder starb.

So heftig war sie noch nie gekommen.

Er hatte es gemerkt und gelacht. Dann hatte er noch fester zugedrückt, bis alles schwarz wurde. Sie war Stunden später aufgewacht, als er sie schon wieder bumste.

»Ich dachte, du wärst tot«, hatte er lächelnd gesagt.

Oh ja. Emily mochte Ted am meisten.

Und Ted wollte mehr. Wollte immer mehr. Mehr als sie oder ihre Mitbewohnerin ihm geben konnten.

Emily wusste, wen sie anrufen konnte.

Allison. Ihre Schwester.

Die schnuckelige Allison, süße vierzehn. Miss Theatertruppe. Miss Cheerleader. Noch so ein Taylor-Swift-Klon. Noch so eine Prinzessin. Zumindest in den Augen ihrer Mutter. *Nicht* die Versagerin. *Nicht* die Drogensüchtige, die miese Schlampe, die bereits eine Abtreibung gehabt hatte. Und ein abgebrochenes Studium. Die neunzehn Jahre alt war und am Imbissstand im Walmart in der zweiten Schicht arbeitete. Nicht die ältere Schwester, die Provinzpussy, die keiner wollte.

Bis jetzt. Denn jetzt hatte Emily endlich ihren Prinzen gefunden.

Sie hatte schon von Uniform-Barbies oder Leder-Barbies gehört. Mädchen, die feucht im Schritt wurden, wenn sie einen Cop oder Cowboy sahen. Und einige wenige, das begriff sie nun, standen auf Typen, die anderen Leuten wehtaten. Sie verletzten, vielleicht sogar ermordeten. Und diese Typen hier behaupteten, sie besäßen etwas, mit dem sie *Tausende* von Menschen umbringen könnten.

Emily konnte kaum schlafen, so sehr törnte dieser Gedanke sie an.

Ich bin auch eine Barbie. Eine Schmerz- und Blut-Barbie. Oh Mom, wenn du uns jetzt nur sehen könntest!

»Was war das?«, fragte Allison. Ihre Augen wurden so groß wie bei einem Anime-Girl.

Emily kicherte. Sie alle konnten wieder Kim im Bad hören, wie sie in der Wanne polterte und jaulte.

»Komm mit.« Ted legte Allison einen Arm um die Schultern. »Ich zeig's dir.«

Weiter den Flur entlang wurden die Geräusche lauter, deutlicher. Seltsame, erstickte Laute. Ein regelmäßiges *bumm, bumm, bumm*, als würde etwas gegen eine Wand schlagen.

»Emily?«, rief Allison mit gedämpfter Stimme.

Die Tür zum Bad stand einen Spalt weit offen. Ted stieß sie mit einer Hand auf und schob Allison vor, damit sie hineinschauen konnte. Drinnen war es dunkel. Im Widerschein der Flurbeleuchtung konnte man die verschmierten Blutflecke rings um die Wanne nur erahnen, während sie auf den Wand- und Bodenfliesen beinahe schwarz wirkten.

Bumm, bumm.

Eine Bewegung in der Wanne. Ein Körper, der sich im Dunkeln wand.

»Ich weiß echt nicht, wie viel sie spürt«, sagte Emily hinter ihnen und reckte den Hals, um einen Blick auf ihre Mitbewohnerin zu werfen. »Sie ist voll auf K.«

Emily hatte gestaunt, wie einfach es gewesen war, Ketamin auf der Straße zu kaufen. Genau wie die Jungs behauptet hatten. Diese Typen wussten einfach alles.

Bumm.

»Die Schnitte sind unterhalb von Knien und Ellbogen«, erklärte Emily ihrer kleinen Schwester, »deshalb war's leicht, die Blutung zu stoppen.«

»Leicht?« Ted lachte. »Du hast gut reden!«

»Na ja«, sagte Emily. »Relativ leicht.«

»Ja, relativ«, gab er zu. »Stimmt wohl.«

Eine seiner Hände hielt Allison an den Türrahmen gepresst, sonst wäre sie zusammengesackt.

»Was … wer … hat …« Allison kämpfte um die richtigen Worte. »Emily …«

»Pssst, Süße. Zerbrich dir deswegen nicht den Kopf«, forderte Ted sie auf, während das Ding in der Wanne blubberte und zuckte. »Wir wollten nur ein bisschen Spaß. Du hast doch auch gern Spaß, oder? Nein? Deine Schwester sagt, dass du eine Schnitte bist, die Spaß versteht.«

»Spaß, Spaß, Spaß. Wann hat er ihr die Lippen abgeschnitten?«, fragte Emily.

»Keine Ahnung. Als du unterwegs warst, um diese kleine Muschi hier zu holen, schätze ich.« Ted schüttelte den Kopf. »Albert. Dieser durchgeknallte Freak frisst einfach alles.«

Albert hatte den Tussen schon alles Mögliche abgeschnitten. Die Hände, die Füße. Beide Brüste. Einer hatte er sogar mal ein Auge rausgeschnitten. Emily wusste nicht weshalb, aber sie fand das irgendwie … komisch. Sie wusste nicht, dass Al ein Klon von Albert Fish war, den man 1936 auf dem elektrischen Stuhl gegrillt hatte. Sechzig Jahre vor Emilys Geburt hatte Fish sich Beinamen wie »Werwolf von Wysteria«, »Vampir von Brooklyn« oder »Boogey Man« redlich verdient. Nach polizeilichen Schätzungen hatte er bis zu hundert Kinder vergewaltigt, ermordet und gegessen. Den Eltern seiner Opfer hatte er in Briefen sämtliche Details geschildert. *Oh, wie sie getreten, gebissen und gekratzt hat*, schrieb er in einem dieser Briefe. *Ich habe neun Tage gebraucht, um sie ganz aufzuessen.*

Natürlich hatte nichts davon in Als Facebook-Profil gestanden.

SOLLEN WIR EINE FETE MACHEN?, hatte er geschrieben.

SICHER, hatte sie geantwortet und ihm ihre Adresse gegeben.

Und nun das.

»Mir wär's fast lieber, der Schmacko hätte sie in Ruhe gelassen«, meinte Ted.

»Mir gefällt sie so«, sagte eine neue Stimme hinter ihnen. »Ist das die Schwester?«

»Ja.« Ted drehte sich um. »Sag Allison guten Tag.«

»Wow, sie ist ein Beweis dafür, dass es Gott gibt.«

»Ja, klar«, pflichtete Ted ihm bei. »Allison, das ist Henry. Der Typ ist echt porno.«

»Nimmst du sie zuerst?«, fragte Henry.

Bumm.

»Nö.« Ted lächelte. »Mach du nur. Versprochen ist versprochen.«

»Cool.« Henry packte Allison am Arm.

»Aber bring sie heil zurück«, ermahnte Ted ihn.

Henry schob die Unterlippe vor. »Zu Befehl, Captain America.«

Allison wandte sich ihrer Schwester zu und wollte etwas sagen, brachte aber kein Wort heraus. Ihr Atem ging stoßweise, als Henry sie über den Flur zum Schlafzimmer schleifte. Sie wehrte sich ein wenig, aber viel zu schwach, um ihn aufhalten zu können.

»Ich will zugucken«, sagte Emily.

»Kommt nicht infrage. Was soll ich inzwischen tun?« Ted wirkte wütend, frustriert.

»Null Problemo«, sagte sie und zog ihr Handy heraus. »Das haben wir gleich.«

Seine Pupillen hatten sich so geweitet, dass seine Augen fast schwarz waren. Leer. Kalt. Wie bei einem Toten.

»Hallo, Mom, ich bin's«, sagte Emily ins Handy und scheuchte den Jungen mit einer Handbewegung weg. »Ja … hör mal, ich … Ja, ich weiß, dass es spät ist, aber Allison ist hier bei mir … ja, Allison … keine Ahnung … Ja. Sie ist wegen irgendwas ziemlich aufgeregt.«

Ted grinste.

»Nee. Am besten, du kommst selbst vorbei.« Emily verdrehte die Augen.

Aus dem Schlafzimmer drangen gedämpfte Schreie.

Meine liebe kleine Schwester. Noch eine Provinzpussy.

»Okay, Mom«, sagte Emily. »Wir warten auf dich.«

18.

DIE MORDKARTE

07. JUNI, DIENSTAG – HARRISBURG, PENNSYLVANIA

McCarty.

Der Name stand auf der Nachmittagsliste: Einer von weiteren sieben Toten, die in den letzten 24 Stunden aufgefunden worden waren. Aber ganz anders als die übrigen sechs … irgendwie vertraut.

Castillo trat an den Schreibtisch, griff nach seinem Smartphone. Durchsuchte über hundert Aufnahmen, bis er die richtige gefunden hatte.

»Hab ich dich!« Der plötzliche Ausruf hallte wie ein Donnerschlag durch das kleine Zimmer. Den ganzen Morgen hatte Schweigen geherrscht. Jeff hatte ohne Ton ferngesehen; Castillo hatte an seinem Laptop gearbeitet, ohne sich richtig konzentrieren zu können, weil die Ereignisse der vergangenen Nacht – der Traum – ihm noch deutlich vor Augen standen.

»Hab ich dich, du Hundesohn.« Castillo reckte die Faust hoch und eilte durchs Zimmer zu der Landkarte, froh, die schwermütigen Gedanken wenigstens eine Minute hinter sich lassen zu können.

»Wen hast du?« Jeff setzte sich ein wenig auf.

»Das braucht dich nicht zu kümmern«, antwortete Castillo. »Nur weitere Tote.«

»Oh.«

In dem Augenblick, als er antwortete, kam Castillo sich ungerecht vor, und die kindliche Reaktion des Jungen machte alles nur noch schlimmer. Es war unfair, Jeff immer nur als Monster zu sehen. Unabhängig von seiner Abstammung musste er, Castillo, sich angewöhnen, ihn als verängstigten, verlassenen Fünfzehnjährigen zu betrachten.

Das musst du wirklich.

»Eben sind ein paar neue Namen reingekommen«, sagte er versöhnlich. »Einer kommt mir bekannt vor. Ich weiß, dass er irgendwie mit dieser Sache zusammenhängt. Drei neue Morde in Delaware. Die Polizei hat sie vor ein paar Stunden entdeckt. Mir bleibt ungefähr eine Stunde, bevor das Kabelfernsehen sie meldet. Zwei verschiedene Adressen. Jetzt hab ich euch, Jungs!« Er griff nach seinem Rotstift und markierte den Ort auf der Landkarte. »Mann und Frau, ein Ehepaar Nolan. Erschossen. Eine weitere Frau im Haus gegenüber. Möchtest du ihren Namen raten?«

»Nein.«

»McCarty. Nancy McCarty. Erinnerst du dich an das Symbol, das wie ein Küken aussah?«

»In dem Tagebuch von meinem Dad?«

»Genau! Es stand beim Namen Carty. Willst du noch mehr hören?«

»Ich glaube lieber nicht.«

»Ihr Sohn, ein Teenager, ist verschwunden! Zugleich ist er der Hauptverdächtige.« Castillo schnappte sich die Fernbedienung. »Ja, ja. Jetzt geht's los! Mal sehen, ob die Fox News den Fall schon kennen. Möchtest du den Namen des Jungen wissen?« Er schaltete den Fernseher ein. Suchte einen Nachrichtenkanal.

»Wie heißt er?«, fragte Jeff.

»Al. Albert McCarty, fünfzehn. Vielleicht ein Klon von Albert *Fish*. Oder Albert *DeSalvo*. Beide Namen stehen im Tagebuch von deinem Dad. Sehr gut, im Fernsehen bringen sie noch nichts.« Er schaltete das Gerät wieder stumm. »Wo war das doch gleich …« Er schaute sich die abfotografierten Seiten von Jacobsons Tagebuch an. »Pack deine Sachen, wir fahren nach Delaware. M. Carty, der Hundesohn! McCarty. Was bedeutet nur das verdammte Küken?«

»Das soll kein Küken sein«, sagte Jeff. »Sondern eine Henne.«

»Eine Henne … wie kommst du darauf? Wo liegt der Unterschied?«

Jeff zog sich zurück und packte den Rucksack, den Castillo ihm gekauft hatte.

»Spiel nicht den Beleidigten«, forderte Castillo ihn auf. »Hast du was zu sagen, Junge? Dann sag's endlich.«

Jeff ließ den Rucksack fallen. »Du hast gesagt, dass diese drei Leute in Delaware ermordet wurden.«

»Und?«

»Sie sind die Blauen Hennen.«

»Die was?«

»Blaue Hennen. Die Sportteams der University of Delaware heißen Blaue Hennen.«

»Was, zum Teufel, ist eine …«

»Der Staatsvogel von Delaware.«

»Du willst mich wohl verscheißern?« Castillo starrte auf sein Smartphone. »Das ist alles? McCarty in Delaware. *Das* ist der große Geheimcode?«

Jeff zuckte mit den Schultern.

»Na gut. Was sind dann diese Dinger hier? Diese Vögel? Der Kreis? Dieser Kringel?« Castillo winkte Jeff zu sich heran und rief das nächste Foto auf.

Jeff stand vom Bett auf und trat neben Castillo, der die Bilder nacheinander aufrief.

»Stopp!«, sagte Jeff.

»Okay. Was soll das sein?«

Jeff starrte auf die Notizen. Hielt den Kopf leicht schief. »Vielleicht …«

»Vielleicht *was*?«

Jeff blickte rüber zur Mordkarte.

»Was ist? Red schon!« Castillo drehte sich um und schob Jeff ungeduldig zur Karte hin.

Der Junge hob den Kopf, studierte sie einen Moment genauer und ging dann näher darauf zu, wobei er sich bewegte wie ein Schlafwandler. Er fuhr mit dem Finger über die roten Punkte, die entstehenden Linien. »Was ist das?« Er deutete auf drei kleine blaue Markierungen.

»Vermisste.« Castillo stand jetzt neben ihm. »Eine Mutter mit zwei Kindern, die zuletzt auf einem Spielplatz in Ohio gesehen wurden, eine kleine Anlage außerhalb von McArthur. Vielleicht war es der Ehemann. Ein Streit um das Sorgerecht. Vielleicht etwas anderes. Warum?«

Jeff wandte sich ihm zu und blickte ihm zum ersten Mal seit drei Tagen offen ins Gesicht. »Weil ich vielleicht weiß, was dieser Kringel bedeutet.«

»Und was?«

»Eine Schlange.«

»Eine Schlange?«

Jeff nickte.

»Wie kommst du darauf? Der Kringel könnte alles Mögliche sein.«

»Weil wir jetzt wissen, dass Orte gemeint sind. Die Blauen Hennen. Delaware. Die Bilder sind Orte.«

»Möglich, und weiter?«

»Dann ist das hier *vielleicht* eine Schlange. Sie sieht beinahe wie der Schlangenhügel aus.«

»Schlangenhügel? Was ist das, zum Henker?«

»Eine alte indianische Grabstätte in Form einer riesigen Schlange. Mein Dad war mal mit mir dort.«

»Und wo genau liegt sie?«, fragte Castillo.

Jeff tippte auf einen Punkt im Süden Ohios. »Genau hier.«

Castillo legte seinen Finger auf die blauen Punkte bei McArthur, Ohio. Man hätte die Finger Castillos und Jeffs durch einen Strich verbinden können – eine gerade Linie, weniger als zwei Stunden mit dem Auto.

»Der Name ist nicht Al Baum«, sagte Jeff, »sondern Albaum. Genau wie McCarty. Und das Bild gibt einen Hinweis auf den Ort.«

»Ja«, bestätigte Castillo. »Verdammt!«

Er klappte seinen Laptop auf, begann hastig zu tippen. Zapfte eine Datenbank irgendwo in Washington an, die Namen, Alter und Adressen ausspuckte. *Danke, 9/11. Danke, Homeland Security Act.* »In den USA gibt es nur zweihundert Familien, die Albaum heißen«, sagte er, während er weitertippte.

»Besser als zwanzigtausend Familien Baum, nicht wahr?«, kommentierte Jeff.

»Teufel, ja«, antwortete Castillo. *Der Junge ist nicht auf den Kopf gefallen. Cleveres Kerlchen.* Genau diese Zahl hatte Castillo vor ein paar Tagen genannt. Jetzt verfeinerte er die Suche nach Albaums.

»Wie viele Familien sind es in Ohio?«, fragte Jeff.

Castillo hob den Blick, lächelte.

»Eine«, sagte er.

19.

EIN WEITERER SOHN

07. JUNI, DIENSTAG – FALLSBURG, NEW YORK

Der Mann, der schließlich in den Besucherraum gebracht wurde, sah nicht wie der auf den Polizeifotos aus; der Typ mit dem benebelten Blick und der seltsamen Frisur. Dieser Kerl hatte eine beginnende Glatze und einen kleinen grauen Schnurrbart. Und er war viel älter. Er trug dieselbe dunkelblaue Häftlingskleidung wie die anderen. Er lächelte und sah irgendwie nett aus.

David wusste, dass dieser Mann mit einem Revolver Kaliber .44 sechs Menschen erschossen hatte. Einen weiteren Mann hatte er geblendet, eine Achtzehnjährige zum querschnittsgelähmten Krüppel gemacht. Über ein Jahr lang war er immer wieder auf den Straßen New Yorks unterwegs gewesen und hatte wildfremde Menschen ermordet.

Vor ihm saß David Berkowitz. Der Kaliber-.44-Mörder. SON OF SAM.

Und er war anscheinend ziemlich fruchtbar gewesen.

Weil David ein *weiterer* Sohn war.

Der Mann, aus dessen Erbgut man ihn herangezüchtet hatte, saß ihm jetzt Zelle für Zelle, Genom für Genom gegenüber. Nur vierzig Jahre älter. Als würde sie nicht eine dicke Plexiglasscheibe trennen, sondern ein seltsamer Zauberspiegel.

Das alles wusste David, weil es in der Akte stand, die Dr. Jacobson ihm gegeben hatte. Aus derselben DSTI-Akte wusste er, dass er mit Depressionen kämpfte und zu Wutanfällen neigte, aber das ließ sich mit Medikamenten und Therapie in den Griff bekommen. Und als die anderen Typen ausgeflippt waren – in jener ersten Nacht, in der Jacobson endgültig den Verstand verloren und sie alle freigelassen hatte – hatte David versucht, sich von ihnen fernzuhalten.

Klar, er hatte mitgeholfen, Dylan zu häuten, nachdem der Junge tot gewesen war – als er ihn für tot *gehalten* hatte, wie er sich seitdem täglich versicherte –, aber das hatte er nur getan, damit die anderen glaubten, er tue *irgendetwas*. Damit sie ihm eine Chance gaben. Denn David hatte gesehen, was Ted und Jeff den anderen DSTI-Kids angetan hatten, die nicht mitmachen wollten. Da hatte er ihnen lieber geholfen.

Aber im Allgemeinen war er harmlos. Er wollte nichts mit Morden zu tun haben. Glaubte er jedenfalls. Er hatte sich so rasch wie möglich von den anderen getrennt. War erleichtert gewesen, als Jacobson sie in zwei Gruppen aufgeteilt hatte. Er hatte sogar versprochen, Dennis und er würden alle Kids auf Jacobsons Liste finden. Andere wie ihn. Jungen, die geborene Killer waren. Er hätte *alles* versprochen, nur um von Ted, Henry und Jeff wegzukommen.

Nicht, dass Dennis und Andrei viel besser gewesen wären.

»Kenne ich dich?«, fragte der Mann auf der anderen Seite des Zauberspiegels. Seine Stimme klang seltsam, weil sie aus der kleinen Lüftungsöffnung unter dem Glas drang. Wie aus einem Billighandy, obwohl sie keinen Meter voneinander entfernt saßen.

»Sozusagen«, antwortete David.

»Sozusagen? Du kommst mir bekannt vor. Wie heißt du?«

»David.«

»Ohne Scheiß? Wir haben denselben Namen, du und ich? Zwei Erbsen in einer Schote, was?«

»Ja.«

»Und wer bist du? Was verschafft mir die Ehre? Ich hab gehört, du bist mit 'ner Art Empfehlung oder so was hergekommen.«

»Äh … Dr. Jacobson dachte …«

»Oh, ich verstehe. Der gute alte Gregory Jacobson. Hab jahrelang nichts von ihm gehört. Bist du sein Sohn?«

»Sozusagen.«

»Schon wieder sozusagen. Und er hat deinen Besuch sozusagen organisiert?«

»Ja, ich … ich muss mit Ihnen reden. Er hat mir einen Brief mitgegeben, damit ich hier reinkomme. Er hat gesagt, das ginge in Ordnung, und hat ein paar Mal telefoniert, nehme ich an.«

»Nimmst du an. Okay, du hast noch ungefähr zehn Minuten, Junge. Worüber willst du reden?«

»Tut es Ihnen leid, dass Sie all diese Leute umgebracht haben?«

»Du gehörst nicht zu denen, die lange um den heißen Brei herumreden, was?«

»Tut es Ihnen leid?«

Der Mann legte die Hände übereinander und lächelte, aber jetzt war es kein freundliches Lächeln mehr. »Jeden gottverdammten Tag«, sagte er. »Schreibst du 'ne Arbeit für die Schule oder so?«

»Ich versuche nur, mir über ein paar Dinge klar zu werden. Ich habe …« Er stockte.

»Du hast was?«

»Na ja … komische Dinge im Kopf. Bin manchmal ein bisschen verwirrt.«

»Ach ja? Geht es darum? Du musst eines der Kids sein, mit denen Jacobson in dieser Schule arbeitet. Ja, klar. Komische Dinge im Kopf. Das kenne ich.«

»Echt?«

»Ja. Ich hab früher mit dem Hund vom Nachbarn gesprochen. Ich dachte, der Köter wäre von einem Dämon besessen und würde mir befehlen, Leute zu ermorden. Meinst du so was mit ›komisch‹?«

»So was in der Art, ja.«

»Echt? Scheiße. Das tut mir leid, Junge.« Der Mann zog seine Brille aus der Hemdtasche und setzte sie auf. »Hast du mit deinen Eltern darüber geredet?«

»Mom ist tot. Und Dad ist … na ja …«

»Dad ist ein Arsch, was?«

»Sozusagen.« David lächelte.

Der Mann schmunzelte. »Hast du Freunde?«

»Keine richtigen.« Er dachte an Dennis und Andrei, die auf dem Parkplatz des Gefängnisses im Auto auf ihn warteten. Andrei, den sie auf Befehl von Dr. Jacobson erst vor ein paar Tagen aufgelesen hatten. Den sie befreit hatten. Der letzte Nacht den Obdachlosen ermordet hatte. Der noch mit dem Hammer auf den Mann eingeschlagen hatte, als er längst …

»Sie sind irgendwie … böse.«

»Verstehe. Mir ist es in meiner Jugend genauso ergangen, weißt du. Adoptiert, beschissener Vater, unmoralische Freunde, das volle Programm …«

»Ich weiß.«

Der Mann betrachtete ihn sekundenlang, bevor er weitersprach. »Ja? Du scheinst viel zu wissen. Kennst du Jesus Christus?«

»Eigentlich nicht.«

»Nein?« Der ältere David beugte sich nach vorn. »›Wer den Namen des Herrn wird anrufen, soll gerettet werden.‹ Liest du die Bibel?«

»Nein.«

»Fang damit an. Du bist nicht allein, mein Junge. Gottes Diener müssen ständig die Heimsuchungen dieser verderbten Welt ertragen. Jeremia, Johannes der Täufer, Paulus … jeder von uns erduldet gewaltiges Leid und große Versuchungen in den Händen des Erzfeindes. Satan und all die bösen Geister streifen durch die Welt, um Seelen zu verderben.«

»Satan.«

»Er hat viele Namen.«

»Kain.«

Der Mann lächelte breit. »›Gott aber sprach: Was hast du getan, Kain? Die Stimme des Blutes deines Bruders schreit zu mir von der Erde.‹ Ja, sicher, aber es geht nicht nur um Mord, Junge. Wir alle – und ich meine wirklich *alle* – haben gesündigt und sind in Gottes Augen schuldig. Wir werden als Sünder geboren, jeder von uns. Und der Preis der Sünde ist der Tod.«

»Tod …«

»Aber das Geschenk Gottes ist ewiges Leben durch Jesus Christus, unseren Herrn. Wir wenden uns von der Sünde ab und erwählen sein helles und tröstliches Licht. Ich habe mir immer gewünscht, ich hätte das früher erkannt.«

»Glauben Sie das wirklich?«

»Ich war einst ein lasterhafter, pornosüchtiger Mann, ein Teufelsanbeter, der Satanismus studiert hat, ein Schlächter, der nachts auf den Straßen Ausschau nach hübschen Mädchen gehalten hat, die er hinrichten konnte. Der *Son of Sam.*«

»Und nun?«

»Sohn der Hoffnung. ›Was bei den Menschen unmöglich ist, das ist bei Gott möglich.‹ So heißt es im Lukasevangelium.«

»Wenn Sie zurückgehen könnten …«

»Kann ich aber nicht.« Der Mann schüttelte den Kopf. »Kann's nicht, kann's nicht, kann's nicht. Aber ich … nein. Ich würde bestimmt einen anderen Weg finden.«

»Wirklich?«

Der Mann betrachtete ihn erneut. Legte den Kopf leicht schief, als würde er plötzlich etwas erkennen, das ihm Angst machte und das er nicht akzeptieren wollte. »David …«

»Ja?«

»Nichts«, sagte der ältere Mann. »Hat mich gefreut, dich kennenzulernen. Alles Gute.«

»Gleichfalls«, sagte David.

20.

REFERENZEN

07. JUNI, DIENSTAG – SINKING SPRING, OHIO

Die Anschrift führte zum Haus von Frederic und Wendy Albaum und ihrem elfjährigen Adoptivsohn, das ein paar Meilen außerhalb der Kleinstadt zwischen einem ehemaligen Geschäft für Autozubehör und dem örtlichen Friedhof stand. Bei den Einheimischen hieß die Straße, die hinaus zu den Albaums führte, Pickerington Run, aber auf den Wegweisern, denen Castillo gefolgt war, stand Route 28.

Das letzte Auto war vor über einer Viertelstunde vorbeigekommen. Eine lange, unbefestigte Zufahrt führte zu dem nur schemenhaft erkennbaren zweistöckigen Farmhaus. Es war Nacht, als Castillo und Jeff dort endlich ankamen. Die Dunkelheit machte die Atmosphäre von Kargheit und Isolation noch intensiver. Castillo gefiel es. Es erinnerte ihn an zu Hause. An den Wohnwagen in Thorough, New Mexico, einsam im Schatten am Fuß der Featherhold Mountains. Die nächsten Nachbarn waren mehr als eine Meile entfernt. Und es erinnerte ihn an den Nordirak oder Teile Pakistans: still, einsam, grenzenlos. Als ginge man allein durch den Garten Eden. Als hätte Gott diese unermessliche Landschaft für einen einzigen Menschen erschaffen.

Castillo hatte schon zwei Rundgänge um das Haus gemacht. Hinter einem Fenster im ersten Stock lief ein Fernseher. Mal bläuliches, mal silbernes Licht erhellte die zugezogenen Vorhänge von innen. Der

Rest des Hauses schien leer zu sein. Unbelebt. In der Einfahrt standen drei Wagen mit örtlichen Kennzeichen. Nirgends etwas Verdächtiges.

Er klopfte an die Haustür. *Nada.* Klopfte energischer. Immer noch nichts. Er schaute nach links und rechts. Auch bei den weit entfernten Nachbarn keine Reaktion. Kein Licht flammte auf, keine Tür öffnete sich, kein Laut war zu hören. Castillo war das nur recht. Alle denkbaren Gesprächseröffnungen, die er sich für den Fall zurechtgelegt hatte, dass ihm tatsächlich jemand öffnete, klangen absurd. *Entschuldigen Sie, Mrs. Albaum, dürfte ich Ihnen ein paar Fragen über die genetische Zusammensetzung Ihres Sohns stellen?* Oder an den Sohn gewandt: *Hi, Eddie. Sag mal, hast du dir jemals drüben auf dem Friedhof einen runtergeholt?* Und die ernsthaften Gesprächseröffnungen, die ihm eingefallen waren, klangen auch nicht viel besser.

Castillo drückte die Klinke herunter. Es war abgeschlossen. Er inspizierte die Fenster auf der Vorderseite des Hauses, riskierte einen Blick ins Innere. Nichts zu sehen. Er überlegte, ob er für heute Schluss machen sollte. Er würde auf der Route 28 zum Motel 6 zurückfahren, in dem er Jeff zurückgelassen hatte. Würde ein bisschen Schlaf bekommen, ein paar Dinge mit Stanforth abklären, sich noch einmal mit Albert McCarty befassen, dem aus Delaware verschwundenen Jungen. Die Albaums konnte er vielleicht morgen früh besuchen, wenn …

Aber hier *gab* es die riesige Schlange, von der Jeff erzählt hatte, ein fünfzehn Autominuten entferntes indianisches Monument. Und es gab die Albaums. Die – das hatten weitere Recherchen ergeben – zwei Söhne hatten, die hiesige Schulen besuchten: Austin, 17, und Edward, 12.

Jacobsons rätselhafte Notizen enthielten Informationen über einen Jungen namens Ed. Jacobson, das DSTI oder sonst jemand hätte die Geburtsurkunde des Jungen leicht fälschen können. Das dauerte vielleicht dreißig Sekunden und kostete höchstens tausend Dollar, je nachdem, wie hoch man in der Hierarchie hinaufgehen musste.

Ich muss hier richtig sein.

Castillo verließ die Veranda vor der Haustür, folgte der Hauswand nach links und hielt sich dabei im Schatten, so gut es ging. Vor den kleinen Scheiben in der Hintertür summten Schmeißfliegen.

Auch diese Tür war verriegelt, ließ sich aber ein kleines Stück aufdrücken. Castillo öffnete sie einen Spalt weit.

Der Gestank, der ihm in die Nase stieg, war schwach und nur allzu vertraut.

Tod.

Castillo zog seine Pistole.

*

Auf seinem Motelbett hatte Jeff vier von den Dutzenden Seiten ausgelegt, die Castillo ausgedruckt hatte. Er sollte sie sich anschauen, während Castillo unterwegs war, um das Haus der Albaums zu inspizieren.

Falls sie mit Albaum richtig lagen, waren diese Nachnamen ganz einfach: Richardson, Sizemore, Howell und Gilronan. Aber die dämlichen Bilder ließen alle möglichen Vermutungen zu. Jeff suchte Castillos »Mordkarte« nach irgendeinem Ortsnamen ab, der vernünftig klang. Aber es gab Tausende. Castillo hatte ihn aufgefordert, sich auf die Route 50 zu konzentrieren, aber auch dort gab es noch Hunderte von Möglichkeiten. »Hunderte sind besser als Tausende«, hatte Castillo erwidert, bevor er weggefahren war.

Vor fünf Stunden! Jeff blickte noch einmal auf die kleine Digitaluhr an der Wand. Castillo hatte angekündigt, einige Zeit unterwegs zu sein, aber fünf Stunden? Hatte er den Jungen gefunden? Den Klon?

Jeff konzentrierte sich wieder auf die Ausdrucke. Seine eigenen Anmerkungen hatte er direkt neben die Namen und Symbole geschrieben, in klobigen Druckbuchstaben. Neben Rich  Ardson (ein Herz oder Pfeil und Bogen?) hatte er alles notiert – von Bowmansville, Pennsylvania, über Points, West Virginia, bis hin zu Athens, Ohio. Außerdem gab es Hunter. Oder Sherwood Forest? Oder Center Point? Vielleicht sogar Loveland? Es war zum Verrücktwerden! Die beiden Vögel könnten Birdsville, Maryland, bedeuten, oder die Baltimore Ravens oder Birdseye, Indiana.

Die beiden anderen Symbole … etwas mit einem Mond und ein Käfer mit Mütze? Jeff hatte keinen blassen Schimmer. Und selbst wenn er es herausgekriegt hätte: Was dann?

Es würden noch weitere Klone auftauchen.

Und dann? Was geschah mit ihnen?

Und mit mir?

Jeff schob die Ausdrucke beiseite und betrachtete Castillos restliche Unterlagen. Castillo hatte sie in einem Stapel auf dem Schreibtisch in Jeffs Zimmerhälfte zurückgelassen. Beinahe so, als wollte er Jeff auffordern, sie sich anzuschauen. Jeff war immer mehr davon überzeugt, dass alles, was Castillo tat, zu irgendeinem Plan gehörte. Das alles geschah aus einem bestimmten Grund.

Jeff trat an den Schreibtisch. Seine Fingerspitzen streiften wieder die Akte, auf der *JD658726h56–54* stand. Er hatte schon zweimal kurz hineingeschaut: Jeffrey Dahmer/5, hinter dem Castillo her war. Er hatte lange genug reingeschaut, um den Namen zu lesen. Lange genug, um Fotos des Jungen zu sehen, der er bald werden würde. Oder schon war.

Was die Akte sonst noch enthielt, wusste er nicht. Er wollte es auch nicht wissen. Und gleichzeitig doch.

Sein Blick fiel auf Castillos Buch. Er bewahrte es in seiner Reisetasche auf. Jeff hatte schon mehrmals gesehen, wie Castillo darin las, wenn er Jeff schlafend wähnte.

Der Junge blätterte neugierig darin. *Aiolos, die Laistrygonen, Kirke. Telemachos' Rückkehr nach Ithaka.* Jeff hatte schon von Homers *Odyssee* gehört, in der ein Grieche nach langen Irrfahrten – auch zur Insel der Lotusesser – endlich heimkehrte. Er hatte sie aber nie gelesen. Castillo hatte an vielen Stellen kurze Randbemerkungen gemacht. Manches war unterstrichen oder in Klammern gesetzt. Viele Seiten hatten Eselsohren.

Jeff las eine der unterstrichenen Stellen:

```
Denn mit Jammern und Klagen in fremdem Hause zu
sitzen ziemet mir nicht, und langer Gram ver-
mehret nur das Leiden.
```

Jeff schlug eine andere Stelle auf, die Castillo mit einem Sternchen markiert hatte.

> Aber kein Himmlischer mag dem wetterleuchtenden Gott Zeus entgegen sich stellen, noch seinen Willen vereiteln. Mög er gehen, wo ihn des Herrschers Wille hinwegtreibt, über das wilde Meer.

Jeff wusste zwar nicht, was das bedeutete, las aber noch andere der angestrichenen Stellen.

> Und er redet ihn an und sprach die geflügelten Worte: Anders erscheinst du mir jetzt, o Fremdling, als vormals, auch hast du andere Kleider an, die ganze Gestalt ist verwandelt. Wahrlich du bist ein Gott, des weiten Himmels Bewohner.

Jeff schlug Castillos Buch zu und legte die Hand wieder auf die Akte.

JD658726h56-54

Er schaute sich die erste Seite an. Sie enthielt jede Menge Zahlen und ein Foto von ihm. Er machte auf dem kleinen Schreibtisch Platz und schlug die Akte auf.

Zahlen, nichts als Zahlen. Auch auf den folgenden Seiten: Asymmetriewerte. Minnesota Multiphase Personality Inventory. MAO-A-Werte. Chromosomeneigenschaften. Und so weiter. Jeff sagte das alles nichts. Trotzdem fühlte sein Herz sich plötzlich bleischwer an. Seine Hand zitterte. Was würde die nächste Seite enthüllen? Er fürchtete, dass dort die ganze Wahrheit stehen würde. Schwarz auf weiß.

ERMITTLUNGSAKTE JEFF.
INFORMATIONEN DARÜBER, WAS FÜR EIN KILLER JEFF WIRKLICH IST.
DAS FOLGENDE HAT JEFF ÜBER SEINEN TRIEB ERZÄHLT, LEUTE ZU ERMORDEN UND ZU ESSEN.

Doch der Ordner enthielt nichts dergleichen. Nur weitere Grafiken und Zahlenreihen. Ein Mensch, auf ein paar Dutzend Tabellen und Grafiken reduziert. Eigentlich nicht viel anders, als wenn eine Arbeitsgruppe im Chemieunterricht den pH-Wert von Seife oder die Dichte von Tomatensaft zu bestimmen versucht. Nicht anders als Mendel und seine dämlichen Erbsen.

Jeff blätterte weiter, ohne fündig zu werden.

Bis zur vorletzten Seite. Da standen ein paar Notizen, die jemand getippt hatte. *Mein Vater? Oder ein anderer von den grinsenden Seelenklempnern im Massey Institute? Vielleicht Mrs. Jamieson?* Sie war eine der scheißfreundlichsten Psychologinnen, die sie dort hatten. Gehabt hatten, denn jetzt war sie offenbar tot.

Braucht Anregung/neigt zu Langeweile/hat keine realistischen langfristigen Ziele.

Neigung zu riskantem Verhalten - auch zu sexueller Promiskuität? Keine hohe Meinung vom anderen Geschlecht - vermutlich homosexuell, wenig Interesse an festen Bindungen.

Gerissen/manipulativ, Hinweise auf übertriebenes Angebertum.

Ritualistisches Verhalten/Zwangsstörung? Wie viel Alkohol gegeben? Hat Katze mit Kleinkalibergewehr erlegt. Begraben?

Das war alles. Danach wieder ein Blatt mit Zahlenkolonnen. Jeff kehrte zu den Notizen zurück und versuchte Punkte zu finden, die Jeffrey Dahmer/5 mit ihm, Jeffrey Dahmer/82, gemeinsam hatte oder in denen sie sich unterschieden. Dort stand nicht, der *andere* Jeff sei musikalisch begabt. Aber auch er spielte nur Bass – und nicht besonders gut. Vielleicht hatte das nichts zu bedeuten. *Oder alles.* Jeff fragte sich, ob ER wirklich langfristige Ziele hatte.

Und was den Sex anging, stand da nur Blödsinn. Er hatte noch nicht mal ein Mädchen geküsst. Oder irgendeinen Typen – heilige Scheiße. Er fragte sich allerdings, ob sein ständiges Wippen mit dem Bein eine Zwangsstörung war. Oder dass seine Bücher nach einem ganz bestimmten Schema in den Regalen standen. Oder dass er seine Milch niemals ganz austrank, sondern einen Rest in den Ausguss kippte. *Zählt das alles?* Er hatte nie ein Tier getötet. Aber er hatte einmal eine Schlange gefunden und sie mit einem Stock hochgehoben. *Zählt das auch als abnorm?*

Er und der Junge in dieser Akte waren genetisch völlig identisch. Aber was verband sie außer blauen Augen und blondem Haar noch mit dem echten Massenmörder?

»Arschloch«, verfluchte Jeff seinen Vater – *ihren* Vater, klappte den Ordner zu und quetschte ihn unten in Castillos Stapel. Dann durchquerte er das Zimmer und sammelte seine verstreuten Notizen vom Boden und dem Fußende des Bettes auf. Der letzte Hinweis hatte sie direkt zum Schlangenhügel und vielleicht zu einem Klon in Ohio geführt. Den Hügel hatte er gleich erkannt, sobald er sich ernsthaft damit beschäftigt hatte. Sein Dad hatte ihn dorthin mitgenommen. Jeff wusste noch, wie er auf die hohe Beobachtungsplattform hinausgetreten war, um auf den alten Grabhügel zu blicken.

Warum zeigte das kleine Bild gerade diesen Hügel? Hatte sein Vater gewusst, dass sein Adoptivsohn ihn erkennen würde?

Der Schlangenhügel war Absicht, überlegte Jeff. *Weil ich ihn erkennen sollte.*

Und dann kam ihm ein verblüffender Gedanke: *Vielleicht gilt das für alle Bilder!*

Aber weshalb?

Das würde er später herausfinden müssen. Falls er Gelegenheit dazu bekam.

*

Der Klon hieß Edward Albaum.

Wie die anderen war er im DSTI herangezüchtet worden. Er war zwölf Jahre alt, und seine Angehörigen waren ermordet worden. Als Castillo den Jungen fand, saß er vor dem Fernseher.

In der Küche lag ein Ordner mit Informationen – für Edward zurückgelassene Notizen, mit denen er sich beschäftigen sollte, wenn er so weit war. Aus seiner Akte wusste Castillo jetzt, dass Albaums DNA aus einer Probe von Ed Geins Gehirn stammte.

Ed Gein.

Diesen Namen kannten nicht viele Leute, was eigentlich überraschend war. Vielleicht rührte das daher, dass der Name so einfach war, so *normal*, und sich deshalb nicht so sehr einprägte. Der Mann dahinter war jedoch alles andere als normal gewesen. Ed Gein und seine unvorstellbaren Gräueltaten hatten als Vorlage für Horrorfilm-Legenden wie Leatherface in *Texas Chainsaw Massacre,* Norman Bates in *Psycho* und Buffalo Bill in *Das Schweigen der Lämmer* gedient – drei der berühmtesten jemals gedrehten Horrorfilme überhaupt. Und das »Vorbild« war ein und derselbe Mann. Wenn ihn das nicht als Monster auswies.

Doch Castillo wusste, dass die Filme nicht die ganze Wahrheit gezeigt hatten. Dass die Wahrheit selbst für Horrorfilme zu scheußlich gewesen wäre. Frauen, die an Fleischerhaken hingen. Halsketten, an denen Körperteile aufgefädelt waren. Mit Gemüsesuppe und Pudding bekleckerte Totenschädel in der Küche. Anzüge aus der Haut eines halben Dutzend Leichen, die Gein auf einem Friedhof in der Nähe ausgegraben hatte. Mit Menschenhaut bezogene Sitzmöbel. Herzen in einem Topf in der Küche. Organe im Kühlschrank.

Castillo hatte es satt, die historischen Einzelheiten zu lesen. Bei diesen Psychos lief es sowieso immer auf das Gleiche hinaus: Verstümmlung. Leichenschändung. Vergewaltigung. Folter.

Schmerz. Angst. Leid. Tod.

Die Freiheit, tun und lassen zu können, was sie wollten, während sie zugleich eine andere Persönlichkeit in sich trugen, die wütend verlangte, sie müssten gegen diese Freiheit ankämpfen. Ein unauflösbarer Widerspruch – eine versklavte Freiheit.

Ed saß auf dem Sofa, so hatte Castillo dieses kleine Monster angetroffen, wartend. Worauf, wusste er wohl selbst nicht. Und Castillo auch nicht. Er sollte jetzt den Anruf machen. *Ich hab einen gefunden. Er gehört aber nicht zu den Ausbrechern.* Dann würde er die Adresse des Jungen durchgeben, und das DSTI würde Leute schicken. Was danach geschehen würde, wusste niemand. Castillo müsste nur die nächsten paar Stunden überstehen.

Er betrachtete den Jungen. Kurzes aschblondes Haar. Er sah übermüdet aus, als wäre er ein paar Wochen lang mit dem 7th Cavalry Regiment in Falludscha im Einsatz gewesen. Mit glänzenden Augen schaute er sich ein Sportprogramm im Fernsehen an, ohne richtig mitzubekommen, was er sah.

Für Ed Gein, alias Edward Albaum, war dies der vierte Tag n. K. gewesen.

Nach Kain.

Nachdem die anderen in der Einfahrt seines Hauses gehalten hatten – so wie sie es schon zuvor woanders getan hatten und es noch anderswo tun würden. Nachdem sie wie die Keystone Cops aus ihrem Wagen gequollen und ins Haus der Familie Albaum gestürmt waren.

Nachdem sie Als Vater mit einem Golfschläger das Gesicht eingeschlagen hatten, sodass die zersplitterten Zähne gegen die Wohnzimmerwand geprasselt waren. Nachdem sie Eds Mutter und seinen großen Bruder nach oben geschleppt hatten, um dort unsägliche Dinge mit ihnen anzustellen.

Castillo hatte ungefähr eine Stunde gebraucht, um sich ein halbwegs vollständiges Bild von den Ereignissen zu machen.

Nach Kain.

Fünf Jungen. Einer davon in einem Clownskostüm. Eine Wagenladung der berüchtigtsten amerikanischen Massenmörder auf dem ultimativen Road Trip: Bundy, Lucas, Fish, Gacy und Dahmer. Aber nicht *der* Dahmer, der in dem Motel auf Castillo wartete. Der Fünfzehnjährige mit Nickelbrille und freundlicher Stimme war ein völlig anderer Junge. Solche Zufälle gab es wohl beim Klonen. Und die anderen hatten den Jungen, der jetzt auf der Couch saß und mit leerem Blick auf den Fernseher starrte, in ihren kleinen Spaß eingeweiht. Sie hatten Ed erklärt, wer er war – so, wie sie es selbst erst vor Kurzem erfahren hatten. Wie er geboren worden war. *Hergestellt.* Dass der »Erziehungswissenschaftler«, der ihn alle sechs Monate für »Spiele und Tests« besucht hatte, in Wirklichkeit ein Genetiker namens Jacobson gewesen war, der seinen Eltern jährlich fünfzigtausend Dollar dafür gezahlt hatte, dass sie Ed großzogen und niemandem von seinen Besuchen erzählten. Die Kids hatten Ed sogar die blutige Nackte gezeigt, die sie im Kofferraum ihres Wagens eingesperrt hatten.

Die fünf Jungen hatten Ed all diese Informationen dagelassen, waren wieder in ihr Auto gestiegen und weggefahren, nachdem sie mit seiner Familie fertig waren. Nun musste Ed anscheinend zum ersten Mal selbst über seine Zukunft entscheiden.

Als Erstes hatte er die Gesichter seiner Angehörigen mit aufgeschlagenen Büchern bedeckt, um ihre leeren, starren Blicke und die allmählich ergrauende Haut nicht mehr sehen zu müssen. Er hatte sich aus der Speisekammer mit Essen versorgt. Hatte in der Geldbörse seiner Mutter ein wenig Bargeld gefunden. War jeden Morgen aufgestanden, um in der letzten Woche vor den Ferien in die Schule zu gehen. Er habe Angst davor, hatte er Castillo erklärt, wohin die Polizei ihn bringen würde, wenn sie erfuhr, dass seine Angehörigen tot waren. Er habe Angst, dass man ihm Vorwürfe machen würde. Dass er zu Fremden kommen würde.

Angst.

Castillo durfte darüber nicht weiter nachdenken, er würde den Anruf machen müssen, und in ein paar Stunden würden die guten Doktoren vom DSTI hier eintreffen. Was dann geschah, wohin diese Männer ihre zwölfjährige Laborratte verschoben, ging ihn nichts an. Das gehörte nicht zu seiner Mission. Er hatte ausdrücklich den Auftrag, die Kids und ihre genetischen Brüder zu finden. Sie ins DSTI zurückzubringen. Zurück zu Reagenzgläsern und Computern. Zu neurochemischen Untersuchungen und Intelligenztests. Zurück ins Labor, in dem sie hergestellt worden waren.

Wie lange es wohl dauern würde, bis das DSTI andere Optionen genehmigte, wenn eine Gefangennahme zu problematisch würde? Castillo erinnerte sich an seine leeren Drohungen Erdman gegenüber, er würde sie alle anzeigen, wenn er den Verdacht habe, dass es Misshandlungen gab.

Mein Auftrag.

Was machten sie wirklich mit diesen Kids?

Los, ruf jetzt an. *Ich habe einen gefunden.*

Jeff und ich.

Nach Kain.

21.

NACH MRS. NOLAN

07. JUNI, DIENSTAG – MIDDLETOWN, CONNECTICUT

Albert McCarty wusste nicht, was er tun sollte.

Er war auf einer Raststätte irgendwo auf halber Strecke des New Jersey Turnpike. Nach Mrs. Nolan hatte er den Wagen seiner Mom genommen und war zu Mike Gaffney gefahren, um ihn und seine Eltern zu erschießen. Aber sie waren nicht zu Hause gewesen. Er hatte fast eine Stunde gewartet, dann war es ihm zu langweilig geworden, und er war weitergefahren. Er wusste nicht, wo Adrienne Haller wohnte. Und er hatte verdammt noch mal keine Lust, bis morgen auf die Schule zu warten.

Also war er auf den Turnpike abgebogen und weitergefahren. Nach Norden. Wahrscheinlich würde er nach Boston fahren. In die Heimat seines »Vaters«, des »Würgers von Boston«. Gut, Dr. Jacobson hatte gesagt, der Würger von Boston sei gar nicht sein Vater, der Würger von Boston sei *er*. Doch irgendwie ergab das keinen Sinn. So wenig wie das, was er Mrs. Nolan angetan hatte, vermutete Albert. Oder was die Kids, die Jacobson mitgebracht hatte, seiner Mutter angetan hatten. Seiner *angeblichen* Mutter.

Das alles ergab keinen Sinn. Aber nach Boston zu fahren, *das* schon. Die Frage war nur, wie? Albert war nicht dumm. Er wusste, die Polizei würde bald nach dem Wagen seiner Mom fahnden. Jeden Augenblick konnte auf den Anzeigetafeln über der Fahrbahn eine Suchmeldung aufleuchten.

AUSGERISSENER TEENAGER GESUCHT. KENNZEICHEN AUS DELAWARE: TRE542. HAT DIE NOLANS ERMORDET. HAT AUCH DIE MILF RANGENOMMEN.

Er brauchte ein anderes Auto. Einen Wagen, nach dem die Polizei nicht fahnden würde. Albert war noch nie als Anhalter unterwegs gewesen. Vermutlich war das nicht weiter schwierig, aber er wollte nicht von irgendeinem perversen Trucker mitgenommen werden, der ihn zum Schwanzlutschen oder sonst was zwang. Er hatte fünfundfünfzig Dollar für Benzin und Essen und eine Pistole mit sieben Schuss. *Damit müsste ich überall hinkommen,* rechnete er sich aus. *Aber wen soll ich anquatschen?* Am besten eine Familie. Seine Mom hatte ihm immer wieder gesagt, wenn er sich jemals verlaufe, solle er sich an eine Familie wenden. Das sei am sichersten. Echt zum Totlachen komisch. *Aber welche?*

Albert saß auf einem der Picknicktische, die Füße auf der Sitzbank. Die Lichter der Raststätte erhellten die Nacht. Er hatte eine Dose Limo bei sich und eine halb leere Packung M&Ms mit Erdnüssen aus einem Automaten. Jeder musste glauben, er gehöre zu einer der Familien, die dort Rast machten. Wohin er auch schaute, es standen mehrere für ihn zur Auswahl. Den ganzen Tag über bis spät in den Abend hinein trafen stets neue ein. In allen Formen und Größen. Manche mit Babys. Manche mit Teenagern, die nicht anders aussahen als Albert selbst. Leute, die in den Sommerurlaub fuhren. Auf dem Weg ans Meer waren, zu Grandma oder wem auch immer.

Jetzt brauche ich nur noch die richtige zu finden und …

Und was? Darum bitten, mitgenommen zu werden? Sagen, dass er sein Geld verloren habe? Um Hilfe betteln? Oder ein Auto mit Waffengewalt an sich bringen? Auf eine alleinerziehende Mutter warten, ihr die Pistole an den Busen drücken und sagen: *Fahr los, Schlampe, sonst mach ich deine hässlichen Bälger kalt?*

Anschließend könnte er mit ihr tun, was er mit Mrs. Nolan getan hatte. Nur war das alles nicht so leicht, wie es sich anhörte.

Albert trank die Dose Limo aus, steckte die restlichen M&Ms für später ein und schlenderte zu den Toiletten. Er hatte den ganzen Tag versucht, ein Ei zu legen. Vergeblich. Hatte sich jedes Mal nur wieder einen runtergeholt. Auf seinem Weg über den Rastplatz schaute er sich die anderen Reisenden an. Bis er zurückkam, würden neue Horden eingefallen sein, aus denen er wählen konnte. Dann würde er eine gute Mitfahrgelegenheit finden. *Diesmal todsicher.* Bis dahin würde er sich alles andere überlegt haben.

An der Tür der Toilettenanlage begegnete er einem alten Knacker, hielt ihm sogar die Tür auf, um ihn vorbeizulassen.

»Danke, Sir«, sagte der Alte.

»Null Problemo.« Albert lächelte. Am liebsten hätte er laut losgeprustet.

Drinnen standen zwei Typen an den Urinalen. Sie unterhielten sich wie alte Bekannte, deshalb ging Albert an ihnen vorbei in die zweite Kabine. Er trat ein, drehte sich um und verriegelte die Tür. Ließ die Hose runter und setzte sich. Er war seit fast drei Tagen nicht mehr richtig auf dem Klo gewesen. Wohl zu nervös oder sonst was.

Er hörte, wie die beiden Kerle sich die Hände wuschen, den Händetrockner einschalteten und laut über irgendetwas lachten. Dann hörte er, wie die Toilettentür geöffnet wurde und wieder ins Schloss fiel. Der Händetrockner lief noch kurz weiter. Danach trat Stille ein.

Albert versuchte sich zu entspannen. Überlegte, ob er sich tatsächlich noch mal einen runterholen sollte. Dann sah er die Füße – die Zehenkappen zweier schwarzer Stiefel direkt vor seiner Tür, als stünde jemand vor der Kabine. Sie waren einfach da, still und leblos. Die Stiefel hätten auch leer sein können, als hätte jemand sie zum Scherz dort abgestellt.

Ein Paar blassgrüne Stiefel ohne jemand drin.

Wie in dem Dr.-Seuss-Buch, aus dem eine seiner Kita-Erzieherinnen immer vorgelesen hatte. Albert fragte sich, ob …

Der Kerl da draußen blieb reglos stehen, starrte anscheinend weiter auf die Tür von Alberts Kabine.

Albert riss geräuschvoll etwas Toilettenpapier ab und rutschte auf dem Sitz herum, damit der Typ wusste, dass hier besetzt war. Trotzdem bewegten die Stiefel sich nicht.

Dann klapperte die Kabinentür.

»Besetzt!«, rief Albert.

Nichts. Die Stiefel bewegten sich nicht mehr. Aber die Tür ratterte wieder. Diesmal klirrte der Riegel in seiner Halterung.

»Besetzt! *Occupado!*«, rief Albert noch lauter. »Verpiss dich, Mann!«

Verrückt. Er konnte den anderen Kerl jetzt sogar atmen hören. Er schniefte beinahe, als hätte er eine Erkältung. Oder als versuchte er zu wittern, wer in der Kabine war.

Albert tastete nach der Pistole in seiner Jackentasche. »Hey, Mann«, sagte er. »Hier gibt's noch fünf weitere Kabinen.«

Er beschloss, den Scheißkerl umzulegen, wenn er noch ein einziges Mal an der Tür rüttelte.

Aber die schwarzen Stiefel bewegten sich nicht. Albert nahm für eine Sekunde den Blick von ihnen, fummelte an der Jackentasche herum, um die Pistole frei zu bekommen, und schaute wieder hin.

Die Stiefel waren weg.

Er hatte nicht mal gesehen, wie sie verschwanden. Er hatte bloß diese eine Sekunde weggeschaut, um in seine Jacke zu greifen. In dieser Zeit hatten sich die verdammten Stiefel in Luft aufgelöst.

Albert zog die Hand aus der Jackentasche, lehnte sich auf dem Toilettensitz zurück. Sein Blick wanderte suchend über den gefliesten Boden, doch er konnte die Stiefel nirgends entdecken. Er hörte auch keine Bewegung. Hörte das verrückte Schniefen nicht mehr. »Scheiß drauf«, murmelte er und griff nach unten, um sich die Hose hochzuziehen.

Dabei fiel ihm der Schatten auf der Innenwand seiner WC-Kabine auf. Erst dann kam das unheimliche Gefühl, als würde jemand dicht neben ihm stehen.

Albert sah auf.

Ihm blieb nur ein Sekundenbruchteil, um sich darüber klar zu werden, wie und warum plötzlich jemand *über* ihm in der Kabine hängen konnte.

Dann hatte er ganz von allein Stuhlgang.

22.

SPUR AUS BLUT

07. JUNI, DIENSTAG – CHILLICOTHE, OHIO

Jeff aß, ohne ein Wort zu sagen. Das unbehagliche Schweigen zwischen ihm und Castillo war in dem gut besuchten Diner noch erdrückender.

»Magst du deinen Speck nicht?«, fragte der Junge schließlich.

Castillo sah auf. »Nein, nimm nur.«

Jeff angelte sich mit der Gabel die beiden halb durchgebratenen Speckstreifen. Castillo schaute weg, als der Junge sich das fettige Fleisch in den Mund steckte. Unwillkürlich fragte er sich, welche anderen glitschigen Fleischstücke einst über diese Lippen gewandert waren und welchen Knorpel diese scharfen Zähne einst zerkaut hatten, während dieselbe Zunge den Geschmack von Menschenfleisch genoss.

Das war nicht fair, und das wusste Castillo. Dieser Junge war nicht *der* Jeffrey Dahmer. Theoretisch nicht.

Veranlagung/Umwelt, richtig? Teufel noch mal, der gesamte Rest der Welt kennt ihn als Jeff Jacobson. Dieser Junge hat nie etwas verbrochen!

Er versuchte, nicht mehr daran zu denken, und musterte konzentriert die Landkarte neben seinem Teller. Er tippte mit dem Zeigefinger auf die Karte. »Unity, Ohio. Und Lovett, Indiana.«

In Ohio waren mehrere Frauen als vermisst gemeldet worden. In Lovett, Indiana, hatte jemand zwei Jugendliche mit Ketten an einen Baum gehängt, mit Benzin übergossen und angezündet. Auf CNN sagte der heimische Sheriff, er vermute Täter aus dem Drogenmilieu.

Castillo sah das nicht so. Er sah nur das frische Blut. Eine frische Fährte.

»Sie sind Richtung Westen unterwegs«, sagte er und ließ den Zeigefinger in Schlangenlinien über das Papier gleiten. Jeff sah nicht von seinem Teller auf. »Route 50«, fuhr Castillo fort. »Von dem kleinen Ed Albaum habe ich gehört, dass die ursprüngliche Gruppe einen Typen namens John aufgelesen hatte, bevor sie bei Ed aufkreuzten. John war als Clown verkleidet, hat Ed gesagt.«

»Echt?«, fragte Jeff.

»Ja.«

Jeff konzentrierte sich wieder auf sein Essen.

»Weißt du«, fuhr Castillo fort, »John Wayne Gacy war dafür berüchtigt, dass er sich manchmal als Clown verkleidete. Als eine Figur namens Pogo.«

»Ich weiß nicht, wer das ist.«

»John Wayne Gacy?«

Jeff nickte.

»Hast du jemals einen Jungen namens John gekannt?«

Jeff ignorierte die Frage. Schien sie gar nicht gehört zu haben.

Castillo versuchte es noch einmal. »Hast du jemals einen John gekannt?«

Jeff starrte weiter auf seinen Teller. »Klar. In meiner Fußballmannschaft war vor zwei Jahren ein Junge, der hieß John Vincent. Zählt das? Aber wenn du einen John meinst, der mit dem DSTI zu tun hat … einen als Clown verkleideten Jungen oder irgendeinen *Klon* … dann nein.«

Castillo schaute sich in ihrer Sitznische um. »Ein bisschen leiser«, sagte er. »Okay?«

»'tschuldigung«, antwortete Jeff und fügte flüsternd hinzu: »Nein, ich glaube nicht, dass ich im Massey Institute einen John kennengelernt habe. Du hast schon alle Namen, an die ich mich erinnern kann.«

»Ich weiß. Der junge Albaum hat gesagt, der Clown habe John geheißen, und ein Kerl namens Ted habe die meiste Zeit geredet. Aber an die Namen der anderen hat er sich nicht erinnern können. Als ich ihm ein paar Namen gezeigt habe, hat er auf Al und Henry getippt, war sich aber nicht sicher. Er wusste nur, dass er nie einen Namen mit D gehört hatte.«

»Wie David oder Dennis.«

»Genau. Die sind wahrscheinlich nicht mit diesen Typen unterwegs.«

»David bestimmt nicht.«

»Das hast du schon mal gesagt«, bestätigte Castillo.

»Dr. Jacobson war auch nicht dort, oder?«

»Er war nicht mit ihnen zusammen.«

Jeff benutzte seine Gabel, um ein Stück Pfannkuchen auf seinem Teller hin und her zu schieben. »Was ist mit Jeff?«, fragte er. »Hat dieser Junge, dieser Ed, einen Jeff kennengelernt?«

Castillo beobachtete ihn. Er wünschte sich, er hätte dieses Thema nie aufgegriffen.

»Oder …« Jeff legte die Gabel zur Seite, schaute auf und sah das Unbehagen in Castillos Gesicht. »… sollen wir einfach so tun, als wärst du nicht auf der Suche nach einem Jeffrey-Dahmer-Klon?«

»Das bin ich aber«, sagte Castillo. »Ed wusste nicht genau, ob er diesen Namen gehört hatte. Aber wenn du schon fragst: Er hat sich an einen großen blonden Kerl erinnert.«

Jeff dachte darüber nach. »Was passiert jetzt mit ihm?«

»Albaum? Er ist schon fast wieder in Pennsylvania. Im DSTI.«

»Und was geschieht dort mit ihm?«

»Weiß ich nicht.«

»Sie werden ihn beseitigen.«

»Wie kommst du darauf?«

»Ich hab's dir doch erzählt. Mein Dad hat gesagt, sie würden mich entsorgen, wenn sie mich erwischen. Jetzt haben sie diesen Jungen.«

»Aber dein Daddy ist nicht mehr ganz dicht, stimmt's? Ich bin sicher, dem Jungen passiert nichts.«

»Ganz sicher?«

Castillo trank einen Schluck von seinem mittlerweile kalten Kaffee und schwieg.

»Wie lange noch, bis du mich denen auslieferst?«, fragte Jeff.

»Sie wissen nicht mal, dass du mich begleitest.«

»Aber sie wissen, dass es mich gibt. Irgendwann wirst du mich ausliefern *müssen*.«

»Du hilfst mir, meine Arbeit zu tun.«

»Und wenn ich das nicht mehr kann? Oder nicht will?«

»Weiß nicht. Das müsste ich dann entscheiden.«

Jeff nickte schweigend. Castillos nüchterne Art hatte ihm den Wind aus den Segeln genommen. Mehr gab es wirklich nicht zu sagen.

»Ich werde dir erzählen, was ich weiß«, sagte Castillo, um das Thema zu wechseln. »Nach allem, was der junge Albaum ausgesagt hat, glaube ich, dass ein paar Jungen sich gemeinsam oder allein von der Ausbrechergruppe getrennt haben. Vielleicht Typen wie David. Ich glaube, dass auch dein Vater allein unterwegs ist.«

»Das glaube ich auch«, sagte Jeff.

»Diese Gruppe, die nach Westen unterwegs ist, macht mir die größten Sorgen.« Castillos Zeigefinger folgte der Route 50. »Im ganzen Land gibt es Mordopfer und Vermisste, aber wenn ich eine gerade Linie entlang der Route 50 ziehen wollte, könnte ich das jetzt tun. Das hier«, er tippte auf die Landkarte, »ist die frische Fährte. Bist du jemals auf die Jagd gegangen?«

»Tun wir das nicht jetzt gerade?«

Castillo gab einen Laut von sich, der wie ein Lachen klang, aber keines war. Er griff nach seinem erkalteten Kaffee. »Hast du in den Notizen deines Vaters noch irgendwas enträtselt?«

»Möglich. Ich glaube, die beiden Vögel könnten Hitchcock in Indiana sein.«

»Wegen *Die Vögel*, dem Hitchcock-Film?«

»Einer seiner Lieblingsfilme. Mein Vater und ich haben ihn uns gemeinsam angesehen. Er hat gesagt, diesen Klassiker müsse jeder kennen. Und er hat Popcorn gemacht.«

»Nur weiter.«

»Der Affe steht für Salem, Illinois, glaube ich.«

»Welcher Affe?« Castillo zog sein Smartphone heraus, um durch die Bilder zu scrollen.

»Der Affe mit dem Doktorhut.«

»Das soll ein Affe sein? Und Salem … müsste er da nicht einen Hexenhut oder so was tragen?«

»Salem, Illinois, ist die Kleinstadt, in der Scopes die Highschool besucht hat«, sagte Jeff.

»Wer ist Scopes?«

»John Thomas Scopes, der Lehrer aus dem Affenprozess. Er hat dafür gekämpft, dass Darwins Evolutionstheorie an den Schulen unterrichtet werden darf.«

»Aha. Und woher weißt du das alles?«

Jeff zuckte mit den Schultern. »Mein Dad war Wissenschaftler. Wir haben über solche Dinge geredet.«

»Dein Dad ist immer noch Wissenschaftler. Glaubst du, dass diese Bilder Hinweise speziell für dich sind?«

Der Junge zuckte erneut mit den Schultern. Castillo imitierte ihn perfekt.

Jeff lächelte.

»Was ist mit den übrigen Bildern?«, fragte Castillo.

»Nichts.« Der Junge schüttelte den Kopf. »Ich brauche mehr Zeit, und … vielleicht wäre es nützlich, wenn du die … äh …«

»Wenn ich die ›Mordkarte‹ auf den neuesten Stand bringen würde? Mach ich, sobald wir wieder im Auto sind. Wir folgen der Karte nach Westen. Nach Hitchcock, Indiana. Schlimmstenfalls haben wir uns geirrt und können eine weitere Kleinstadt von der Liste streichen. Unterwegs möchte ich mir diesen Spielplatz außerhalb von McArthur ansehen. Vielleicht finden wir dort etwas. Mörder kehren manchmal an den Tatort zurück. Gute Arbeit, Junge.«

Jeff schaute weg. Die Frage, die er stellen wollte, war ihnen plötzlich beiden klar, doch blieb unausgesprochen.

Was ist mit meinem Dad? Sollten wir nicht lieber Jagd auf ihn machen?

Er stellte sie nicht laut. Und Castillo war froh darüber.

»Hey«, sagte Jeff stattdessen. »Ist es okay, wenn ich mir noch ein Stück Kuchen bestelle?« Seine Lippen glänzten vom Speck.

Castillo glaubte eine Sekunde lang, es wäre Blut.

»Klar doch«, sagte er und schaute weg.

DRITTER TEIL

abhängige Variable, f

(1) Zwei zusammengehörige Variablen, die voneinander abhängen, werden als abhängige Variablen bezeichnet. Die Variablen, die frei veränderbar sind, werden als unabhängige Variablen bezeichnet. Bei der Durchführung eines wissenschaftlichen Experiments werden die unabhängige und die abhängige Variable auf einem zweidimensionalen Diagramm dargestellt. Die Ordinatenachse des Diagramms dient zur Darstellung der abhängigen Variablen.

(2) eine Variable, deren Wert von Veränderungen der unabhängigen Variablen abhängt. Die abhängige Variable stellt immer eine Antwort oder Reaktion auf die unabhängige Variable dar. Wird auch als *maßgebliche Variable* bezeichnet.

Leicht ist, was du mich fragst; ich will dir's gerne verkünden.
Wem du jetzo erlaubst der abgeschiedenen Toten,
Sich dem Blute zu nahn, der wird dir Wahres erzählen;
Aber wem du es wehrst, der wird stillschweigend zurückgehn.

– Homer, *Odyssee*, elfter Gesang

23.

NÄHER DRAN

08. JUNI, MITTWOCH – MCARTHUR, OHIO

Der Goebel Park. Erst vor wenigen Tagen waren hier eine Mutter und ihre beiden Kinder verschwunden. Die Cops und Freiwilligen mit Spürhunden, Hubschraubern und Ü-Wagen waren inzwischen abgezogen. Auch den Wagen der Frau, ein SUV, hatte man längst abgeschleppt.

Seither waren vier Tage vergangen. Es war Nacht; Castillo und Jeff waren allein auf dem Spielplatz.

»Was suchst du hier?«, fragte Jeff im Dunkeln.

»Weiß ich nicht genau.«

Jeff beobachtete Castillo, der auf dem verlassenen Picknickplatz stand. Er bewegte sich kaum, verschmolz beinahe mit den nächtlichen Schatten, während er den Blick umherschweifen ließ. *Vielleicht ist er völlig plemplem*, dachte Jeff. *Warum sollte gerade er anders sein?* Der Kerl schlief praktisch nie. Er blieb bis drei Uhr wach und war vor Sonnenaufgang wieder auf den Beinen. Total verrückt.

Und wenn er mal schlief, wachte er oft laut schreiend auf. Das war jetzt schon zweimal passiert. Beim ersten Mal hatte Jeff geglaubt, er habe es sich nur eingebildet. Aber jetzt … erst vorige Nacht war Castillo laut brüllend aus dem Schlaf hochgefahren. Mit den fürchterlichsten Schreien, die Jeff jemals gehört hatte. Sein erster Gedanke war, aus dem Motelzimmer zu flüchten, aber er war starr vor Schreck gewesen und hatte sich nicht bewegen können. Er hatte Angst gehabt, Castillo würde aufspringen und ihn erschießen oder ihm das Genick brechen. Also hatte er still dagelegen und sich tot gestellt. Und dabei hatte er die ganze Zeit Castillos Blicke auf sich gespürt.

Schließlich hatte Castillo sich wieder hingelegt und Jeff den Rücken zugedreht, aber er hatte sichtlich gezittert. Dieser knallharte Typ mit seiner Knarre, den Tätowierungen, den Narben am ganzen Körper und einem Blick, der Leute kuschen ließ, er *zitterte vor Angst.*

In der Dunkelheit hatte Jeff hören können, dass Castillo wie ein Hund hechelte. Das war über eine Stunde so gegangen. Eigentlich hätte es Jeff den Schlaf rauben müssen, doch seltsamerweise war das Gegenteil der Fall: Er hatte zum ersten Mal, seit er sein Zuhause verlassen hatte, tief und fest geschlafen – zum ersten Mal in seinem neuen Leben. Und das, weil er Castillo als »normal« wahrgenommen hatte. Als menschlich.

Im Gegensatz zu mir, dachte er jetzt.

Mit bewusst langsamen Schritten entfernte er sich von Castillo und den leeren Schaukeln – und hoffentlich auch von den eigenen Gedanken.

»Bleib in der Nähe«, sagte Castillo warnend. »Wir hauen gleich wieder ab.«

Jeff nickte, blieb stehen und stieß die Drehbrücke an, die die beiden Hälften der Kletterburg miteinander verband. Er beobachtete, wie sie im Dunkeln hin und her schwang. Ein warmer Hochsommerwind strich durch das üppige Gras, in dem der Junge stand. Er hörte das Zirpen von Grillen. Und Frösche. Oder eine Eule.

Oder die schreienden Gespenster einer Mutter und ihrer beiden Kinder.

Castillo hatte gesagt, der Ehemann der Frau sei von der Polizei vernommen worden. Und dass in Vincent, Ohio, ein Junge ermordet aufgefunden worden sei. Ein Fünfzehnjähriger (*wie ich*), der in der Schulmannschaft Volleyball gespielt und sich im Pinehill Golf Club als Caddy ein bisschen Geld verdient hatte. Er hieß Howell, Rick Howell. Seine Mitschüler hatten vor den Fernsehkameras geschluchzt und erklärt, Rick sei *supernett* gewesen. Niemand könne begreifen, wie jemand einen Jungen wie ihn totschlagen konnte.

Aber keiner von ihnen hatte die Notizen von Howells Vater gelesen, wie Jeff es getan hatte.

Sie wussten nicht, dass Rick Howell der Klon eines psychopathischen Killers namens Richard Ramirez gewesen war – der »Nightstalker«, ein Verrückter, der ein Dutzend Familien vergewaltigt und ermordet hatte. Würden seine Mitschüler weiter um Rick weinen, wenn sie *das* wüssten? Wenn sie die Wahrheit wüssten?

HOwell.

Sternennacht, eines der berühmtesten Gemälde van Goghs. Jeff war mit seinem Dad mal zu einer Van-Gogh-Ausstellung ins MOMA gegangen, dem New Yorker Museum of Modern Art.

VINCENT van Gogh.

Vincent, Ohio?

Wirklich?

Ja, sagte Jeff sich. *Wirklich.*

Ein weiterer Hinweis nur für mich. Als wäre er dazu bestimmt, diese Sache im Alleingang zu stoppen. *Oder soll ich vielleicht mithelfen, die anderen zu befreien?* Sollten sein Dad und er zusammenarbeiten, um jugendliche Serienkiller auf die Welt loszulassen?

Wieso hat er mich dann verlassen? Und warum will er mich nicht mehr sehen?

Jeff schaute sich um und stellte fest, dass Castillo auf den Kies des leeren Parkplatzes starrte. »Gleich« würde anscheinend fünf bis zehn Minuten dauern, obwohl Jeff wusste, dass Castillo sich hier nur kurz aufhalten wollte. Die anderen konnten jederzeit wieder aufkreuzen.

Da Castillo offenbar eigenen Gedanken nachhing, schlenderte Jeff weiter und hielt auf die kleine Skatebahn das Parks zu. Er wollte den eigenen Verstand befreien. Von allem.

Schön wär's.

Ob seine Fantasie, seine Angst, seine Erschöpfung oder sein Irrsinn – oder alles zusammen – die Triebfedern waren, wusste er nicht. Er wusste nur, dass die neue Wahrheit im Dunkeln gelauert und auf ihn gewartet hatte. Darauf gewartet hatte, ihm Dinge zeigen zu können.

Jeff war wieder erstaunlich gelassen, als er zu Castillo zurückkehrte. Castillo motzte nur ein bisschen, weil Jeff abgehauen war, aber nicht allzu sehr – vermutlich sah er auf Jeffs Gesicht irgendetwas, das ihm riet, die Sache auf sich beruhen zu lassen.

Kurz darauf waren sie wieder unterwegs.

»Waren sie's?«, fragte Jeff.

»Weiß ich nicht.«

»Doch, du weißt es.« Jeff schloss die Augen und versuchte zu schlafen.

Es ging nicht.

Seine Albträume waren in die wirkliche Welt eingedrungen.

24.

ROAD TRIP

08. JUNI, MITTWOCH – ROUTE 50, INDIANA

Der Wagen hatte fünf bequeme Sitzplätze.

Meistens fuhr Al, denn er sagte, das sei entspannend.

Entspannend! Und das von einem Kerl, der mal versucht hatte, sich ein paar Nadeln ins Perineum zu stechen, nur um zu erfahren, wie sich das anfühlte. (Wie sein Original es getan hatte. Das stand ALLES in seinem neuen Buch.)

Ted saß auf dem Beifahrersitz und drehte immer wieder am Senderknopf des Autoradios. Er konnte nie lange bei irgendeinem Song bleiben. Dabei verfolgte er ihre Route von einer Kleinstadt zur anderen auf der Landkarte und verkündete laut die Orte, durch die sie fuhren. »Butlerville«, sagte er mit einer inneren Befriedigung, die nur er verstand. »Vernon kommt als Nächstes.«

Henry saß mit Jeff und John hinten. Die Krankenschwester ließen sie gefesselt im Kofferraum.

Die Klimaanlage war voll aufgedreht, und alle Fenster standen offen. In den Fußräumen türmten sich Verpackungen von Schokoriegeln, zerknüllte Taco-Bell-Tüten und leere Bierdosen. Alles von dem Geld gekauft, das sie Emilys Mom abgenommen hatten. Und von Emily selbst hatten sie eine Menge Pot dabei.

Henry lächelte bei der Erinnerung daran. Emily hatte geglaubt, sie dürfe mitfahren, nachdem sie ihm und den anderen ihre kleine Schwester und ihre Mom in die Hände gespielt hatte. Und sie *hatte* mitfahren dürfen, fast einen ganzen Tag lang. Diese Fotze hatte sich wirklich eingebildet, sie sei jetzt von Bedeutung. Tja, leider hatte sie sich in diesem Punkt geirrt. Henry hatte Ted den ganzen Tag lang genervt, ob er Emily umbringen dürfe. Schließlich hatte Ted die Sache selbst erledigt und ihn, Henry, dabei helfen lassen.

Indiana rauschte an ihnen vorbei. Sie hatten kein bestimmtes Ziel mehr. Es gab noch einen Jungen ungefähr eine Autostunde von hier und einen weiteren bei St. Louis, die sie befreien sollten. Mit beiden konnten sie sich ein bisschen vergnügen, rechnete Henry sich aus. Es gab noch so viel zu sehen. So viel Spaß zu haben. Aber alle anderen wollten jetzt nach Westen. Kalifornien. Sie hatten es verdammt eilig. Wollten den Pazifik sehen, mehr Pot kaufen, vielleicht einen dieser Pornostars für eine Party auftreiben.

Und vielleicht, überlegte Henry, wobei er in sein neues Buch schaute, könnte er sogar ein paar alte Jagdgründe in Texas besuchen. Die Heimat des *echten* Henry. Des *Originals*. Die Orte, an denen *er* gelebt und gemordet hatte.

Aber Ted und die anderen hatten wahrscheinlich recht. Sie hatten vorerst genug getan. Zählte man die mit, bei denen Jacobson ihnen geholfen hatte, hatten sie schon ein halbes Dutzend Klone in die Welt hinausgeschickt. Allerdings rechnete Henry sich aus, dass die meisten nicht sehr weit gekommen waren. Einige dieser Kids hatten beschissen schwächlich ausgesehen, hatten einfach nicht das Zeug dazu. Nicht in seinen Augen. Teufel, einen von den Typen hatten sie gleich selbst umgelegt: Ricky Howell, den Nightstalker-Klon. *Ein feiger kleiner Scheißer.*

Manche waren allerdings auf Zack. Wie John, der Typ, den sie mit Jacobson in Maryland aufgespürt hatten. Mit seiner Vorliebe für das dämliche Clownskostüm, das sein Original, John Wayne Gacy, so berüchtigt gemacht hatte. *Echt lustig.* Die Version 2.0 vom guten alten Gacy hatte erst vier Leute ermordet. *Bisher.*

Ja, Henry war froh, dass sie John mitgenommen hatten. Irgendwie gut zu wissen, dass es da draußen noch andere gab. *Wie uns.* Das war ein schöner Gedanke.

Henry dachte an Albert, einen der ersten Jungen, die sie aufgesucht hatten. Während Jacobson mit ihm sprach, hatten sie im Zimmer nebenan seine Mom vergewaltigt und ermordet. Ted und er. Aber sie war nicht wirklich die Mutter des Jungen gewesen, sondern eine Schwindlerin. Wie *alle* ihre Moms. Beschissene ANGESTELLTE. Das Miststück hatte einen verdammten Gehaltsscheck dafür gekriegt, dass sie Mommy spielte. Im Grunde habe sie ihr Geld dafür bekommen, dass sie den Jungen gequält hat, hatte Jacobson erklärt. *Die Schlampe hatte den Tod verdient. Sie alle!* Henry dachte an seine Mutter. Irgendwann würde er in den Osten zurückkehren …

Okay, die meisten der Typen auf der Liste, die Jacobson ihnen gegeben hatte, waren inzwischen befreit. Auftrag ausgeführt. Größtenteils. Ein paar waren noch übrig, aber scheiß drauf. Die anderen, sogar Ted, hatten genug von dem immer gleichen Ablauf, der daraus bestand, dass sie vor irgendwelchen Häusern hielten und sich die Bewohner vornahmen. Dass sie über Leben oder Sterben irgendeines Klons entschieden. Im Grunde hatten sie es satt, weiter Jacobsons Aufträge auszuführen.

Echt, der kann uns mal. Wenn er diesen Scheiß erledigt haben will, soll er es selbst tun. Henry schloss die Augen. Versuchte sich auszuruhen. *Aber San Francisco …* auf *diesen* Auftrag Jacobsons waren alle scharf. Pünktlich am 4. Juli sollte es geschehen. *God fuck America.* Einfach die Dose aufreißen und den Spaß beobachten, wenn die Menge durchdrehte. Wenn die Leute übereinander herfielen. *Bei der Gelegenheit werde ich ein paar Schlampen richtig rannehmen*, sagte sich Henry und fragte sich, ob er es noch so lange aushielt. *Wenn* er es bis dahin aushielt, würde die ganze Scheiße Jacobsons Problem sein. Die Berge von Toten würde man ihm zuschreiben.

»Sie haben einen Highway nach mir benannt«, sagte Henry und schaute sich um.

»Wer?«, fragte Ted vom Beifahrersitz.

»Die Cops.« Henry hielt sein neues Buch hoch. »Irgendeinen Highway in Texas. Er hat dort hundert Leichen oder so verscharrt. Echt krass, oder?«

Ted betrachtete das Buch und schüttelte den Kopf. »Hör auf, diesen Stuss zu lesen.«

»Neidisch?«

»›Enzyklopädie der Serienmörder.‹ Du bist ein echter Vollpfosten. Das sind uralte Geschichten. Dieser Heini, nach dem sie den Highway benannt haben, ist bestimmt schon fünfzig Jahre tot. *Er* hat hundert Leute umgebracht, du nicht. Nach dir haben sie einen Scheißdreck benannt.«

»Na ja, egal.«

»Hört auf, euch an alten Akten und bescheuerten Büchern aufzugeilen. Das gilt auch für dich, du Arsch.« Ted zeigte auf John. »Du und dein bekloptes Clownskostüm.«

»Ich dachte, es gefällt dir«, sagte John. Teds Kritik schien ihn ehrlich verletzt zu haben.

»Tut es ja auch. Ich fahr voll auf das Ding ab, Mann. Es ist echt witzig und jagt den Moms 'ne Heidenangst ein, aber es hindert dich daran, die Wahrheit zu erkennen.«

»Welche Wahrheit?«

»Dass du nicht *dieser* John Wayne Gacy bist. Du bist *der* John Wayne Gacy. Kapiert?«

»Nee.«

»Oh, Mann«, sagte Al lachend und schaute nervös zu Ted hinüber. »Ich weiß echt nie, wovon du redest.«

John sah sich um. »Den Kleinen gefällt das Kostüm. Mir gefällt es auch.«

»Dann trag's halt, du Idiot!«, fauchte Ted. »Das ist mir scheißegal. Arschlöcher!«

Henry wandte sich wieder seinem Buch zu, schlug eine Seite auf und blickte verträumt auf die kleinen schwarzen Zeilen auf dem Papier. Vielleicht wurde es Zeit, sich selbstständig zu machen. Sich von den anderen zu trennen und endlich seinen eigenen Weg zu gehen. Kalifornien vergessen. Den 4. Juli vergessen. Dazu würde es vielleicht sowieso nie kommen. Wenn sie weiter als Gruppe reisten, würden sie irgendwann geschnappt werden. Wie lange konnten die Cops einen

Kerl ignorieren, der in einem blutigen Clownskostüm an Drive-in-Schaltern Gorditas und mexikanische Snacks kaufte? Vielleicht hatte er einen Fehler gemacht. Vielleicht hätten sie Emily noch einige Zeit bei sich behalten … und an ihrer Stelle Ted abmurksen sollen. Emily war wenigstens für alles zu haben gewesen.

Stacey übrigens auch. Schwester Stacey hatte immer eine Vorliebe für ihn gehabt. Vielleicht könnten sie sich zu zweit selbstständig machen. Sich ein anderes Auto besorgen. Zusammen nach Texas fahren. Und sich dort die Seele aus dem Leib vögeln.

Bestimmt konnte sie auch die Sache mit seinem Arm wieder hinkriegen. Irgendwas wucherte darauf, ein Haufen kleiner Blasen, dicht beieinander. Auf den ersten Blick sahen sie wie Schmutz aus, aber wenn er daran kratzte, sickerte etwas heraus wie aus einem aufgekratzten Pickel. Das Zeug war braun und dickflüssig, ganz und gar nicht wie bei einem Pickel. Echt eklig. Der Ausschlag hatte vor ein paar Tagen als kleine Ansammlung dunkelbrauner Blasen am linken Handgelenk begonnen, doch jetzt breitete er sich über den ganzen Unterarm aus.

Vielleicht sollte er Jacobson anrufen. Schnellstens. Ted und John hatten seine neue Handynummer. Doc Jacobson wusste immer, was Sache war und welche Medikamente man nehmen musste. Aber die anderen, vor allem Ted, meinten, sie sollten Jacobson vergessen. Sie bräuchten ihn nicht mehr.

Henry ließ seine Finger über die dunklen Wucherungen gleiten.

Er fragte sich, wie es David und Dennis gehen mochte. Die beiden waren nach Osten unterwegs. New York. Jersey. Boston. Sie hatten Jacobson versprochen, dort ein paar der anderen Kids mitzunehmen. *Vielleicht hätte ich mich lieber den beiden anschließen sollen*, dachte Henry. »Vielleicht benennen sie *diesen* Highway nach mir«, murmelte er.

Keiner hatte ihn gehört.

»Diesen Highway nach mir benennen«, sagte er lauter. »Route 50.«

Ted lachte. »Scheiße, wozu?«

»Wir könnten irgendwo haltmachen. Noch ein bisschen Spaß haben.«

»Was für Spaß?«

»Den absoluten Spaß«, antwortete Henry. »Ein paar Leute killen.«

»Vielleicht hast du recht. Okay. Jetzt klingst du vernünftig! Man lebt bloß einmal, Mann. *Das* will ich hören! Hört auf, in der Vergangenheit zu leben, ihr Schlappschwänze. Das ist jetzt *unsere* Zeit! *Unser* Leben. Weckt Jeff mal auf.«

»Wie wär's mit diesem Haus?«, fragte Al.

»Welchem?«

Alle Stimmen hatten sich zu einer vereinigt.

»Da drüben. Das mit der Kinderschaukel.«

Von der Route 50 aus konnten sie das kleine Farmhaus deutlich sehen, obwohl sie ein paar Nebenstraßen würden nehmen müssen, um dorthin zu kommen.

»Du und deine verdammten Schaukeln.« Ted lächelte. »Fünf Meilen nach Barnhill. Wie lautet das Abstimmungsergebnis, ihr Hackfressen?«

John drückte seine Clownsnase zusammen und machte mit blutverkrustetem Mund: *»Möööp-möööp!«*

»Yeah.« Henry konzentrierte seinen Blick und seine Gedanken ganz auf das entfernte Haus. »Sieht gut aus.«

»Der Meinung bin ich auch«, pflichtete Ted ihm bei. »Los, lasst uns noch etwas Spaß haben.«

25.

GETEILTE ALBTRÄUME

08. JUNI, MITTWOCH – ROUTE 50, INDIANA

Der Rest von Ohio und der Osten von Indiana verschwammen in einer endlosen Folge von Feldern, Kleinstädten mit nur einer Kirche und Schnellrestaurants im frühmorgendlichen Dunst. Castillo fuhr, als wäre der Teufel hinter ihnen her, aber in Wirklichkeit war es andersherum. Knapp eine Autostunde entfernt war vor ein paar Tagen ein Raubüberfall verübt worden. Zwei Teenager, einen Jungen und ein Mädchen, hatte man hinter einer Tankstelle gefoltert und ermordet.

Heute Morgen war dann eine neue Meldung gekommen: Die beiden vermissten Frauen aus Ohio waren in einem Apartment mit drei oder vier Mordopfern aufgefunden worden. Eine der Leichen, ebenfalls eine Frau, war angeblich in Stücke gehackt. Eine Emily Dingsbums Collins wurde immer noch vermisst und war zugleich die Hauptverdächtige. Und wenn Jeff recht hatte, lebte zwei Autostunden entfernt in Hitchcock, Indiana, der jugendliche Klon eines berüchtigten Serienkillers. Was für ein bemerkenswertes Stück Highway, fand Castillo. Es lieferte Antworten und warf gleichzeitig noch mehr Fragen auf.

Kristin rief an, als sie durch ein Nest namens Loogootee fuhren. Ihre Nummer pulsierte wie ein lebendes Wesen, als Castillo auf das Display seines Handys schaute. Rasch blickte er zu Jeff auf dem Beifahrersitz. Der Junge wirkte geistesabwesend, in Monotonie verloren.

»Hey«, sagte Castillo ins Handy. »Hast du was Neues?«

»Nein«, antwortete Kristin. »Ich … Wir haben längere Zeit nicht telefoniert. Ich wollte nur mal hören, wie's dir geht.«

»Alles bestens.«

»Ich habe nicht nach ›allem‹ gefragt. Ich habe nach dir gefragt.«

»Wird dieses Gespräch aufgezeichnet? Kommt das in meine kleine Akte?«

»Ich frage dich als Freundin.«

»Das ist nett von dir.«

»Und es ist übrigens eine riesige Akte. In dem größten Ordner, den es bei Staples gibt.«

»Natürlich.«

»Arschloch.«

»Ja.«

»Wie lange noch, Castillo?«

»Weiß ich nicht.«

»Was kann ich noch für dich tun?«

»Du hast wahrscheinlich schon zu viel getan.«

»Wahrscheinlich. Und was nun?«

»Keine Ahnung. Vielleicht meldest du dich alle paar Tage und fragst, wie es mir geht.«

Kristin lachte, aber es war ein trauriger Laut voller Unsicherheit und Bedauern.

Castillo musste rasch das Thema wechseln, über etwas anderes reden – irgendetwas, das davon ablenkte, was zwischen ihnen hätte sein können. »Sag mal«, begann er, als er an die Neuigkeiten dieses Tages dachte, »würde ein Mädchen sich diesen Kids anschließen? Freiwillig? Ich weiß von mindestens zwei, vielleicht drei jungen Frauen, die in den Fall verwickelt zu sein scheinen. Ich weiß aber nicht, ob sie Opfer sind oder …«

»Freaks. Klar. Wie kommst du darauf?«

»Ich bin mir nicht sicher. Das hängt mit Informationen zusammen, die ich heute Morgen bekommen habe. Ich habe mich gefragt, ob diese jungen Frauen Opfer oder Komplizinnen sind. Mir wäre geholfen, wenn ich wenigstens das wüsste.«

»Das ist schwer zu sagen. Die traurige Wahrheit ist, dass die meisten Frauen über ein gewisses Maß an Hybristophilie verfügen. Ein Phänomen, das ziemlich häufig auftritt: Die Betroffene fühlt sich durch Verbrecher erregt oder zu ihnen hingezogen. Manchmal wird dies auch als das ›Bonnie-und-Clyde-Syndrom‹ bezeichnet. Im richtigen Leben gibt es allerdings tausend Abstufungen, von Serienkiller-Groupies bis hin zu aktiven Komplizinnen wie bei Charles Mansons *Family*, zum Beispiel.«

»Serienkiller-Groupies?«

»Genau. Du würdest es nicht glauben, wie viele einsame Frauen darauf aus sind, mit einem Sträfling in Briefwechsel zu treten. Sie betrachten diese Kerle gleichzeitig als kleine Jungs, die sie bemuttern wollen, und als die bösen Kerle, mit denen sie ins Bett gehen wollen. Hinzu kommt, dass die Frauen sich dieser Männer sicher sein können. Schließlich wissen sie genau, wo ihr Angebeteter jeden Freitagabend ist: hinter Gittern. Du hast von Ted Bundy gehört?«

Castillo hatte Mühe, ein Lachen zu unterdrücken. »Ja«, sagte er nur.

»Bundy, der gestanden hatte, mindestens dreißig Frauen ermordet zu haben, hat Monat für Monat Hunderte von Liebesbriefen bekommen, von jungen Frauen im ganzen Land. Dutzende haben ihn besucht. Binnen eines Jahres hat er eine von ihnen geheiratet. Henry Lee Lucas, ein anderer Psychopath, hatte zweihundert Menschen ermordet. Auch er hatte Hunderte von Verehrerinnen und heiratete im Gefängnis. John Wayne Gacy war fett und schwul, aber selbst er hat jeden Tag Fanpost von Mädchen bekommen und hat im Gefängnis eine Frau geheiratet. Richard Ramirez, der Nightstalker …«

Richard Ramirez. Rick Howell – der vorgestern in Vincent, Ohio, ermordete Junge. Er hatte Volleyball in der Schulmannschaft gespielt, sich sein Taschengeld als Caddy aufgebessert …

»Den Namen kenne ich«, sagte Castillo.

»Er hat zwanzig Frauen vergewaltigt und ermordet. Vor dem Gerichtsgebäude haben jeden Tag Schlangen von Verehrerinnen gestanden, um ihn zu sehen. *Schlangen.* Während des Verfahrens hat eine

Frau ihm am Valentinstag einen kleinen Kuchen mit der Aufschrift ›Ich liebe dich‹ geschickt. Willst du die Pointe hören?«

»Musst du erst fragen?«

»Die Frau war eine der Geschworenen.«

»Oh Mann«, sagte Castillo leise. Er dachte an die beiden Mädchen, die vermutlich weiter mit diesen Arschlöchern herumhingen. »Das ist ja abartig.«

»Vielleicht auch nicht. Mehrere Studien zu Orang-Utans und Gorillas zeigen, dass die gewalttätigsten Männchen in der Horde immer die meisten Weibchen kriegen. Das ist eine biologische Tatsache.«

»Willst du damit andeuten, dass wir nicht besser sind als Affen?«

»Auf manche männlichen Exemplare unserer Gattung trifft das mit Sicherheit zu. Und es ist allgemein bekannt, dass Mädels eine heimliche Vorliebe für böse Jungen haben.«

»Und Serienmörder sind die Bösesten.«

»Vermutlich.«

»Hybristophilie … unglaublich.«

»Wie ich sehe, lernst du immer noch schnell.«

»Das muss ich. Sonst sterben Menschen.«

»Ja.« Wieder eine Pause. »Sonst noch was?«

»Im Augenblick fällt mir nichts ein.«

»Du hast ja meine Nummer. Pass gut auf dich auf, Shawn.«

»Ich werd's versuchen.« Er beendete das Gespräch und legte das Handy auf das Armaturenbrett.

»Wer war das?«, fragte Jeff.

»Mach dir deswegen keine Gedanken.« Castillo schaute zu ihm hinüber. »Woran arbeitest du?«

Jeff steckte die Liste ein. »Mach dir deswegen keine Gedanken.«

Castillo zuckte mit den Schultern. »Gleiches Recht für alle.«

Nach kurzem Zögern sagte Jeff: »Ich mache eine Liste der Staaten, die ich auf Nummernschildern gesehen habe. Der letzte Wagen kam aus Indiana, aber er hat komisch ausgesehen, deshalb …«

»Und wie viele hast du?«

»Zweiunddreißig.«

»Zweiunddreißig? Nicht schlecht für diese Nebenstraßen.«

»Wer ist sie?«, fragte Jeff.

»Wer?«

»Die Anruferin.«

»Eine Freundin, die sich damit auskennt, wie Menschen ticken.«

»Was hat sie dir gesagt?«

Dass du der Schlimmste von allen seist. Dass deine Bösartigkeit über den Rand der Skala hinausgeht.

Castillo zog die Augenbrauen hoch, betrachtete weiterhin die Straße vor ihnen. »Sie hat gesagt, dass es auf der Welt seltsam zugeht.«

Jeff nickte. »Worum ging es in deinem Albtraum?«

Reflexhaft umfasste Castillo das Lenkrad fester. »Wovon redest du?«

»Du hast in der Nacht furchtbar geschrien. Als wir in dem Motel übernachtet haben.«

Oh, Scheiße. Er konnte sich verschwommen erinnern. »Weiß ich nicht mehr.« Die blassen Erinnerungen waren schlimm genug. Er verzog das Gesicht. *Willst du das WIRKLICH wissen, Kleiner?*

»Ich hab manchmal auch welche«, sagte Jeff.

»Albträume?«

»Ja. Aber meine sind irgendwie … anders, glaub ich.«

Eine eisige Hand schien nach Castillos Eingeweiden zu greifen. Eine Art Urangst überkam ihn – die Angst vor etwas, das ihm hoffnungslos überlegen war und dem er nicht entrinnen konnte. *Nein, nein, NEIN.*

»Was meinst du mit anders?«

»Meine Albträume spielen manchmal bei Tageslicht. Und manchmal sehe ich Dinge, kurz bevor ich einschlafe.«

Castillo schaute beinahe gegen seinen Willen zu dem Jungen hinüber. »Was für Dinge? Wenn du mir jetzt sagst, dass du tote Menschen siehst, werfe ich dich hochkant aus dem Auto.«

»Nein. Keine Toten. Ich weiß nicht, was es ist. Wahrscheinlich gar nichts.« Jeff verstummte, wollte seine letzten Gedanken offenbar nicht preisgeben. Castillo war das nur recht. Er war nicht versessen darauf, die Bilder zu sehen, die durch den Kopf dieses unheimlichen Jungen geisterten.

Ich habe von DIR geträumt, Jeff. Möchtest du davon hören?

Die eisige Hand in Castillos Eingeweiden packte fester zu, sie war stärker als die Schuldgefühle, die er zugleich empfand.

»Woher hast du die?«, fragte Jeff.

Castillo schaute wieder zu ihm hinüber. Jeff deutete auf die lange Narbe an seinem rechten Arm.

»Vom Angeln«, sagte Castillo gereizt. »Mann, mach ein Nickerchen oder sonst was.«

»Soll ich mal fahren?«

Castillo lächelte schwach. »Nein, danke.«

»Die Narbe ist bestimmt nicht vom Angeln«, hakte Jeff nach. »Erzähl schon, woher hast du die?«

»Aus dem Krieg.« Castillo zog den Hemdsärmel ein Stück herunter, um die Narbe zu verbergen. »Jemand hat mich mit dem Messer verletzt.«

»Was ist mit den anderen?«

Jeff meinte die anderen Narben. Sie hatten sich anscheinend lange genug ein Doppelzimmer geteilt.

»Das sind alles Erinnerungen an den Krieg.«

»Hast du den Kerl erledigt, der dich verwundet hat?«

Castillo verstellte den Innenspiegel ein winziges Stück.

»Hast du ihn erwischt?«, bohrte Jeff nach.

»Weiß ich nicht. Ich glaub schon. Jedenfalls wurde ich gerettet. Sonst weiß ich fast nichts mehr.«

»Wie ist das?«

Wenn man gefoltert wird? Wenn man sich völlig hilflos fühlt?

»Wie ist was?«, fragte Castillo zögernd.

»Der Krieg.«

»Krieg ist die Hölle.«

»Das ist nur ein Klischee.«

»Aber ein wahres.«

»Wie ist er wirklich?«

»Willst du etwa in den Krieg ziehen?«, fragte Castillo.

»Nein.«

»Wieso fragst du dann?«

Jeff zog sich ans Fenster zurück.

»Der Krieg ist laut«, sagte Castillo. »Vor allem laut.«

»Hast du jemanden umgebracht?«

»Beschissen originelle Frage.«

»Hast du?«

»Halt die Klappe.«

Jeff drehte sich auf seinem Sitz zur Seite, beobachtete den Wagen, den sie gerade überholten. »Was machen die wohl im Augenblick mit Ed? Was meinst du?«

»Mit dem jungen Albaum? Keine Ahnung. Ich hab dir doch gesagt, der Junge geht mich nichts mehr an.« Castillo streckte eine Hand nach dem Radio aus. Mehrere Kinder hinter einem Maschendrahtzaun winkten ihnen zu, als sie vorbeifuhren. »Für Ed ist jetzt das DSTI zuständig.«

Jeff nickte und winkte den Kindern zurück. »Dann geht's ihm bestimmt ganz toll.«

Castillo gab keine Antwort, drehte das Radio lauter.

Sie fuhren zwanzig Meilen, ohne zu sprechen.

Castillo stellte sich die Albträume vor, die Jeff möglicherweise gehabt hatte. Er konnte nur vermuten, wie es im Kopf des Jungen aussah, und hoffen, dass er mit seinen Vermutungen falschlag. Er versuchte, ganz schnell an andere Dinge zu denken.

Seine eigenen Albträume hatten sich verändert. Früher hatten sie von Shaya gehandelt, dem Jungen, oder von der Höhle. Davon, dass er wieder in der Höhle war. Aber jetzt quälte ihn dieser neue Traum. Schon dreimal hatte er ihn heimgesucht. Und es half Castillo nicht gerade, dass der Verursacher dieses Traumes neben ihm im Auto saß. Dass er Nacht für Nacht im selben Zimmer mit ihm schlief.

Castillo fragte sich einmal mehr, ob er rechts ranfahren und den Jungen aussetzen sollte. Oder telefonieren und ihn dem DSTI ausliefern. Bestimmt würden die Albträume dann aufhören. Dann würde er nicht mehr jedes Mal lügen müssen, wenn er mit Stanforth telefonierte. Oder mit Kristin.

Aber er konnte es nicht. Nicht heute. Noch nicht. Jeff besaß entscheidend wichtige Informationen und hatte immer wieder gute Ideen. Sie waren keine zwanzig Meilen mehr von einem Haus entfernt, in dem ein Klon wohnte, der vermutlich eine Zielperson war. War dieser Hinweis richtig, zweifelte Castillo nicht daran, dass Jacobson Junior weitere Rätsel seines durchgeknallten Vaters würde lösen können. Dass er herausbekommen könnte, wo sich weitere dieser Monster-Kids aufhielten.

Noch wichtiger für Castillo war aber, dass Jeff zurzeit seine beste Lebensversicherung darstellte. Falls irgendjemand auf dumme Gedanken kam – Stanforth, Erdman oder Gott weiß wer –, oder falls er jemals das Gefühl hatte, er solle hereingelegt werden, hatte er den Jungen. Einen Hebel, den er ansetzen konnte. Ein echter Klon von Jeffrey Dahmer, den das US-Militär mitfinanziert hatte. WikiLeaks oder Rachel Maddow würden damit ihren Spaß haben. Der Auftrag war längst zu schmutzig geworden, als dass nicht bald der schlimmste Fall eintreten musste. *Aber wie bald?* Würde Castillo dann genug Zeit haben, sich aus dem Dreck herauszuwühlen?

Wieder schaute er zu dem Jungen hinüber. Jeff starrte vor sich hin, die Augen in der Mittagssonne halb geschlossen. Sein rechter Arm hing bis zum Ellbogen aus dem Seitenfenster und machte im Fahrtwind Wellenbewegungen.

Wieder musste Castillo an den Albtraum denken, der ihn seit kurzer Zeit heimsuchte. In diesem Traum stand Jeffrey an Castillos Bett. Der richtige. Das Original Jeffrey Dahmer. Das Ungeheuer, das mindestens siebzehn Männer vergewaltigt, ermordet und teilweise aufgegessen hatte. Der Irre, von dem die berühmt-berüchtigte Aussage stammte: »Ich beiße.« Im Traum verschmolz Dahmers Gesicht mit dem des Jungen. Und beide Gesichter waren glitschig von Blut. In dem neuen Albtraum konnte Castillo sich nie bewegen. Konnte nicht wegsehen, als die übermenschlich großen Zähne schärfer und länger wurden und sich tief in sein Fleisch gruben. Er konnte nur schreien und hoffen, dass es wieder nur ein Traum war. Dass er aufwachen würde. Dass das Monster, das jede Nacht kaum drei Meter von ihm entfernt im selben Zimmer schlief, nicht sein wahres Ich enthüllt hatte.

Ich beiße.

»Hast du das Nummernschild aus Alabama gesehen?«, fragte Castillo in die Stille hinein und nickte zu dem Wagen hinüber, den sie gerade überholten.

»Dreiunddreißig!«, strahlte das Monster.

26.

WIE LÖWEN

08. JUNI, MITTWOCH – HITCHCOCK, INDIANA

Jeff wartete im Auto, während Castillo loszog, um den Klon in Augenschein zu nehmen.

Die Familie Sizemore wohnte im Haus 7422 Oldegate Lane, aber Castillo hatte den Wagen ein paar Blocks entfernt geparkt.

Für Jeff sah Hitchcock, Indiana, wie jedes andere Kaff aus. Die gleichen Häuser und Zäune und Bäume und Hunde und Familien wie in jeder anderen Kleinstadt. Alle gleich, mit einer Ausnahme. Nach den Notizen seines angeblichen Vaters gab es in Hitchcock möglicherweise eine Familie, die einen Sohn hatte, der in einem Labor produziert worden war – den Klon von Gary Ridgway, der in den Achtziger- und Neunzigerjahren im Nordosten als »Green Valley Killer« fast hundert Frauen ermordet hatte. Vielleicht war eine Familie aus diesem Kaff dafür bezahlt worden, den Jungen zu quälen. Vielleicht war eine Familie dafür bezahlt worden, ihn in Ruhe zu lassen. Vielleicht hatte die Familie keine Ahnung, woher der Junge wirklich kam. Und vielleicht hatten die beiden Vögel in den wirren Notizen seines Vaters überhaupt nichts mit Hitchcock, diesem Ort, zu tun. Vermutlich hatte Jacobson gar nicht gewollt, dass sein missratener Sohn jemals IRGENDETWAS aufzuklären half.

Sie waren nun schon fast eine ganze Woche unterwegs. Jeff fiel es schwer, das alles zu begreifen. Eins stand jedenfalls fest: Auf der ganzen weiten Welt fragte sich kein Mensch, wo er abgeblieben war. Sein

Name stand nicht in den Zeitungen. Niemand suchte ihn. Sogar seinem eigenen Vater war es egal, wo er steckte. *Was für ein Leben ist das?* Und für Castillo war er nur ein unbedeutendes Rädchen in diesem großen verfluchten Experiment. Ein weiterer Klon-Freak. Jemand, den man jagte und gefangen nahm. Jemand, den man dem DSTI auslieferte, wenn die Zeit gekommen war. Nicht anders als die anderen Klone aus dem Institut. *Kein bisschen anders.* Im Namen der Wissenschaft. Zum Wohle der Menschheit et cetera. Erschaffen, um zu verstehen, was Aggression, Gewalttätigkeit und Bösartigkeit verursachte. Um es isolieren zu können. Es heilen zu können. Es kontrollieren zu können, um es dann eines Tages wieder von der Leine zu lassen.

Das Kain-Gen.

Ist alles wirklich nur eine Frage der Chromosomen und Enzyme in unserem Blut?

Jeff war klug genug, sich die Folgen ausmalen zu können. Er hatte genügend *Warhammer*-Bücher gelesen, genügend Sendungen auf SyFy Channel und Jason-Bourne-Filme gesehen, um den Überblick zu haben. *Sich Größeres vorstellen.* Ha! Er konnte sich leicht biologische Waffen vorstellen, die den Feind mit mörderischer Wut infizieren würden. Oder behelfsmäßige Impfungen, die abgekämpfte Soldaten wieder aggressiv und stark machten. Kein Wunder, dass das Verteidigungsministerium der Hauptauftraggeber war.

Und wie passt Castillo ins Bild? Das war Jeff noch immer ein Rätsel. Der Kerl arbeitete für das DSTI und irgendeine staatliche Stelle, so viel war klar. Aber er hielt auch einen Klon Jeffrey Dahmers in seinem Motelzimmer versteckt. Anfangs hatte Jeff geglaubt, Castillo habe ihn nur mitgenommen, damit er, Jeff, Informationslücken ausfüllte. Inzwischen besaß Castillo aber die meisten dieser Infos, trotzdem schleppte er Jeff weiter mit sich herum. Klar, es gab noch immer ein paar Notizen zu entziffern, aber es musste noch etwas anderes dahinterstecken. Soviel Jeff wusste, hatte Castillo noch keinem Menschen von ihm erzählt.

Wieso nicht?

Castillo erschien an der Straßenecke und kam zum Wagen geschlendert.

Jeff setzte sich auf, als Castillo einstieg und den Motor anließ.

»Sorry«, sagte Jeff.

»Wofür?« Castillo runzelte die Stirn. »Du hast einen weiteren Klon gefunden.«

*

»Was ist, wenn jemand kommt?«, fragte Jeff in der Dunkelheit. »Ein Makler oder so?«

»Es kommt aber keiner.« Castillo trug den neu gekauften Klappstuhl und eine Tüte mit Essen hinein. Sie hatten die Wahl zwischen zwei leeren Häusern gehabt. Eines stand dem Haus der Familie Sizemore direkt gegenüber. Das andere stand am Ende der Straße, einer Sackgasse. Ein Schild verkündete: ZU VERKAUFEN! SONDERPREIS!

Castillo stellte die Essenstüte ab. »Ich liebe diesen Wohnungsmarkt«, sagte er und klappte den Stuhl am Fenster auf. »Manchmal mussten wir im Einsatz ein Haus als Stützpunkt besetzen.« Er schaute aus dem Fenster, ließ den Blick über die Nachbarschaft schweifen. »Sieh es mal so: Genau das tun wir hier auch.«

Mit dem Einbruch in das Haus am Ende der Sackgasse hatte Castillo bis zwei Uhr morgens gewartet. Das Haus war leer. Es gab keine Einrichtung mehr, und die letzten Besitzer waren schon lange ausgezogen. Wie Castillo vermutet hatte, blickte das Schlafzimmerfenster im ersten Stock genau auf die Oldegate Lane hinaus und war ein perfekter Beobachtungspunkt.

»Hier«, sagte er, griff in die Essenstüte und warf Jeff ein dickes Taschenbuch zu.

»Was ist das?«

»Du hast gesagt, du liest gern.«

Jeff betrachtete den Titel. Es war ein Roman von einem Typen namens Follett.

»Sorry«, sagte Castillo und rückte seinen Stuhl zurecht. »Außer Liebesromanen war das alles, was sie hatten. Kein Fantasytitel, aber besser als nichts.«

Jeff las den Rückseitentext. »Danke«, sagte er.

Castillo beobachtete ihn, schien etwas sagen zu wollen, wandte sich dann aber ab und blickte aus dem Fenster. »Da sind wir also«, sagte er.

Jeff trat hinter den Klappstuhl. »Und was nun?«

»Hast du mal auf dem Discovery Channel gesehen, wie ein Löwe ein Zebra jagt?«

»Ja«, antwortete Jeff.

»Jetzt sind wir Löwen«, sagte Castillo und lehnte sich im Stuhl zurück.

*

Ein Löwe zu sein, erwies sich als langweilig.

Sie hatten zwei Tage lang *nichts* getan. Sie verließen das Haus niemals. Saßen nur da und beobachteten ein anderes Haus. Castillo redete nie. Jeff schlief im ersten Stock auf dem Fußboden, gleich hinter Castillo und seinem Klappstuhl. Sie aßen schweigend Sandwiches mit Erdnussbutter und kalte Hotdogs. Jeff versuchte das Buch zu lesen, das Castillo ihm gekauft hatte. Es war ziemlich gut, weil es um den Hundertjährigen Krieg und Hexen und die Pest ging. Aber es hatte auch ungefähr tausend Seiten und machte ihn schläfrig. Jeff verbrachte den größten Teil seiner Zeit damit, durch das leere Haus zu streifen. Er versuchte sich die Familie vorzustellen, die hier gewohnt hatte. Wie waren die jetzt leeren Zimmer eingerichtet gewesen? Hatte hier eine normale Familie mit Vater, Mutter und Kindern gewohnt? Oder war es eine halbe Familie gewesen wie seine?

Jeff erkundete sämtliche Zimmer und fuhr mit den Fingern über die kahlen Wände, an denen einst Bilder und irgendwelcher Nippes gehangen hatten, deren Umrisse sich auf der verblichenen Tapete abzeichneten. *Was war wohl auf den Bildern zu sehen gewesen?*, fragte er sich. Sein Zimmer zu Hause in Jersey war in einen ebenso gespenstisch leeren Raum verwandelt worden.

Jeden Tag übernahm Jeff für ein paar Stunden die Wache, damit Castillo schlafen konnte. Es war einfach, aus dem Fenster zu einem

Haus hinüberzuschauen, in dem kaum etwas passierte. Einmal hatten sie gesehen, wie die Mom zum Einkaufen wegfuhr. Wow, *spannend*! Ein andermal hatten sie beobachtet, wie der Junge, der kleine Gary Sizemore, eine Zeit lang in der Einfahrt Basketball gespielt hatte.

Nein, das ist kein Junge, dachte Jeff, als er Gary beobachtete. *Das ist ein weiterer Freak, den mein Vater herangezüchtet hat.*

Castillo sagte, nach Angaben des Gesundheitsministeriums würden 45 Prozent aller Adoptionen in den Vereinigten Staaten inoffiziell vereinbart. Das bedeutete, dass jedes Jahr rund siebzigtausend Babys, von denen praktisch niemand etwas wusste, neue Eltern bekamen.

Kids wie ich. Wie leicht hätte *er* der Junge sein können, den Castillo jetzt beobachtete. Zur Adoption für eine ahnungslose Familie freigegeben. Oder für eine Familie, die dafür bezahlt wurde, ihn zu misshandeln. Dann wäre er jetzt Jeffrey Sizemore. Und wie leicht hätte der kleine Gary als Gary *Jacobson* enden können. Alle diese kleinen Babyklone. Das Ganze war nichts anderes als ein Dutzend kosmischer Münzwürfe: Kopf oder Zahl?

Jeff musterte eine Zeit lang Castillo, der halb schlafend auf seinem Posten am Fenster erstarrt zu sein schien. Castillo schlief niemals richtig.

»Möchtest du wissen, wie Dolly zu ihrem Namen gekommen ist?«, fragte Jeff ihn quer durch das dunkle Zimmer.

Castillo schüttelte den Kopf.

»Weißt du überhaupt, wer Dolly ist?«

»Nee.«

»Lügner.«

»Stimmt.« Castillo seufzte, dann lächelte er schwach. »Okay, wie ist Dolly zu ihrem Namen gekommen?«

»Die Wissenschaftler haben sie aus einer Zelle aus dem Euter eines Schafs hergestellt, aus einer Brustzelle. Damals gab es eine Countrysängerin namens Dolly Parton, die vor allem wegen ihrer Oberweite berühmt war. Deshalb haben die Wissenschaftler das Schaf ›Dolly‹ genannt.«

»Also war das bedeutendste Experiment der letzten hundert Jahre, das den Menschen gottähnlicher gemacht hat als jedes andere, nur ein Busenwitz?«, fragte Castillo.

»Sieht so aus.« Jeff lachte. Er lehnte mit dem Rücken an einer kahlen Wand, die Beine ausgestreckt. »Weißt du, ich glaube nicht, dass diese Kids kommen. Das wird niemals passieren.«

»Niemals ist eine lange Zeit«, sagte Castillo. »Nur Geduld.«

»Das ist Zeitverschwendung.«

»Nicht wenn wir recht haben. Wenn *du* recht behältst. Ich weiß nur, dass hundert Meter von hier ein Dreizehnjähriger namens Sizemore wohnt. Ein Junge, der seinen Eltern nicht im Geringsten ähnlich sieht. Diese Monster waren in Delaware, in Ohio und Indiana, und sie haben die gleiche Liste wie wir.«

»Du meinst, die Liste von meinem Dad?«

»Ja.«

»Schon mal was von Mendel gehört?«, fragte Jeff.

»Das ist der mit den Erbsen, stimmt's?«

»Genau. Nach den Erbsenversuchen hat er mit Habichtskraut experimentiert. Ein berühmter deutscher Biologe hatte Mendels Arbeit über Erbsen gelesen und ihm geschrieben, er müsse unbedingt mit Habichtskraut experimentieren. Dieser Deutsche war der einzige Biologe, der Mendel jemals geschrieben hat. Er schrieb, er selbst habe schon Versuche mit Habichtskraut unternommen, und schickte Mendel sogar ein paar Samen, um ihm den Einstieg zu erleichtern.«

»Ich wusste nur von den Erbsen.«

»Weil es mit dem Habichtskraut nicht geklappt hat. Es hat ein eigenartiges … Fortpflanzungsschema. Eher zufällig. Um die Sache interessanter zu machen, stellt es manchmal sogar Klone von sich selbst her, statt sich wirklich fortzupflanzen. Mendels Gedanken über Vererbung ergaben plötzlich keinen Sinn mehr. Daraufhin hat er öffentlich eingestanden, dass er seine Erbsenversuche nicht mit dem Habichtskraut wiederholen konnte. Er hat sogar gesagt, er könne sich in jeder Beziehung geirrt haben.«

»Du verstehst ganz schön viel von diesen Dingen.«

»Mein Dad hat mir jede Menge darüber erzählt. Er hat auch gesagt, dieser Deutsche habe Mendel reingelegt. Der Typ *wollte*, dass Mendels Versuche fehlschlugen. Mendel sollte erkennen, dass man einen Dreck voraussagen kann, was die Vererbung angeht.«

Castillo zuckte mit den Schultern, lehnte sich auf seinem Klappstuhl am Fenster zurück. »Trotzdem kommen die Klone noch.« Er sah sich nach Jeff um, zwinkerte ihm zu. »Vielleicht.«

Jeff grinste. »Ich hab's gewusst.«

»Gib mir noch 'ne Weile.«

Jeff schnalzte mit der Zunge.

»Hey«, sagte Castillo, »du warst klasse, Junge. Dein Verdienst, dass wir so weit gekommen sind. So nahe an sie ran, meine ich.«

»Habichtskraut«, entgegnete Jeff.

Castillo wandte sich wieder dem Fenster zu. »Vielleicht. Doch vielleicht kommen sie noch.«

*

Castillo ruhte mit geschlossenen Augen im Stuhl. Sein eigenes Buch lag aufgeschlagen auf seiner Brust. Er konnte einfach nicht einschlafen. Drei, vier Stunden lang hatte er es versucht, aber es wollte ihm nicht gelingen. Er kämpfte schon die ganze Woche gegen seine Schlaflosigkeit an, vielleicht seit seinem Besuch beim DSTI. Jede Nacht eine Stunde weniger als in der Nacht zuvor. Teufel, er wusste nicht mal mehr genau, wann er zuletzt richtig geschlafen hatte. Die Zeit schien zu verschwimmen. So war es immer, wenn er im Einsatz war.

Um sich zu entspannen, hatte er versucht, langsam zu zählen, wie er es nach seiner Rückkehr in die Staaten als Erstes gelernt hatte. Immer wieder war er bis hundert gekommen, ohne irgendeine Wirkung zu spüren. Dann hatte er es mit Meditation und Atemübungen versucht, die Kristin ihm beigebracht hatte. Er hatte sich vorgestellt, seine Füße wurzelten im Boden, breiteten sich aus, nähmen die heilende Kraft der Erde auf, verteilten seine »negativen Energien«.

Mit dem Erfolg, dass er immer noch wach war.

Deshalb hatte er versucht, stattdessen zu lesen, aber die Worte, auf die sein Blick gefallen war, waren düster, mehr mit Zweifeln als mit Trost gefüllt:

Wahrlich, Entschlossenheit hatte mir Ares verliehn und Athene,
Und vertilgende Kraft! Wann ich, dem Feinde zu schaden,
Mit erlesenen Helden im Hinterhalte versteckt lag,
Schwebte mir nimmer des Todes Bild vor der mutigen Seele,
Sondern ich sprang zuerst von allen hervor und streckte
jeglichen Feind in den Staub, den meine Schenkel ereilten.
Also focht ich im Krieg und liebte weder den Feldbau,
Noch die Sorge des Hauses und blühender Kinder Erziehung;
Aber das Ruderschiff war meine Freude beständig,
Schlachtengetös und blinkende Speer' und gefiederte Pfeile,
Lauter schreckliche Dinge, die andre mit Grauen erfüllen!
Aber ich liebte, was Gott in meine Seele geleget;
Denn dem einen gefällt dies Werk, dem anderen jenes.

Danach hatte er die weiße Zimmerdecke angestarrt und sich mit Geist und Körper nach Schlaf gesehnt. Schlafen, nur schlafen. *Was in dem Schlaf für Träume kommen mögen, das zwingt uns stillzustehn* …, so heißt es in *Hamlet*. Von »mögen« konnte hier jedoch keine Rede sein. Welcher Traum würde ihn dieses Mal heimsuchen? Der von der Höhle? Von dem Jungen, Shaya? Oder der neueste Traum, der mit Jeffrey Dahmer? *(Ich beiße.)* Jeder dieser Albträume war nicht mehr oder weniger schrecklich als die anderen. *Welchen würde der erholsame Tod von heute Nacht ihm bringen?*

Wie als Antwort hörte er Jeff hinter sich an die Tür kommen. Er drehte sich halb zur Seite, um den Jungen sehen zu können.

»Castillo?«

»Was gibt's?«

»Sorry, wenn ich störe«, sagte die leise Stimme aus dem Dunkeln.

»Kein Problem. Was ist los?«

»Nichts. Ich …« Jeff steckte den Kopf ins Zimmer. »Ich konnte nicht mehr schlafen.« Er sprach langsam, überlegt. »Wie lange bleiben wir noch hier?«

»Weiß ich nicht.«

Jeff nickte. Er stand an den Türrahmen gelehnt, noch halb auf dem Flur.

»Warum gehst du nicht dein Buch lesen?«, fragte Castillo.

»Ich hab's schon zweimal durch.«

Castillo kratzte sich am Kopf, um wacher zu werden. »Na, dann lies es eben noch mal.«

»Ox war ziemlich cool.«

»Ja.« Castillo fragte sich, worauf der Junge nun wohl hinauswollte. »Das stimmt.«

»Warum heißt er Ox?«

»Keinen blassen Schimmer. Willst du nicht …«

»Wo habt ihr euch kennengelernt?«

Castillo beugte sich nach vorn. »Afghanistan. Vor zehn Jahren.«

»Was meinte er mit dieser Geistersache?«

»Geistersache?«

Jeff kam ins Zimmer. »Mit Geistern *reden*.«

Castillo suchte die Decke nach einer Antwort ab. »Das hat jemand einigen von uns beigebracht.«

»Euch Soldaten?«

»Ja.«

»War es Kristin?«

»Woher weißt du …«

»Ox hat nach ihr gefragt.«

»Oh. Ja.«

»War sie auch die Frau am Telefon?«

»Nein«, log Castillo. Er sah keinen Grund, sie mehr in diese Sache hineinzuziehen als unbedingt nötig. »Sie ist Ärztin. Psychiaterin. Hat hauptsächlich mit Soldaten gearbeitet. Man kann mit einem ganzen Berg schlechter Erinnerungen aus dem Krieg heimkehren. Kristins Aufgabe war es, den Jungs zu helfen, diese Erinnerungen wieder loszuwerden.«

»Warst du einer dieser Jungs?«

»Das war ich. Bin ich noch.«

»Wie meinst du das?«

»Viele Soldaten sind wütend, wenn sie heimkehren. Ständig auf der Suche nach einem Kampf, der niemals kommt. Ich saufe nicht annähernd genug, deshalb hat's mich ziemlich erwischt. Man kommt heim und bereut alles Mögliche. Auch dass man Leute ungerecht behandelt oder im Stich gelassen hat. Das Beste ist, man redet mit diesen Leuten, aber manchmal … Nun, manchmal kann man nicht mehr mit ihnen reden. Auf die eine oder andere Weise sind viele von ihnen nicht mehr da. Deshalb mussten wir bei einer von Kristins Therapiestunden versuchen, uns mit diesen schlimmen Dingen, diesen Geistern auseinanderzusetzen. Statt sich von ihnen verfolgen zu lassen, tritt man ihnen Auge in Auge gegenüber. Bespricht alles mit ihnen. Oder so ähnlich.«

»Funktioniert das?«

»Teilweise.«

»Du hast mit *Geistern* gesprochen?«

»In gewisser Weise.«

»Sind sie danach weggegangen?«

»Die, mit denen ich geredet habe.«

»Wer ist Shaya?«

Castillo fuhr zusammen. *Wie, zum Teufel …*

»Du redest manchmal im Schlaf«, erklärte Jeff. »Wer ist sie?«

»Ein *Er.* Shaya war … war jemand, den ich in Afghanistan gekannt habe.«

»Ist ihm etwas …«

»Das ist nichts, worüber ich rede.« Castillo musterte Jeff. Er wusste, dass die Hälfte der anderen Klone systematisch missbraucht, gequält, vernachlässigt worden war. Dass man ihnen Serotonin und Dopamin in unterschiedlicher Dosierung injiziert hatte. Dass sie manipuliert und modifiziert worden waren. Diesem Schicksal schien Jeff entgangen zu sein. Seine Testgruppe war dafür bestimmt gewesen, in liebevoller Umgebung aufzuwachsen. In einer Umgebung, die sein passives Naturell, seine sich möglicherweise entwickelnde Homosexualität tolerierte. Das Endergebnis war ein Junge, der höflich, neugierig und intelligent war. Trotzdem war er aus der DNA eines der schlimmsten Serienmörder aller Zeiten herangezüchtet worden. Castillo wusste, dass solche Männer oft sozial begabt waren. Sie konnten gesellschaftliche Normen für gewisse Zeit imitieren und beherrschen. Sie konnten sie zu ihrem Vorteil nutzen.

Tat Jeff das gerade? Wartete er nur? Spielte er eine Rolle? War alles nur eine Frage der Zeit? Wo hörte die Erfindung auf, wo fing der wahre Junge an?

Jeff erwiderte offen Castillos Blick. »Krieg ist dumm.«

»Krieg ist die Konsequenz von Fehleinschätzungen.«

»Was bedeutet das?«

»Das habe ich mal im College gelesen. Im Prinzip heißt es, dass Krieg eine Dummheit ist. Er bricht aus, wenn Leute falsche Schlüsse ziehen.«

»Ist es schlimm, Soldat zu sein?«

»Manchmal.« Castillos Verstand bemühte sich, seine sofortige Erinnerung an Shaya *(Himmel, was sie ihm angetan hatten! Was er selbst getan hatte …)* durch andere Gedanken zu verdrängen. Durch »gute« Gedanken. »Ich würde lügen, wenn ich nicht zugeben würde, dass manche Dinge auch Spaß gemacht haben.«

»Was denn?«

»Ach, ich weiß nicht. Manche von den Kerlen waren ganz in Ordnung. Es gab tolle Landschaften. Und manche von den Einheimischen waren nette Leute.«

»Woran erinnerst du dich am liebsten?«

»Erinnern? Ich weiß nicht. Hab kaum Erinnerungen.«

»Dann kannst du eine erfinden.«

Castillo lächelte im Dunkeln. »Also gut. Anfang Oktober 2001. In New York hatte sich der Staub vom 11. September noch nicht ganz gelegt. Wir haben die Taliban angegriffen, außerhalb von Mazar-e Sharif. Tausende Taliban, weil sie damals noch so dämlich waren, sich in großen Gruppen zu versammeln. Sie hatten ein paar Flugabwehrgeschütze, zwei Panzer und ein freies Schussfeld. Eine gute Abwehrposition, noch nicht zu tief eingegraben. Wir waren in der Nördlichen Allianz mit einem Kriegsherrn aus der Gegend verbündet, der mit ungefähr tausend eigenen Leuten angerückt war. Angreifen konnten wir nur über ein freies Feld. Ungefähr sieben- bis achthundert Meter. Weil dieser Kriegsherr wollte, dass alle auf einmal losstürmen, sind wir auf Pferden angeritten.«

»Pferde?«

»Ja. Sechshundert Typen auf Pferden. Um uns Feuerschutz zu geben, hat unsere Seite die Taliban-Stellung mit großkalibrigen MGs und Mörsern eingedeckt. Wir hatten sogar ein paar alte T-55-Panzer. Die Taliban haben mit russischen Granatwerfern und diesen verdammten Flakpanzern zurückgeschossen.«

»Muss ganz schön laut gewesen sein«, sagte Jeff.

Castillo nickte, lächelte wieder. »Oh ja. Und schlimm. Diese Flakpanzer … da bleibt nichts übrig, wenn du getroffen wirst. Wir haben in sechs Wellen zu je hundert Mann angegriffen, sind aber an der Taliban-Stellung zerschellt. Hunderte von Afghanen, die auf Dari ›Angriff!‹ gebrüllt haben und ›Gott ist groß‹. Verstehst du? Mann, ich war zwanzig.« Er lachte in sich hinein, wandte sich ab, um aus dem Fenster hinaus in die Nacht zu schauen. »Es wäre gelogen, wenn ich sagen würde, es hätte *nie* Spaß gegeben.«

»Dir hat es also gefallen? Da drüben, meine ich.«

»Es hat mir gefallen, etwas gut zu können.«

»Leute umbringen.«

»Das war nicht das Einzige, was wir getan haben.«

»Aber du hast es getan.«

»Ja.« Zu diesem Zeitpunkt gab es keinen Grund, der Diskussion auszuweichen. »Aber ich *wollte* es nicht.« Kaum hatte Castillo diese Worte gesagt, wurde ihm bewusst, dass er log. *Es hatte Fälle gegeben …*

Der Junge musste in seinen Augen etwas gesehen haben, das ihn bewog, das Thema zu wechseln. »Denkst du noch immer, dass Ted und die anderen hier aufkreuzen werden?«, fragte er.

»Ja.«

»Was passiert, wenn du sie erwischst?«

»Dann ist es vorbei.«

»Hast du vor, mich auszuliefern?«

»Ans DSTI? Weiß ich nicht. Aber diese Sache *ist* bald vorbei.«

»Ich könnte weglaufen. Du würdest mich lassen, oder?«

»Du bist erst fünfzehn.«

»Fast sechzehn. Ich käme schon zurecht.«

»Ja, klar.« Castillo schüttelte den Kopf, stellte sich den Weg vor, den Jeff gehen wollte. »Manchmal klappt's. Hier …« Er hielt Jeff sein Buch hin.

»Was ist das?« Der Junge trat näher, streckte die Hand aus.

»Lies das Kapitel ›Odysseus in der Unterwelt‹. Es handelt davon, wie man mit Geistern redet.«

Jeff blätterte in dem Buch. »Danke.«

Castillo gab keine Antwort, sondern wandte sich langsam wieder dem Fenster zu.

*

In der Nacht darauf lief Jeff davon.

Castillo hatte ihn nach Einbruch der Dunkelheit durch die Hintertür aus dem Haus geschickt, damit er Essen und Getränke kaufte. Es war ein Scheinauftrag, Castillo schien erkannt zu haben, dass Jeff in diesem Haus den Verstand verlor. Lagerkoller. *Kainkoller.* Der nächste Minimarkt war zwei Meilen entfernt. Als Jeff dort ankam, beschloss er, einfach weiterzugehen. Er hatte vierzig Dollar, die Castillo ihm mitgegeben hatte. Er konnte mit dem Bus fahren oder zur nächsten Kleinstadt marschieren und dann überlegen, was er tun sollte.

Jeff war ungefähr eine Stunde unterwegs. Genau wusste er es nicht. Auf der nächtlichen Straße kamen immer wieder Autos vorbei. Schwarze Schemen voller schwarzer Gestalten, die er nicht erkennen konnte. Hunderte Leute, die Gott weiß wohin fuhren. Scheinwerferpaare, die an ihm vorbeihuschten. Die Nacht war kälter, als er anfangs gedacht hatte.

Er würde sich nach Osten durchschlagen und seinen Vater finden.

Weil dieser Mann ihm noch einige Erklärungen schuldig war. Verdammt viel über das *Wann, Wer* und *Wo*. Vor allem über das *Warum*.

Dafür brauchte Jeff keine sprechenden Geister. Er brauchte seinen gottverdammten Dad.

Doch nach einer weiteren Meile wurde ihm klar, dass er nicht die geringste Ahnung hatte, wie genau er ihn finden sollte. All diese Tagebuchseiten, die seltsamen Bilderrätsel, »Mordkarten« und Computerausdrucke hatten – wie Castillos kleine Telefongespräche – nur den Zweck, die anderen Jungen aufzuspüren. Nein, nicht Jungen. Klone. Nichts davon betraf seinen Dad. Den Mann, der ihm zu verstehen gegeben hatte, er solle sich verpissen und sterben. Der ihn wie ein Stück Müll entsorgt hatte.

Jeff blieb stehen, um mit den Handballen die Tränen aus den Augen zu wischen.

*

»Wo warst du, verdammt?«, fragte Castillo.

Jeff gab keine Antwort.

»Hast du das Wasser gekauft?«

»Leck mich«, sagte Jeff.

27.

NOCH ZU ERLEDIGEN

09. JUNI, DONNERSTAG – WILDWOOD, NEW JERSEY

David blickte vom Balkon aus in Richtung Meer, obwohl ihm zig hohe Häuser den Blick darauf verstellten. Er konnte es nicht einmal rauschen hören. Stattdessen schrien ein paar Möwen neben einem offenen Müllcontainer hinter dem Pizzashop.

Er hörte die anderen im Zimmer nebenan. Dennis und Andrei, die vor dem Fernseher saßen. Und das Mädchen, das sie vor ein paar Stunden an der Promenade aufgegabelt hatten. Sie waren in der Wohnung der Kleinen, ein halbes Dutzend Blocks vom Strand entfernt. Das Mädchen weinte noch immer.

»Hey!«, rief Dennis, um sie zu übertönen. »Komm wieder rein!«

Bald ist es vorbei, sagte David sich. *Irgendwie, auf irgendeine Weise.*

Er wollte hier raus. Es war ihm egal, ob er tatsächlich der genetische Klon irgendeines glatzköpfigen Blödmanns namens Berkowitz war, der sich »Son of Sam« genannt hatte. Es spielte keine Rolle, dass sein Dad ihn oft grob angefasst und als dumm beschimpft hatte, oder dass eine Bande verbrecherischer Ärzte ihm zwangsweise Porno- und Gewaltfilme verordnet hatte. Das alles war unwichtig. Er wollte niemandem mehr wehtun. Bestimmt nicht. Oder mit Leuten zusammen sein, die so etwas machten. Er wollte nur noch heim. Ins langweilige alte Pennsauken und ein bisschen Xbox spielen. Vielleicht Popcorn in der Mikrowelle machen und sich mit seinem Arschloch von Vater einen komischen Film mit Will Ferrell reinziehen.

David schlurfte zurück ins Wohnzimmer. Der Fernseher lief. Irgendeine Hitparade der fünfzig »Schrillsten Momente« der Rock-'n'-Roll-Geschichte. Das Mädchen lag bäuchlings auf dem Korbtisch mit Glasplatte, an Armen und Beinen gefesselt. Seine aufgeschnittenen Klamotten baumelten in Fetzen herunter. Andrei war ebenfalls nackt.

»Ich hol uns 'ne Pizza«, sagte David.

»Später.« Dennis sah von dem Mädchen auf und lächelte. »Später.«

»Bin gleich wieder da«, sagte David beharrlich. *Die Treppe runter, die Straße entlang, vergiss den Wagen, geh einfach weiter.* Den ganzen Atlantik entlang, wenn es sein musste. Seinen Dad anrufen, damit er ihn abholte. Würde er kommen? »Bin ein bisschen hungrig.«

»Und was ist mit dir, Schlampe?« Dennis lachte und klatschte dem Mädchen auf den nackten Hintern. »Hungrig?«

Andrei grinste, während seine Hand zwischen seinen Beinen beschäftigt war.

Die Wohnungstür ging auf.

Andrei fuhr zusammen. »Hey!«

»Wer ist da?« Dennis sprang von der Couch auf und taumelte in Richtung Diele.

Auch David drehte sich nach dem Geräusch um.

Doch die Tür hatte sich schon wieder geschlossen.

Und irgendetwas schlich lautlos durch die in Schatten liegende Diele, glitt tiefer in die Wohnung hinein. Ein schemenhaftes, huschendes, dunkles Etwas.

Plötzlich würgte Dennis. Blut schoss aus seinem Mund. *Nein, aus der ganzen Kehle.* Während er den Hals mit beiden Händen umklammerte, spritzte zwischen seinen Fingern Blut hervor und sprenkelte die weißen Wände und die winzigen Gemälde von Leuchttürmen. Der Kopf des Jungen kippte nach hinten, hing nur noch halb an dem Hals mit dem klaffenden Schnitt. Dann brach er lautlos zusammen.

Etwas Schlankes, Schwarzes glitt von ihm weg und weiter ins Zimmer hinein. Ein Mann – *natürlich, was sollte es sonst sein?,* fragte David sich – huschte tief geduckt über den Boden wie ein riesiges Insekt.

Andrei wurde plötzlich eine Handbreit vom Boden hochgerissen, viel zu schnell, als dass das Auge der Bewegung hätte folgen können. Sein nackter Körper zuckte. Ein erstickter Schrei gurgelte mitsamt Blut aus seinem Mund hervor. David sah, wie die breite Spitze eines Kampfmessers aus Andreis Magen trat. Dann sägte die Klinge höher und höher bis hinauf zu seinem Kinnbärtchen. Andreis weit aufgerissene, glasige Augen verfolgten die sägende Klinge, die sich langsam nach oben durch seinen Körper fraß, während sein Atem rasselte und keuchte und schließlich verstummte. Die Leiche wurde zu Boden geschleudert.

Davids Blick huschte zu seinem Rucksack neben der Tür. Er überlegte fieberhaft, wie er an den Behälter herankommen konnte. Von Jacobson hatte er Anweisung, ihn vorzeitig aufzureißen, wenn es so aussah, als könnten sie geschnappt werden. Stattdessen stand David wie gelähmt da, während der Mann in Schwarz als Nächstes das Mädchen tötete. Er stieß ihr eine der Klingen mit solcher Kraft in den Rücken, dass die Glasplatte zersplitterte und die Tote mit Wucht auf dem Teppich landete. Der Mann bewegte die Klinge hin und her, um sie aus dem Fußboden zu ziehen.

Dann kam er auf David zu.

Und so lag die Entscheidung, ob er den Behälter nun aufreißen sollte oder nicht, nie wirklich bei ihm.

»Warte! Was …« David sollte seine Frage nie zu Ende stellen.

Zwei Klingen blitzten auf.

David brach zusammen, erstickte langsam, während Blut und Atemluft in rhythmischen Intervallen aus seiner aufgeschlitzten Kehle schossen. Es rauschte beinahe wie das Meer.

Sein Mörder war schon wieder zur Wohnungstür unterwegs. Kurz beugte er sich über das tote Mädchen, betrachtete die nackte Gestalt, bewegte sich dann weiter.

Seine Brüder waren irgendwo da draußen. Seine Väter warteten.

Und es gab noch sehr viel zu tun.

28.

ICH TÖTE MENSCHEN

10. JUNI, FREITAG – HITCHCOCK, INDIANA

Castillo rüttelte ihn wach.

»Jacobson! Jeff!«

»Was?« Der Junge rieb sich die Augen, setzte sich dort auf, wo er auf dem Boden geschlafen hatte.

»Löwenzeit.« Castillo nickte zum Fenster hinüber.

Jeff rappelte sich hoch und trat neben ihn.

»Siehst du den blauen Wagen? Ist vor fünf Minuten vorgefahren. Bis jetzt ist noch keiner ausgestiegen.«

»Das sind sie!« Jeffs Stimme klang benommen.

»Nur keine Aufregung. Ich habe noch niemanden gesehen.«

Sie warteten weitere zehn Minuten, die ihnen wie eine Stunde erschienen.

»Was machen sie da?«, fragte Jeff.

Castillo antwortete nicht, beobachtete weiter.

Schließlich ging die Fahrertür auf. Ein Teenager stieg aus.

»Wer ist das?«, murmelte Castillo.

Jeff ertappte sich dabei, dass er unwillkürlich einen Schritt vom Fenster zurückwich. Er hatte den Ausgestiegenen auf den ersten Blick erkannt.

»Das ist Henry«, sagte er.

Castillo nickte. »Hol den Wagen.«

»Was?«

»Hol den Wagen. Sofort.« Castillo reichte ihm die Schlüssel. Seine Stimme klang unverändert, gelassen, eher noch ruhiger als sonst. »Er steht ungefähr dort, wo wir am ersten Tag geparkt haben. Du erinnerst dich an die Stelle, oder? Fahr zur Einmündung der Straße. Auf der Ashbridge. Dort wartest du auf mich.«

»Ja. Aber …«

»Sofort! Diese Bande hat die Albaums in minutenschnelle getötet. Das lasse ich nicht zu. Das lassen *wir* nicht zu. Los jetzt!«

Jeff stürmte die Treppe hinunter und zur Hintertür hinaus. Er rannte um das Haus herum zu der Stelle, wo der Wagen geparkt war. Flüchtig fragte er sich, was die Nachbarn wohl dachten, wenn sie sahen, wie ein Junge am helllichten Tag aus einem leer stehenden Haus gestürmt kam und davonrannte, als wäre der Teufel hinter ihm her. Wahrscheinlich waren die Cops schon unterwegs. *Jesus!* Aber unabhängig davon, was als Nächstes passierte, würde er nie mehr einen Fuß in diese Scheißbude setzen müssen.

Jeff rang nach Atem, als er das Auto erreichte. Vor Anstrengung hatte er Sodbrennen, und seine Hand zitterte, als er den Schlüssel in die Tür stecken wollte. Er brauchte mehrere Anläufe. Dann endlich stieg er ein. Setzte sich ans Steuer. Legte die Hände aufs Lenkrad.

SCHEISSE!

Er war noch nie gefahren. Die für diesen Sommer geplanten Fahrstunden waren von einem zunehmend »beunruhigten« Vater abgesagt worden. Von einem Mann, der dabei war, den Verstand zu verlieren.

»Okay«, sagte Jeff zu dem leeren Wagen. »Das mach ich mit links.« Er steckte den Schlüssel ins Zündschloss. *Zum Glück ein automatisches Getriebe.* Der Motor sprang sofort an. Jeff fummelte am Wählhebel, fand die Stellung D und gab ein wenig Gas. Der Wagen fuhr an.

»Ja! Ja!« Jeff schlug mit der flachen Hand auf das Lenkrad.

Das Auto rollte im Schritttempo die Straße entlang, dann fuhr Jeff in Richtung Ashbridge, Ecke Oldegate. Als er auf einen Rasen zu fahren drohte, trat er kräftig auf die Bremse, und der Wagen kam zum Stehen. Was sich in der Sackgasse hinter ihm abspielte, konnte er nicht sehen, weil das Haus der Sizemores und der restliche Block in einer

Senke lagen. Er überlegte, ob er aussteigen sollte, um mehr sehen zu können, entschied sich dann aber dagegen. Castillo wollte mit Sicherheit, dass er im Auto blieb. Er blickte nacheinander in sämtliche Spiegel: Innenspiegel, beide Außenspiegel. Viele Blickwinkel, von denen keiner etwas Neues bot.

Er besah sich die Schaltung und brachte den Hebel in Position P, für Parken.

Als er wieder aufblickte, fuhr ein Auto an ihm vorbei. Ein dunkelblauer Wagen. Und Henry saß am Steuer.

Jeff erstarrte. Er war Henry im Massey Institute ein dutzend Mal begegnet. Aber schon nach dieser kurzen Zeit, nach weniger als einem Monat, sah Henry anders aus. Älter. Dunkler. So verändert, dass Jeff beinahe davon überzeugt war, dass es sich gar nicht um Henry handelte. Zumindest hoffte er es, denn falls Henry jetzt zu ihm herüberschaute und ihn erkannte …

Der Wagen rollte vorbei. Fuhr weiter. Und Henry saß am Steuer. Unverändert.

Jeff sank nach vorn gegen das Lenkrad.

Die Fahrertür wurde aufgerissen.

»Rutsch zur Seite.« Es war Castillo.

»Was ist passiert?«

»Mach Platz! Oder steig aus!«

Jeff rutschte hastig nach rechts. Castillo klemmte sich hinters Steuer, stieß den Wagen ein Stück vor und zurück und wendete in einem Tempo, bei dem sogar ein Stuntman applaudiert hätte. »Er hat nur an die Haustür geklopft«, erklärte Castillo. »Hat kurz mit dem Vater gesprochen und ist dann wieder abgehauen.«

»Was hat das zu bedeuten?«

»Ein kurzes Abchecken, nehme ich an. Erkundung der Lage, wie wir es gemacht haben. Bestimmt kommen sie später zurück.«

»Sie sind auch Löwen«, sagte Jeff.

»Was auch immer. Wir folgen jetzt diesem geklonten Arschloch. Um zu sehen, ob wir vier weitere von der Sorte finden können. Vielleicht ist auch dein Dad bei ihnen.«

»Ist er nicht.«

»Aber wir wissen es nicht mit Bestimmtheit. Rutsch ein bisschen tiefer. Ich nehme an, dass er dich so leicht erkennen würde wie du ihn.«

»Kann sein, aber nicht zwingenderweise. Diese Typen haben mich nie richtig beachtet.«

»Vielleicht tun sie's jetzt. Bleib unten.«

»Siehst du ihn?«

»Er ist einen Wagen vor uns. Alles unter Kontrolle. Dieser Schweinepriester fährt nirgendwo hin.« Castillo zog sein Handy heraus und wählte eine Nummer. »Ich bin's, Sir. Beschatte jetzt Henry ... Positiv. Hitchcock, Indiana ... Ja, Sir. OH-Kennzeichen. Tango-Juliett-Delta-Null-Vier-Neun ... Weiß ich noch nicht. Positiv.« Er steckte das Handy wieder ein.

»Das DSTI?«, fragte Jeff.

»Ruhe jetzt. Hast alles gut gemacht, wie immer. Genieß einfach, was jetzt kommt.«

Sie waren mindestens einem Klon des ursprünglichen Ausreißer-Sextetts auf der Spur. Der Adoptivname lautete Henry Roberts. Alter: 17 Jahre. Geburtsname: Henry/61. Eltern-Gen: Henry Lee Lucas. Er sah noch immer wie auf dem DSTI-Foto aus, hatte nicht daran gedacht, sein Aussehen auch nur im Geringsten zu verändern.

Er machte kurz bei einem Burger King halt und fuhr dann stadtauswärts weiter. Castillo blieb ständig hinter ihm und machte sich nach einiger Zeit gar nicht mehr die Mühe, Abstand zu halten. Henry bemerkte nichts, er schien nicht mal in den Innenspiegel zu schauen.

So fuhren sie wie Katz und Maus eine halbe Stunde lang. Castillo gab keinen Laut von sich. Jeff folgte seinem Beispiel.

Schließlich bog Henry ab. Fuhr in den Paddy Creek Park. Obwohl er noch nie dort gewesen war, konnte Castillo sich vorstellen, wie er aussah. Mit Sicherheit wie jeder andere öffentliche Park. Wie der Park in Ohio, wo die Mutter mit ihren beiden Kindern verschwunden war. Ein zukünftiger Tatort, der darauf wartete, dass das Verbrechen geschah.

Castillo fuhr erst am Park vorbei und kam nach ein paar Minuten wieder zurück. Henry hatte den Wagen bereits abgestellt und war verschwunden. Ansonsten war der Parkplatz menschenleer. Kurz vor 15 Uhr an einem Freitagnachmittag. Wie lange würde es noch dauern, bis die abendlichen Besucher einfielen?

Castillo parkte ein gutes Stück von Henrys Wagen entfernt und stieg aus. »Bleib hier«, sagte er zu Jeff. Die Sommersonne berührte noch die Kronen der höchsten Bäume. »Wenn ich in dreißig Minuten nicht wieder da bin, rufst du diese Nummer an. Sag, dass du mit Castillo im Paddy Creek Park bist.«

»Ich soll das DSTI anrufen?«

»Im Ablagefach liegt etwas Geld. Du brauchst nicht mehr hier zu sein, wenn sie kommen.«

Jeff nickte und ließ sich auf seinem Sitz ein Stück tiefer rutschen. »Castillo?«

»Ja?«

»Sei vorsichtig.«

Castillo betrachtete den Jungen einen Augenblick. Das ungekämmte Haar, die Brille. Das etwas schiefe Lächeln. Er fragte sich, was Jeff tatsächlich erwarten würde, wenn er beim DSTI anrief. »Dreißig Minuten«, wiederholte er. Das würde hoffentlich mehr als genug Zeit sein. Noch waren keine anderen Autos in Sicht.

Wie viele der Klone würde er hier wohl noch finden? Falls er welche fand. Um Verstärkung anzufordern, reichte die Zeit nicht mehr, es würde schwierig werden, ein halbes Dutzend Teenager allein umzulegen.

Castillo näherte sich Henrys Wagen. Sein Blick erfasste den Spielplatz, die Toiletten in Klinkerbauweise und die Betonbauten, die zu einem kleinen Amphitheater mitten im Park gehörten. Er hatte seine 9-mm-Pistole gezogen und den Schalldämpfer aufgeschraubt. Das Auto war leer, aber er entdeckte die Zielperson im nächsten Augenblick in der Nähe des Amphitheaters. Castillo überlegte, ob er warten sollte, bis der Junge zum Auto zurückkam. Verdammt schwierig, die Bühne ungesehen zu erreichen. Aber Henry war in die Mitte der schon in Baumschatten liegenden Bühne getreten. Dort kniete er, über irgendetwas gebeugt.

Über *jemandem*. Eine Gestalt, eine Frau, lag wie eine Art aztekisches Opfer vor ihm. Sie bewegte sich nicht.

Castillo hob seine Pistole und überlegte, ob er sofort schießen sollte. Er schaute sich noch einmal um. Niemand in der Nähe, weder Teenager noch sonst jemand. *Gelände gesichert.*

»Henry!«, rief er aus dem Schatten eines Baumes.

Der Junge rappelte sich hoch. Fummelte unbeholfen an seiner Hose herum, während in seiner Rechten ein breites Sägemesser blitzte.

»Weg mit dem Messer«, befahl Castillo und näherte sich den Stufen, die seitlich zur Bühne hinaufführten. »Weg damit, Henry.« Noch einen Schritt näher.

»Wer sind Sie?«

Die Frau zu Henrys Füßen war nackt. Sie lag auf einer blauen Plane. Ihr Körper war von Schmutz, angetrocknetem Blut, Prellungen und Schürfwunden übersät. Selbst aus zwanzig Schritten Entfernung roch sie tot. Und sah tot aus.

Und wenn sie noch lebt?

»Ich bin jemand, der dir helfen kann, nach Hause zu kommen«, sagte Castillo und richtete den Blick wieder auf den Jungen.

»Nach Haus kommen?« Henry lachte. »Sie haben ja keine Ahnung, Sie blöder Wichser.«

»Was meinst du damit?«

Noch einen Schritt näher. Eine bessere Schussposition erreichen. Vielleicht eine Kugel ins Bein. Oder in die Schulter.

»Hören Sie, ich hab vorgestern diese Nutte angerufen. Meine sogenannte Mommy. Hab ihr versprochen, dass ich bald zurückkomme … und ihr den verdammten Kopf abschneide. Sind Sie vom DSTI?«

»Nein.«

»Sie hat mich geschlagen, als ich klein war. Hat mich für ihre Freunde wie ein Mädchen angezogen. Hat mich dazu gezwungen, ihr dabei zuzuschauen, wie sie mit ihnen gefickt hat. Danach haben die Typen … danach haben sie *mich* rangenommen. Nett, was? Genau wie bei ihm.«

»Bei wem?«

»Lucas. Henry Lee. Genau wie ihm erging es auch mir.«

»Darüber weiß ich nichts. Wie wär's, wenn du das Messer weglegen würdest? Dann können wir in Ruhe über alles reden.«

»Lutsch mich, du Schwuchtel! Kapierst du's nicht? Sie hat's absichtlich getan! Sie *wollte*, dass ich so werde wie er. Oder die anderen wollten es ... das DSTI. Jacobson. *Irgendjemand* hat es so gewollt!«

Dem konnte Castillo nicht widersprechen. Er hatte die Videos gesehen und die Berichte gelesen. Traumatisierung in früher Kindheit gehörte zur klassischen Entwicklung eines Serienmörders – und sie war einigen dieser Jungen rezeptfrei verschrieben worden. In der Akte dieses Henry hatte zwar nichts darüber gestanden, aber wie Castillo das DSTI inzwischen einschätzte, wäre das nicht verwunderlich. *Heilige Scheiße, was sie diesen verdammten Kids angetan haben ...*

»Der Road Trip ist nun vorbei, Junge«, brachte Castillo hervor. »Die anderen sind schon wieder zu Hause.«

»Red keinen Stuss, Alter. Von den Wichsern hab ich mich schon vor Tagen getrennt. Hab ihnen gesagt, dass ich mir den beschissenen kleinen Sizemore selbst vorknöpfe. Diese Arschgeigen sind vielleicht schon in Kalifornien.«

»Sind sie nicht. Die Bullen haben sie gestern geschnappt.«

»Red keinen Stuss.«

»Es stimmt. Ich stecke jetzt meine Pistole weg, okay? Lass uns vernünftig miteinander reden.« Castillo schob die Waffe langsam ins Schulterhalfter. Dass der Junge ein Messer hatte, beunruhigte ihn nicht; er wusste, dass er ihn leicht entwaffnen konnte, wenn er nahe genug heran war. »Siehst du? Jetzt weg mit dem Messer, damit wir diese Sache beenden können, bevor sie noch schlimmer wird.«

»Noch schlimmer?« Der Junge zog sein Hemd hoch, um ihm etwas zu zeigen. Castillo spannte unwillkürlich die Muskeln an und machte sich bereit, notfalls wieder seine Pistole zu ziehen. Aber Henry ließ keine Schusswaffe sehen. Ein großer, purpurroter Fleck bedeckte die Hälfte seines Oberkörpers. Eine verschorfte Fläche, die vom Gürtel bis zum Brustbein reichte. »Diesen Scheiß hab ich überall, Mann!«

Castillo hatte keine Ahnung, was er da sah. »Ich sorge dafür, dass du ärztliche …«

Henry lachte. Es klang fast wie ein Weinen. »Scheiße, Mann, weißt du, was du da redest? Du bist so bescheuert, du merkst es nicht mal! Am vierten Juli erfährst du's, Schlappschwanz. Da erfahrt ihr's alle.«

»Henry …« Castillo streckte die linke Hand aus. »Komm schon, lass sie nicht gewinnen.«

»Ach ja?«

»Wir könnten …«

»Möchtest du Hallo zu Schwester Stacey sagen?« Henry stieß die Frau mit dem Zeh an. »Sie und ich werden heiraten.«

»Henry, ich kann dir Hilfe besorgen.« *Kann ich das wirklich?*

»Ich schneid ihr den Kopf wahrscheinlich ganz ab, und danach …«

»Nein. Das tust du nicht.«

»Und danach kommst du dran.« Henry sank auf ein Knie und verdrehte die Augen. Wer wusste schon, was durch seine Adern strömte? Welches in einem Labor zusammengebraute höllische Gift in seinem Körper steckte? Er hob die Frau mit einem Arm zu sich hoch. »Weißt du, wer ich bin, Arschloch?«

»Henry Roberts«, sagte Castillo. Doch seine Aufmerksamkeit war nicht mehr auf den Jungen gerichtet, sondern galt der Frau. Nun war er endlich nahe genug, um sie richtig sehen zu können.

Es *war* Stacey Kelso. Eine der beiden Krankenschwestern aus dem DSTI.

Ihr Gesicht war geschwollen und voller blauer Flecken, aber den Fotos nach konnte er sie trotzdem erkennen. Vor einer Woche war diese Frau von den sechs jugendlichen Psychopathen entführt worden. Ihren Angehörigen und Freunden hatte man offiziell mitgeteilt, sie sei bei einem Fortbildungsseminar.

Sie sieht tot aus. Castillo mochte gar nicht daran denken, wie das DSTI und Colonel Stanforth letztlich ihr Verschwinden erklären würden. Und er war erst recht bemüht, nicht darüber nachzudenken, was ihr in der letzten Woche alles widerfahren war. Trotzdem dachte er an beides. Und dann zwang er sich schließlich in die Gegenwart zurück.

Sah wieder das alte Schwarz-Weiß-Bild. *Sie ist zu 99,9 % tot. Aber 100 % sicher kann man sich nicht sein … Eine Situation mit einer Geisel verändert alles.* Er musste näher herankommen, um sich seiner Sache ganz sicher zu sein.

»Ein paar Verbrecher haben dich in diese schreckliche Lage gebracht, Henry«, sagte er, wobei er sich wieder auf den Teenager konzentrierte. »Aber du kannst dagegen ankommen! Verlass dich auf mich. Ich weiß, wie es ist, wenn man …«

»Du weißt überhaupt nichts, verdammter Lügner. Weißt du nicht, wer ich bin? *Ich* bin Henry Lee Lucas!« Es war Feststellung und Frage zugleich. Er hielt das Messer wieder an die Kehle der Frau.

»Nein. Du bist bloß ein armes Schwein, das gewissenlose Arschlöcher verscheißert haben.«

»*Ich* ermorde Leute. *Ich* vergewaltige mit Vorliebe tote Frauen.«

»Das bist nicht du.« *Näher heran.* Der Junge benutzte den Körper der Frau geschickt als Deckung. Doch Kopf und Schulter waren beide ungeschützt. *Vielleicht in die Schulter.* »Das war … jemand anders. Leg jetzt das Messer weg.«

»Ich wette, dass sie diesen Highway nach mir benennen werden. Route 50, stimmt's?«

»Klar. Okay, ich setze zwanzig Bucks. Wie stellst du dir …« *Noch immer zu weit weg.*

»Jetzt wollen wir mal sehen, wie ihr Kopf runterkommt.«

»Henry, nein!«

Der Junge beugte sich leicht nach vorne und setzte das Messer an.

Zwei Schüsse fielen.

Henry wurde nach hinten geschleudert, strampelte in einer Wolke aus Blut mit den Beinen, schlug schwer auf die Betonbühne.

»Verfluchter Mist!« Castillo kniete als Erstes neben der Frau nieder. Sie war tot, wie vermutet. Wahrscheinlich schon seit ein, zwei Tagen. Er kroch zu Henry. Um den Jungen aufzuhalten, hatte er zweimal auf die Schulter gezielt. *Ich muss irgendwie den Hals getroffen haben!* Nein, beide Schüsse waren in die Schulter gegangen. *Warum blutet er dann so stark?*

Castillo schnappte sich das Messer und schnitt dem Jungen das Hemd vom Körper, legte es zusammen, um es als Kompresse für die beiden Wunden zu benutzen. Der Teenager hatte nicht gelogen. Die dunklen Wucherungen verliefen bis über die Hüfte und hatten auch schon einen Teil des Rückens bedeckt. Castillo versuchte, den Anblick zu verdrängen, als er mit der Herz-Lungen-Wiederbelebung begann. »Komm schon, Junge …«

Zweimal Atemspenden. Zwanzigmal Druck mit dem Handballen. Aber bei jedem Drücken quoll frisches Blut hervor und spritzte auf Castillos Finger. Als hätte er die Halsschlagader des Jungen getroffen. Aber das war nicht der Fall. *Warum verblutet der kleine Scheißer mir dann?* Unter ihnen hatte sich bereits eine Blutlache gebildet. Das Blut sah ölig aus und fühlte sich auch so an. Und es stank faulig. Castillo redete sich ein, der Gestank käme von Kelsos Leiche, aber er wusste, das stimmte nicht. Es war Henrys Blut.

Er drückte seine Lippen auf die des Jungen, blies Luft in den leblosen Körper. Zwei Minuten vergingen. Fünf. Zehn. Dann quoll ein Schwall Blut aus Henrys Mund.

Völlig außer Atem, ließ Castillo sich zurücksinken und tätschelte die Brust des Jungen.

»Tut mir leid, Henry«, sagte er.

Er zog sein Handy aus der Tasche. Seine Finger waren nass und dunkelrot von Blut. »Ich bin's, Sir«, sagte er. »Yeah. Zielperson erledigt. Brauche eine Putzkolonne im Paddy Creek Park … Richtig, Henry ist tot, Kelso auch … Ja, Sir. Positiv.«

Er beobachtete, wie Jeff langsam aus der Ferne herankam und versuchte, ihn mit einer Handbewegung zu verscheuchen, aber der Junge ließ sich nicht aufhalten. Castillo sprach weiter ins Handy. »Ja, Sir. Der Junge hat etwas von Kalifornien gesagt. Die anderen Klone seien dort. Muss aber nicht stimmen. Er hat seine Mutter bedroht. Hat irgendwas vom vierten Juli geredet. Gibt's was Neues von der Ostküstengruppe oder Dr. J.? … Ja, Sir. Ist irgendwas nicht in Ordnung? Okay. Ich warte hier draußen. Ende.« Er steckte das Handy ein. »Ich dachte, ich hätte dir gesagt, du sollst im Auto bleiben.«

Jeff blieb stehen, näherte sich der Bühne nicht weiter. »Ist das …«

»Ja«, sagte Castillo. »Eine der Krankenschwestern, die sie entführt haben.«

»Ist sie …«

»Beide sind tot. Warum siehst du nicht zu, dass du deinen Hintern wieder ins Auto beförderst?«

»Warum hast du ihn erschossen?«

»Er hatte ein Messer. Ich konnte ihn nicht … Ich habe gehofft, dass die Frau noch lebt. Hab ihn an der Schulter getroffen. Woher sollte ich wissen, dass der Bursche gleich … zum Henker!«

Jeff starrte weiter auf die beiden Leichen, die auf der Bühne lagen, genau auf seiner Augenhöhe.

»Hör zu, Jeff Jacobson«, sagte Castillo. »Ich denke gar nicht daran, mich für diesen Mist hier zu entschuldigen. Das kleine Monster hat mir keine andere Wahl gelassen. Ich habe nur getan, wofür ich ausgebildet wurde.«

Jeff blickte von den beiden Leichen zu Castillo.

»Er auch«, sagte er.

29.

DIE GEBURT DES 21. JAHRHUNDERTS

10. JUNI, FREITAG – RADNOR, PENNSYLVANIA

Stanforth ließ die Notizkarte über den Tisch gleiten, sodass sie genau vor Erdman liegen blieb. Sie war mit dunkelrot angetrocknetem Blut beschrieben. Der Genetiker betrachtete sie, ohne sie anzufassen. Der Text lautete:

ShARDhARA
ZODIAC BABYSITTER PhANTOM
UNABHÄNGIGKEITSTAG
Auch ich habe das 21. Jhd. geboren

»Ist das der Notfall?«, fragte Erdman.

»Ein Liebesbrief von Jacobson«, antwortete Stanforth. Hinter seinem Stuhl stand ein weiterer Mann in vorbildlicher militärischer Ruhestellung: bewegungslos, die auf dem Rücken zusammengelegten Hände nur wenige Handbreit von der Pistole an seiner Hüfte entfernt. Ein weiterer Uniformierter hatte an der gegenüberliegenden Wand hinter Erdman Aufstellung genommen. Obwohl die Männer zum ersten Mal im DSTI waren, hatte Stanforth keinen der beiden vorgestellt.

»Diese Karte wurde heute Morgen in der Nähe von Indianapolis auf einer ausgeweideten Leiche gefunden«, erläuterte Stanforth. »Die Tatortfotos erinnern stark an die Weise, auf die auch Ihre Psychiaterin ermordet wurde. Sie hieß Gallagher, nicht wahr? Und das hier ist eindeutig Jacobsons Schrift.«

»Wer hat das hier sonst noch gesehen?«

»Niemand, der Ihnen Sorgen machen müsste«, antwortete der Colonel.

»Ich verstehe den Text nicht«, sagte Rolich, der zwischen ihnen saß. »Was bedeutet das?«

»Das müssen wir jetzt gemeinsam herausbekommen.« Stanforth blickte zu Erdman hinüber. »Möchten Sie mir etwas sagen, Doktor?«

Erdman las den Text noch einmal. »Nun, ich kann Ihnen sagen, dass ›Zodiac‹ ein berüchtigter Serienmörder war. Er wurde nie gefasst. Aber er hat meines Wissens nichts mit unserer Forschungsarbeit zu tun. Mit dem ›Phantom Killer‹ oder dem ›Babysitter Killer‹ kann ich nichts anfangen. Vermute ich richtig, dass auch sie Serienmörder waren?«

»Ja«, bestätigte Stanforth. »Und auch sie wurden nie gefasst. Was noch?«

Erdman schaute zu dem Soldaten hinter Stanforth. Der Mann sah stur geradeaus, als wäre er allein im Zimmer. Erdman griff nach der Karte. »›Unabhängigkeitstag‹ bezieht sich auf die neu gewonnene Freiheit, vermute ich, oder auf den vierten Juli. Irgendeine Drohung von Jacobson. Eine Ankündigung, ein Termin. Falls dieser Verrückte sich einbildet, Jack the Ripper zu sein …« Erdman runzelte die Stirn. »Der Ripper hatte der Polizei auf einer ganz ähnlichen Karte geschrieben, man werde sich seiner erinnern, weil er ›das zwanzigste Jahrhundert geboren‹ habe.«

»Was für ein offenkundiger Unsinn«, sagte Rolich. »Dieser Mistkerl Jacobson ist völlig durchgedreht.«

»Wer ist SharDhara?«, fragte Erdman nachdenklich.

»Wo«, korrigierte Stanforth ihn. »Afghanistan.«

»Oh«, sagte Erdman.

»Oh. Ja. Gibt es irgendetwas, das Sie mir erzählen sollten?«

Erdman studierte noch einmal die Karte. Zu lange. Er hätte imstande sein müssen, den Text rückwärts aufzusagen. »Ich verstehe nicht ganz … SharDhara hat zu Versuchszwecken gedient, nicht wahr?«

»Ja.«

»Das wusste ich nicht.«

»Das wissen nur wenige.«

»Für welche Art Versuche?«, fragte Rolich.

»IRAXII«, sagte Stanforth.

Rolich machte große Augen. »Aber dieses Projekt wurde eingestellt!«

Stanforth starrte Erdman durchdringend an. »Wie kann Jacobson von SharDhara erfahren haben?«

»Das dürfen Sie mich nicht fragen.« Erdman schüttelte den Kopf. »Den Namen höre ich heute zum ersten Mal. Ich weiß, dass es einen Feldversuch mit IRAXII gegeben hat, aber nicht wo oder wann. Ich dachte immer, Jacobson hätte Ihnen – dem Militär – geholfen, den Ort auszuwählen, die Ergebnisse auszuwerten und so weiter.«

»Das war ein Irrtum. Diese Aufgabe hatte Dr. Chaterjee für uns übernommen.«

»Der ist tot.«

»Ganz recht.« Stanforth nickte. »Und offenbar hat er vor seinem Ableben aus irgendeinem Grund Jacobson ins Vertrauen gezogen.«

»Okay«, sagte Rolich. »Jacobson weiß also, wo IRAXII getestet worden ist. Welchen zusätzlichen Schaden könnte er schon anrichten? Will er damit zur Presse gehen?«

»Welchen zusätzlichen Schaden, Doktor?«, fragte Stanforth, an Erdman gewandt. Seine Stimme blieb ruhig, aber sein Blick besagte etwas völlig anderes. »Ich frage nicht noch einmal.«

»Uns fehlen drei Behälter«, sagte Erdman.

»Wie bitte? Mit IRAXII?« Rolich klammerte sich an der Tischkante fest. »Sie *fehlen*? Soll das etwa heißen, Sie haben es nicht für nötig gehalten …«

»Wir haben es erst vor drei Tagen bemerkt.« Erdman starrte blicklos ins Leere. Plötzlich sah er wie ein Mann aus, der darauf gefasst war, sterben zu müssen. »In dem ganzen Durcheinander nach dem Ausbruch der Klone, den Morden … der Säuberungsaktion. Wir hatten alles kontrolliert, aber … Es handelt sich um Testchargen, Behälter aus dem Endlager. Ich vermute, dass Jacobson sie eigenhändig entwendet hat. Anfangs hielten wir es für einen Fehler bei der Inventur. Wir hätten Sie früher davon in Kenntnis setzen müssen, Colonel, das gestehe ich ein.« Er blickte Stanforth offen ins Gesicht.

Der Colonel griff unter den Tisch und brachte einen schlanken, nicht sehr hohen Blechzylinder zum Vorschein. Er sah aus wie ein Tränengasbehälter oder eine Coladose.

»Ist das …« Rolich wich zurück, als hätte Stanforth eine Kobra auf den Konferenztisch geworfen.

»Sollen wir ihn aufreißen? Sollen wir den Test machen?« Stanforth legte eine Hand auf den Behälter.

Erdman beugte sich interessiert nach vorn. »Wo haben Sie den gefunden?«

»Gestern wurden in Jersey drei Zielpersonen liquidiert. Dennis, David und ein weiterer Junge. Vermutlich einer von Jacobsons heimlichen Adoptivkindern. Ich habe Ihnen die drei Leichen zur Untersuchung mitgebracht. Als heute diese Mitteilung einging, haben wir uns die beim Aufräumen sichergestellten Gegenstände genauer angeschaut und das hier gefunden.«

»IRAXII?« Rolich rückte wieder an den Tisch heran und blickte verwirrt von einem zum anderen. »Diese Jungen hatten dieses Zeug bei sich?«

Der Colonel nickte. »Wahrscheinlich mit der Anweisung, den Behälter am vierten Juli bei irgendeiner Massenveranstaltung aufzureißen.«

»San Francisco«, murmelte Erdman. »Dort hat Zodiac gemordet …«

»Ganz recht.« Stanforth nickte. »Der ›Babysitter‹ war in Detroit tätig. In Washington hat es einen Killer namens ›Freeway Phantom‹ gegeben. San Francisco, Detroit und Washington – drei Großstädte, in denen mindestens ein Dutzend große öffentliche Feiern zum Unabhängigkeitstag geplant sind. Dieser Symbolismus muss zu verlockend gewesen sein. Drei Behälter, drei Städte.«

»Unfassbar. Wie viele …« Der Verwaltungsdirektor kam ins Stottern. »Wie viele Menschen würden sterben, wenn …«

»Zehntausende«, sagte Erdman.

»Pro Behälter«, fügte Stanforth hinzu.

Rolich schüttelte den Kopf. »Nicht zu fassen«, wiederholte er. »Du lieber Himmel, wenn wir es nicht schaffen …«

Bevor er seinen Gedanken zu Ende bringen konnte, erschoss Stanforth ihn.

Rolich wurde von der Wucht des Einschlags nach hinten geschleudert, sodass er mitsamt dem Stuhl umkippte. Blut, Knochensplitter und Hirnmasse spritzten an die Wand hinter ihm. Der ohrenbetäubende Knall erfüllte den kleinen Raum. Ein einzelnes zuckendes Bein ragte unter dem Tisch hervor. Rolichs Hosenbein war hochgerutscht und ließ eine dunkle Socke mit Schottenkaro sehen. Der dazugehörige Schuh war vom Fuß geschleudert worden.

»Ich hatte Sie gewarnt, dass ich Sie beide erschieße, wenn Sie mich noch einmal anlügen«, sagte Stanforth und legte seine Pistole auf den Tisch.

Erdman war bei dem Schuss aufgesprungen. Die beiden Schergen des Colonels hatten nicht mal einen Blick gewechselt.

»In diesem Fall jedoch«, fuhr Stanforth fort, »scheinen Sie einfach nicht die *ganze* Wahrheit gesagt zu haben. Ein Detail, das eine gemilderte Strafe rechtfertigt, wie Sie mir zugestehen werden. Aber nächstes Mal sind *Sie* dran.«

»Wie wollen Sie erklären, dass Rolich …« Der Genetiker starrte entsetzt auf das Hosenbein des Toten.

»Das lassen Sie meine Sorge sein«, antwortete Stanforth. »Vielleicht war es ein bedauerlicher Unfall beim Bergwandern. Abgestürzt, der arme Kerl. So ein Pech aber auch. Setzen Sie sich wieder, Doktor.«

Erdman tat wie geheißen. »Es gibt kein Gegengift«, sagte er, wobei er noch immer auf das ausgestreckte Bein starrte. »Und der vierte Juli ist in drei Wochen.«

»Wir bleiben auf Kurs und beseitigen Schwierigkeiten, wo immer sie auftauchen. Castillo hat bereits drei Klone – darunter einen der sechs Ausbrecher – und die zweite Krankenschwester gefunden. Zu einem halben Dutzend weiterer Klone führt eine heiße Spur. In nur achtundvierzig Stunden wird unser zweiter ... nun, *Soldat* vier weitere Klone liquidiert haben.« Stanforth griff sich den Behälter und schüttelte ihn leicht, um seinen Worten Nachdruck zu verleihen. »Es fehlen noch zwei dieser Dinger. Drei Wochen müssten reichen, um die Sache zu bereinigen. Aus der Aussage des Jungen aus Ohio – Albaum, richtig? – schließen wir, dass noch mehrere Klone gemeinsam unterwegs sind. In Richtung Westen. Auf der Fahrt dorthin werden sie Familien heimsuchen, in denen Jacobson weitere Klone untergebracht hat.«

»Und wenn Sie keinen Erfolg haben?«

»Dann zerreißen sich zwanzigtausend Amerikaner und ihre Nachbarn in kleine blutige Fetzen«, sagte Stanforth. »Und *Sie* werden bei dem Versuch umkommen, zu vertuschen, dass angebliche Al-Kaida-Schläferzellen für die Giftanschläge auf die Wasserversorgung verantwortlich gewesen sind.«

»Ich verstehe«, murmelte Erdman.

Und er verstand allzu gut. Es war nun drei Tage her, dass Albaum, der zwölfjährige Ed-Gein-Klon, eingeliefert worden war. Der Erste, den Castillo aufgespürt hatte. Der Junge war morgens eingetroffen und mehreren Blut- und DNA-Tests und einer kurzen psychologischen Untersuchung unterzogen worden. Sobald die Diagnose feststand, hatte man Medikamente verordnet. Fertig. Schon am Nachmittag sabberte der kleine Edward »Leatherface« Albaum harmlos und friedlich vor sich hin. War völlig komatös. Der Junge würde nie wieder von Killerklonen oder als Clowns verkleideten Jungen erzählen. Stanforth hatte die toten Eltern des Jungen offenbar beseitigen lassen, während andere »angestellte« Eltern nach und nach verschwanden. Zweifellos durch weitere »Freizeitunfälle«.

Das ist der Eintrittspreis, überlegte Erdman. *Für jeden Fortschritt wird eine Rechnung präsentiert.*

Nachdem Jacobson und nun auch Rolich aus dem Weg geräumt waren, konnte er vielleicht mit Stanforth Frieden schließen. Ihm beweisen, dass er auf derselben Wellenlänge war, stets gewesen ist.

»Ich habe verstanden«, sagte Erdman, diesmal bekräftigend, mehr zu sich selbst.

»Sie scheinen das alles recht gut wegzustecken, Doktor. Fein, das freut mich. Ich habe Sie immer schon für einen Pragmatiker gehalten.«

»Pragmatismus und Wissenschaft gehören zusammen, Stanforth. Die Gutmenschen und Träumer können sich an Poesie und Malerei halten. Wissen Sie, was Oppenheimer gesagt hat, als die erste Atombombe getestet wurde?«

»Gewiss, gewiss. Er hat aus der *Baghavadgita* zitiert, nicht wahr? ›Nun bin ich der Tod geworden, der Zerstörer der Welten.‹«

Erdman nickte. »Ein Apokryph. Das ist es, was wir in Vorlesungen und im History Channel erzählen, um uns besser zu fühlen. Wollen Sie wissen, was Oppenheimer nach Aussage eines halben Dutzend Zeugen *wirklich* gesagt hat?«

Stanforth lächelte. »Was?«

»›Es hat funktioniert.‹«

30.

KENNTNIS NUR BEI BEDARF

10. JUNI, FREITAG– OLNEY, ILLINOIS

Im Osten von Illinois rasteten sie in einem Motel. Es war Nachmittag. Castillo lag vollständig bekleidet auf seinem Bett und starrte an die Zimmerdecke.

»Was hast du?«, fragte Jeff von seinem Bett aus.

Castillo setzte sich auf und hielt ihm sein Smartphone hin. »Das haben sie mir vor ein paar Minuten geschickt. Was hältst du davon?«

Jeff griff nach dem Handy und betrachtete das Bild. »Stammt das von meinem Vater?«

»Anscheinend. Seine Handschrift.« Castillo nickte. »Diese Karte ist gestern gefunden worden.«

»Wo?«

»Außerhalb von Indianapolis. Sagt dir das irgendwas?«

Jeff wischte mit dem Daumen über den Touchscreen. »Was ist das?« Jeff wandte schnell den Blick ab. »O mein Gott!«

»Her damit!« Castillo fuhr hoch.

»Ich hab sie schon gesehen«, sagte der Junge und gab ihm das Smartphone zurück. »Hast du gedacht, ich könnte nicht zurückscrollen? Wer ist sie?«

»Irgendeine Frau. Die Karte wurde auf ihrer Leiche gefunden.«

»Das habe ich gesehen. Aber was *bedeutet* das?«

»Das wissen sie nicht.« Er beobachtete, wie Jeff zu verarbeiten versuchte, dass sein »Vater« nachweislich ein Mörder war. »Alles in Ordnung mit dir?«

»Ja.«

Das war offensichtlich gelogen, aber Castillo hielt es für besser, nicht näher darauf einzugehen. »Die drei Namen auf der Karte sind Serienmörder aus verschiedenen Großstädten.«

»Klone?«

»Das kann nicht sein, denn niemand weiß, wer diese drei Kerle wirklich waren. Sie wurden nie gefasst.« Castillo schüttelte den Kopf. »Mein Boss vermutet, dies sei eine Art Hinweis darauf, was sich am vierten Juli in San Francisco, Detroit und Washington ereignen soll. Und Henry hat gesagt, die anderen seien Richtung Westen unterwegs. Das passt.«

»SharDhara.«

»So steht es auf der Karte.«

»Aber wir wissen nicht, was dort passiert ist.«

»Aber *dass* dort etwas passiert ist. Es hat wohl irgendein Versuch mit einem biologischen Kampfstoff stattgefunden.«

»Und das soll jetzt auch hier geschehen?«

»Keine Ahnung.« Castillo überlegte kurz. »Ich weiß nur, dass mir der Tonfall meines Bosses nicht gefallen hat. Henry und diese beiden anderen waren ihm scheißegal. Deine Hinweise auf Salem und Sherwood Forest … alles egal. Ihn interessierten nur die Kerle, die nach Westen unterwegs sind. Das sei ernst, hat er gesagt. Mehr wollte er nicht rausrücken.«

»Du hast ihm nicht gesagt, dass du von SharDhara weißt?«

»Nein. Als ich *ihn* danach gefragt habe, hat er geantwortet, das bräuchte ich nicht zu wissen … nur, dass es eine ernste Gefahr ist und dass ich die Augen nach einem Behälter in der Größe einer Bierdose offen halten soll. Deshalb habe ich mich nicht verpflichtet gefühlt, ihm zu berichten, was Ox uns erzählt hat.«

»Wow!«

»Rache ist süß.« Castillo lächelte.

»Du bist sauer, was?«

»Worüber?«

»Dass du nicht wissen darfst, was SharDhara bedeutet.«

Castillo rieb sich die Stirn. »Vielleicht. Dabei dürfte mir das eigentlich nichts ausmachen. Ich habe fünfzehn Jahre lang immer nur erfahren, was ich wissen musste. Das gehörte zum Job. Und vielleicht wissen die ja kaum mehr als wir. Aber trotzdem … Wenn die Mitteilung deines Vaters oder unsere Informationen über SharDhara zutreffen und diese Kerle einen Behälter mit einem gefährlichen Biotoxin haben …«

»Dann fahren wir also weiter nach Westen?«

»Wie gesagt, mein Boss interessiert sich nicht wirklich für Salem oder Sherwood Forest. Vor allem nicht, als ich ihm erklärt habe, dass die Kids dort entweder schon befreit wurden oder tot sind. Er hat gesagt, dass andere sich darum kümmern werden. Mich hat er nach Westen beordert, nach San Francisco. Da sind die Kerle, die ich aufspüren soll.« Castillo ließ sich zurücksinken und schloss die Augen. »Verstehst du irgendwas von dem Text auf der Karte?«

»Hm, was bedeutet der Satz mit dem einundzwanzigsten Jahrhundert?«, fragte Jeff.

»Wahrscheinlich nichts«, entgegnete Castillo.

»Er muss etwas bedeuten.«

»Hat irgendwas mit Jack the Ripper zu tun.«

»Oh.«

Castillo gähnte. »Ich muss diese beschissenen kleinen Monster schnappen …« Er bedauerte diese Worte, kaum dass er sie ausgesprochen hatte, und schaute zu Jeff. »Tut mir leid …«

»Schon gut«, wehrte er ab.

»Ich meinte nicht den kleinen Sizemore«, erklärte Castillo. »Oder dich. Ich meinte die anderen sechs Kerle.«

»Klar.«

»Ach, scheiß drauf. Ich werde dir jetzt die Wahrheit sagen. Tut mir leid, wenn es dich kränkt, aber so ist es nun mal. Im Lauf der Jahre habe ich ein paar verdammt schlimme Finger aufgespürt. Echte Kotzbrocken. Männer, die viele Leute auf dem Gewissen hatten. Aber ich wusste immer, womit ich es zu tun hatte. Religiöser Fanatismus. Geldgier. Machthunger. Falsch verstandenes Pflichtbewusstsein. Was immer es war, ich konnte es irgendwie begreifen. Die Kerle waren schlecht, sadistisch und grausam, aber es gab immer einen *Grund* für ihre Taten.«

»Aber bei diesen Typen gibt es keinen.«

»Genau.« Castillo nickte. »Nicht bei Henry, nicht bei Ted und nicht bei dem kleinen Scheißer, der sich als Clown verkleidet. Ich rede von diesen Kids und ihren ursprünglichen Persönlichkeiten. Sie morden, weil es Spaß macht. Punkt. Diese kleinen Ungeheuer morden aus purem Vergnügen. Das kann und will ich nicht akzeptieren.« Castillo ballte die Fäuste, bekam kaum noch Luft. In dem kleinen Raum war es plötzlich heiß und stickig. »Physiologisch, biologisch, alt oder jung, Veranlagung, Umwelt ... das ist mir jetzt alles egal. Für mich sind diese Kids Monster.«

»Du hast auch Menschen umgebracht«, sagte Jeff. »Bist du auch ein Monster?«

»Im Krieg ist das etwas anderes.«

»Aber *mich* hältst du für ein Monster?«

»Das habe ich nicht gesagt.«

»Für dich bin ich nur irgendein Klon. Das personifizierte Böse.«

»Hör zu, Jeff, ich wollte dich nicht ...«

»Mein Vater hat mir erzählt, dass er eine von Dahmers Zellen in eine Eizelle umgewandelt hat. Dann haben sie diese Eizelle mit einer weiteren Zelle Dahmers befruchtet. Das hatte noch keiner geschafft, hat mein Dad gesagt. Ich bin zu *hundert Prozent* er. Ich *bin* Jeffrey Dahmer.«

»Nur den Genen nach. Scheiß doch drauf! Der Gedanke, wie Dahmer zu sein, macht dir Angst. Das allein zeigt doch schon, dass du ein ganz anderer bist! Du wirst mal ein großer, schlanker Kerl, und du wirst wahrscheinlich eine Augenkorrektur mittels Laser brauchen. Na und? Schön für dich. Ich wollte, ich wäre groß und blond. Du bist genetisch anfällig dafür, ein Trinker zu werden. Na und? Geh zu AA-Treffen und lass die Finger vom Fusel. Du bist genetisch dafür anfällig – was? –, etwa schwul zu werden? Wir leben nicht mehr in den Sechzigerjahren. Verlieb dich, in wen du willst, und lebe glücklich und zufrieden bis ans Ende deiner Tage.«

»Und die Morde? Die Leichen? All das Leid und der Tod?«

Castillo sah weg. »Ich habe nie gesagt … Ich sage nicht, dass du wie Henry bist.«

»Castillo.«

»Ja?«

»Ich will niemandem wehtun. Ich *denke* nicht mal daran, wie es wäre, anderen Menschen wehzutun. Wessen Blut ich in den Adern habe, ist mir egal. Deshalb hat mein Vater all diese Versuche gemacht. Das verstehe ich jetzt. Er wollte eine Erklärung für die schrecklichen Gedanken, die in seinem Kopf sind. Er wollte beweisen, dass ihm das alles im Blut lag, dass er keine andere Wahl hatte. Deshalb hat er den schlimmsten Verbrecher aller Zeiten geklont und als normalen Jungen aufgezogen, um zu sehen, was passiert. Um zu beweisen, dass die Gene, das Blut, die Natur siegen würden. Aber ich denke niemals daran, wie es wäre, andere Menschen zu … Ich bin kein widerwärtiges Monster!«

»Das weiß ich.«

»Wirklich?« Es klang wie flehend. »Weißt du das wirklich?«

Castillo schaute ihn an, gab aber keine Antwort.

»Mach dir nichts draus«, sagte Jeff und wandte sich ab. »Ehrlich gesagt bin ich mir selbst nicht ganz sicher.«

Beide schwiegen längere Zeit.

Schließlich sagte Jeff: »Ich möchte meinen Dad finden.«

»Das will ich auch.«

»Sofort, meine ich.«

Castillo hörte, wie Jeff aufstand, und schaute zu dem Jungen hinüber.

»Ich möchte ihn suchen, jetzt sofort!«, sagte Jeff.

»Das können wir nicht – es sei denn, er wäre in San Francisco. Alles in Ordnung mit dir?«

»Mir geht es prima. Wann suchen wir ihn?«

»Danach. Nach dem vierten Juli. Du zitterst.«

»Mir ist ein bisschen kalt. Erst nach dem vierten Juli? Scheißdreck! Warum nicht sofort?«

Castillo starrte ihn an. »Scheißdreck, sagst du?« Er seufzte. »Leg dir die Bettdecke um, los.«

»Mir geht's gut!« Noch während Jeff sprach, verzog er schmerzlich das Gesicht. Castillo konnte beinahe spüren, wie ihm ein kalter Schauder über den Rücken rieselte.

»Es tut mir leid, Junge«, sagte er. »Aber ich bin nach San Francisco beordert worden. Mach dich allein auf die Suche, wenn du willst.«

»Du würdest mich lassen?«

»Sicher.«

»Aber ich brauche deine Hilfe.«

»Okay. Wenn hier alles vorbei ist.«

»Könnten wir wenigstens schon anfangen?«

»Haben wir das nicht? Wir haben uns durch zweihundert Seiten Tagebuchnotizen gekämpft. Was sollen wir sonst noch tun?«

»Wir brauchen Bücher.«

»Was für Bücher?«

»Bücher über Jack the Ripper. Und ich möchte, dass du in deiner FBI-Datenbank nach ungelösten Frauenmorden in den letzten fünf Jahren suchst. Frauen, die … aufgeschlitzt wurden. Wie die Psychiaterin am DSTI. Oder die Frau in Indiana, auf der er die Karte zurückgelassen hat.«

Castillo betrachtete den auf der Bettkante sitzenden Jungen, der sich so in die Steppdecke gehüllt hatte, dass nur noch sein kleiner Kopf hervorschaute.

Sein Gesicht war identisch mit dem des Monsters in Castillos Träumen. *Ich beiße.*

Und doch ganz anders.

Castillo seufzte, stemmte sich hoch und griff nach seinem Laptop. »Also gut. Ich denke, das hast du verdient.«

»Ja«, sagte Jeff. »Das habe ich.«

31.

IRGENDWIE VERTRAUT

10. JUNI, FREITAG – OLNEY, ILLINOIS

Ein Lichtblitz, ein lauter Knall. Als es wieder dunkel wurde, war die Gestalt in der Tür bereits in der Nacht verschwunden.

Um sicherzugehen, schoss Castillo noch zweimal.

Er hatte sich hinter Jeffs Bett geworfen, während er feuerte, hatte die letzte Benommenheit abgeschüttelt, seine Verwirrung und den Schock über die aufgesprengte Tür überwunden, um den Unbekannten mit drei Schüssen zu treffen. Wer dieser Scheißkerl auch sein mochte! Obwohl er zehn Jahre mit Sondereinsätzen von Angola bis Syrien hinter sich hatte, hatte Castillo noch nie auf ein nicht identifiziertes Ziel geschossen. Bis heute.

Aber der Kerl war ihm wie jemand vorgekommen, den man lieber sofort ausschalten sollte.

Und irgendwie vertraut.

Die beiden letzten Schüsse vor wenigen Sekunden hatten der in die Nacht flüchtenden Gestalt gegolten, während der Türrahmen nach außen zersplitterte. Der Kerl hatte sich schnell wie ein Schatten bewegt, huschend, lautlos. Castillo hielt die Pistole mit ausgestreckten Armen über Jeffs bewegungslosem Körper schussbereit. Versuchte zu erkennen, ob der Junge tot war. *Hatte Jeff nicht geschrien?*

Irgendjemand *hatte* gekreischt, ein schrecklicher Laut. Castillo gestand sich ein, dass er selbst es gewesen sein könnte. Er konzentrierte sich noch mehr darauf, endlich ganz aufzuwachen. Hatte er versehentlich den Jungen erschossen? *Oder absichtlich?* Die Träume. Solch schreckliche Träume. Hatte er sich das alles nur eingebildet? Nein.

Castillo griff mit einer Hand nach unten und ertastete ein mageres Bein des Jungen. »He, Jeff!« Er schüttelte ihn. »Jeff!«

»Alles in Ordnung. Ich …«

»Still«, zischte Castillo und kletterte über das Bettende, hastete geduckt ans Fenster mit den zugezogenen Vorhängen und suchte den Schutz derselben Dunkelheit, in die sein Feind geflüchtet war. »Hinters Bett mit dir!«

Er warf einen Blick auf den Parkplatz, dann zur Tür, die noch offen stand. Die La-Quinta-Reklame auf dem Dach warf ihren gelblichen Schein auf den leeren Gehsteig und die geparkten Autos. Die ganze Welt sah gelbsüchtig aus, kränklich und leidend.

Castillo fluchte vor sich hin. *Wann genau bin ich der Gejagte geworden?*

In der Ferne klapperte ein Metallzaun.

»Bleib, wo du bist!«, rief Castillo über die Schulter ins Zimmer und nahm die Verfolgung auf. Seine nackten Füße klatschten laut auf den Gehsteig, als er zum Maschendrahtzaun spurtete. Irgendetwas bohrte sich in seine linke Ferse. Er konnte sehen, dass der Drahtzaun noch zitterte, als wäre jemand erst Sekunden zuvor darübergeklettert. Sein Blick huschte über ein aschfahles Gesicht, das hinter einem nur einen Spalt weit aufgezogenen Vorhang eines anderen Zimmers hervorlugte. Keine Gefahr, nur neugierige Touristen, die der Lärm aufgeschreckt hatte und die zu ängstlich oder zu clever waren, ins Freie zu kommen und etwas zu unternehmen. Die Polizei würde bald eintreffen, das wusste er.

Castillo überquerte den Parkplatz und einen verwilderten Grünstreifen, dann war er endlich am Zaun. Mit den Fingern der freien Hand griff er in die Drahtmaschen, die ihn von einem nachtdunklen Abhang mit hohem Unkraut und der leeren Ausfahrt trennten. Kein sichtbares Blut befand sich am Zaun oder auf dem Boden dahinter. Er überlegte, ob er über den Zaun hinwegflanken sollte, dann aber gewann der Profi in ihm die Oberhand, und er drängte persönliche Gefühle zurück.

»Das war's«, sagte er und atmete tief durch. »Mit Räuber und Gendarm ist hier Schluss.«

Er hatte den Mann getroffen. *Ich muss dem Scheißkerl mindestens zwei Kugeln verpasst haben.*

Castillo trat von dem Zaun zurück und steckte seine Pistole vorn in den Hosenbund, hielt den Griff aber weiter umfasst. Die Polizei würde in fünf, höchstens zehn Minuten eintreffen. Er hielt den Kopf gesenkt, als er kehrtmachte und zurückeilte.

»He!«, wagte jemand aus einem der dunklen Hauseingänge zu rufen. »Was zum Teufel …«

Als Castillo sich der Stimme zuwandte, verstummte der Mann mitten im Satz. »Jugendliche.« Castillo deutete in Richtung Zaun, ohne langsamer zu werden. »Die müssen Feuerwerkskörper geworfen haben.«

»Verdammte Halbstarke«, sagte der Mann.

Wenn du wüsstest, dachte Castillo.

Aber war es einer *dieser* Kids gewesen? Eine seiner Zielpersonen? Eher nicht, dazu war der Unbekannte viel zu schnell gewesen.

Etwas Schlimmeres?

Castillo huschte in ihr Zimmer zurück, zog die Tür hinter sich zu. Sie sprang sofort wieder auf, weil sie schief in den Angeln hing. »Pack deine Klamotten.«

»Schon fertig«, sagte Jeff in der Dunkelheit. Er hatte seine Sachen bereits gepackt und war nun mit Castillos Reisetasche beschäftigt. »Ich dachte mir schon, dass du schnell weg willst.« Er musterte Castillo über den Rand seiner Brille hinweg. Sein ungekämmtes Haar war zerzaust. Er sah wie ein Zehnjähriger aus.

»Ich hatte dir doch gesagt, du sollst hinter dem Bett bleiben«, schimpfte Castillo. Trotzdem musste er lächeln. Der Junge war clever. Beschwerte sich nie. War bemüht, dazuzulernen und immer das Richtige zu tun. Jeder Vater wäre stolz auf diesen Jungen gewesen.

Spielt der ganze übrige Scheiß dann eine Rolle? Dass Jeffs Körper aus denselben Zellen besteht, die Menschenfleisch gegessen und Totenschädel gefickt haben?

»Ich dachte nur …«

Castillo schaute weg. »Schon okay. Gute Idee. Alles in Ordnung mit dir?«

Jeff nickte. »Was *war* das?«

»Wer«, verbesserte Castillo. Offenbar hatte auch Jeff gespürt, dass mit dem Angreifer etwas nicht stimmte, dass er irgendwie *unwirklich* gewesen war. »Ich weiß es nicht.« Er ging nachdenklich im Zimmer auf und ab. Verwirrt. Irgendetwas war ihm an dem Gegner aufgefallen … irgendetwas, das knapp außerhalb der Reichweite seiner Erinnerung lag.

»Wir reden später darüber. Ich muss jetzt zusehen, wie ich mit den hiesigen Cops klarkomme. Ungefähr eine halbe Meile nach rechts die Straße entlang ist ein Waffle House. Da gehst du hin.« Er zog seine Geldbörse hervor und drückte Jeff einen Zwanziger in die Hand. »Besorg dir ein Frühstück. Ich komme nach, sobald ich kann. Okay?«

»Okay.«

Wieder musste Castillo lächeln. Keine Fragen, keine Widerrede. Der Junge führte alle Anweisungen aus. In einem anderen Leben wäre er ein guter Soldat geworden. »Dir ist wirklich nichts passiert?«

»Mir fehlt nichts«, sagte Jeff, senkte den Kopf und griff nach seinem Rucksack mit den Büchern. »Wie lange wird es dauern?«

»Ich komme so schnell wie möglich nach.«

»Okay.« Jeff öffnete die Tür und trat hinaus in den gelblichen Widerschein der Leuchtreklame. »Danke, Castillo.«

Castillo schloss die demolierte Tür halb hinter sich und machte Licht, um sich das Zimmer genauer anzuschauen. Eines der Geschosse war in den Türrahmen eingeschlagen. *Das war knapp.* Castillo packte seine restlichen Sachen in die Reisetasche: Kleidungsstücke, die Mordkarte, Fotos einer kürzlich in Delhi, Colorado, ermordeten Familie.

Dann zog er sein Handy heraus und tippte eine Kurzwahlnummer ein.

»Castillo.« Es war kurz vor drei Uhr morgens, aber Colonel Stanforth' Stimme klang fest und hellwach.

»Ja, Sir.«

»Hatte nicht erwartet, so bald von Ihnen zu hören. Wie ist die Lage?«

»Schwer zu sagen, Sir. Jemand hat heute Nacht versucht, mich zu erledigen. Ich glaube, es war einer von denen. Ich habe ihn verfolgt, aber er ist entkommen.« Castillo rief sich die ins Zimmer stürmende dunkle Gestalt in Erinnerung. Etwas Funkelndes in den Händen. Messer, vermutete er. Aber irgendetwas stimmte nicht … der Kerl hatte sich wie ein Gespenst bewegt, war im Dunkeln auf ihn zugeschwebt. Oder auf den Jungen? Ja, Jeff war sein Ziel gewesen, erkannte Castillo mit einem Mal. *Er hatte es auf den Jungen abgesehen …*

»Wie in Hollywood, Sir. Der Hundesohn hat die Tür eingetreten. Hat mit Messern herumgefuchtelt. Bin zum Glück rechtzeitig aufgewacht. Ich bin ganz sicher, dass ich ihn getroffen habe, aber …«

»Castillo«, unterbrach Stanforth ihn. »Wo sind Sie?«

»Olney, Illinois.«

»Schön, schön. Sind die Cops unterwegs?«

»Positiv. Ich habe ein paar Schüsse abgegeben …«

»Verschwinden Sie. Wir bereinigen die Sache ohne Sie.«

»Jawohl, Sir.« Castillo hörte zu packen auf, konzentrierte sich erstmals auf das Gespräch. Irgendetwas an Stanforth' Tonfall war auffällig. »Sir? Könnten Sie das wiederholen, Sir?«

»Sind Sie allein, Castillo?«

»Ja, Sir«, antwortete er sofort und mit gespielter Überraschung. Wie meinte er das? Wusste er von Jeff? Unmöglich. Es sei denn … verdammt noch mal!

Die Sender.

Er hatte die Sender ganz vergessen. Jacobsons heimlich herangezüchtete Klone schienen nicht damit ausgestattet zu sein, sonst hätte die Bande im DSTI sie längst aufgespürt. Aber Jeffs Fall lag anders – er war Jacobsons eigener Adoptivsohn. Was das anging, war er genau wie die sechs anderen, die sich vor ihrem Ausbruch die Sender herausgeschnitten hatten: Jeff war offiziell registriert worden.

Hatte Jacobson seinem Sohn einen Chip eingepflanzt? Daran hatte

Castillo nicht einmal gedacht. Aber jetzt hatte der Sender das DSTI anscheinend geradewegs zu ihnen geführt.

Verdammt, verdammt! Wie kann man so dämlich sein! Du hast Mist gebaut, Castillo.

Stanforth hakte nach: »Heute Nacht war also niemand bei Ihnen?« Castillo hörte deutlich die Verwirrung in der Stimme seines Vorgesetzten.

»Nein, Sir.«

»Olney, Illinois«, wiederholte der Colonel nachdenklich. »Wissen Sie was, Castillo. Streichen Sie meinen letzten Befehl. Sie bleiben, wo Sie sind, bis sie eintreffen, ist das klar?«

»*Wer* soll eintreffen?«

Und mit einem Schlag war er da: der Wendepunkt. Den Castillo insgeheim erwartet hatte, ungeachtet seiner Hoffnung, dass es nie so weit kommen würde.

»Spielen Sie bei den Cops auf Zeit. Ich schicke Ihnen so schnell wie möglich jemanden, der Ihnen hilft, die Spuren zu beseitigen.« Stanforth lachte – ein schrecklicher, gezwungener Laut. »Keine Sorge, mein Junge«, sagte er. »Wir bringen den Schlamassel wieder in Ordnung. Halten Sie durch. Wir sind schon unterwegs.«

»Danke, Sir«, sagte Castillo und beendete das Gespräch. »Arschloch.«

Es war vorbei. Alles. Das hatte er in Stanforth' Tonfall gehört und den Befehlen entnommen.

Stanforth hatte soeben beschlossen, ihn fallen zu lassen. Wenn er, Castillo, auf das Eintreffen irgendwelcher Leute warten würde, könnte *alles* passieren. Dann hatten SIE ihn in der Hand. Dann war er nicht besser dran als Jeff Jacobson oder Edward Albaum oder sonst einer der Jungen. Er hatte Stanforth zwölf Jahre lang sein Leben anvertraut, aber jetzt durfte er es nicht riskieren, ihm auch nur eine weitere Viertelstunde zu geben.

Er schnappte sich seine Reisetasche und trat aus der Tür.

Die Welt, die draußen wartete, war noch gelblicher geworden. Noch kränklicher.

VIERTER TEIL

Stochastisches Ereignis, n

A στοχαστ ικὴ τέχνη, *stochastikē technē*,
lateinisch *ars conjectandi:*
Kunst des Vermutens, Ratekunst

(1) Ereignis, das auf zufälligem Verhalten basiert

(2) wissenschaftliches Prinzip, das besagt, dass das Auftreten einzelner Ereignisse sich nicht voraussagen lässt, auch wenn die Verteilung sämtlicher Beobachtungsergebnisse im Allgemeinen einem berechenbaren Muster folgt

Nun, so wollen wir hier auf den Tod des Telemachos sinnen! Laßt ihn ja nicht entfliehn! Denn ich fürchte, solange der Jüngling lebt, wir werden nimmer zu unserem Zwecke gelangen. Denn er selber kennt schon alle Künste der Klugheit.

– Homer, *Odyssee*, 16. Gesang

32.

VERANTWORTUNG

11. JUNI, SAMSTAG – GLENMORE, MISSOURI

Sie brachen in die Tierklinik Glenmore ein, zwanzig Meilen vom Motel in Olney entfernt. Jeff wartete im Schatten, während Castillo die Alarmanlage lahmlegte und das Schloss des Hintereingangs knackte. Drinnen waren in Käfigen nur vier Hunde untergebracht, die gemeinsam, aber laut genug kläfften, um den halben Staat zu wecken. Castillo forderte Jeff auf, Leckerbissen für die Tiere zu suchen, während er sich umschaute. Fünf Minuten später fraßen die Hunde friedlich Berge von Hundekuchen. Castillo testete derweil ein Gerät, das »DR 3500 Digital Navigator Plus« hieß – das einzige Röntgengerät der Klinik. Weitere zehn Minuten später lag Jeff mit skeptischer Miene auf dem Untersuchungstisch.

»Die Alternative wäre das Skalpell«, sagte Castillo. »Das kannst du mir glauben.«

Als Erstes röntgten sie seine Füße, denn dort war bei den anderen Jungen der Chip eingepflanzt gewesen. Nichts. Sie machten ein weiteres Dutzend Aufnahmen von verschiedenen Körperteilen. Hände. Beine. Hals. *Nichts.*

»Was ist, wenn ich Krebs davon bekomme?«, fragte Jeff zwischendurch.

Castillo richtete das dreidimensional schwenkbare Gerät neu aus. »Spielt das eine Rolle, wenn sie dich erwischen?« Er machte die nächste Aufnahme. Jeff hielt bis zum Ende der Untersuchung den Mund.

»Du bist clean«, erklärte Castillo schließlich. Er wirkte ein wenig enttäuscht, als hätte Jeff etwas Unrechtes getan. »Kann nichts finden.«

»Wie haben sie mich dann gefunden?«

»*Er*, Stanforth«, verbesserte Castillo ihn noch einmal. »Oder doch das DSTI. Keine Ahnung.« Castillo löschte die Aufnahmen. Er hatte bereits die beiden PCs der Klinik und ein Schränkchen mit Medikamenten umgeworfen, um einen gewöhnlichen Einbruch vorzutäuschen.

Jetzt saßen sie einander erschöpft auf dem Fußboden des Büros gegenüber, Castillo mit ausgestreckten Beinen an einem Schreibtisch lehnend, Jeff im Schneidersitz. Beide hatten einen Hund neben sich, auf dem Boden zwischen ihnen lagen weitere Leckerbissen verstreut.

»Was nun?«, fragte der Junge.

»Was nun, was nun …« Castillo kraulte geistesabwesend den Kopf des Hundes.

»Hörst du auf? Mit deinem Auftrag, meine ich.«

»Wenn es mir befohlen wird, klar. Nur weiß ich das noch nicht.«

»Aber du nimmst keine Anrufe mehr entgegen … ist das in Ordnung? Bringt dich das nicht in Schwierigkeiten?«

»Die hab ich schon. Sie wissen, dass du bei mir bist. Keine Ahnung, woher, aber sie wissen es. Wahrscheinlich könnte ich mich irgendwie rausreden.« Er zuckte mit den Schultern. *So verdammt müde.* »Aber das eigentliche Problem ist, dass ihre Zielsetzungen immer weiter ausufern. Und auf mich kommt es dabei nicht mehr an. Ich fürchte, dass die Sache sogar Stanforth entglitten ist. Das ist die eigentliche Gefahr. Hat er das Gefühl, die Kontrolle verloren zu haben, lässt er alles in Flammen aufgehen. Auch mich.«

»Und mich«, sagte Jeff.

Das konnte Castillo nicht leugnen. »Erinnerst du dich an die Albaums?«

»Edgar Albaum. Der Schlangenhügel.«

»Richtig. Ihre Namen waren vor ein paar Stunden im Feed zu lesen. Sie sind offiziell letzte Nacht aufgefunden worden.« Castillo blickte mit hochgezogenen Augenbrauen zu Jeff hinüber. »Haus abgebrannt.

Brandherd in der Garage. Alte Farbdosen, die Feuer fingen. Die ganze Gemeinde trauert. Und so weiter und so fort.«

»Abgebrannt? Aber die Kids hatten sie ermordet, bevor wir dort angekommen sind.«

»Vor sieben Tagen.«

»Hat ... das DSTI ihr Haus abgefackelt?«

»Irgendjemand hat es wohl getan.« Castillo nickte. »Ich wette, dass in nächster Zeit viele Adoptiveltern ›Unfälle‹ haben werden. Und dass bei der diesjährigen Weihnachtsfeier im DSTI wieder ein paar Mitarbeiter fehlen.«

»Oh, Mann«, stieß Jeff hervor. »Können diese Leute alles tun, was sie wollen?«

»Ja.«

»Und was bedeutet das für uns?«

»Dass dein Dad recht hatte. Du bist eine Belastung. Das sind jetzt viele Leute, ich anscheinend auch. Sollten sie einen von uns beiden erwischen, dürfte ihn nichts Gutes erwarten ...«

»Und was machen wir jetzt?«

»Vielleicht sind wir nicht mehr ›wir‹. Vielleicht ist es höchste Zeit, dass unsere Wege sich trennen. Was hältst du davon?«

Jeff sah weg.

»Mir gefällt es auch nicht«, sagte Castillo.

»Nein?«

»Nein. Ich denke, dass du in höchstens achtundvierzig Stunden tot sein wirst, wenn wir uns trennen. Ich allein könnte vielleicht ein paar Wochen durchhalten.«

»Oh.«

»Irgendwann muss ich mich wieder bei ihnen melden. Ich weiß genug, um ihnen gefährlich zu werden. Vielleicht kann ich auch etwas *tun*, damit ich noch wertvoll für sie bin. Schließlich habe ich fünfzehn Jahre Erfahrung ... Du hast gehört, was in SharDhara passiert ist. Aber jetzt ist diesen Kids anscheinend extrem gefährliches Zeug in die Hände gefallen. Vielleicht kann ich die Katastrophe noch abwenden, indem ich sie aufspüre.«

»Mein Dad hat ihnen dieses ›Zeug‹ gegeben, nicht wahr?«

Castillo suchte nach Worten, während er den Blick des Jungen erwiderte. »Das weiß ich nicht. Ist mir auch egal. Wenn wir sie nicht rechtzeitig finden, könnte es sehr viele Tote geben. Alle vermuten, dass diese kleinen Monster am vierten Juli in San Francisco sein werden. Oder in Washington. Oder Detroit. Oder in allen Städten gleichzeitig. Bis dahin sind es noch drei Wochen.«

»Könntest du sie nicht einfach wieder mit der Mordkarte finden?«

»Wahrscheinlich. Aber dann wäre ich die ganzen drei Wochen mit der Suche nach Mordopfern beschäftigt. Vielleicht haben wir wieder Glück. Henry war als Einziger hinter dem kleinen Sizemore her. Die anderen sind vermutlich schon in Kalifornien, hat er gesagt. Das ist immerhin ein Anfang. Verdammt, auch wenn die Zeit drängt, ich muss diese Sache in Ordnung bringen!«

»Die anderen Kids finden? Und meinen Dad?«

»Ja. Und verhindern, dass es am vierten Juli eine Katastrophe gibt. Schaffen wir das, sind wir Helden.«

»Geil.« Jeff lächelte schwach.

Castillo erwiderte sein Lächeln. »Ja, obergeil. Es reicht schon, wenn wir die Welt retten.« Er senkte den Kopf und sprach mit dem Hund. »Klingt vernünftig, nicht wahr?«

»Und was machen wir jetzt?«

»Als Erstes brauchen wir Schlaf.« Castillo rieb sich die Augen. »Lass uns eine Stunde hier pennen, dann fahren wir weiter.«

»Nach Westen?«

»Ganz genau.«

»Ach so, hier.« Jeff griff in seinen Bücherrucksack. Er gab Castillo die zerlesene Ausgabe der *Odyssee* zurück. »Du liest vor dem Einschlafen oft darin, nicht wahr?«

Castillo griff nach dem Buch. »Ich versuche mir einzureden, dass es mich entspannt.«

»Tut es das?«

»Meistens. Aber nicht immer.« Er legte das Buch beiseite. »Heute Nacht werde ich's nicht mal versuchen.«

»Hat sie es dir geschenkt?«

»Wen meinst du?«

»Kristin. Sie hat dir dieses Buch geschenkt, stimmt's?«

Castillo schloss die Augen. »Ja, richtig.«

»Ihr wart mal ein Paar?«

»Versuch zu schlafen, Jacobson.«

»Wie kommt es dann, dass du …«

»Sie war schon verheiratet.«

»Oh.«

»Ja, oh.«

Jeff drehte sich auf die Seite und tätschelte den Hund, der neben ihm eingedöst war. »Gute Nacht, Castillo.«

»Hey …« Castillo öffnete noch einmal die Augen.

»Ja?«

»Wohin würdest du gehen, um Mädchen aufzureißen?«

»Ich bin wahrscheinlich schwul, schon vergessen?« Jeff lachte bitter auf.

»Mal im Ernst. Wo? Sie … Kristin hat gesagt, dass einige der Typen Ausschau nach Mädchen halten werden. Vor allem Ted. Vorgestern ist Emily Collins tot aufgefunden worden. Die Cops sagen, dass sie und ein unbekannter Freund ihre Angehörigen abgeschlachtet haben. Also, sag schon. Wo würden diese Typen hingehen, um Mädchen aufzureißen?«

Jeff überlegte. »Wirf mal dein Handy rüber.«

»Wozu?«

»Weil ich weiß, wie man Mädchen kennenlernt.«

»Facebook?«, fragte Castillo.

Jeff klatschte langsam in die Hände.

33.

DEIN BIS IN DEN TOD

11. JUNI, SAMSTAG – RIVER GROVE, ILLINOIS

Aus Dr. Gregory Jacobsons Tagebüchern

> 11. Juni – Wie ich alle an der Nase herumführe! Die Story ist jetzt in die Zeitungen gelangt. Vielleicht hat solche Aufmerksamkeit ihr gefehlt? Sie ist nie zufrieden. Bisher sind keine Einzelheiten bekannt, nur dass die Behörden einen »Serienmörder« vermuten. Ha-ha-ha. La police ne t'a pas encore trouvé? [50W Parma Drive, Rebeca] Ich habe das 20. Jahrhundert geboren. Ich habe auch das 21. Jahrhundert geboren. Die anderen haben heute wieder angerufen. Unruhig. Wollten mit mir reden. Weil sie einsam sind. So schrecklich einsam. Das kenne ich. Zerstöre ich jetzt, was ich geschaffen habe? Oder werden sie ihren Schöpfer zerstören? Was hinter und vor uns liegt, ist belanglos im Vergleich zu dem, was wir in uns haben. Alea iacta est. Dies habe ich befürchtet, als ich das Projekt XP11 in Gang gesetzt habe. Nach allen Tests und Berichten, Kreuzungen, Mechano-Synthese und STR-Markern, stehe ich heute voll dahinter. Vernunft, Beobachtung, Erfahrung – die heilige Dreifaltigkeit der Wissenschaft.

Diese eine war hübscher als die anderen. Als er in sie hineinschnitt, dachte er an buddhistische Mönche, die *Asubha Bhavana* praktizierten, indem sie auf einsamen Friedhöfen meditierten und aufgedunsene Leichen in verschiedenen Stadien der Verwesung bestiegen. Über die wahre Fäulnis des Körpers nachdenken, uns selbst sehen, wie wir wirklich sind. Rotz und Speichel. Tränen. Urin, das ihr an den Beinen herunterläuft. Aufgedunsene, weiche, gelbbraune Haut. Der säuerliche Geruch ihres Mageninhalts, als sie sich vor Angst erbrach. Der Schweiß auf ihrer Haut. Schleimige Lymphe. Im Körperinneren die Synovialflüssigkeit, die ihre Gelenke schmierte, der Schleim, mit dem Rachenraum und Magenwand überzogen waren. Und das Blut. *Immer das Blut …* Für hundert Dollar hatte sie für ihn getanzt. *Ich bin Misty*, hatte sie gesagt. Tumblety war der Name, den er angab. *Was ich beruflich mache? Die Leute sagen, dass ich Arzt bin. Ha. Ha.* In einem düsteren Motelzimmer spielte sie für ihn mit sich selbst, während er fernsah. Fünfhundert Dollar mehr. In Wirklichkeit hieß sie Gail, Abigail, und während sie zuvor eine reizvolle junge Frau mit hübschem Lächeln gewesen war, waren die Zähne nun zersplittert oder blutig ausgeschlagen, sodass dort übel riechende Lücken gähnten. Ganz hinten in ihrem Mund hatte er noch drei faulige Weisheitszähne entdeckt. Ihr Haar, mit Strähnchen aufgehellt und lang wie das einer olympischen Göttin, hatte vor einer Stunde über seiner Hüfte gelegen. Jetzt war es klebrig mit blutigen Wurzeln, wo er es ausgerissen hatte. Das straffe, gebräunte Fleisch ihres jungen Magens war enthäutet und zu einer blutigen Masse geworden. Ihr Bauchfell, das wie eine Babydecke über ihren Eingeweiden liegt, fühlt sich unter seinen Fingern glitschig an. Es stinkt. *Sie* stinkt. Die langen Beine sind nichts als Knochen. Sie sind voller Blut, und grau werdendes Fleisch haftet an ihnen. Die Brüste sind nichts als Fettgewebe und zwei Beutel Kochsalzlösung. Was einmal ein reizendes Mädchen war … *Eine Illusion, die zu solch unaussprechlichen Dingen verlockt.* In einem Sutra, das er kennt, verwandelt das weibliche *Bodhisattva*, das nach Reinheit strebende Wesen, sich in einen verwesten Leichnam, um ihren Liebhaber von seiner Wollust zu befreien. In einem anderen reißt sie sich zum selben Zweck die Augen aus. *Süße, süße Abigail.* Er hielt ihre Leber, ihre Gebärmutter und ihr Herz in Händen, stieß mit den Fingern durch die Membranen, an denen sie im Körper befestigt waren, als würde er in einen Kürbis greifen, um eine Kürbislaterne zu fertigen. Ihre Eingeweide schieden weiteren Kot in seinen Schoß aus, dann zuckten sie in seinen Händen. Er legte sie auf dem Boden aus. *Samvega* nennen die buddhistischen Mönche diesen Zustand. *Samvega.* Das schreckliche Erwachen, das mit einer solch plötzlichen Wahrnehmung einhergehen muss. Er versteht, dass dies alles eine Illusion ist. Er versteht, dass Wissenschaft eine Sache und Weisheit eine andere ist.

Er schreibt wieder in sein Tagebuch:

Bin ich deshalb erneut gerufen worden? Fata viam invenient. Seltsame kleine Spiele. Ich frage mich jeden Tag, wie es den anderen ergehen mag. Vor allem Jeffrey. Wozu sind sie wohl berufen worden? Nachdem ich sie nun auf jede nur denkbare Weise befreit habe?

34.
KANINCHEN

11. JUNI, SAMSTAG – ORCHARD CITY, COLORADO

Im Alter von neun Jahren war Ted mit dem Rasenmäher über eine Kaninchengrube gefahren.

Es war ein Unfall gewesen. Zumindest hatte er das damals geglaubt.

Später erfuhr er, dass dieser Vorfall inszeniert worden war – für ihn, als Teil eines Tests, um festzustellen, ob sein MAO-A-Pegel den eines anderen Teds übersteigen würde, der *keine* Kaninchen getötet hatte.

Beschissen. Er erinnerte sich noch an das unheimliche *Fhump-fhump-fhump*-Geräusch, bevor kleine schwarze Schatten nach allen Seiten geflüchtet waren. Er erinnerte sich an dünnes Quieken und Blutspritzer im Gras. Und daran, wie sein Dad, der alles beobachtet hatte, auf ihn zugekommen war. Nicht sein echter Dad, das wusste er jetzt. Irgendein Kerl, den sie für diese Rolle engagiert hatten. »Verdammt schade«, hatte sein angeblicher Vater gesagt. »Aber kein Grund, wie ein Mädchen zu flennen.« Ted hatte sich bemüht, nicht mehr zu weinen. »Das lässt sich nicht mehr ändern«, hatte sein angeblicher Dad hinzugefügt und dem Jungen eine Schaufel in die Hand gedrückt. »Hier.« Mehrere der Jungkaninchen hatten kaum drei Meter von ihm entfernt haltgemacht. Selbst als Ted sich ihnen näherte, hatten sie weiter wie erstarrt dagehockt. Als könnte er sie nicht sehen, wenn sie nur unbeweglich verharrten. Vielleicht waren sie aber auch zu verängstigt, zu dumm gewesen, um wegzulaufen. »Die verrecken sowieso«, hatte sein angeblicher Vater gesagt. »Du tust ihnen einen Gefallen. Mach schnell. Los jetzt! Mach schnell, hab ich gesagt, du kleiner Feigling!« Auch als Ted die Schaufel hob, hatten die Tiere sich nicht bewegt.

An diese Kaninchen dachte er jetzt, als er die anderen Kids beobachtete.

Der ganze verdammte Staat schien zusammengeströmt zu sein. Zumindest alle Hinterwäldler von Orchard City zwischen vierzehn und siebzehn. Ted hatte nur auf Facebook mit ein paar Girls chatten und etwas von ihrem erbeuteten Geld erwähnen müssen. *Party bei Adria! Bier und Stoff umsonst!* Der Rest war ein Selbstläufer gewesen.

Die Beleuchtung war schummrig. Im Partykeller dieser reichen Nutte drängten sich bereits über sechzig »Bunnies«. Die dämliche Tussi hatte Ted erzählt, ihre Eltern seien zwei Wochen lang in Italien. Ted hoffte, dass die Alten sich gut amüsierten. Bei ihrer Rückkehr würden sie eine ziemliche Überraschung erleben.

Wie versprochen gab es Bier und Pot. Ein bisschen Koks. Sogar GHB.

Und auch Bleichlauge und Salmiakgeist. Zwei große Wannen. Für später.

Am liebsten hätten sie natürlich den Behälter aufgerissen, den Jacobson ihnen gegeben hatte. Um zu sehen, was dieses Scheißzeug *wirklich* konnte. Jacobson hatte behauptet, es würde mördermäßig schlimm werden, im wahrsten Sinne des Wortes. Wozu also bis Juli warten? Sie konnten gleich hier und jetzt ein Riesenfeuerwerk abbrennen.

Doch Williford wandte ein, Jacobson habe es verdient, dass sie warteten. Das seien sie ihm schuldig. Und weil Jeff Williford fast nie redete und sie alle Schiss vor ihm hatten, waren die anderen einverstanden gewesen. Und so waren sie auf andere Gifte ausgewichen: Zyklon B, das die Nazis benutzt hatten, um die Juden zu ermorden, aber den Scheiß konnte man nirgends mehr kaufen, nicht mal bei E-Bay. Als Nächstes war ihre Wahl auf das Nervengas Sarin gefallen. Starkes Zeug: Ein Tropfen reichte, um einen Menschen zu töten. Im Internet fanden sie sogar das Herstellungsverfahren, aber es war viel zu schwierig. Isopropylamin und Natriumfluorid, das Erhitzen und alles … der Scheiß war lebensgefährlich. Vergiss es.

Als sie weiter googelten, fanden sie einfachere Methoden, um viele Leute auf einen Schlag ins Jenseits zu befördern. Es war fast schon zu einfach.

»Wie wär's mit der da?« Albert nickte zu dem Gedränge hinüber. Die Musik war ohrenbetäubend, sodass Ted sich zu ihm beugen musste, um ihn verstehen zu können. »Da drüben!« Die drei Jungen saßen auf der Kellertreppe mit Blick auf die Feiernden. »Troße Gitten, totes Rop.«

Ted lachte. »Große Titten, rotes Top? Das ist Laura.« Die mit Rauch geschwängerte Luft wurde von billigen Stroboskopblitzen durchzuckt. »Der lebende Beweis, dass es Gott gibt.«

»Ich wette, sie ist noch Jungfrau.«

Wieder lachte Ted, diesmal gekünstelt. Wie er diese Arschlöcher hasste! Besonders Albert und John. Jeff Williford war furchterregend, aber irgendwie cool. »Kann schon sein«, sagte Ted.

»Wollen wir's rauskriegen?«

»Nicht genug Zeit.« Ted schüttelte den Kopf. »In zehn Minuten ist der Laden hier dicht.«

John wühlte sich bereits durch die Menge der Feiernden, um den Hinterausgang abzusperren. Er war noch immer als Clown geschminkt und verkleidet. Ted hatte beinahe schon vergessen, wie John ohne diese Aufmachung aussah, aber das war vermutlich nicht mehr wichtig.

John machte unterwegs seine Faxen, rempelte Kids an und tätschelte Mädchenhintern, und alle lachten darüber. Sie hielten seine Aufmachung für unheimlich komisch. *Barbies.* Wenn sie wüssten, was John diese Woche schon alles gemacht hatte. Was er den eigenen Angehörigen und völlig Fremden angetan hatte. Wenn sie wüssten, dass er der Klon eines Typen war, der mehr als dreißig Tussen abgeschlachtet und vergewaltigt hatte. Wie lustig wäre *das*? Zum Schießen komisch, oder? Wenn diese Milchschnitten wüssten, mit wem sie getanzt, mit wem sie für Fotos posiert hatten. Ted zuckte mit den Schultern. Die Bräute würden es nie erfahren.

»Was war das?«, fragte Jeffrey.

»Was?« Diesmal beugte Ted sich zu ihm hinüber, um besser hören zu können.

»Weiß nicht. Ich dachte … weiß nicht. Ich bin wohl ein bisschen angesäuselt.«

»Glaub ich auch.« Aber auch Ted hatte deutlich etwas gespürt. Als hätte die Klimaanlage für zwei Sekunden auf Gefrierfachkälte umgeschaltet. Er ignorierte diese seltsame Empfindung. Es wurde Zeit, die Türen zu schließen.

Wie sie herausgefunden hatten, ließ Giftgas sich aus allen möglichen industriellen Substanzen herstellen, die relativ leicht zu besorgen waren. Salmiakgeist und Bleichlauge waren am einfachsten zu beschaffen gewesen. Je fünfundsiebzig Liter von beidem hatten sie in drei Mülltonnen angesetzt, die jetzt oben an der Kellertreppe standen. Nun mussten sie nur noch kräftig umrühren und dann alles seinen Lauf nehmen lassen.

Chlorgas.

Eine Probe hatten sie schon vorab getestet. Das Scheißzeug hatte grün gebrodelt wie in einem Hexenkessel und in Augen und Kehlen gebrannt. Und das war draußen im Freien! Hier unten würden die drei Ladungen sämtliche Gäste blenden und fast sechzig Kehlköpfe verätzen. Danach Zusammenbruch und Tod. Wunderschön. Nicht so persönlich, wie Ted es sich im Allgemeinen wünschte, aber immerhin etwas.

Etwas *anderes.*

Er musste sich eingestehen, dass der Rest irgendwie langweilig geworden war. Immer wieder derselbe alte Käse.

Jacobson hatte schließlich doch zurückgerufen. Ein paar von den anderen Typen, John und Al, hatten Albträume. Kinderkram. Diese Sitzpinkler! Scheiße, Ted hatte auch Albträume, aber er jammerte nicht wie ein Opfer darüber. Aber diese Träume … Ted wusste nicht, was er davon halten sollte. Sogar er musste zugeben, dass seine Träume ihn immer mehr anpissten. Irgendwer, *irgendwas* war auf der Suche nach ihm …

Die Jungs wollten mit ihrem alten Kumpel Jacobson über dieses Zeug und alles Mögliche reden. Wie früher, als sie im Massey Institute in einem großen Kreis gesessen und über ihre Gefühle und solchen Stuss geredet hatten. Jacobson war ein Riesenarschloch. Aber er hatte endlich zurückgerufen und versuchte nun, irgendein Treffen zu organisieren.

Ted schaute auf die Uhr.

»Drei Minuten«, sagte er und blickte Albert an. »Willst du nicht runtergehen und John helfen? Wir halten hier oben die Stellung.«

»Mach ich.« Albert stand auf.

»Wer ist der Heini da hinten?«, fragte Jeffrey und zeigte über die Menge hinweg zum Hinterausgang.

»Kacke, Mann, wie sieht *der* denn aus?« Ted beugte sich auf der Treppe nach vorn, um besser sehen zu können. »Die Hackfresse trägt ein Kostüm oder so.«

»Konkurrenz für John.« Jeffrey lachte. »Tja, hier gibt's eben auch Freaks.«

»Ja«, sagte Ted, während er durch den Rauch spähte. »Das stimmt wohl.« Ihn fröstelte wieder heftig. Er stand auf.

»Was ist?«, fragte Jeffrey.

»Nichts.« Ted versuchte das Gefühl abzuschütteln, aber es gelang ihm nicht.

Der neue Kerl hatte den Hinterausgang geschlossen und abgesperrt.

»Wer ist das?«

»Sieht aus wie 'n Nigger. Irgendein schwarzer Spacko. Oder …«

Jemand schrie auf. In der ohrenbetäubenden Musik ging der Schrei beinahe unter, aber Ted hörte ihn genau. Er verstand sich inzwischen sehr gut auf Schreie.

Hinten in der Menge ging ein Mädchen zu Boden. Andere Gäste zeigten auf die Kleine und lachten. Dann brach noch jemand zusammen. Diesmal ein Junge. Als der Schwarze ihn zur Seite schleuderte, sah Ted irgendetwas spritzen. *Bier?* Nein, das war kein Bier gewesen.

Neben ihm stand Jeffrey auf. »Hat er …«

»Ja«, sagte Ted. »Ich glaub schon.«

Weitere Schreie. Der Unbekannte drang rasch weiter durch die Menge vor. Er hielt auf John zu.

»Wir sollten …«

Bevor Jeffrey aussprechen konnte, was er dachte, packte der schwarze Kerl John hinten am Kostüm und riss ihn zu sich herum.

»Was will der Arsch?«

Eine Hand zuckte über Johns geschminktes Gesicht. Blut spritzte über den breiten Clownskragen und sprühte in hohem Bogen auf die Umstehenden, die den Angriff voller Entsetzen beobachteten.

»Wir sollten …«, setzte Jeffrey noch einmal an.

»Was?«, fragte Ted, der wie gelähmt dastand und den Blick nicht von dem Unbekannten wenden konnte. »Wir sollten *was*?«

Beim nächsten Hieb drang eine zwanzig Zentimeter lange Klinge in Johns heftig zuckenden Körper. Dann noch ein Stoß. Und noch einer. Der Fremde schleuderte John zu Boden und schaute zur Kellertreppe hinauf.

Sein Blick bohrte sich in Teds Augen.

»Scheiße, was soll das?«, rief Albert. »Ted? Zum Henker, was soll der Blödsinn?«

»Keine Ahnung«, antwortete Ted ruhig. Zu ruhig. Urin färbte den Schritt seiner Hose dunkel. »Los, kommt mit!«

Jeffrey, Albert und er rannten die Treppe hinauf. Hinter ihnen gellten Schreie in der Menge, als immer mehr Gäste die Flucht ergriffen. *Als wäre jemand mit 'nem Rasenmäher über sie drübergefahren*, dachte Ted. Das Gekreische übertönte bald schon die Musik, während die wilde Masse die Treppe hinaufbrandete.

»Was ist mit dem Chlor?«, fragte Jeffrey Williford.

»Scheiß drauf!«, rief Ted. Sie waren mit mehreren anderen Kids unterwegs, von denen jeder um sein Leben rannte. Genau wie er selbst.

Endlich, dachte er, als er sich mit vollgepinkelter Hose mit den anderen durch die Haustür zwängte und hinaus in die Nacht stürmte. *Endlich mal was anderes.*

Er lachte.

35.

NACH EINBRUCH DER DUNKELHEIT

11. JUNI, SAMSTAG – ORCHARD CITY, COLORADO

Sie waren keine halbe Stunde von dem Haus mit den toten Jugendlichen entfernt gewesen.

Das sagten ihnen Facebook und Twitter.

Jeff hatte auf Facebook zweiundvierzig Freunde, darunter David und Albert, hatte sich aber seit über einem halben Jahr nicht mehr eingeloggt. Wie sich herausstellte, hatte er vier Anfragen und zwölf unwichtige Mitteilungen.

Mithilfe von Castillos Smartphone hatten sie Alberts Profil aufgerufen und die dort gespeicherten Threads und Nachrichten gelesen. Außerdem hatten sie sich die Seiten einiger Mädchen angeschaut, mit denen Albert befreundet war. Von Seite zu Seite springend, hatten sie die Posts gelesen.

Eines der Mädchen, eine gewisse Laura Studer aus Colorado, hatte den ganzen Tag lang Fotos an Alberts Pinnwand gepostet, hauptsächlich Links zu obskuren Bands sowie ein Foto von einem Magic-8-Ball. Außerdem gab es Posts an andere Mädchen mit Sätzen wie »bis heute Abend«, und sie fanden zwei Baseballspieler der Cedaredge High School, die davon sprachen, »die Party zu crashen« und einer »Schlampe aus Philly in den Arsch zu treten«.

Es dauerte nicht lange, bis Castillo und Jeff über die Wochenendpläne von Al und den anderen Kids Bescheid wussten.

»Wo liegt Orchard City?«, hatte Jeff gefragt.

Es lag fünfzehn Autostunden entfernt. Sie waren durchgefahren, und es war noch nicht mal 19 Uhr, als sie ankamen.

Knapp, aber sie waren trotzdem zu spät …

Die Eltern des Mädchens hatten nicht gewusst, was sie von Castillo halten sollten. Er behauptete, von der Drogenfahndung zu kommen und Informationen darüber erhalten zu haben, dass auf einer Teenagerparty LSD verkauft werden sollte. *Wo ist Laura?*, hatte er sich erkundigt. Die Eltern wussten es nicht. Ihre Anrufe, sagten sie, würden auf Lauras Mailbox umgeleitet. *Was ist mit ihren Freundinnen?*, hatte Castillo gefragt und sogar deren Namen genannt. Nichts. *Wer könnte wissen, wohin die Mädchen gegangen sind?* Wieder keine Auskunft.

Castillo klapperte zwei weitere Adressen von Mädchen ab, die sie über Facebook gefunden hatten, aber auch hier kein Erfolg: Wieder gab es nur elterliche Besorgnis und weitere Beweise dafür, dass die Eltern keine Ahnung hatten, wo ihre Kinder an diesem Abend steckten.

Und dann kam die Sirene. Und das Blaulicht.

Ein Streifenwagen, der in der Ferne vorbeiraste.

Jeff und Castillo wechselten einen Blick.

»Verflucht!«, stieß Castillo hervor und fuhr dem Unheil verkündenden Sirenengeheul hinterher.

*

Castillo parkte hinter den Ü-Wagen zweier Lokalsender und den Rettungs- und Einsatzfahrzeugen mit ihren flackernden Blaulichtern. Die Gaffer von Orchard City waren bereits in Massen angerückt. Ein TV-Hubschrauber aus Grand Junction kreiste über dem Haus und lieferte Bilder von dem Gemetzel an Fox News und MSNBC. Entlang der Straße schienen Hunderte von Fahrzeugen geparkt zu sein. Das ganze Viertel funkelte und blitzte wie ein Spielautomat.

Der örtliche Radiosender brachte bereits reißerische Schlagzeilen:

MASSENMORD IN ORCHARD CITY NACH DROGENORGIE
NEUN TOTE TEENAGER!

Das FBI würde erst in einer Stunde eintreffen, und die zweihundert Polizisten von Orchard City hatten noch nicht einmal den Tatort abgesperrt. Niemand hier hatte so etwas schon einmal gesehen, deshalb schien auch niemand zu wissen, was man tun soll.

Castillo hatte nur zweimal seine gefälschte Polizeimarke vorweisen müssen, um ins Haus zu gelangen. Nun betrat er den Keller, wobei er sich sein aufgeknöpftes Hemd vor Mund und Nase hielt. Im ganzen Haus stank es nach Salmiakgeist und Blut, eine abscheuliche Mischung.

Als Castillo den Ort des Grauens betrat, konnte er sehen, wo beide Flüssigkeiten den Läufer auf der Kellertreppe getränkt hatten. Hier lagen fünf Leichen. An vier weiteren Ermordeten war er im Erdgeschoss zwischen Haus- und Kellertür vorbeigekommen. Die Opfer waren blutüberströmt. Bis jetzt war keiner der Toten zugedeckt worden.

Castillo kannte keines der im Tod verzerrten Gesichter. Er hätte ohnehin keine Zeit gehabt, sich näher mit den Leichen zu befassen, denn trotz der Verwirrung würde früher oder später jemand erscheinen, der wusste, dass Castillo nicht hierhergehörte.

Im Keller fand er John, den Jungen im Clownskostüm. John gehörte zwar nicht zum ursprünglichen Sextett, war aber trotzdem ein Klon. Seine Leiche, die ein halbes Dutzend Stichwunden aufwies, lag quer über einem der toten Mädchen. Der Mörder hatte John die Kehle durchgeschnitten. Sein Blut hatte sich mit dem anderer Opfer vermischt und eine große Lache auf dem Betonboden gebildet. Die tiefen Wunden ließen erkennen, dass der Täter mit ungeheurer Kraft zugestochen haben musste.

Castillo wusste sofort, wer die Teenager ermordet hatte, und schauderte bei der Erinnerung. Kurz hatte er das Bild der flüchtenden dunklen Gestalt vor Augen, schüttelte es jedoch ab, ging neben dem toten Jungen in die Hocke und schaute sich die Leiche genauer an.

Das Clownskostüm hatte zwei tiefe Hosentaschen, in denen Castillo ein Bündel Zwanziger und ein Handy fand. Das Geld ließ er in der Tasche, das Handy steckte er ein. Er tastete den Toten ab, fand aber lediglich eine halb leere Tüte Chips in einer Brusttasche.

Castillo richtete sich auf und ließ den Blick über die anderen Opfer schweifen. Sie schienen ebenfalls erstochen worden zu sein. Castillo fiel auf, dass der Kopf eines der Mädchen seltsam schief und verdreht auf den Schultern saß, als hätte der Mörder ihr das Genick gebrochen. Er wollte sich die Tote genauer anschauen, als plötzlich jemand hinter ihm fragte: »Wer sind Sie?«

Castillo drehte sich um. Ein Officer die örtlichen Polizei stand ihm gegenüber und musterte ihn fragend.

»Drogenfahndung«, log Castillo.

Inzwischen waren noch mehr Polizisten am Tatort eingetroffen. Castillo erkannte, dass es an der Zeit war, unauffällig aus dem Haus zu verschwinden.

Draußen klappte er das Handy auf, das er John abgenommen hatte. Es war ein billiges Wegwerfgerät. Sämtliche ein- und ausgehenden Gespräche waren gelöscht worden, doch eine Nummer war gespeichert. Castillo schaute sie sich genauer an: 215, die Vorwahl von Philadelphia.

Als Name stand dort: DR J.

Dr. Jacobson.

»Du hast also Daddy angerufen«, murmelte Castillo.

Er zog sein Smartphone heraus. Ihm war ein Gedanke gekommen.

Hat Jeff auch bei Jacobson angerufen?

Castillo scrollte durch die Gesprächsliste. Nichts.

Er setzte sich in Bewegung, wollte zu seinem Wagen, blieb dann aber abrupt stehen und ächzte vernehmlich. Noch einmal holte er sein Smartphone hervor und öffnete den Browser, um direkt zum Servicekonto zu gelangen. Zu Aufzeichnungen, die sich nicht ohne Weiteres löschen ließen. Dort überprüfte er die in letzter Zeit geführten Gespräche.

Volltreffer.

»Du kleiner Hurensohn«, fluchte er.

*

Castillo öffnete die Fahrertür und stieg in den Wagen. Jeff hatte sich auf der Rückbank klein gemacht.

»Waren sie's?«, fragte er mit gepresster Stimme.

»Ja. Hier.« Castillo reichte ihm sein Smartphone.

»Was soll ich damit?«

Castillo ließ den Motor an und fuhr langsam die Straße hinunter. »Du musst für mich telefonieren.«

»Okay«, sagte Jeff. »Wen soll ich anrufen?«

Castillo blickte in den Innenspiegel. Sie schienen nicht verfolgt zu werden. Die flackernden Lichter der Streifenwagen und Rettungsfahrzeuge erzeugten einen roten Schimmer in der Ferne. Man hätte glauben können, jemand hätte einen Schleier aus Blut über Orchard City ausgebreitet.

Castillo blickte im Innenspiegel nun auf Jeff und schauderte, als er an den wahren »Vater« dieses Jungen dachte, einen psychopatischen Killer schlimmster Sorte. *Ich beiße.*

»Denselben Mann, den du schon die ganze Woche über angerufen hast«, antwortete er auf Jeffs Frage. »Deinen Vater.«

36.

JEFF TELEFONIERT

11. JUNI, SAMSTAG – ORCHARD CITY, COLORADO

Hallo, Dad.

Ich bin's.

Jeff … Jeff!

Nein. Jeff Jacobson.

Ja. Ich … mir geht's gut. Ich weiß, dass du gesagt hast, ich soll nicht …

Wo bist du? Ich muss dich sehen.

Winter Quarters. Nein. Utah? Ja, das kann ich rauskriegen. Danke. Ich …

Mitternacht. Ja.

Alles in Ordnung mit dir? Bist du …

Dad?

Wann bist du …

Yeah. Okay … Ich …

Ja.

Yeah.

Ich liebe dich auch.

37.

NICHT DER ERWARTETE

12. JUNI, SONNTAG – WINTER QUARTERS, UTAH

Winter Quarters, wo sie morgen um Mitternacht verabredet waren, lag nur fünf Autostunden entfernt.

Deshalb schliefen Castillo und Jeff auf dem Parkplatz eines McDonald's in Grand Junction im Wagen. Am Morgen kaufte Castillo die Bücher, die Jeff verlangt hatte: Literatur über Jack the Ripper. Vielleicht enthielten die Bücher etwas, das ihnen half, den Mann, mit dem sie sich treffen würden, besser zu verstehen.

Jeff las schweigend, während sie nach Utah hineinfuhren.

Kurz nach Mittag machte Castillo ungefähr dreißig Meilen nördlich von Winter Quarters im Green River State Park halt, um dort die nächsten zehn Stunden zu warten. Er versuchte, noch einmal zu schlafen, konnte aber nicht. Zu groß war die Ungeduld, diese Sache endlich richtig anzugehen.

Jeff las und döste zwischendurch immer wieder ein wenig. Keiner von beiden hatte große Lust, sich zu unterhalten.

Den ersten Zorn darüber, dass Jeff seinen Vater angerufen hatte, hatte Castillo längst überwunden. Der Junge, vor Angst fast wie gelähmt, hatte nur getan, was jeder in seiner Lage getan hätte. Wütend war Castillo nur auf sich selbst, weil er so dumm gewesen war, das nicht vorauszusehen, oder es nicht schon eher vorzuschlagen. Wie und wann genau es Jeff gelungen war, heimlich zu telefonieren, wusste Castillo noch immer nicht. Allerdings hatte er sein Smartphone in dieser

Woche oft genug herumliegen lassen. Vielleicht hatte Jeff telefoniert, während er, Castillo, geduscht oder ein Nickerchen gemacht hatte.

Habe ich wieder Blackouts gehabt?, fragte er sich.

Unwichtig. Jetzt hatte er Jacobson am Haken. Oder würde ihn bald dort haben. Und sobald man Jacobson hatte, hatte man auch die anderen: Wenn Jeff und John mit ihm telefoniert hatten, galt das vermutlich auch für die anderen. Und Handys ließen sich leicht orten.

Aber sollte er, Castillo, sich tatsächlich um Jacobson kümmern? Und später um Stanforth? Er hatte sich von einem verängstigten Jungen manipulieren lassen. *Ganz schön erbärmlich.* Vielleicht stimmte es ja, was man über ihn gesagt hatte. Vielleicht war er seit seiner Heimkehr aus dem Irak wirklich zu nichts mehr zu gebrauchen.

Nun, es gab nur einen Weg, um das herauszufinden.

Also wartete er.

*

Stunden später, als die Sonne unterging, hörte Castillo, wie Jeff etwas murmelte.

»Was gibt's?«, fragte Castillo und setzte sich auf.

»In diesem Buch …«

»Ja? Hast du was gefunden?« Castillo zog die Augenbrauen hoch.

»Tumblety«, sagte Jeff.

Tumblety? Castillo runzelte die Stirn. *Kommt mir irgendwie bekannt vor, aber woher …?*

Sein träges Erinnerungsvermögen war ein weiterer Beweis dafür, dass er aus dem Tritt gekommen oder einfach zu müde war.

Tumblety.

Plötzlich fiel es ihm ein. »Der tote Kerl in dem Geheimraum, stimmt's?« *Der Bursche, auf den dein verrückter Vater so versessen ist, weil er sich für die DNA von dem Typen interessiert.* »Wie konnte ich den vergessen? Er kommt in dem Buch vor?«

»Und ob. Er wurde verdächtigt, Jack the Ripper zu sein.«

»Was hast du sonst noch über ihn herausgefunden?«

»Nach den Ripper-Morden hat er sich nach Amerika abgesetzt. Dort hat die New Yorker Polizei ihn ständig überwacht. Er ist in Rochester sesshaft geworden und hat zweimal geheiratet. Zuerst eine gewisse Margaret Zilch, dann eine … willst du es wissen?«

»Klar.« Castillo nickte müde und schaute auf die Uhr. Noch fünf Stunden.

»Alice Jacobson.«

»Jacobson?«

»Ja. Sie hatten einen gemeinsamen Sohn. William.«

»William Jacobson? Hat er den Namen seiner Mutter behalten?«

»Ja. So steht es hier. Wie gesagt, Tumblety wurde verdächtigt, Jack the Ripper zu sein, aber das ist noch nicht alles.«

»Was denn noch?«

»Er wurde im Zusammenhang mit der Ermordung Abraham Lincolns verhaftet.«

»Im Ernst? Scheint ja ein netter Typ gewesen zu sein.«

»Hättest du da Tumblety heißen wollen?«

»Auf keinen Fall. Du vermutest also, dass William dein … was ist? Großvater?«

»Wohl eher Urgroßvater. Aber nicht *meiner*. Ich bin kein Jacobson.«

»Also der Großvater deines Adoptivvaters?«, fragte Castillo.

»Kann sein. Das könnten wir überprüfen.«

»Ja, könnten wir. Aber was würde das nützen? War dieser Tumblety wirklich …«

»Jack the Ripper? Wahrscheinlich nicht«, sagte Jeff. Er griff nach dem zweiten Buch, das Castillo gekauft hatte. »Nach heutigen Erkenntnissen war der Ripper ein Mann namens Walter Sickert, ein Maler. Der Fall gilt heute als aufgeklärt.«

»Sollte dein Vater das nicht wissen?«

»Eigentlich schon«, antwortete Jeff. »Aber vielleicht wollte er es nicht wahrhaben.«

»Er hält sich also nach wie vor für einen direkten Nachkommen von Jack the Ripper? Für den genetischen Wiedergänger sozusagen?«

»Das sind bloß verrückte Ideen.«

»Genau.«

»Genau«, wiederholte Jeff. »Und wenn er sich in diesem Punkt irrt …«

»Dann irrt er sich vielleicht auch in vielen anderen Punkten.«

»Richtig.«

Castillo nickte, während sein Verstand auf Hochtouren arbeitete. »Mein Dad ist abgehauen, als ich neun war«, sagte er dann und blickte zur Sonne, die langsam hinter einer Bergkette versank. »Ich habe ihn fast zwanzig Jahre lang gehasst. Aber je mehr ich ihn zu hassen versuchte, desto ähnlicher bin ich ihm geworden. Ich habe mich bewegt, wie er sich bewegt hat, habe geredet, wie er geredet hat, habe gesagt, was er einst gesagt hat. In ein paar Jahren bin ich vielleicht genau wie mein Vater.«

Er beobachtete Jeff im Innenspiegel. *Und du? Wirst du wie Jeffrey Dahmer sein, wenn du erwachsen bist? Ein Monster? Ich frage mich, ob dein Daddy wirklich so unrecht hat.*

Er ließ den Motor an.

»Okay«, sagte er. »Schnappen wir uns deinen Dad.«

*

Sie fuhren an Colton vorbei und auf der Route 96 nach Scofield, einem abgelegenen Canyon, in dem es zwei Generationen lang eine Bergarbeitersiedlung gegeben hatte, bis das Kohlebergwerk explodiert war und auf diese Weise allem ein Ende bereitet wurde. In der ersten Maiwoche des Jahres 1900 wurden sämtliche in Utah verfügbaren Särge nach Winter Quarters geschickt – und reichten trotzdem nicht aus. Bei dem Grubenunglück starben an einem einzigen Tag zweihundert Kumpel. Sie wurden verbrannt, verschüttet, durch Kohlengase vergiftet. Binnen zehn Jahren war die Siedlung ausgestorben.

Das alles hatte Jeff auf ihrer Fahrt nach Utah im Internet recherchiert. Angeblich spukte es in den Ruinen. In dem alten Bergwerk sahen Touristen immer wieder seltsame Lichter und hörten das verzweifelte Schreien Sterbender und ihrer trauernden Frauen.

An diesem Abend aber machte Jeff sich nicht viel aus Gespenstergeschichten. Heute wollte er seinen Vater zur Rede stellen, wollte Antworten.

Er spürte, dass Castillo wegen seiner heimlichen Anrufe noch immer sauer war. Dabei hatte er, Jeff, nur ein paar Mal telefoniert. Aber das änderte natürlich nichts an der Tatsache, dass er Jacobsons Nummer gewählt hatte – die Nummer, die sein Vater ihm gegeben hatte, bevor er abgehauen war.

Dabei waren die Anrufe völlig sinnlos gewesen. Sie hatten alle gleich geendet. Verwirrend, ergebnislos: *Wo bist du, Dad?* Keine Antwort. *Was soll ich tun, Dad?* Keine Antwort. Jeff wusste nicht einmal, ob sein Vater begriff, mit wem er überhaupt redete.

Aber das spielte keine Rolle mehr. Castillo würde Wort halten und alles in Ordnung bringen. Er würde seinen Vater finden. Ihm helfen. Dann würden sie sich zusammensetzen und miteinander reden. Alle Knoten entwirren. Die bösen Dinge ungeschehen machen. In das normale Leben zurückkehren. Da konnten die verlorenen Seelen jammern, so viel sie wollten. Heute Nacht ging es um die Verdammten, die noch lebten.

In der Dunkelheit sah Jeff, wie auf der unbefestigten Straße jemand auf ihn zukam.

Castillo.

Er kam bereits zurück.

*

Castillo rechnete damit, dass Jacobson vor ihm eintreffen würde, sodass der Verrückte ihn wahrscheinlich bereits beobachtete. Er hatte Jeff erneut angewiesen, in dem gut eine Meile entfernt geparkten Wagen zu bleiben; dann war er über den Zaun geklettert und auf der stillgelegten Bahnstrecke weitermarschiert. Jeff war zwar nicht einverstanden gewesen, aber die Diskussion hatte nicht lange gedauert.

Es war kurz vor Mitternacht. Von der ehemaligen Siedlung waren nur eingebrochene Keller und verfallene Grundmauern übrig. Bloß ein Gebäude stand noch, zwei der Außenwände waren bereits eingestürzt; die beiden anderen schienen sich verzweifelt gegenseitig zu stützen.

Castillo stieg langsam den Hügel hinauf, suchte mit Blicken die Schatten unter sich ab und hielt sich geduckt, während ein ungewöhnlich kühler Sommerwind ihm aus dem Tal entgegenwehte.

Das alte Bergwerk lag jenseits des Canyons und der Ruinen. Castillo senkte seine Waffe und bewegte sich weiter darauf zu. Er überlegte noch einmal, ob er Verstärkung anfordern sollte. Jacobson war geisteskrank, und möglicherweise war er nicht allein. Aber Castillo war schon durch genügend Höhlen gekrochen. Dieser Suche fühlte er sich gewachsen. Er würde Jacobson gefangen nehmen und sich vorerst damit zufriedengeben. Auftrag ausgeführt. Alles Weitere konnte er Stanforth und den anderen überlassen.

Er selbst würde sein Leben in Ordnung bringen, würde alles wieder auf das richtige Gleis führen.

Und was Jeff betrifft ...

Castillo verscheuchte diesen Gedanken. Er konnte es sich nicht leisten, an den Jungen zu denken. Nicht jetzt. Er musste sich auf seinen Auftrag konzentrieren, Jacobson gefangen zu nehmen.

Er lauschte, dann stieg er vorsichtig einen überwucherten Pfad zu dem verbarrikadierten Bergwerk hinunter. Und dort unten war jemand – eine nur schemenhaft erkennbare Gestalt am Eingang des Schachts. Pünktlich am angegebenen Ort.

Präzise wie immer.

»Dr. Jacobson«, sagte Castillo und richtete den Strahl seiner Taschenlampe direkt auf die Gestalt.

Der Mann schrak vor dem hellen Licht zurück.

Er war tatsächlich Jacobson – der Mann auf den Fotos, die Castillo seit einer Woche immer wieder studiert hatte. Aber er war viel dünner geworden. Nachlässig gekleidet. Desorientiert. Er schien unbewaffnet zu sein.

Castillo stieg zu ihm hinunter, ließ den Lichtstrahl der Stablampe auf ihn gerichtet und behielt den Zeigefinger am Abzug seiner Waffe.

Es war ihm wichtig, Jacobson lebend gefangen zu nehmen, damit er Antworten geben konnte. Für Jeff.

»Sie sind nicht der, den ich erwartet habe«, stellte Jacobson fest.

»Das interessiert mich nicht«, sagte Castillo. »Hände nach vorn, damit ich sie sehen kann.«

Jacobson hielt sich die Hände vor die Augen, um nicht geblendet zu werden. Castillo sah, dass der Schacht hinter dem Wissenschaftler nach ungefähr fünf Metern mit Brettern versperrt war.

»Der Boss-Typ hat Sie geschickt«, sagte Jacobson und verzog das Gesicht zur Grimasse. »Nicht wahr?«

»Die Hände nach vorn. Strecken Sie die Arme aus, verdammt!«

Während Jacobson gehorchte, suchte Castillo den Eingang des Schachts hinter ihm ab. Bis auf den ruhelosen Doktor schien niemand dort zu sein. »Hinknien. Na los, auf die Knie!«

»Ja, ja, schon gut.« Jacobson ließ sich auf die Knie sinken.

»Und jetzt hinlegen.« Castillo trat näher an ihn heran, suchte den Bereich hinter ihm ab, leuchtete dem Wissenschaftler ins Gesicht. »Cool bleiben. Ihnen passiert nichts.«

»Natürlich nicht. Wenn es Ihnen recht ist, möchte ich …«

»Runter!« Castillo machte noch einen Schritt und stieß Jacobson mit der linken Hand, die die Stablampe hielt, zu Boden. »Keine Bewegung, verstanden?«

Jacobson sagte etwas, doch weil er jetzt auf dem Bauch und mit dem Gesicht im Dreck lag, waren seine Worte unverständlich. Seine Handgelenke hatte Castillo ihm bereits mit Kabelbindern auf den Rücken gefesselt. Ganz methodisch, wie er es bei zahllosen Einsätzen getan hatte, und weil es so im Lehrbuch stand, tastete Castillo den Wissenschaftler nach Waffen ab. Doch es kostete ihn einige Überwindung, diesen Mann anzufassen, denn er wusste, was Jacobson auf dem Gewissen hatte. Was er Kindern und Jugendlichen angetan hatte.

Auch Jeff.

Castillo fand das Kampfmesser in der Scheide an Jacobsons Hüfte. Es hatte eine achtzehn Zentimeter lange schwarze Klinge aus Kohlefaser, auf der angetrocknete Blutflecken zu sehen waren. Aber das kümmerte Castillo nicht weiter. Es war nicht das, wonach er suchte.

Er zog die Lederscheide heraus und steckte sie sich unter den Hosenbund. »Wo ist die Chemikalie?«, fragte er und rüttelte Jacobson grob an den Schultern.

Statt zu antworten, fragte er: »Hat das DSTI Sie geschickt?« Er blinzelte ins helle Licht, als er Castillo anstarrte. »Nein, nicht das DSTI. Ich kenne Sie. Sie sind einer von Stanforth' Leuten, nicht wahr? Das überrascht mich nicht. Wie heißen Sie, kleiner Soldat?«

Arschloch. »Wo haben Sie geparkt, Jacobson? Wo steht Ihr Wagen?«

»Zuerst ein kleines Rätsel, ein historisches Rätsel. Stehen Sie auf Geschichte? Gut. Nehmen Sie fünf der größten Wissenschaftler ihrer Epoche. Zunächst einmal Galileo Galilei. Er wurde von der Stadt Venedig beauftragt, Waffen zu entwickeln …«

»Schluss jetzt.« Castillo zog den Genetiker grob wieder hoch. »Was ist mit dem Scheißzeug, das Sie in SharDhara eingesetzt haben?«

»Und Leonardo da Vinci wurde vom Papst dafür bezahlt, neue Waffen zu erfinden«, fuhr Jacobson unbeirrt fort, als hätte er die Frage nicht gehört. »René Descartes wurde von der Königin von Schweden in Dienst genommen, um Waffen zu entwickeln. Thomas Alva Edison wurde von Präsident Wilson angestellt, um Waffen zu entwickeln. Albert Einstein …«

Castillo zog Jacobson mit einem Ruck zu sich heran. Der Mann grunzte. Castillo konnte seinen üblen Mundgeruch riechen. »Ihr Wagen?«

»Drei dieser Wissenschaftler«, fuhr Jacobson gespenstisch grinsend fort, »haben sich an ihren Auftrag gehalten und tatsächlich Waffen konstruiert. Doch zwei von ihnen haben erkannt, dass militärische Anwendungen sie letztlich doch nicht interessierten. Können Sie mir sagen, welche beiden?«

»Sparen Sie sich Ihr Gebrabbel für den Psychiater.« Castillo stieß den Gefesselten unsanft vor sich her. Er wollte keine weiteren Rätsel hören. Von niemandem. Erst recht nicht von Jacobson. Am besten, er nahm den Kerl mit und quetschte ihn irgendwo anders aus.

»Vielleicht noch ein paar Informationen, ehe Sie antworten«, fuhr Jacobson ungerührt fort. »Galilei wurde als Ketzer lebenslänglich eingekerkert, und seine Werke durften nicht mehr gedruckt werden. Descartes wurde vergiftet und auf einem Friedhof für ungetaufte Kinder beigesetzt. Seine Werke kamen auf den päpstlichen Index der verbotenen Schriften, *Librorum prohibitorum* …« Jacobson blieb stehen, drehte sich um und starrte Castillo in die Augen. »Also«, sagte er. »Welche beiden Wissenschaftler sind es, tapferer Soldat?«

»Schluss mit dem Blödsinn, Jacobson! Sie sind nicht Galilei. Sie sind bloß ein armseliger Irrer mit einem Messer. Ein Freak mit einer chemischen Keule. Und ein miserabler Vater.«

»Sie meinen, wegen Jeffrey? Ich glaube, er hat mich angerufen.« Auf Jacobsons hagerem Gesicht lag ein verwunderter Ausdruck. »Ja, ich weiß es genau. Mein Sohn … er hat mich angerufen.« Er sprach wie in Trance.

»Ihr Sohn? Wohl eher Ihr *Experiment*«, stellte Castillo richtig. »Sie wollten Jeffrey nur für Ihre perversen Forschungen benutzen. Um zu beweisen, dass das Böse im Blut liegt. Aber ich habe Neuigkeiten für Sie: Ihre Theorie ist falsch! Das einzige Böse, das Jeff kennt, wurde ihm von Ihnen und Ihren verdammten Kollegen zugefügt. Aber jetzt ist der Junge in Sicherheit.« Wieder stieß Castillo den Wissenschaftler vor sich her. »Alle sind jetzt sicher.«

Jacobson lachte.

»Was ist denn so lustig?«

»Dass gerade Sie das sagen. Wenn man bedenkt, für was für Männer Sie arbeiten. Das klingt sehr ironisch.«

»Ich sagte Ihnen bereits, dass Ihr dogmatischer Schwachsinn mich nicht interessiert.«

»Ich verstehe«, sagte Jacobson. »Aber Sie interessieren sich bestimmt für *sie,* nicht wahr?«

Castillo folgte Jacobsons Blick und sah auf der Erhebung am Rand der in Trümmern liegenden Siedlung drei schlanke Gestalten.

Es waren nicht die Geister verunglückter Kumpel.

Es waren Jugendliche.

»Wer sind die drei?« Castillo zog den Wissenschaftler als Schutzschild zu sich heran. Er trug zwar eine Kevlar-Weste, wollte aber mehr Schutz gewinnen.

»Einer von ihnen ist John, glaube ich«, sagte Jacobson. »Und Ted sollte auch dabei sein. Wissen Sie, nachdem Jeff mich angerufen hatte, habe ich die Jungen für heute Nacht herbestellt. Ich dachte, wir wären allein.«

»Wie viele genau? Und John ist übrigens nicht dabei. Denn er ist tot.«

»Tatsächlich?« Jacobsons Stimme klang noch abwesender, noch distanzierter.

»Ja. Er wurde vergangene Nacht ermordet. Jemand hat ihm ein Dutzend Messerstiche verpasst und ihm die Kehle durchgeschnitten. Wegen dieser Sache werden bestimmt ein paar Leute mit Ihnen reden wollen.«

»Nein. Sie werden über andere Dinge mit mir reden wollen, aber nicht über John. Die Kehle durchgeschnitten, sagen Sie?« Jacobson lachte glucksend in sich hinein.

»Noch mehr Ironie, Doktor?« Castillo merkte, dass die Jugendlichen sich auf ihn und Jacobson zu bewegten. Sie waren noch knapp fünfzig Meter entfernt. Castillo erkannte jeden Einzelnen von ihnen. Er hatte ihre Akten lange genug studiert.

Albert, Ted und …

Jeff.

Nein. Das ist der andere Jeff. Ihr *Jeff.* Einer der ursprünglichen sechs Ausbrecher. Ein Jugendlicher namens Jeff Williford. Von einer anderen Ersatzfamilie adoptiert. Drei Jahre älter. Größer. Stärker.

Und böser?

Castillo steckte die Stablampe in die Hüfttasche seiner Jeans und zog sein Handy heraus. Seine Pistole blieb auf die drei Jugendlichen gerichtet.

»Castillo?« Colonel Stanforth' ruhige Stimme drang aus dem Mini-Lautsprecher.

»Ja, Sir. Ich habe Jacobson. Schicken Sie sofort alle verfügbaren

Leute ins ehemalige Bergwerk Winter Quarters bei Scofield. Hier sind mindestens drei weitere Zielpersonen.«

»In Ordnung. In fünfzehn Minuten startet in Salt Lake ein Hubschrauber mit Verstärkung.«

»Verstanden, Sir. Jacobson hat keinen Behälter, keine Phiole mit Giftgas bei sich. Ich muss aber noch seinen Wagen durchsuchen.«

»Gut gemacht, mein Junge«, lobte Stanforth. »Was ich Ihnen noch sagen wollte …«

»Später, Sir.« Castillo beendete das Gespräch.

»Ihr Boss ist zufrieden, ja?«, fragte Jacobson. »Wie schön für Sie, sonst könnte es ja sein …«

Castillo schüttelte ihn, damit er verstummte. »Ich habe eine Pistole!«, rief er den Jugendlichen zu. »Habt ihr verstanden?«

»Ich habe eine Pistole«, äffte einer der Jungen ihn mit hoher Stimme nach und kam ein paar weitere Schritte näher. »Du kannst uns mal, Hackfresse.«

»Keinen Schritt näher, sonst schieße ich.«

»Keinen Shit näher, sonst scheiße ich«, spottete der Junge. Die anderen beiden lachten.

Castillo blickte zum dunklen Horizont. Es würde mindestens zwanzig Minuten dauern, bis Verstärkung kam, also musste er auf Zeit spielen. »War ja 'ne tolle Party, die ihr neulich organisiert habt.«

»Was denn für 'ne Party?«

»Die in Orchard City.«

»Was kümmert es dich, Mann?«

»Ja, stimmt«, erwiderte Castillo. »Eigentlich geht's mich gar nichts an. War nur eine Feststellung. Neun Tote, John nicht mitgerechnet. Habt ihr's im Fernsehen gesehen?«

»Das waren nicht wir.«

»*Wir* hätten sechzig abgemurkst«, ergänzte Jeff. Jeffrey Williford. Trotzdem sprach er ganz ähnlich wie der Junge, den Castillo kannte. Ein klein wenig anders, aber ähnlich genug.

Zu ähnlich.

»Der Salmiakgeist«, sagte Castillo, um Zeit zu schinden. »Nette Idee.«

»Was weißt du darüber, Alter?«, fragte Jeffrey.

»Ich weiß auch von der Familie in Vernon. Und von den Frauen in Unity.«

»Du bist 'n echtes Genie, was?«

»Das höre ich nicht zum ersten Mal.« Castillo beschloss in diesem Moment, alle drei zu erschießen, wenn auch nur einer von ihnen noch einen halben Schritt in seine Richtung machte. Allein Jacobson war wichtig. Nur Jacobson kannte jeden Winkel des von ihm geschaffenen Höhlenreichs. Nur Jacobson hatte einen Sohn. Und unabhängig davon, was heute Nacht hier passierte – die drei Kids waren relativ unbedeutend.

»Bist du der Kerl, der John erledigt hat?«, fragte Albert.

»Nee, ausgeschlossen«, sagte Jeffrey. »Das ist er nicht.«

»Trotzdem ist er ein toter Mann. Hörst du, Schwuchtel? Du bist so gut wie tot!«, rief Al.

Wieder suchte Castillo den Horizont ab. Die drei Kids würden wahrscheinlich verschwinden, sobald die Hubschrauber erschienen. *Die spüren euch trotzdem auf, ihr kleinen Scheißer.*

Jacobson bewegte sich, murmelte etwas, das wie Latein klang. Castillo presste ihn an sich, während er den Jungen zurief: »Habt ihr heute schon jemand umgebracht?«

»Noch nicht.« Das war der dritte Junge, Ted. Seine Stimme war tiefer und klang ernsthafter als die der anderen. Auch er hatte eine Waffe gezogen.

»Vorsicht, Kumpel«, warnte Castillo. »Weg mit der Knarre, sonst bist du tot.«

»Na und?« Der Teenager trat vor. »Das ist mir längst scheißegal.«

Castillo hob die Waffe, zielte auf den Kopf des Jungen. »Das glaube ich nicht.«

Ted blieb breit grinsend stehen. »Hast recht, Alter«, sagte er. Dann verschwand sein Grinsen so plötzlich, wie es gekommen war, und wich einem Ausdruck animalischer Angst. Der Junge fuhr herum und blickte an den beiden anderen vorbei über die verfallene Siedlung hinweg.

Was war das?

Castillo verkrampfte sich unwillkürlich, während er die Schatten absuchte.

Wovor haben diese Monster Angst?

Er hörte, wie Jacobson aufstöhnte.

»Was ist hier los, verdammt?«, fragte Castillo alarmiert.

»*Er* ist hier«, sagte Jacobson.

»Er? Von wem reden …«

Castillo reagierte instinktiv auf eine plötzliche Bewegung rechts von ihm und drehte sich zur Seite. In den Schatten war etwas lebendig geworden. Irgendjemand, *irgendetwas* duckte sich, setzte zum Sprung an. Dann spürte Castillo auch schon, wie er hochgerissen wurde. Er fühlte sich gewichtslos, schwerelos, wehrlos. Die Realität schien mit einem Mal stillzustehen. Castillo hatte den Angreifer nur ganz flüchtig gesehen; dann hatte er auch schon die Hand, den stählernen Griff an der Schulter gespürt und versucht, dem Schlag auszuweichen, von dem er gewusst hatte, dass er kommen würde. Doch es war zu spät. Er spürte einen brennenden Schmerz im Nacken, dann wurde er mit Wucht zu Boden geschleudert.

Jemand in seiner Nähe schrie laut auf. Er hörte Schüsse, die nicht aus seiner Waffe stammten. Schmerz zuckte durch seinen Körper. Er wusste, dass er eine Stichwunde hatte, aber er hatte sich von der zustoßenden Klinge weggedreht, und die Kevlar-Weste hatte die größte Wucht aufgefangen.

Castillo versuchte, auf die Beine zu kommen. Erst jetzt sah er, dass jemand zwischen Jacobson und ihm stand. Der Angreifer? Der Mann war klein und schlank und dunkel, bei Nacht kaum zu sehen.

Ein Mann? Nein …

Der Unbekannte hatte Jacobson an der Gurgel gepackt und hielt ihn scheinbar mühelos hoch, während der Wissenschaftler sich wand und mit den Beinen strampelte. Die Messerklinge in der anderen Hand der Gestalt steckte bis zum Heft in Jacobsons Rumpf. Seine

Schreie klangen unnatürlich schrill, wie die einer Frau, deren Kind getötet worden war.

Castillo jagte dem Killer fünf Kugeln in den Rücken. Der Unbekannte taumelte unter der Wucht der Einschläge vorwärts, ließ Jacobson aber nicht fallen. Als er sich wieder aufrichtete, riss er die Hand mit der Klinge nach rechts. Heißes Blut spritzte in weitem Bogen und traf Castillos Gesicht, als Jacobson aufgeschlitzt wurde und seine Eingeweide mit einem feuchten, schlürfenden Geräusch aus seinem Leib rutschten.

Jacobsons Mörder wandte sich nun den drei Jugendlichen zu – den drei Klonen. Das hier war eine Hinrichtung. Stanforth und das DSTI hatten diesen Killer geschickt.

Castillo beobachtete, wie die drei Jungen panisch durch die verlassene Siedlung flüchteten.

Soll ich einfach zusehen?, fragte er sich. *Lasse ich den Kerl weitermorden, wer immer er sein mag?*

Er spürte die frische Wunde in seinem Rücken brennen und dachte sofort an den Keller mit den toten Jugendlichen, den er letzte Nacht gesehen hatte.

Castillo gab drei weitere Schüsse ab. Die Detonationen wetterten laut durch den Canyon. Sämtliche Kugeln trafen ihr Ziel. Das Ungeheuer – Castillo konnte dieses Wesen nicht mehr für menschlich halten – drehte sich zu ihm herum.

Castillo verschoss die letzten Patronen seines Magazins, zielte auf den Kopf des Gegners.

Schwarze Blutschleier sprühten von der linken Kopfhälfte des Monsters. Es taumelte zurück und brach aufschreiend zusammen.

Was dann geschah, überstieg Castillos Vorstellungskraft.

Denn so schnell, wie es gestürzt war, kam das Ding wieder auf die Beine, rannte geduckt davon und flüchtete in die alte Siedlung.

Verwundet. Sterbend.

Es muss tödlich verletzt sein, sagte Castillo sich. *Ich habe ein Stück seines verdammten Schädels wegfliegen sehen!*

Er versuchte, die brennenden Schmerzen zu ignorieren, als er das

Ungeheuer verfolgte und ein neues Magazin in seine 9-mm-Pistole schob. Kurz schaute er sich nach den drei Jugendlichen um. Sie waren geflüchtet oder hatten sich irgendwo versteckt.

Jacobsons Mörder wurde langsamer, hatte kaum noch fünfzig Meter Vorsprung. Er taumelte, stolperte, kroch auf allen vieren in einen der eingebrochenen Keller.

Als Castillo um die Kellerecke bog, musste er sich eingestehen, dass er den Unbekannten nie entdeckt hätte, wenn er nicht gewusst hätte, dass er hier sein *musste*. Die schwarz gekleidete Gestalt war in der äußersten linken Ecke des düsteren Kellers zusammengesunken. Sie wirkte verkrümmt, der Unbekannte hatte seinen Körper auf beinahe groteske Weise verbogen, um nicht so schnell gesehen zu werden. Wie eine riesige Spinne oder eine Fledermaus. Im Mondschein funkelte das lange Messer wie der Reißzahn eines Raubtiers.

Castillo gab fünf Schüsse ab.

Er sah, wie das *Ding* zuckte und in den Schatten zu Boden sank.

Castillo stieg in den kleinen Keller hinunter, wobei er herabgestürzte Mauerbrocken als Stufen benutzte.

Dieses Monstrum muss in Stanforth' Auftrag unterwegs sein. Doch wie hatte es uns gefunden?

Vorsichtig näherte Castillo sich dem reglosen Körper, berührte ihn vorsichtig und sah bestätigt, was er bereits ahnte. Der Unbekannte war tot.

Und er war ein *Mann*.

Zumindest äußerlich.

Castillo starrte fassungslos auf die Kreatur vor ihm. Versuchte zu begreifen, was er sah.

Der Unbekannte trug eine modifizierte schusssichere Weste mit zusätzlicher Panzerung für Kinn, Hals und Arme. Unmittelbar darüber waren die linke Wange und das Ohr weggeschossen. Das Wesen war tiefschwarz, aber sein Gesichtsschnitt wirkte europäisch. Doch keine Rassenzugehörigkeit dieser Erde konnte seinen viel zu schmalen Kopf erklären. Oder den zu breiten Mund voller unregelmäßiger, schiefer Zähne. Oder die beiden Löcher, wo die Nase hätte sein müssen.

Waren das alte Verletzungen, oder war es das normale Gesicht dieser Kreatur, die aussah wie aus einer Freakshow?

Castillo starrte in die grässliche Fratze und stutzte.

Sie kam ihm irgendwie vertraut vor.

Eine Erinnerung?

Aus seinen Albträumen?

Ist es das?

Hatte es mit seinen grauenhaften Träumen zu tun?

Dann gingen sämtliche heraufdämmernden Erinnerungen in einer neuerlichen Woge des Schmerzes unter. Castillo krümmte sich, fluchte, wandte sich von dem Monster ab. Stöhnend stieg er aus dem feuchten Keller und hielt dabei Ausschau nach den drei Klonen, nach Ted, Al und Jeffrey. Aber die waren vermutlich noch immer auf der Flucht vor dieser albtraumhaften Kreatur. Castillo konnte es ihnen nicht verdenken.

Er berührte seine Seite, die von Blut nass und klebrig war, hielt die Hand auf die Wunde gepresst und verließ den Canyon, so schnell er konnte. Es schien ewig zu dauern. Seine Atmung ging schnell und flach, als er die Steilwände der Schlucht endlich hinter sich ließ.

Zwei Hubschrauber flogen von Westen her in den Canyon ein. Castillo hatte so laut gekeucht, dass er sie gar nicht kommen gehört hatte. Er bewegte sich die alte Bahntrasse entlang zurück zu seinem Wagen. *Halt durch.* Er fühlte sich benommen, denn er hatte viel Blut verloren. Ihm war klar, dass er jeden Augenblick schlappmachen konnte.

Als er sich dem Wagen näherte, umklammerte er seine Pistole fester.

»Jeff?«

Keine Reaktion.

Die Fenster des Wagens waren eingeschlagen. Front- und Heckscheibe. Alle vier Seitenfenster. *Sie haben sich einen Spaß daraus gemacht,* dachte Castillo voller Bitterkeit. *Haben ihre sichere Beute verhöhnt und gequält.*

Er fühlte Zorn in sich aufwallen.

Überall lagen Stücke von zertrümmertem Sicherheitsglas. Am Rahmen eines der hinteren Seitenfenster klebte Blut. Jeffs Bücher waren auf dem Rücksitz verstreut, seine Reisetasche lag auf dem Fahrersitz. Im dunklen Straßenstaub hatten die Reifen eines zweiten Wagens tiefe Spuren hinterlassen.

Castillo suchte den Wald zu beiden Seiten der unbefestigten Straße mit Blicken ab.

»Jeff!«, rief er.

Keine Antwort.

Sie hatten ihn entführt. Jeffs »Brüder«.

Castillo ging zur Front des Wagens, lehnte sich an den Kühlergrill und ruhte ein wenig aus. Er sah, wie sein Atem in der kalten Nachtluft kondensierte. In der Ferne flüsterten die Geister des Bergwerks. Vielleicht waren es auch die Hubschrauber. Castillo wusste es nicht. Es war ihm auch egal.

Er wusste nur, dass er jetzt einen weiteren Jungen finden musste. Jeff.

38.

DIE DUNKLEN MÄNNER

13. JUNI, MONTAG – MOUNT PLEASANT, UTAH

Zahir sieht gerne Männer sterben. Er mag besonders den Augenblick, in dem der Todgeweihte in seiner Hilflosigkeit das Wissen erlangt, dass er nichts mehr tun kann, nichts mehr zu geben hat. Auf diese sehr persönliche und endgültige Niederlage folgt fast immer ein letztes vergebliches Festklammern am Leben, ein trotziges Aufbäumen, gefolgt von der endgültigen Resignation, die sich vor allem in den Augen spiegelt. Der Mensch, das weiß Zahir, ist niemals so lebendig wie bei seinem allerletzten Atemzug. Deshalb kann Zahir wirklich und wahrhaftig Gott sehen, wenn er in die Augen eines Sterbenden blickt.

Er lässt die Finger über das von Schweiß und Blut glitschige Gesicht gleiten, das gegen seine Handfläche drückt, anstatt vor ihm zurückzuweichen. Gut gedrillt, *denkt Zahir und lächelt. Die meisten würden vor dem Mann zurückschrecken, der ihnen so viele und so furchtbare Schmerzen zugefügt hat, aber der hier hat gelernt, das Grauen zu ertragen.*

Zahir tätschelt die Wange. Bald, flüstert er, bald. Dann tritt er wieder an seine Werkbank, während das Licht der verrosteten Petroleumlampe grotesk verzerrte Schatten an die Decke und die Wände der kleinen Höhle wirft. In den benachbarten Tunnels und Höhlen reden andere Männer, und irgendjemand lacht …

Als Zahir zum ersten Mal einen Menschen sterben sieht, ist er acht oder neun Jahre alt. Es geschieht in Kairo. Eine Autobombe verwüstet einen Lebensmittelmarkt. Während Zahir noch mit anderen auf dem Boden kauert, schockiert und voller Angst, geschieht etwas Unfassbares, denn aus den rauchenden Trümmern kommt eine dunkle Gestalt auf sie zugetaumelt. Zahir ist sich noch heute nicht sicher, ob es ein Mann oder eine Frau war, weil alles voller Blut gewesen ist und ein Teil des Kopfes fehlte, während die Gestalt auf ihn zutaumelte, als könnte jeder Schritt ihren endgültigen Zusammenbruch bedeuten. Der Junge, der kleine Zahir, reibt sich die vom Rauch brennenden Augen, um alles genau beobachten zu können. Er sieht ein halbes Gesicht, denn die rechte Hälfte des Kopfes besteht nur noch aus Fetzen von Fleisch und Knochen, der Schädel dahinter ist eingedrückt. Er sieht das einzelne linke Auge, das ihn anfunkelt, ihn direkt anstarrt, verwundert und entschlossen zugleich. Der kleine Zahir erkennt schlagartig, dass diese blutige, zerfleischte Kreatur ihn töten will. Obwohl sein halbes Gesicht und der halbe Schädel auf der Straße hinter ihm liegen, ist dieses Ungeheuer wild entschlossen, nicht allein zu sterben.

Das Mann-Weib hebt einen Arm in Zahirs Richtung, einen blutigen Stumpf, der am Ellbogen endet, dann bricht es zu seinen Füßen zusammen. Dabei spritzt irgendetwas Nasses, Heißes in Zahirs Gesicht. Der zertrümmerte Unterkiefer und die noch verbliebenen Zähne beißen auf die heraushängende Zunge, und aus der verzerrten Mundöffnung gurgelt Blut, während die Gliedmaßen an Zahirs Beinen zucken. Der Junge konzentriert sich weiter auf das begierige, wissende Auge, das ihn unverwandt fixiert. Das Auge leuchtet wie ein Stern.

Das Auge Gottes.

Denselben Blick erlebt Zahir, als er ungefähr ein halbes Jahr später einen alten Mann mit einem Ziegelstein erschlägt. Dann noch einmal, als er Ahmeds kleine Schwester erwürgt, die fast noch ein Baby ist. Als er sich schließlich der Fatah al-Islam anschließt, wird es seine heilige Pflicht, zu verletzen und zu morden.

Eine junge Frau aus seiner Gruppe, eine reiche Erbin, die an der Universität Alexandrien studiert und in irgendeinem öden Fach promovieren will, äußert die Vermutung, Zahirs gewalttätiges Wesen sei die Folge eines Traumas durch diese Autobombe oder vielleicht durch die vielen Prügel, die er von seinem Vater bezogen hat. Doch Zahir glaubt das nicht – und das sagt er ihr auch, während er sie vergewaltigt und anschließend um-

bringt. Es macht mir Spaß, anderen Schmerzen zuzufügen und sie zu töten, erklärt er ihr. Das soll keine Entschuldigung sein, sagt er, es ist einfach so.

Er hat es genossen, die Familie in Herát zu foltern und später die Kindersoldaten, die sie in Qal'at Dizah gefangen genommen hatten. Oder in jüngerer Zeit die Leute in Towraghondi. Letzte Woche hat sein Team drei US Ranger außerhalb von Towraghondi gefangen genommen und heimlich über die Grenze geschafft. Die Amerikaner würden auf keinen Fall in den Irak kommen, um sie zu befreien, das würden »John Penn« und »George Clooley« niemals zulassen, sagt Zahir und lacht.

Es war eine gute Woche. Nach vielen Schmerzen und viel Blut hat er Gott schon zweimal gesehen und wird auch den Tod dieses Mannes hier genießen. Er hat ihn bereits gefoltert, hat bis auf die Knochen in sein Fleisch geschnitten. Diese Amerikaner sind so verdammt groß. Er will ihre Muskeln aus der Nähe sehen. Wofür sie kämpfen, ist ihm egal. Er hat sich nie sonderlich für Politik oder Religion oder Philosophie interessiert. Ihn interessiert nur seine Leidenschaft. Das Auge Gottes. In dieser Beziehung ist er vermutlich nicht viel anders als dieser Soldat, den Gott persönlich ihm geschickt hat.

Er wirft einen Blick zu den beiden jetzt leeren Stühlen hinüber. Unter ihnen sind dunkle Folterspuren zu sehen, Blutlachen, Erinnerungen an gemarterte Körper, von denen nur noch die Köpfe erhalten sind, die jetzt auf dem kleinen Holztisch stehen und zuschauen, als er sein bevorzugtes Skalpell auswählt, das aus einem Rotkreuzzelt geklaute BD Bard-Parker mit fünf Zentimeter langer Klinge aus Kohlenstoffstahl, ein wundervoll in der Hand liegendes, extrem haltbares Instrument, perfekt geeignet für weitere flache Schnitte an Brustkorb und Genitalien.

Na los, denkt er mit einem Blick auf sein Opfer. Fang endlich wieder an, diese Laute von dir zu geben, die keine Laute mehr sind, wie schon seit fast einem Tag. Es ist schade, dass dieser Mann sehr bald tot sein wird, weil Zahir mehr über ihn erfahren möchte. Denn diese Ranger sind keine gewöhnlichen Männer. Nie winseln sie um Gnade wie die anderen. Sie fluchen nur und werden wütend. Er erfährt nicht einmal ihre richtigen Namen, weil Männer wie diese nichts von sich preisgeben.

Zahir tritt näher und drückt den Daumen an den Mund des Mannes, um die Oberlippe hochzuschieben. Dieser windet sich auf dem Stuhl, als wollte er die blutbefleckten Stricke zerreißen, und stöhnt, als Zahir die Klinge hebt und über sein Zahnfleisch führt. Sich dann wieder dem Körper zuwendet und ruhig weiterarbeitet.

Bis plötzlich Schüsse fallen. Eine wilde Schießerei in einem der Tunnel. Ihr Echo klingt wie Donnergrollen.

Zahir lässt das blutige Skalpell neben den beiden Köpfen auf den Tisch fallen. Als von irgendwoher ein Schrei an sein Ohr dringt, der Todesschrei eines Mannes, greift Zahir nach seinem Gewehr. Einer der anderen, Hasib, kommt hereingeplatzt und brüllt irgendetwas, und Zahir erschießt ihn beinahe. Bei dieser Vorstellung muss er grinsen. »Was gibt's?«, fragt er. Wie als Antwort erhebt Hasib sich in die Luft, scheint einen Meter über dem Höhlenboden zu schweben. Als Zahir verwirrt einen Schritt zurückweicht, sieht er Blut an die Felswand spritzen. Aus Hasibs Brust ragt etwas Glänzendes. Dann bricht er zusammen. In den Schatten bewegt sich etwas. Eine schlanke dunkle Gestalt, die wie Rauch auf Zahir zuschwebt, der jetzt abdrückt. Doch schon spürt er eine kräftige Hand an seinem Hals, bevor etwas Hartes, Kaltes sich tief in seinen Magen bohrt. Ein großes Messer funkelt im Halbdunkel, stößt mehrmals zu. Zahir spürt, wie die Klinge sich in seinem Inneren bewegt, wie seine Bauchdecke aufgeschlitzt wird. Er hört, wie seine Eingeweide auf den Höhlenboden platschen, während der Schattenmann vor ihm aufragt.

Zahir blickt in pechschwarze Augen, die wie dämonische Juwelen funkeln. In ihren dunklen Spiegeln sieht er die eigenen Augen – weit aufgerissen und glänzend –, während er kreischt, ein fast jubelnder Laut, und dann, endlich, ist der Augenblick gekommen, jener letzte Augenblick der Resignation und Aufgabe, die Sekunde der Wahrheit, und seine gespiegelten Augen leuchten wie Sterne, die Augen Gottes, denkt er, und dann spürt er nichts mehr.

Der achtlos zur Seite gestoßene Körper prallt gegen den Tisch, auf dem die beiden Köpfe langsam und obszön zur Seite rollen. Die Köpfe von Second Lieutenant Wissinger und Specialist Koster. Und weil dies ein Traum ist, haben sie die Gesichter von Jeff und Shaya. Und dann wendet die dunkle Gestalt sich dir auf dem Stuhl zu. Du kämpfst weiter gegen die Stricke. Wendest dich ab. Irgendjemand stößt schrille Schreie aus, die immer lauter werden, bis du unter ihrem Druck explodieren möchtest. Dunkle Skelettfinger packen dein Kinn. Drücken deinen Kopf hoch. Blut läuft dir in ein Auge, aber dir bleibt nichts anderes übrig, als dem Unbekannten ins Gesicht zu sehen.

In diese Augen.

Diese Augen.

*

Castillo fuhr aus dem Schlaf hoch und schnappte nach Luft. Es war ein schluchzender, schrecklicher Laut, der eher nach innen ging statt nach außen, als wäre das schrille Kreischen eines Geisteskranken ihm in der Kehle stecken geblieben. Der Albtraum verschwand wieder, aber der Schmerz blieb, wie es meistens der Fall war. Wie im Traum berührte Castillo seinen Mund, dann glitt seine Hand hinunter zur Brust, fand das dicke Narbengeflecht, das so vertraut war und trotzdem fremdartig.

Seine Hände ertasteten einen neuen Verband, eine neue Wunde. Die Blutung war zum Stillstand gekommen. Seine Kevlar-Weste hatte das Schlimmste verhindert. Die Schnittwunde war gesäubert und genäht. Das Bad seines Motelzimmers war noch voller blutiger Handtücher und dem frischen Geruch von Alkohol und Blut.

Es war derselbe Mann.

Geplagt von Schmerzen, setzte Castillo sich an den kleinen Schreibtisch mit dem zugeklappten Laptop und seinen Notizen. Im Motelzimmer brannte nur eine Schwanenhalslampe, die Hitze abstrahlte wie eine rostige Petroleumlaterne. Castillo beugte sich nach vorn und legte beide Handballen an die Augen, um den Schlaf und die Erinnerungen wegzureiben. Er spürte den muffig riechenden Hauch des Luftstroms aus der Klimaanlage an den Schultern und am Rücken.

Der Mann in der Höhle.

Castillo konnte kaum noch klar denken. Er blickte auf die Uhr.

06:36 Uhr. Er wusste nicht mehr, wann er eingenickt war. Er erinnerte sich, um fünf Uhr noch wach gewesen zu sein und in Jacobsons Notizen gelesen zu haben. Die Zeit war zu einem entscheidenden Faktor geworden. Seit seiner Rückkehr aus Winter Quarters waren erst wenige Stunden vergangen, doch die Bruchstücke seiner Vergangenheit vereinigten sich zu einem Bild, das mit seinen Albträumen verschmol.

So unglaublich es klang: Jacobson war von dem Ding, dem Monster aus Castillos Albträumen, ermordet worden. Dem Ding, das Castillo daraufhin erschossen hatte. Dem »Dunklen Mann«, den er vor zwei Jahren in der Höhle gesehen hatte.

Ob es derselbe Mann oder eine Art Klon gewesen war, wusste Castillo nicht.

Was sind diese Ungeheuer? Diese und tausend andere Fragen gingen ihm durch den Kopf, aber das alles spielte im Moment keine Rolle.

Wichtig war jetzt nur der Junge.

Castillo nahm Jacobsons aufgeschlagenes Notizbuch vom Tisch und las weiter.

Aus den Briefen von Jack the Ripper: *Sie und ich wissen die Wahrheit, nicht wahr? Ha-ha. Ich liebe meine Arbeit und werde nicht aufhören, bis ich geschnappt werde, und sogar dann müssen Sie sich vor Jack in Acht nehmen. PS: Sorry wegen dem Blut, bin noch dreckig vom letzten Mal. Ihr alter Kumpel Jacky*

Castillo blätterte um und las noch einmal Ted Bundys Worte: *Wir Serienmörder sind eure Söhne, wir sind eure Ehemänner, wir sind überall. Und morgen werden weitere eurer Kinder tot sein.*

Wieder ließ er sich diese Aussage durch den Kopf gehen, wie schon so oft. Die Klon-Kids hatten buchstäblich das ganze Land als Versteck zur Verfügung. Sie hatten Geld und ein Auto. Es gab keine Verbindung mehr von ihnen zu realen Menschen, nur noch zu historischen Mördern, deren Klone sie waren.

Wir sind überall.

Castillo kniff die Lippen zusammen. *Wie lange hat Jeff in den Händen dieser Bestien noch zu leben? Sind in den Notizen Jacobsons wirklich brauchbare Antworten zu finden? Hinweise darauf, wohin seine Kreatu-*

ren unterwegs sein könnten? Oder ist das alles dieselbe Verrücktheit, die den berühmten Genetiker zu diesem Wahnsinn getrieben hat?

Castillo klappte das Notizbuch zu. Starrte an die dunkle Wand über dem Schreibtisch. Was jetzt? Was sollte er tun? Er war ganz allein, und das Verteidigungsministerium fahndete vermutlich ebenso intensiv nach ihm wie nach den jugendlichen Psychokillern, die er hatte aufspüren sollen.

Castillo schob den Stuhl zurück und stand zum ersten Mal seit Stunden auf. Hinkend trat er im schwachen Licht vor den Wandspiegel und hob den Kopf. Er sah den neuen Verband an seiner Seite und ein Netzwerk aus blassen Narben, das Brust und Bauch fast völlig bedeckte. Die Narben zogen sich scheinbar willkürlich, aber doch planvoll über die klar definierten Muskeln, bedeckten Schultern und Arme.

Und dann waren da die vielen persisch-arabischen Schriftzeichen. Dazwischen Symbole, die nie jemand enträtselt hatte. Der Folterer hatte Schlangen und Bäume in ihn, Castillo, hineingeschnitten. Und Augen ... starrende Augen, ins Fleisch geätzt.

Der gezeichnete Mann, dachte Castillo und betrachtete sich noch eine Zeit lang. Neugierig wie so oft in den letzten zwei Jahren. Als studiere er einen anderen.

Dann blickte er in die Augen. Erst in die, die in seinen Körper hineingeschnitten worden waren. Dann in das Augenpaar, das ihm aus dem Spiegel entgegenschaute. Hinter ihm nahmen die Schatten im Zimmer andere, beinahe menschliche Formen an.

Ihr alter Kumpel Jacky.

Castillo kehrte seinem Spiegelbild den Rücken zu und griff nach seinem Handy. Sein Anruf wurde nach dem ersten Klingeln entgegengenommen.

»Ich bin froh, dass Sie anrufen, mein Junge«, sagte Colonel Stanforth. »Hier ist eine neue Lage entstanden.«

»Wie wahr.«

»Und sie ist nicht gut.«

»Allerdings.«

»Sie müssen zurückkommen, Castillo. Sofort. Ihr Auftrag hat sich erledigt. Das ist ein Befehl.«

»Noch nicht.«

»Shawn, wenn Sie weiter …«

»Noch nicht.«

»Was wollen Sie?«

Castillo klappte seinen Laptop auf. »Ich will, dass Sie weitere dieser Kerle freilassen.«

»Ich weiß nicht, was …«

»Oh doch, Sie wissen, was ich meine«, unterbrach Castillo ihn. »Von diesem Typ Supersoldat, genetisch mit künstlicher Gewalttätigkeit geimpft. Wie dieses Monster, das Jacobson in Ihrem Auftrag ermordet hat. Das die Kids in Orchard City abgeschlachtet hat. Dasselbe Ungeheuer, das Sie vor zwei Jahren in den Irak geschickt haben.«

»Um Ihren verdammten Arsch zu retten!«

»Tun Sie's«, verlangte Castillo. »Oder ich bringe die Sache in die Medien.«

»Würden Sie das wirklich tun?«

Castillo wusste es nicht. Trotzdem sagte er: »Ja.«

»Die Frage ist nur, ob man Ihnen glauben würde«, entgegnete Stanforth.

»Angesichts der schlechten Presse, die unsere Partner im Augenblick haben, halte ich das für wahrscheinlich. Lassen Sie diese Ungeheuer frei.«

»Zu welchem Zweck?«

»Was glauben Sie? Damit sie die letzten dieser Jungen aufspüren. So wie das Monster, das Jacobson erwischt hat. Wie hat diese Kreatur die Klone aufgespürt? War sie aus demselben Holz geschnitzt? Ist das irgendeine psychische oder chemische Affinität? Oder … scheißegal, welche Rolle spielt das schon. Tun Sie's einfach!«

»Sie haben den Letzten umgelegt, Shawn. Es gibt keine weiteren.«

»Oh doch, gibt es, *Brad*. Ihr macht doch Kopien von allem möglichen Mist, stimmt's? Warum nicht auch von Ungeheuern? Für die eigene Todesschwadron.«

Stanforth lachte leise. »Ich weiß nicht, ob wir das jetzt riskieren können. Sie haben selbst gesehen, was in Orchard …«

»Riskieren Sie's«, unterbrach Castillo ihn und ging an seinen Laptop zurück. »Ich will sofort erfahren, wenn sie gefunden werden. Ich will dort sein.«

»Wozu? Um die Sache selbst zu Ende zu bringen? Um als der große Retter dazustehen? Alle haben mir gesagt, dass Sie im Irak den Verstand verloren haben. Ich hätte auf die Warnungen hören sollen.«

Castillo ignorierte ihn, tippte auf seiner Tastatur. »Ich schicke Ihnen einen privaten ICR-Code, damit Sie mich benachrichtigen können, sobald Sie etwas über den Aufenthaltsort der Klone erfahren. Tun Sie das, und Sie brauchen sich meinetwegen nie wieder Sorgen zu machen.«

»Dass ich mir Sorgen mache, gehört zu meinem Job. Und was ist mit Jeffrey? Muss ich mir seinetwegen Sorgen machen?«

»Wer?«

»Jeffrey Jacobson. Jeff Dahmer. Oder welchen Namen er jetzt benützt. Jeff/82. Seine DNA ist überall in Jacobsons Haus zu finden. Und in Ihrem Motelzimmer in Olney. Es war bloß eine Frage der Zeit, bis wir erkannt haben, wo er abgeblieben war. Wie lange haben Sie …«

»Der Junge hat mir geholfen, meine Arbeit zu tun«, unterbrach Castillo den Redefluss des Colonels. »Er ist kein Problem. Er war nie eines. Außerdem bin ich mir ziemlich sicher, dass er längst tot ist.« Er hoffte es beinahe. »Und jetzt tun Sie gefälligst, was ich sage.«

»Ich verstehe Sie ja, aber …«

»Aber was?«

»Wenn wir auf Ihre Forderung eingehen, und die Sache geht schief, kann ich Ihnen nicht mehr helfen. Dann sind Sie auf sich allein gestellt. Haben Sie verstanden?«

»Ja. Voll und ganz«, antwortete Castillo und beendete die Verbindung.

Und morgen werden weitere eurer Kinder tot sein.

Bundys Aussage hallte in seinen Gedanken wider.

Aber wie viele Kinder?, fragte Castillo sich und spürte, wie ein Zittern seinen Körper durchlief.

Als er das Licht ausknipste, um sich ganz von der Dunkelheit einhüllen zu lassen, konnte er nur an ein Kind denken.

Einen Jungen namens Jeff.

39.

JEFFS

13. JUNI, MONTAG – LA VERKIN, UTAH

Jeffrey Dahmer saß auf einem Stuhl vor einem rostigen Metalltisch, ein Häufchen Knochen vor seinen Händen.

Jeffrey Dahmer stand dicht hinter dem Stuhl und beobachtete Jeffrey Dahmer.

Der eine Jeffrey, Jacobsons Adoptivsohn, hatte sich ausziehen müssen. Tränen der Hoffnungslosigkeit und des Schmerzes schimmerten in seinen Augen. Von dem Gewebeband, mit dem er gefesselt war, hatte er Hautabschürfungen an Knöcheln und Handgelenken.

Der andere Jeffrey war ein paar Jahre älter. Größer. Schwerer. Stärker. Der Jüngere hatte braunes Haar, ansonsten aber war kein Zweifel möglich: Die beiden kleinen Schmutzfinken stammten aus demselben dreckigen Nest.

Sie waren wirklich sehenswert. Ted, der sie beobachtete, konnte den Blick kaum von ihnen wenden. Er war fasziniert.

Als sie sich den Jungen in Scofield geschnappt hatten, war es ein impulsiver Entschluss gewesen. Aber als sie sahen – als sie begriffen –, wer dieser Junge *wirklich* war, hielten sie ihren Fang für geradezu SENSATIONELL.

Eine weitere Version von Jeff 2.0 oder 3.0 oder 40.1.

Sie wussten es nicht.

Und das Geilste daran war, dass dieser Waschlappen den größten Teil seines Lebens unter Jacobsons Dach verbracht hatte.

Al kannte ihn gut. Eine weitere Laborratte, die im Lauf der Jahre offenbar mehrmals zu Beratungsgesprächen und Untersuchungen ins DSTI gebracht worden war. Einer derjenigen, die viel zu leicht davongekommen waren. Dem Typen war nicht mal ein Chip eingepflanzt worden. Sie hatten sich davon überzeugt, indem sie den kleinen Scheißer an allen wahrscheinlichen Stellen aufgeschnitten hatten … und an ein paar weiteren. Allerdings nicht zu tief. Williford hatte etwas anderes mit dem kleinen Dreckskerl vor.

Die Knochen waren bloß Tierknochen, kleine Dinger, hauptsächlich von Mäusen, Vögeln und einem Eichhörnchen, das Jeffrey am Mount Sterling gefunden hatte. Ein lustiges Häuflein aus winzigen Rückenwirbeln, Rippen, Schienbeinen und Schädeln, das Jeffrey in den letzten Wochen zusammengetragen hatte. Er bewahrte es in einer leeren Packung Cornflakes auf, die er mit silbernem Gewebeband verstärkt hatte. Jetzt hatte er die Packung auf dem Tisch ausgeleert, damit der Junge, der andere Jeff, mit den Knöchelchen spielen konnte.

Damit spielen *musste*. Sonst wurde er bestraft.

Als Williford fünf Jahre alt gewesen war, hatten die Mitarbeiter im Massey Institute dafür gesorgt, dass er solche Knochen eines Morgens hinter dem Gebäude entdeckte, in der Hoffnung, dass er sie interessant finden und damit spielen würde. Genau das hatte der erste, der *echte* Jeffrey Dahmer nämlich getan, das Original, als er ein kleiner Junge gewesen ist. Sie mussten mit dem Ergebnis ihres Versuchs ziemlich zufrieden gewesen sein. Aber dieser Junge hier, der andere Jeff, hatte nichts davon mitbekommen. Er hatte zu einer anderen Testgruppe gehört. Jedenfalls bisher.

»Es geht um das Geräusch«, erklärte der ältere Jeff. »Wenn sie sich aneinander reiben. Oder wenn sie durcheinander rollen. Dieses klick, klick, klick.« Während er sprach, beugte er sich dicht über den jüngeren Jeff. »Ich glaube nicht, dass die Typen, die mich all die Jahre beobachtet haben, das jemals kapiert haben. *Klick, klick, klick.* Wahrscheinlich nennen sie es anders … reden irgendein Psychogebrabbel von wegen Gott spielen. Ein Machtgefühl ausleben. Aber das war es nie.«

Er griff in das Häufchen und ließ die winzigen Knochen durch seine Finger auf den Tisch rieseln.

Klick, klick, klick.

Ted hörte das Geräusch, konnte aber nicht verstehen, was daran so großartig sein sollte. Für ihn klang es wie Würfel, die über eine Tischplatte rollten. Er verstand es einfach nicht. Aber er konnte den Gesichtsausdruck seines neuen Kumpels sehen, und *den* verstand er zu hundert Prozent.

»Hörst du das?«, fragte der alte Jeff den neuen Jeff. »Hörst du's?« Er griff noch einmal zu, ließ die Knochen ein weiteres Mal herabrieseln.

Klick, klick, klick.

Der neue Jeff gab keine Antwort.

»Du willst nicht spielen?« Die Miene des alten Jeff wurde scharf wie eine Messerklinge. »Vielleicht brauchst du vorher noch ein Bier.« Auf dem Tisch stand ein halb leerer Kasten Budweiser, aus dem er sich jetzt wütend eine Dose schnappte. »Na los, Schlappschwanz!« Er drückte den Kopf des Jungen zurück und kippte ihm den Inhalt der aufgerissenen Bierdose in den Mund.

Der neue Jeff prustete und würgte, als das Bier ihm über Kinn und Hals lief und in pissefarbenen Strömen über seine nackte Brust rann. Er versuchte, sich gegen den Griff des alten Jeff zu wehren, aber der hielt ihn eisern fest.

Ted, der noch immer beobachtete, streckte eine Hand aus, um sich wieder am linken Arm zu kratzen, denn der brannte heftig. Widerstrebend zog er den Ärmel hoch, um sich die Stelle genauer anzusehen. Der Fleck sah noch schlimmer aus als zuvor. Was als kreisrunde Verfärbung begonnen hatte, erstreckte sich jetzt vom Bizeps über die Ellbogenbeuge bis hinunter zum Handgelenk. Und es wurde immer größer. In der Mitte hatten sich Pusteln gebildet, die wie gelbliche Eiterblasen von der Größe eines Daumennagels aussahen. Die Haut war auffällig tiefbraun geworden, beinahe schwarz. Vor einer Woche war an dieser Stelle nur eine kleine Verfärbung zu sehen gewesen, die Ted für einen blauen Fleck gehalten hatte.

Aber dazu kamen jetzt andere. Eine kleine Stelle auf seiner Brust.

Und ein weiterer Fleck an der rechten Wade, der täglich, ja stündlich wuchs. Ted wusste nicht, was das war, aber allein bei dem Gedanken daran hätte er sich am liebsten noch mal gekratzt. Hätte die Verfärbung am liebsten rausgeschnitten.

Er konzentrierte sich wieder auf die beiden Jeffs.

»Nein?«, brüllte der ältere. »Dann lassen wir uns lieber ein bisschen Zeit, was?« Er warf die leere Dose durchs Zimmer. »Du wirst dich daran gewöhnen. Irgendwann schmeckt's dir sogar, da wette ich drauf.«

Der Junge würgte hustend, wobei ihm Bier aus dem Mund spritzte.

»Du blöder Warmduscher«, sagte der alte Jeff lachend. »Mich haben sie schon mit zehn zum Säufer gemacht. Wollten 'nen echten Alkoholiker. Wie das Original.« Er trat wieder hinter den Jungen, legte die Hand auf sein Gesicht. »Du bist fast noch ein Baby, nicht wahr? Hinter den Ohren noch feucht von Formaldehyd und solchem Mistzeug. Ein neuer und verbesserter Instant-Klon.« Seine Finger glitten über das Kinn, drangen in den Mund des Jungen ein und kamen nass heraus. »Ich seh's dir an, dass du ahnst, wovon ich rede. Dein Daddy hat mir alles darüber erzählt. Und weil Daddy jetzt mausetot ist – goodbye, Daddy –, muss *ich* wohl dafür sorgen, dass du weißt, was Sache ist. He, Ted! Glaubst du, dass unser Junge mit diesem Scheiß umgehen kann?«

»Ja doch«, antwortete Ted.

»Genau.« Der alte Jeff beugte sich nach vorn. »Also pass auf, Kid. Du bist vor ungefähr neun Jahren in einem Labor hergestellt worden. Jacobson, dein angeblicher Daddy, und die übrigen Genies am DSTI haben rausgekriegt, wie der menschliche Reifeprozess sich beschleunigen lässt. Wie das Tempo der Klonproduktion gesteigert werden kann und … ah! Hey, Ted! Ich glaube, unser Kleiner hier weiß das alles schon.«

Jacobsons Sohn versuchte zu sprechen, brachte aber kein Wort heraus.

»Spar dir deine Kräfte.« Der alte Jeff tätschelte das Gesicht des Jungen. »Du wirst sie noch brauchen. Also, während einige von uns wie richtige Menschen von Anfang an da waren, bist du mit einer Gruppe weiterer Klone erst seit zehn oder sogar erst seit drei Jahren am Leben. Daddy hat dich mit nach Hause genommen, hat dir ein paar Lügen erzählt und ein Heer von Tutoren und modernste Lernmodule eingesetzt, um deinen Kopf mit allem vollzustopfen, was ein normaler Fünfzehnjähriger wissen sollte. Und, *voilà!,* schon hatte er einen Jungen. Genauso leicht hätte er einen Dreißigjährigen aus dir machen können. Der bist du theoretisch sowieso, wenn man bedenkt, dass deine DNA von einem Kerl stammt, der selbst in den Dreißigern war.«

»Bitte ...«, brachte der Junge mühsam hervor. »Bitte, hör auf.«

»Jetzt mal ganz ehrlich, hast du echte Erinnerungen an deine Kindheit? An dein erstes Weihnachtsfest? Oder wie du gelernt hast, deine Schuhe zu schnüren?«, fragte der alte Jeff, dessen Stimme tief wie die eines Gottes klang. »Siehst du? Ich hab recht, du kleiner Scheißer. Ein Klon als Fertigmischung. Bloß noch Wasser zugeben.«

»Bitte, ich ...«

»Entspann dich, Kleiner. Hier ist alles cool. Du bist noch immer einer von uns. Dass man dich erst vor Kurzem hergestellt hat, soll uns nicht weiter stören. Jetzt und hier sind wir gleich, du und ich, genau gleich. Wir sind vollkommen identisch.«

»Ich bin ...«

»Ja? Was bist du?«

»Ich bin euch *nicht* ähnlich.«

Der alte Jeff nahm das Gesicht des Jungen zwischen die Hände. »Trotz aller Beweise für das Gegenteil?«, erkundigte er sich lächelnd.

Jacobsons Junge versuchte sich loszureißen.

Der alte Jeff hielt ihn eisern am Kinn fest. »Liebst du mich?«, fragte er. In seiner Stimme schwang jetzt ein anderes Gefühl mit. Seine freie Hand glitt über die Brust des neuen Jeff nach unten. »Weil ich *dich* liebe«, sagte er so leise, dass es kaum mehr als ein Flüstern war, während seine Hand noch tiefer glitt. »Aber weißt du was?« Er nahm die Finger von Jeffs Kinn und beugte sich so weit nach vorn, dass ihre Nasen sich berührten. Es sah aus, als hätte einer von ihnen das Gesicht an einem Spiegel plattgedrückt. »Ich hasse dich auch.«

Als die Lippen des alten Jeff die Wange des Jungen streiften, fragte sich Ted, ob der neue Jeff überhaupt noch zuhörte. Ob er überhaupt noch hier war. Und ob das wirklich eine Rolle spielte.

Ted lächelte und verließ das Zimmer.

Ihm war klar, dass Jeff mehr Zeit mit sich allein brauchte.

40.

DAS AUGE GOTTES

13. JUNI, MONTAG – RADNOR, PENNSYLVANIA

Stanforth, der Typ von der Army, war ein Arschloch.

Sogar ein noch größeres als die anderen prototypischen Nazi-Big-Brother-Söldner, die ab und zu im Labor aufkreuzten. Dieser Bursche war ein ganz anderes Kaliber.

Neun Buchstaben für Stanforth?

ARSCHLOCH. DRECKSACK. HURENSOHN. UNGEHEUER.

Zehn Buchstaben für die gegenwärtige Situation?

GEFÄHRLICH. BEDENKLICH. BESCHISSEN.

Ein altes Spiel mit Wörtern, mit dem Dr. Robert Feinberg vom DSTI sich von seiner wahren Aufgabe ablenkte. Nicht ganz so gut wie das Kreuzworträtsel in der *New York Times*, das er sonst beim Frühstück löste, aber doch wirksam genug. Seine Hände zitterten kaum noch. Er schaute durchs Labor zu den drei Männern: Stanforth, Dr. Erdman und ein weiterer Komiker aus dem Verteidigungsministerium. Sie beobachteten ihn aus dem relativ sicheren Kontrollraum. Neben Erdman stand Mohlenbrock an der Konsole und ratterte die letzten Messwerte herunter.

Das Exemplar in dem Tank zuckte wieder. Bewegte sich, zu neuem Leben erwacht.

Plötzlich schlug eine dunkle Hand mit solcher Wucht gegen das Plexiglas, dass Feinberg zurückzuckte. Zwischen skelettartig dünnen Fingern stiegen rotzfarbene Blasen auf, als das Wesen mit der Hand über die Innenfläche strich. Feinberg konnte nicht hinschauen. Er wusste, dass die Kreatur ihn sonst anstarren würde. Das taten sie immer.

Und er wusste, dass das Wesen grinsen würde.

Er konzentrierte sich wieder.

Neun Buchstaben für die Wesen in den Tanks?

VERFAHREN. EVOLUTION. ZERSTÖRER. TANTIEME.

Sie hatten diese Kreaturen schon in Afghanistan und im Jemen eingesetzt. Bei vielen Tests in Mittelamerika. Nicht sehr haltbar, diese Monster, sie …

Nein, erkannte er plötzlich. *Tantieme hat nur acht Buchstaben!*

Er trat an den Tank heran und tippte die letzten Codes ein, ohne das Gluckern und Sprudeln der restlichen dunklen Flüssigkeit ganz ausblenden zu können.

Ich sollte zu Hause sein und auf meiner Gitarre spielen, dachte er. *Mir einen fetten Joint reinziehen und die neuen Lautsprecher ordentlich aufdrehen.*

Als Feinberg jetzt den Entriegelungsknopf drückte, zischte die bisher versiegelte Dichtung der Ausstiegsluke ihn wie ein lebendes Wesen an.

Oder ich sollte über ein Stereomikroskop gebeugt stehen, um ein besseres Deodorant für P&G zu entwickeln.

Er konnte beinahe hören, wie die anderen Männer hinter ihm redeten. Stanforth' und Erdmans Worte blieben unverständlich, aber die beiden sprachen zweifellos über weitere Kindermorde.

Der Flurfunk im DSTI hatte längst verbreitet, dass alle vorrätigen Embryos eliminiert und einige der ausgewachsenen Exemplare vernichtet oder einer chemischen Lobotomie unterzogen worden waren. Nach Jacobsons plötzlichem Verschwinden hatten eine Million Gerüchte die Runde gemacht. Bei den »Kain«-Tests sollte es einen schweren Unfall gegeben haben. *Gerüchte*, sagte Feinberg sich. *Nichts Wahres dran.* Er fragte sich erneut, warum er nicht wie die anderen nach Hause geschickt worden war. Das DSTI war vorübergehend größtenteils geschlossen; die Mitarbeiter waren zur Weiterbildung an irgendwelche Universitäten entsandt worden oder hatten andere Entwicklungsaufgaben innerhalb des Konzerns zugewiesen bekommen, um die Zeit zu überbrücken. Feinberg jedoch gehörte zum Stammpersonal. Zur Putzkolonne. Seit neun Jahren hatte er keine Nacht mehr durchgeschlafen. *Neun Jahre.* Sein Psychiater vermutete, seine Angstzustände würden durch »Stress« am Arbeitsplatz ausgelöst.

Stress? Oh ja.

Er beobachtete die Kreatur, die wie ein neugeborenes Rehkitz auf wackligen Beinen aus dem Tank stieg und Halt suchend die Ränder der Ausstiegsluke umklammerte.

Der Mann – und er *war* nach allen anwendbaren Kriterien ein Mann – war ein Nebenprodukt moderner Biotechnologie. Erzeugt wurde zunächst die rekombinante DNA, mit der sich gentechnisch veränderte Organismen herstellen ließen, die sonst in der Natur nicht vorkamen. Großunternehmen machten das seit fast dreißig Jahren mit Pflanzen und Tieren und erzielten damit einen Jahresumsatz von hundert Milliarden Dollar. Dieser Organismus – dieser *Mann* – verkörperte nur einen weiteren Schritt vorwärts.

Feinberg dachte wieder an ein Buch, das er vor Kurzem gelesen hatte: ein ausführlicher Bericht darüber, wie die Nazis die Flugbombe V-1 und die »Vergeltungswaffe« V-2 im Konzentrationslager Dora-Mittelbau hatten montieren lassen. Eine in Thüringen unter Tage liegende Werksanlage mit endlosen Stollen und zwanzigtausend Arbeitssklaven. Folter und Tod durch Erhängen im Namen der Wissenschaft. Fünfzehntausend Opfer, um die Menschheit »voranzubringen«.

Wie viele Opfer wird dieses Wesen hier fordern?, fragte Feinberg sich.

Bei diesem Gedanken schloss er halb die Augen und trat beiseite, um die Kreatur vorbeizulassen. Aber sie ging nicht vorbei. Sie hatte haltgemacht. Und nun stand sie neben ihm, betrachtete ihn. Feinberg konnte hören, wie Flüssigkeit von der pechschwarzen Haut des Wesens auf den Fußboden tropfte. Und er konnte ein künstliches Aroma riechen, irgendwas zwischen billigem fruchtigen Wein und Formaldehyd.

Ein Wort mit elf Buchstaben für …

Die Kreatur öffnete den Mund. Ihr stinkender Atem blies heiß und faulig über Feinbergs Gesicht. Als er würgen musste und sich weg-drehte, ließ das Monstrum ein gurgelndes Lachen hören, das aus tiefster Kehle kam. Zumindest hielt Feinberg es für ein Lachen. Eine Hand berührte sanft seinen Arm, zog ihn näher heran. Zaudernd wandte Feinberg sich dem Wesen wieder zu.

Ein einzelnes Auge begegnete seinem Blick und ließ ihn erstarren. Mit einem Mal zitterte er am ganzen Leib, war aber zu erschrocken, um auch nur einen Schritt zurückzuweichen. Dieser eine Blick … Feinberg hätte schwören können, er habe in diesem Starren *alles* gesehen. In den Thrillern, die er so gern las, hatten die Mörder immer tote, leere Augen. Haifischaugen. Glänzende Puppenaugen. Aber im Blick dieser Kreatur lag etwas anderes. Dieses Auge verkörperte die kollektiven veränderten Chromosomen von Ungeheuern wie Bundy, DeSalvo, Dahmer, Gacy, Ramirez und einem Dutzend anderer. Dieses Auge war der Abschaum dieser Welt und verdankte seine Energie unheiligen Kräften, die man besser hätte schlummern lassen. Und dieses Auge war keineswegs tot oder leer. Es war lebendig und hellwach. Und es war *allwissend.* Dieses Auge war das Auge Gottes. Und Gott wollte offensichtlich Robert Feinbergs Tod.

Der Mund öffnete sich. Die Kreatur schien die Zähne zu blecken, als sie die Hände nach Feinbergs Kehle ausstreckte.

»Nein«, sagte jemand hinter ihnen.

Stanforth.

Die aufgerissenen Kiefer des Monsters knackten. Irgendetwas Klebriges tropfte Feinberg ins Genick.

Sein Verstand arbeitete auf Hochtouren. *Gäbe es ohne die bahnbrechenden Arbeiten der Nazi-Wissenschaftler in Dora-Mittelbau ein Raumfahrtzeitalter?*, fragte er sich.

Auf einmal wusste er, dass er sterben würde.

»Nein«, wiederholte Stanforth neben ihm. »Jedenfalls nicht heute«, fügte er hinzu und klopfte dem Wissenschaftler lachend auf den Rücken. »Treten Sie zur Seite, Doktor.«

Feinberg tat wie geheißen, und der Colonel baute sich dicht vor der tropfnassen Gestalt auf. »Du musst jemanden für uns aufspüren«, sagte er und reichte der Kreatur eine Wolldecke. »Deine Brüder.«

Das Wesen knurrte, um zu zeigen, dass es verstanden hatte.

»Du wirst sie finden und töten«, sagte Stanforth.

»Castillo auch«, warf Erdman ein, der hinzugekommen war.

Stanforth drehte sich um und fixierte den Genetiker mit einem Blick, in dem unendliche Verachtung lag, bevor er sich wieder dem Wesen zuwandte. »Jeden«, sagte er zu ihm, »der sich dir in den Weg stellt.«

Das Monster, den Kopf voller Vorfreude in den Nacken gelegt, schien zu grinsen.

»Als Erstes«, sagte Stanforth, »bekommst du Kleidung und die wichtigsten Einsatzinformationen. Dein Hubschrauber startet in einer halben Stunde. Komm mit.«

Acht Buchstaben für am Arsch?

FEINBERG. Und irgendein Kerl namens CASTILLO.

JEDERMANN.

Nein, das waren neun Buchstaben.

»Feinberg!«

Er hob den Kopf und sah, dass Stanforth der in die Decke gehüllten Gestalt eine Hand auf den Rücken gelegt hatte, während er Erdman und das dunkle Wesen aus dem Labor führte. »Ja, Sir?«

»Die beiden anderen brauchen wir auch noch«, sagte Stanforth.

41.

GESPENSTER

13. JUNI, MONTAG – LA VERKIN, UTAH

Der Raum war dunkel und roch nach Schmutz, Schimmel und Spinnen. Jeff lag zusammengekrümmt auf dem Betonboden. Sein ganzer Körper schmerzte. Seine Wange, die auf dem kühlen, feuchten Fußboden lag, war die einzige Stelle, die nicht brannte.

Sie saßen bei ihm, diese Jungen aus einem anderen Leben, das nicht seines war. Die in seinem Kopf geborenen Gespenster, die jahrelang dicht außerhalb seiner realen Welt gelauert hatten.

James, Matt und Ernest. *(Nun versammelten sich die Seelen …)*

Curtis, Tony und die beiden Stevens. *(Von allen Seiten kamen sie …)*

Es tut mir leid, hatte er ihnen erklärt.

Es tut mir leid, es tut mir leid.

Entschuldigungen seien überflüssig, hatten sie ihm versichert.

Sie nannten ihn »Bruder«. Sprachen stundenlang flüsternd mit ihm.

Sein kurzlebiger Fluchtversuch war fehlgeschlagen.

Ich hab es verdient, zu sterben.

Konerak, der Jüngste in dieser Versammlung, streichelte Jeffs Kopf in der Dunkelheit.

Sei tapfer, sagte er.

In Koneraks Stirn war ein Loch gebohrt. Jeff konnte es sogar im Dunkeln sehen. Vor langer Zeit hatte jemand ihm Salzsäure in den

Frontallappen seines Gehirns injiziert, als er noch lebte. Jemand, der Konerak in einen »Zombie« hatte verwandeln wollen.

Sei tapfer, sagte er. *Castillo wird dich finden.*

Jeff schloss die Augen.

Er hörte, wie die Tür geöffnet wurde.

Konerak und die anderen waren verschwunden. In die Unterwelt zurückgekehrt.

(Hiernach sehnte mein Herz sich danach, die Toten wiederzusehen.)

»Mit wem redest du?«, fragte eine vertraute Stimme.

Sie gehörte nicht Castillo.

42.

KRISTIN

13. JUNI, MONTAG – LAS VEGAS, NEVADA

Kristin war schön wie an dem Tag, an dem Castillo ihr zum ersten Mal begegnet war. Sie leuchtete. Daran konnten auch fast zwei Jahre nichts ändern, fand Castillo. Nicht einmal hundert Jahre. War es wirklich schon zwei Jahre her, dass er als gebrochener Mann aus dem Irak heimgekehrt war? Seitdem Kristin mitgeholfen hatte, ihn wieder fit für das Leben zu machen?

»Danke, dass du gekommen bist«, sagte er, als er ihr in einer Sitznische gegenübersaß, um das kleine Café im Auge behalten zu können. »Ich weiß, dass ich … Das bedeutet mir viel.«

»Lass den Quatsch«, erwiderte sie. »Du hast gewusst, dass ich kommen würde. Du siehst schrecklich aus.«

Castillo lachte leise, aber sein Gesichtsausdruck und seine Haltung bewiesen, dass sie recht hatte. »Danke.«

»Entschuldige.« Ihr Lächeln war aufrichtig. Sie trug das Haar jetzt länger, hatte es dunkler getönt. Trotz ihres Lächelns lagen Mitleid und ernste Besorgnis in ihrem Blick. »Du weißt, wie ich es gemeint habe.«

»Diese Sache ist fast zu Ende, glaube ich.«

»Gott sei Dank.« Sie ergriff seine Hände und umfasste sie in einer altvertrauten Geste mit kräftigem Druck. »Gemeinsam können wir den Fall lösen. Du und ich. Was immer dahintersteckt. Bitte.«

»Das ist …«

»Kannst du nicht einfach aussteigen? Nur dieses eine Mal?«

»Das geht nicht, fürchte ich.« Castillo griff nach dem Glas Wasser, das die Bedienung ihm gebracht hatte, und wartete, bis die Frau verschwunden war. »Dafür ist schon zu viel passiert.«

»›In diesem Loch haust der Böse König.‹«

»Wie bitte?«

»Das ist ein Zitat.«

»Lady Gaga oder Gandhi?«

»Nichts dergleichen, Klugscheißer. Das war Berkowitz.«

»Son of Sam.«

Kristin nickte. »Ja. Das hatte er in seinem Apartment an die Wand geschrieben, während er mordete.«

»Sehr philosophisch. Worauf willst du hinaus?«

»Ich habe den Eindruck, dass du in den letzten Wochen wieder in ein paar dunkle Löcher hinabgestiegen bist. Genau wie früher. In die Art Fallgruben, aus denen man manchmal nur sehr schwer allein wieder rauskommt.«

»Und man kann nicht lange in Mordor unterwegs sein, ohne den üblen Staub in die Stiefel zu bekommen. Meinst du das?«

»Der *Herr der Ringe*, ja. Irgendwas in dieser Art. Ich weiß nicht mehr, wie du tickst. Das weiß wohl niemand.«

»Lass mich raten. Unser alter Kumpel Stanforth hat dich besucht.«

»Zum Teufel mit Stanforth, der ist hier nebensächlich. Sie haben deine Anrufe zurückverfolgt. Sie wissen, dass du mich angerufen hast, und haben mir befohlen, jemandem im Pentagon einen vollständigen Bericht zu erstatten. Aber darum geht's hier nicht. Auch nicht um die nationale Sicherheit oder den verdammten Job, ob nun deinen oder meinen. Diese Sache geht darüber hinaus, das weißt du genau.«

»Ja.«

»Warum bist du persönlich so engagiert? Und sag mir jetzt nicht, du wärst das nicht.«

Castillo trank einen großen Schluck Wasser und stellte das Glas wieder ab. »Es gibt da diesen Jungen …«

»Es gibt immer irgendeinen Jungen.« Kristin schüttelte den Kopf und ergriff wieder seine Hände. »In jedem Dorf der Welt gibt es irgendeinen Jungen. Irgendeinen Shaya. Es muss mehr dahinterstecken.«

»Hier geht es nicht um Shaya. Und du weißt nicht, was damals passiert ist.«

»Weil du nicht darüber reden willst. Ich weiß, dass er gestorben ist. Und ich weiß, dass du dir die Schuld daran gibst.«

»›Hat vollbracht er's und bedacht, dass er Lamm und dich gemacht?‹«

»Das kenne ich. William Blake, *Der Tiger.* Perfekt. Nur zu, versteck dich hinter Blake.«

»Du hast mit den blöden Zitaten angefangen. Wie wär's mit Genesis?«

»Peter Gabriel oder Phil Collins?«

»Sehr komisch«, sagte er. »Die biblische Genesis. Das Kainsmal.« Er spürte, wie der Druck ihrer Hände schwächer wurde, als wollte sie ihn freigeben. »Was ist damit?«

»Ich rede von etwas, das ich in Jacobsons Büro gesehen habe. Aber das Zitat war nicht ganz korrekt. Ich hab's gestern Abend in der Bibel nachgeschlagen. Weißt du, weshalb Kain von Gott gebrandmarkt wurde?«

»Wer ist Jacobson?« Kristin wirkte angespannt, während sie zu entscheiden versuchte, ob sie Castillo auf diesem Weg folgen sollte.

»Sag mir, weshalb Gott Kain gebrandmarkt hat.«

»Weil Kain ein Mörder war«, antwortete Kristin.

»Ja. Aber zu welchem Zweck tat er es?«

»Du meine Güte, Castillo, das ist eine erfundene Geschichte. Was hat sie …« Kristin seufzte ein wenig gereizt. »Damit andere ihn sein Leben lang als Sünder erkennen würden. Kain wurde als Mörder gekennzeichnet.«

»Nein.« Castillo lächelte. Kristins Miene zeigte ihm, dass es kein angenehmes Lächeln war. »Das habe ich auch immer gedacht, bis ich die Stelle noch mal gelesen habe«, fuhr er fort. »Gott hat Kain gebrandmarkt, weil niemand ihn bestrafen sollte. Niemand sollte ihn töten. Kain leben zu lassen, war als Warnung für andere gedacht. Gott hat gedroht, die Ermordung Kains siebenfach zu rächen. Er sollte weiterleben.«

»Gut. Um ihn später bestrafen zu können. Und?«

»Nein. Nicht, um ihn zu bestrafen. Er wollte ihn niemals bestrafen. Wie denn auch? Wir *alle* sind Kain.« Castillo griff wieder nach dem Wasserglas. »Sind es immer schon gewesen.«

»Wir sind auch Abel, Shawn.«

»Wir wurden in Towraghondi eingesetzt, einem kleinen Dorf zwanzig Kilometer von Schirabad. Die Taliban waren dort eingesickert. Wir hatten den Auftrag, die Ankunft eines wichtigen Kommandeurs abzuwarten und ihn zu liquidieren. Wir hatten uns heimlich bei einem Bauern namens Sajadi einquartiert. Shaya, sein Sohn, war zwölf Jahre alt. Ein netter Junge. Lebhaft, witzig, mochte Metallica und PayDays und konnte so fantastisch zeichnen, als würde er für Marvel arbeiten. Wir haben uns dort zwei Monate versteckt gehalten und dann unseren Auftrag ausgeführt. Ein paar Tage später haben wir den Tipp bekommen, im Nachbardorf befände sich ein Waffenlager. Wir wollten es ausheben und gerieten in einen Hinterhalt. Schlimme Sache, aber wir haben uns rausgekämpft. Als wir nach Towraghondi zurückkamen, hab ich gleich gewusst, was passiert war. Das ganze Dorf hat auf der Straße gestanden und uns angestarrt. *Mich* angestarrt. Sie hatten … die Taliban hatten rausbekommen, wer uns Unterschlupf gewährt hatte. Der angebliche Tipp war bloß ein Köder gewesen. Sajadi und seine Familie … tot. Gefoltert. Seine beiden Töchter …«

»Shawn.«

»Shaya war mit Bolzen an eine Ziegelwand genagelt. Splitternackt. Sie hatten ihm die Nase und die Genitalien abgeschnitten.«

Kristin wich vom Tisch zurück. Von *ihm*.

»Also, pass auf.« Castillo beugte sich nach vorn und flüsterte heiser: »Eine amerikanische Biotech-Firma klont Menschen aus der DNA der schlimmsten Serienkiller.«

Kristin betrachtete ihn ein wenig ruhiger und versuchte, ihm wieder zu folgen. »Sprich weiter.« Ihre Stimme zitterte noch etwas.

»Die Klone, die ich aufspüren soll, wurden in staatlichem Auftrag herangezüchtet. Es sind Kinder, die systematisch zu Mördern herangezogen wurden. Du hast gerade den Son of Sam zitiert. Ich bin hinter einer jüngeren Version dieses Verrückten her. Buchstäblich. Sein Name ist David. Er ist fünfzehn.«

Kristin schaute weg, sammelte sich anscheinend.

Castillo beugte sich noch weiter zu ihr hinüber. »Weißt du, von wem ich im Irak befreit wurde? Von einem ihrer wissenschaftlichen Projekte. Einer ihrer destillierten Killer hat mich gerettet. Etwas ganz Besonderes. Stanforth und die Army setzen diese Kreaturen seit Jahren ein. Und diese Firma ist vor nichts zurückgeschreckt, um solche … nun ja, *Waffen* herstellen zu können, nicht einmal vor Mord oder dem Foltern von Kindern. Und noch Schlimmerem. Im Namen der Wissenschaft. Im Namen der nationalen Sicherheit. Im Namen des Profits.«

»Und?« Kristin schaute ihn wieder an.

»Und?« Castillo lehnte sich zurück, lächelte über ihre Offenheit und staunte, dass er überhaupt lächeln konnte.

Diesmal war es Kristin, die sich nach vorn beugte. Ihr Blick war verständnislos und herausfordernd zugleich. »Und wann hat dich das früher jemals gestört? Du verstehst doch am besten, dass das alles …«, ihre Armbewegung umfasste das kleine Café mitsamt der Einrichtung und den Gästen, »seinen Preis hat. Das war schon immer ein zweischneidiges Schwert, Shawn. Seit wann hegst du die kindische Vorstellung, dass das Militär immer gefährlich, die Regierung immer korrupt und der Kapitalismus immer unbarmherzig ist?«

»Nicht *immer.* Vielleicht nicht einmal meistens. Aber in manchen Fällen. Und vor allem *diesmal.«*

Er legte einen USB-Stick auf den Tisch.

»Was ist da drauf?«, fragte Kristin.

»Alles, was ich weiß. *Alles.* Sollte ich verschwinden, was wahrscheinlich ist, leitest du das an Ox und an die Medien weiter. An wen du kannst.«

Kristin bedeckte den USB-Stick mit einer Hand. »Steig aus, Shawn. Bitte.«

»Das geht nicht.«

»Shawn.«

Als er aufsah, lächelte sie ihn an, doch der Ausdruck ihrer blauen Augen blieb traurig.

»Diesmal nicht«, sagte er. »Dieser Junge … Jeffrey.« Seine Stimme schwankte, und er schaute beschämt weg. Dann spürte er, wie seine Hände erneut gedrückt wurden. »Nicht schon wieder. Diesmal nicht.«

»Ich liebe dich«, sagte sie.

»Sie haben diesen Jungen gezüchtet«, fuhr Castillo fort. »*Sie* haben es getan, *wir* haben es getan, *ich* habe es getan. Ein Klon von Jeffrey Dahmer.«

»Der Jeff aus den Akten?«

»Nein, das ist ein anderer Jeff-Dahmer-Klon. Du wirst dich daran gewöhnen. Aber darauf kommt es nicht an.«

»Sondern?«

»Beide sind ein Nebenprodukt von allem, was ich mit meinem Leben zu verteidigen geschworen habe.«

»Aber du kannst doch nicht glauben …«

»Doch. Und wenn ich bereit war, für diese Ideale im pakistanischen Bergland draufzugehen, werde ich sie erst recht hier verteidigen.« Er funkelte sie an, sah aber nicht mehr ihre Augen, sondern die eines Jungen – gefangen, verletzt, verängstigt. Im Stich gelassen. »Ich habe diesen Jungen erschaffen, Kristin. Wie Gott Kain erschaffen hat. Und ich …«

»Hey.«

»Was?«

»Ich wäre bei dir geblieben«, flüsterte sie.

»Ich weiß.« Seine Hände bedeckten ihre. »Aber ich war noch nicht wirklich heimgekehrt.«

»Und bist du es jetzt?«

Er zuckte mit den Schultern und merkte dabei, dass er Jeff Jacobsons bevorzugte Antwort ganz gut imitiert hatte.

»Jetzt bin ich näher dran.«

»Was soll ich genau tun?«, fragte Kristin.

FÜNFTER TEIL

Wildtyp, -form, m

(1) Die natürliche genetische Grundform jedes Lebewesens im Gegensatz zu mutierten Formen (Organismen mit genetischen Mutationen). *Anmerkung*: Innerhalb der Population eines jeden Organismus gibt es keine »Wildtypen«, weil stets Mutationen irgendeiner Art auftreten. Trotzdem ist der Ausdruck für Genetiker nützlich, weil er die einfache Definition eines theoretischen Norm- oder Kontrollorganismus ermöglicht.

Jetzo entblößte sich von den Lumpen der weise Odysseus,
Sprang auf die hohe Schwell', und hielt in den Händen den Bogen
Samt dem gefüllten Köcher; er goss die gefiederten Pfeile
Hin vor sich auf die Erd', und sprach zu der Freier Versammlung:
Diesen furchtbaren Kampf, ihr Freier, hab' ich vollendet!
Jetzo wähl' ich ein Ziel, das noch kein Schütze getroffen …

– Homer, *Odyssee*, 22. Gesang

43.
DER BÖSE KÖNIG

14. JUNI, DIENSTAG – LA VERKIN, UTAH

Ted sah ihn kommen. Den schleichenden Tod.

Oder vielmehr, er spürte ihn. Genau dieses Gefühl hatte er in dem Haus in Orchard City gehabt. Als würde irgendetwas in seinem Inneren herumkrabbeln, etwas Lebendiges mit Hunderten von Beinen, an denen winzige Krallen saßen. Irgendetwas, dem jeden Tag, jede Stunde weitere, längere Beine wuchsen, die noch schärfere Krallen hatten.

Der »Dunkle Mann«. Der Kerl, der John und viele von den anderen Kids zerstückelt hatte.

Die Empfindungen, die dieser Typ bei ihm auslöste, machten Ted am meisten zu schaffen: teils Angst, teils Erleichterung. Es ging ihm ohnehin nicht besonders gut. Seine Finger waren geschwollen und sahen aus wie kleine fette Würstchen. Und dieser juckende schwarze Dreck auf seiner Haut! Hinzu kam das beängstigende, aber irgendwie auch prickelnde Gefühl, dass alle in dem Haus bald auf grausame Weise sterben würden. Aber daran hatte Ted sich allmählich gewöhnt. Mehr noch, er hatte gelernt, die Angst zu genießen. Und sie war stärker geworden, als sich die Nacht über sie alle herabgesenkt hatte. Ted hatte darüber lächeln müssen. *Selbst Monster sind im Dunkeln ängstlicher.*

Sie waren nun schon fast drei Tage in diesem Haus, einem leer stehenden Mietshaus, in das sie eingebrochen waren. *Zu lange*, dachte

Ted. *Eigentlich müssten wir weiter. Wir sollten den jungen Jacobson erledigen, den kleinen Wichser, und zusehen, dass wir hier wegkommen.*

Aber Jeffrey war mit Jacobson noch nicht fertig. Nach allem, was man hörte, noch lange nicht. Ted schüttelte den Kopf. Die beiden waren nun schon den ganzen Tag zugange.

Und Albert, dieser kleine Hurensohn, war nicht mehr ansprechbar. Er war erledigt, total durch den Wind. Ein brabbelnder Schwachsinniger, der nichts mehr raffte. Vielleicht hatte auch er das Kommen des Dunklen Mannes gespürt. Vielleicht hatte auch er gewusst, was ihnen allen bevorstand.

Und was er jetzt gerade durchmachte.

Denn in diesem Moment ist der Dunkle Mann oben bei ihm, ging es Ted durch den Kopf. Er konnte sich gut vorstellen, wie er an Al herumschnippelte, wie er die Hände in den Körper des Jungen grub und ihm die Eingeweide herausriss …

Zurzeit aber war Ted noch im Keller und beobachtete die beiden Jeffs, als plötzlich die Tür über ihnen aufflog und Al die Treppe herunterkam.

Nur war das eigentlich nicht mehr Al.

Dieser Al, der neue, war schlaff und biegsam wie ein riesiger Schwanz. Und er ging nicht die Treppe hinunter, sondern schien herabzuschweben, wobei er eine breite rote Blutspur auf dem Läufer unter seinen Füßen hinterließ.

Sogar Jeffrey hatte von Jacobson abgelassen und sich umgedreht, um zu sehen, wer da kam. Jeffrey trug eine Art Zaubererkappe aus blauem Samt mit großen Mauseohren an den Seiten. Bis auf die Kappe waren er und der kleine Jacobson splitternackt.

Als Al die letzten Stufen hinunterschwebte und ins Licht kam, sah Ted seine Vermutungen von vor einer Minute bestätigt: Der Dunkle Mann stand ganz dicht hinter Al und stemmte ihn mit einer Hand hoch. In der anderen Hand hielt er ein Messer mit langer Klinge. Der Mann glitt leichtfüßig die letzten Stufen hinunter, huschte schemengleich in den nur von einer nackten Glühbirne beleuchteten Keller. Ted konnte den skelettartigen Körper und den hässlichen, missgebildeten Schädel kaum erkennen. Erst als die beiden näher kamen, sah Ted, dass einer der schwarzen Arme des Mannes von hinten in Als Oberkörper gerammt war, ungefähr in Höhe der Schulterblätter, schräg nach oben, sodass die Hand des Dunklen Mannes in Als Kopf steckte und ihn stützte. *Von innen.* Ted erwartete beinahe, dass Albert ihn anquatschte, indem die Finger des Dunklen Mannes Als von Blut triefende Kiefer wie bei einer Marionette von innen bewegten.

Auf der letzten Stufe schlug Als Leiche – vielmehr seine leere Hülle – der Länge nach hin. Weitere Blutspritzer sprenkelten die Wand, als der verstümmelte Körper feucht und schwer auf den Bauch klatschte. Die obere Hälfte des Rückens war aufgeschlitzt und ausgenommen worden, sodass in der blutigen Höhle nur ein paar Sehnen und Wirbelknochen zurückgeblieben waren. Auf Alberts Schultern und in seinem Nacken glänzten knollenförmige, perlfarbene Klumpen auf schwarz verfärbter Haut.

Sein Mörder stieg über den Leichnam hinweg und kam auf Ted zu.

Ted war bereit. Er zog sein Hemd hoch. Die schwarzen Klumpen erstreckten sich bei ihm mittlerweile vom Hals bis zum Schritt hinunter. Aus mehreren dieser nässenden Geschwüre sprossen lange schwarze Haare.

»Guck dir das an, Alter«, sagte er mit einem hysterischen Lachen zu dem Dunklen Mann. An Teds Seite war einer der Klumpen aufgeplatzt und ließ spitze Zähne und die Andeutung einer Zunge erkennen. »Guck dir diesen Dreck an. Siehst du das?« Aus der Nähe betrachtet wirkte der Dunkle Mann weniger fremdartig. »Hey, Alter, ich bin wie du. Du solltest mal den Scheiß sehen, den ich in letzter Zeit …«

Die Klinge schnellte vor.

Ted fiel zurück, während eine Feuerlohe ihm Brust und Hals versengte.

Er brach auf dem Kellerboden zusammen, sah die dunkle Gestalt über sich aufragen. Hervorquellende Rattenaugen starrten auf ihn hinunter. Aus dem geöffneten Mund drang ein Geräusch, das Ted als ein Zischen wahrnahm. Heißer Atem hüllte ihn ein, mit dem Gestank von Verwesung.

Die Kreatur wandte sich ab. Bewegte sich durch den Raum auf Jeffrey zu. Ted lag zuckend auf dem Boden, mit weit aufgerissenen Augen, und drückte beide Hände auf die klaffende Brustwunde. Klebriges, warmes Blut quoll zwischen seinen Fingern hervor.

Jeff Williford schnappte sich sein Messer vom Tisch – dasselbe, mit dem er Jacobson traktiert hatte. Ted beobachtete verträumt, wie Williford dem Dunklen Mann entgegentrat.

Eine schattenhafte Bewegung des Dunklen Mannes.

Plötzlich fiel Jeffreys Zaubererkappe mit den Mäuseohren zu Boden. Jeffs Kopf steckte noch darin. Sein nackter, kopfloser Körper blieb einen wundervollen Augenblick lang aufrecht stehen, während ein Geysir aus Blut aus seinem Halsstumpf schoss. Dann fiel auch er zu Boden und schlug neben den Mauseohren auf.

Der Dunkle Mann näherte sich dem anderen Jeff, dem auf dem Stuhl.

Ted stützte sich mit letzter Kraft auf, um alles zu beobachten, so gut er es noch konnte. Ob der verdammte kleine Jacobson das ebenfalls hatte kommen sehen?

*

Jeffrey Jacobson spürte, dass der Dunkle Mann hinter ihm stand.

Er spürte den heißen Atem des Ungeheuers auf seinen verkrampften nackten Schulterblättern. Spürte die Hitze des Körpers, die kräftigen Finger mit abgebrochenen Nägeln, die ihn nun unter dem Kinn packten.

Jeff konnte die Gedanken des Dunklen Mannes beinahe hören. Er hatte ihn sich oben im Haus vorgestellt, in dem Zimmer; hatte sich vorgestellt, was dieses Monster dort anstellte, wie es den Jungen namens Al zerhackte und ausweidete, ihm Organe herausriss und Fettschichten wegschnitt. Jeff hatte es so deutlich vor sich gesehen, als hätte er selbst es getan. Das Zimmer oben war ein dunkler, blutiger Ort gewesen, an den er sich während der letzten zwei Tage zurückgezogen hatte, während dieser Junge …

Während Jeff …

Er war noch immer an den Stuhl gefesselt, aber selbst wenn er frei gewesen wäre, hätte er unmöglich fliehen können.

Wie verrückt das alles ist.

Jeff hatte sich die ganze Zeit über geirrt. Und hätte er sprechen können, er hätte es laut ins Zimmer gerufen.

Hey, sagt allen, Jeff Jacobson gibt es gar nicht wirklich! Jeff Dahmer übrigens auch nicht. Es gibt nur Kain.

Warmes Wasser klatschte ihm auf den Rücken und auf den Kopf, durchnässte sein Haar.

Nur dass es kein Wasser war.

Der Tisch vor ihm wurde plötzlich rot. Wie durch einen Zaubertrick. Und das Rote auf dem Tisch war Blut, erkannte Jeff. Für einen Augenblick zeichnete sich seine Silhouette – sein eigener Kopf und die Schultern – von Blutspritzern umrahmt auf der Tischplatte ab.

Sämtliche Geräusche verstummten.

Dann hallte Donner in seinen Ohren.

Das ist der TOD, dachte Jeff.

Er spürte, wie etwas Schweres gegen ihn sank und zur Seite wegrutschte.

Dann hörte er weitere Donnerschläge.

Schüsse.

Irgendetwas berührte sein Gesicht, hob seinen Kopf an.

Das Licht schmerzte in Jeffs Augen. Er versuchte, wieder ins Dunkel zu flüchten. Der brennende Schmerz der Stricke ließ nach.

Er spürte, wie er vom Stuhl gehoben wurde.

Das ist wie fliegen.

Er zwang sich, ein Auge zu öffnen.

»Castillo«, flüsterte er.

»Ich hab dich, Kumpel.«

44.

KEIN WORT MEHR VON SCHANDE

15. JUNI, MITTWOCH – AN DER ROUTE 47, SOUTH DAKOTA

Jeff wachte auf. Soviel er wusste, war er noch in seinem eigenen Haus in Haddonfield – in der Nacht, in der sein Vater verschwunden war. In der Nacht, in der Castillo aufgekreuzt war. Alles andere, auch das Schlimmste, war ein Albtraum gewesen. Er hatte sich das alles nur eingebildet.

Soviel er wusste …

Trotzdem schmerzte sein ganzer Körper. Und am Fußende des Bettes stand ein Mann, der wie ein Gespenst mal deutlich, mal verschwommen zu sehen war.

Vielleicht bin ich jetzt auch ein Geist.

Ein kleiner, schwarzhäutiger Mann erschien in Jeffs Blickfeld und lächelte. Es war ein Lächeln, an das Jeff sich gut erinnern konnte.

»Du bist in Sicherheit.«

Aber das hatte nicht Ox gesagt, der schwarzhäutige Mann. Die Stimme gehörte Castillo.

Jeff versuchte, sich in die Richtung zu drehen, aus der die Worte gekommen waren.

»Nicht anstrengen«, sagte die Stimme.

Jeff betrachtete schläfrig das übrige Zimmer. Es war spartanisch eingerichtet. Kahle Wände. Ein Feldbett. Ein rostiger Schreibtisch aus Stahlblech.

»Du bist in Sicherheit«, wiederholte Castillo. »Jeff? Hörst du mich?«

»Ja.« Seine eigene Stimme klang wie ein hoher, kalter Wind in der Ferne. Diesmal drehte er sich in die Richtung, aus der Castillos Stimme gekommen war. Das Gesicht des kräftigen Mannes wirkte erschöpft und sorgenvoll. Jeff brauchte keinen Spiegel, um die Schäden zu sehen, die Castillo vor sich sah. *Die haben mich fertiggemacht.* Obwohl Castillo es zu verbergen versuchte, konnte Jeff es in seinen Augen sehen.

Er versuchte sich aufzusetzen, schaffte es aber nicht.

»Wo sind wir?«

»Bei mir«, sagte Ox. Es waren die ersten Worte, die er sprach. »Jetzt ist alles in Ordnung.«

»Wo ist mein Vater?«

Castillo schüttelte den Kopf. »Tut mir leid, Jeff. Ich habe versucht …«

Jeff drehte den Kopf weg. Starrte an die Wand neben sich. »Eines dieser Monster hat ihn umgebracht«, sagte er, und es war keine Frage.

»Ja. Woher …«

»Ich weiß es einfach.«

»Tut mir leid, Jeff, aber es ist nicht zu ändern«, sagte Castillo, der sich bemühte, den Anschein von Normalität zu erwecken. »Du musst dich jetzt ganz auf dich selbst konzentrieren. Darauf, dass du wieder gesund wirst. Ich muss noch etwas erledigen, bevor alles vorbei ist, aber dann …«

»Du willst ins DSTI, nicht wahr?« Jeffs Stimme wurde schrill. »Dort bringen sie dich um!«

»Das werden sie sowieso versuchen. Aber wenn ich die Sache selbst in die Hand nehme, geht es nach *meinem* Zeitplan und nach *meinen* Regeln.«

Jeff drehte sich wieder zu ihm um. »Ich will mitkommen!«

»Ausgeschlossen. Eigentlich gehörst du ins Krankenhaus. Du wirst jetzt längere Zeit auf fremde Hilfe angewiesen sein. Du hast Schreckliches durchgemacht, das weiß ich. Sobald wir können, besorge ich dir alle Hilfe, die du brauchst. Aber du kommst hier nicht raus, bevor wir sicher wissen, dass das DSTI, Stanforth und alle anderen mit uns fertig sind. Mit dir fertig sind, Jeff.«

Castillo hatte nur flüchtig hingeschaut, aber das reichte vollkommen. Jeff folgte seinem Blick und sah, dass sein Arm verbunden worden war. »Was ist das?«

»Wir besorgen dir alles, was du brauchst«, antwortete Castillo ausweichend.

»Ich habe, was Ted hatte, nicht wahr? Diesen Ausschlag. Dieses schwarze Zeug.«

»Ja«, sagte Castillo. »Ein kleiner Fleck.«

»Ich habe einmal die Woche Tabletten genommen.« Jeff berührte vorsichtig den Verband. »Mein Dad hat gesagt, dass ich Allergien habe.«

»Kommt wohl darauf an, wie man Allergie definiert«, sagte Ox.

»Die anderen Kids ...«, begann Jeff.

»Im DSTI, meinst du?«

»Ja.«

»Falls noch welche übrig sind«, Castillo schaute kurz zu Ox hinüber, »holen wir sie raus. So viele wie möglich. Versprochen. Ox hat ein paar Kumpel, die mir helfen werden. Du bleibst hier bei ihm, wo du sicher bist.«

»Aber ich kann helfen.«

Castillo streckte die Hand aus und legte sie tröstend auf Jeffs Schulter. »Du hast schon mehr geholfen als jeder andere. Jetzt bleibst du hier. Wir warten noch auf jemanden, der Ox helfen wird, dann mache ich mich auf die Socken.«

»Verlass dich auf Castillo, kleiner Mann«, sagte Ox. »Er kommt allein zurecht.«

»Ach ja?« Jeff hob eine Hand. Sie zitterte sichtbar. Die Fingernägel waren schwarz und eingerissen. »Mit denen hier würdest du leichter zurechtkommen.«

»Wie meinst du das?«, fragte Castillo und lehnte sich entspannter zurück. Lächelte sogar.

Dieser verdammte Junge.

»Schlüssel.« Jeff wackelte mit den Fingern. »Fünf Schlüssel.«

»Das Sicherheitssystem?«, fragte Ox. »Oje.«

Jeff nickte.

»Nicht nötig«, sagte Castillo. »Das System könnten wir auch so knacken. Aber das wird wohl gar nicht nötig sein. Ich rechne mit einer Einladung, durch den Haupteingang hineinzuspazieren.«

»Aber ich kenne das DSTI und das Massey Institute. Ich weiß, wo sie die Medikamente und das alles aufbewahren. Es gibt sogar einen Geheimgang zwischen den Gebäuden. Da war ich schon mehrere Male. Ich wette …«

»Ich habe Nein gesagt. Du kannst nicht mit! Schluss jetzt. Ich lasse diese verfluchten Monster nicht mehr an dich rankommen.«

»›Vater, du sollst sehn, was auch meine Kraft und meine Hände vermöchten.‹«

Castillo starrte den Jungen an. »Was hast du gesagt?«

»›Du sollst sehn, was auch meine Kraft und meine Hände vermöchten. Kein Wort mehr von Schande.‹ Das ist aus der *Odyssee.*«

»Ich weiß.« Castillo ließ den Kopf hängen, hielt die Hand des Jungen in seiner.

»Ich werde mich nie mehr verstecken«, sagte Jeff. »Nicht vor den Monstern.«

»Es gibt keine Monster, Jeff.«

»Doch. Und das weißt du.«

Castillo nickte. »Ja, du hast recht«, gab er zu. »Ich habe eins erschossen.« *Sogar zwei von der Sorte.*

»Und jetzt sind sie auf der Suche nach mir«, sagte Jeff.

Ox und Castillo wechselten einen Blick.

»Und sie sind verdammt nahe, glaube ich«, fügte Jeff hinzu.

Castillo seufzte tief.

»Sollen wir abhauen, Castillo?«, fragte Ox.

»Wohin?« Castillo schaute wieder Jeff an. »Wenn sie den Jungen hier finden können, dann können sie ihn überall finden. Weißt du einen besseren Ort für unsere Zwecke als diesen hier?«

»Nee.«

Castillo lächelte. »Siehst du? Dann also Plan B.«

Ox stand auf, um zu gehen. »Ich rufe die Jungs zusammen.«

»Bald«, versprach Castillo und tätschelte behutsam Jeffs Bein. »Lass mir noch einen Tag Zeit.«

Der Junge nickte.

*

Jeff legte eine Hand über die Augen, um sie vor der grellen Mittagssonne zu schützen. Auf allen Seiten umgab sie Wald, der tausend Meilen weit zu reichen schien.

»Wo sind wir?«, fragte er. »Am Arsch der Welt?«

»Nördlich davon«, antwortete Castillo, der das Camp begutachtete und Jeff bei jedem Schritt stützte. »Schön abgelegen. Komm jetzt.«

Ox kam ihnen am Fuß der Rampe entgegen. Er machte sie kurz mit den Einrichtungen des Camps vertraut, indem er darauf zeigte: ein halbes Dutzend Hütten und Wohnwagen, die willkürlich unter den Bäumen verstreut standen. Solarkollektoren. Notstromaggregate. Viehweiden. Hühnerställe. Ein kleiner Hundezwinger. Ställe mit Platz für ein paar Pferde. Weiter hinten an der Straße standen ein weiteres Dutzend Blockhäuser und Wohnwagen auf dem hundertzwanzig Hektar großen Gelände. Unter mehreren, erklärte Ox, befänden sich Luftschutzbunker.

Sie gingen langsam, passten ihr Tempo dem Jeffs an, der sich steif und kraftlos bewegte.

Schließlich erreichten sie den Verpflegungs- und Waffenkomplex des Lagers, eine v-förmige Anlage aus zwei langen Nissenhütten, die durch eine Zentralküche verbunden waren. In der Kantine warteten drei Männer auf sie. Zwei von ihnen waren Zwillinge. Sie trugen Sommertarnanzüge, schwarze Sturmhauben und schusssichere Kevlar-Westen und waren mit AK-15 bewaffnet. Der dritte Mann, bärtig und mit langem Haar, war von unbestimmbarem Alter. »Sir«, sagte er und nickte Castillo zu.

»Wie viele Leute leben hier draußen?«, flüsterte Jeff und setzte sich langsam.

»Das ist streng geheim«, flüsterte Ox, wobei er Castillo zuzwinkerte.

Der bärtige Mann verteilte Tabletts mit Essen an alle.

Ox deutete Jeffs Gesichtsausdruck richtig. »Du hast noch nie T-Rations gegessen, was?«

»Nein, was sind T-Rations?«, fragte Jeff.

»Armeerationen«, erklärte Castillo. »Wahrscheinlich ist das Zeug älter als du, aber es schmeckt nicht so scheußlich, wie es aussieht. Du musst kräftig zugreifen, Jeff.«

Jeff bedankte sich bei dem Bärtigen und machte sich daran, die Verpackungen aufzureißen.

»Okay, Mr. Geheim«, sagte Castillo zu Ox. »Das wär's also? Insgesamt sechs Leute?«

»Mit uns beiden. Der letzte Mann ist vor 'ner Stunde angekommen. Mehr konnte ich nicht auftreiben. Er ist schon auf Streife, damit er das Gelände kennenlernt.«

»Fünf Leute mehr, als ich letzte Woche hatte. Danke, Kumpel.«

»Kommen sie heute Nacht?«, fragte einer der Männer.

»Ja«, antwortete Jeff.

Alle wandten sich ihm zu.

»Ich weiß es einfach.« Jeffs Miene war angespannt. Er blickte Castillo an. Seine schmalen Schultern bebten. »Heute Nacht.«

»Heute Nacht«, pflichtete Castillo ihm bei. »Kann auch schon in zehn Minuten sein. Aber diese … ähm, Angreifer sind speziell dafür ausgebildet, nachts zu kämpfen.«

Ox holte tief Luft. »Wie würdest du es machen, wenn du an ihrer Stelle wärst, Castillo?«

»Wenn sie keine Drohne gegen uns einsetzen, würde ich bis zum frühen Morgen warten und dann meine Supersoldaten direkt einsetzen. Geradewegs durch die Mitte kommen … vielleicht mit 'nem Fallschirmsprung.« Er machte eine Bewegung, die einen freien Fall aus großer Höhe verdeutlichen sollte. »Hubschrauber sind hier ziemlich wertlos. Zu viel Wald. Sie werden freie Flächen suchen, vielleicht bei den Viehweiden. Aber für diesen Fall haben wir die russischen Boden-Luft-Raketen.«

»Von wie vielen Special-Forces-Typen reden wir?«, fragte einer der Zwillinge.

Special Forces?, dachte Castillo. *Wenn du wüsstest.*

»Zwei, drei Mann vielleicht«, sagte Castillo.

»Wer sind diese Kerle?«

»Keine Ahnung.« *Scheiße, ich weiß es wirklich nicht.* »Aber ich kann euch sagen, dass sie minimal ausgerüstet und verdammt schnell sind. Schneller als jeder, den ich kenne. Und sie sind immer erstklassig getarnt und schwärzen sich die Gesichter. Bleiben sie im Schatten, übersieht man sie schnell. Nachtsichtgeräte sind zu umständlich. Aber sie suchen ohnehin immer den Nahkampf, weil sie mit Messern angreifen.«

»Mit Messern?« Die Männer wechselten erstaunte Blicke.

»Ja. Sie würden jeden niedermachen, der sie aufzuhalten versucht, aber letztendlich haben sie es nur auf den Jungen abgesehen.«

Wieder starrten alle Jeff an.

»Er bleibt hier bei mir«, sagte Castillo. »Sollten unsere Linien durchbrochen werden, zieht ihr euch hierher zurück, kapiert? Die Bösen sind dann hier. Und kugelfest sind sie glücklicherweise nicht.«

Ox räusperte sich. Lächelte.

Es GIBT böse Buben auf der Welt, Ox. Ich weiß es, und du weißt es auch.

»Okay«, fuhr Castillo fort. »Diese Kerle werden vermutlich unterstützt, möglicherweise durch FBI Agents, vielleicht auch durch Cops oder Soldaten. Sie erzählen wahrscheinlich allen, wir wären irgendeine verrückte Sekte oder Waffenschmuggler für die Taliban. Im schlimmsten Fall bekommen wir es mit Söldnern oder Special Ops zu tun. Möglicherweise setzen sie Heckenschützen ein …« Er tippte auf eine Karte, die auf dem Tisch lag. »Hier, hier und hier. Die können jeden erledigen, der auszubrechen versucht. So würden wir immer weiter eingeengt.«

»Dann werden sie es wahrscheinlich so machen«, sagte Ox. »Und was ist *unser* Plan?«

Castillo griff nach einer Packung Pfirsiche und legte sie auf den Tisch. »Wir behalten den Bunker als Auffangstellung und kämpfen auf den kurzen inneren Linien. Als Erstes schalten wir die Spezialeinheiten aus. Macht eure Minen scharf, um sie hier und hier«, er tippte wieder auf die Karte, »hochgehen zu lassen. Außerdem geben wir ein paar Schüsse ab, damit die Typen sauer werden. Sind es FBI-Leute oder Cops, werden sie den Köder schlucken und den Kampf suchen.« Er grinste. »Sie tun gerne so, als wären sie richtige Soldaten. Ein bisschen Feuer aus dem Hinterhalt, und die Schlinge um uns wird ein wenig gelockert. Aber es muss glaubwürdig aussehen. Und denkt daran, dass sie wahrscheinlich Nachtsichtgeräte haben.«

Castillo schaute zu Ox hinüber, der die Hand gehoben hatte.

»Ich habe zufällig eine Liefung der neuen deutschen Militärponchos da«, sage er. »Innen Goretex, außen Mylar. Außerdem sollten wir Gasmasken tragen. Vielleicht greifen sie uns mit Gas an.«

»Ja, okay.« Castillo schaute zu Jeff hinüber. »Vielleicht.«

Und vielleicht greifen wir sie mit dem an, was ich jetzt habe …

Castillo dachte dabei an den kleinen Behälter, den er bei Teds Leiche gefunden hatte. Er hatte kaum Zweifel, was dieser Behälter enthielt.

Einer der Männer aus Ox' Crew meldete sich zu Wort. »Insgesamt zwanzig oder mehr Leute gegen uns sechs? Da werden wir nicht lange durchhalten.«

»Korrekt. Deshalb werden wir uns ziemlich schnell zurückziehen und leisten hinhaltenden Widerstand. Hier«, Castillo zeigte auf die Karte, »lassen wir eine Lücke entstehen. Die Reserven stoßen nach, wenn wir hierhin ausweichen. So bringen wir sie zwischen uns.«

»Wie bei Cannae«, sagte der Bärtige.

»Genau.«

»Was bedeutet das?«, fragte Jeff.

»Wir machen eine Zangenbewegung.« Castillo bildete mit Daumen und Zeigefinger ein U, dann drückte er die Finger zusammen. »Eine doppelte Umfassung. Wir täuschen einen Rückzug vor, locken sie in die Mitte und greifen von den Flanken an. So hat Hannibal es in der Schlacht bei Cannae getan, als die Römer ihm dreifach überlegen waren.«

»Und hat es funktioniert?«

»Oh ja. Hoffentlich erkennen sie nicht den Zweck dieses Manövers. Das ist unsere Chance, eine Variante von Hannibals Taktik auszuprobieren. Kreuzfeuer hier und hier. Mit vier Mann an diesen Punkten …« Castillo tippte mit dem Finger auf die Karte.

»Ja«, sagte einer der Männer und nickte. »Schließlich hat Ox dieses Gebiet nicht wegen seiner landschaftlichen Reize ausgesucht.«

»Genau«, pflichtete Castillo ihm bei und schaute sich am Tisch um. »Sehen wir mal von den Supersoldaten ab, werden wir versuchen, gegnerische Verluste möglichst zu vermeiden. Setzt sie außer Gefecht, macht Gefangene, verjagt sie, aber tötet sie nach Möglichkeit nicht. Diese Kerle sind keine Feinde. Die meisten von ihnen werden nicht mal wissen, warum sie eigentlich hier sind. Sie führen nur Befehle aus. Und man wird sie belogen haben. Verstanden?«

»Castillo ist der Boss«, erinnerte Ox die anderen.

Alle Männer nickten zustimmend.

»Wir wollen vor allem eine gute Show abziehen«, sagte Castillo. »Sie in einen Hinterhalt locken und Verwirrung stiften.«

»Ihr solltet die Minen noch mal kontrollieren, Jungs«, sagte Ox. »Vielleicht warten sie nicht bis heute Nacht. Und spannt schon mal das Tarnnetz auf. Los jetzt. Ich komme gleich nach.«

Castillo wartete, bis die drei Männer die Kantine verlassen hatten. Sie hatten den Tag damit verbracht, ihn einzuschätzen. Castillo hatte das Gleiche getan. Er wusste, diese Männer waren kauzige Einzelgänger und Außenseiter. Extremisten der amerikanischen Rechten. Oder Linken. Er war sich nicht sicher, ob das überhaupt eine Rolle spielte. Sie hatten alle irgendwo entlang des Weges – ob rechts oder links, recht oder unrecht – den Anschluss an die Gesellschaft verloren oder sich von ihr bewusst verabschiedet.

Und was ihre Gegner betraf – Castillos Einschätzung nach wusste nur die Hälfte von denen, was sie zu tun hatte. Die andere Hälfte bestand bestenfalls aus Wochenendkriegern. Wie würden sie sich verhalten, wenn scharf geschossen wurde?

»Du brauchst nicht mitzumachen«, sagte er zu Ox.

»Doch«, erwiderte der Schwarze.

»Warum?«

Ox rückte seine Brille zurecht. »Ich will, dass meine beiden Söhne an einem Ort und in einer Zeit leben, die ihrer würdig sind.«

Castillo nickte. »Und deine Freunde sind sich ihrer Sache ebenso sicher?«

»›Die Erfahrung hat von jeher gezeigt‹«, zitierte Ox aus der amerikanischen Unabhängigkeitserklärung, »›dass Menschen, so lang das Übel noch zu ertragen ist, lieber leiden und dulden wollen, als sich durch Umstoßung von Regierungsformen, die sie gewöhnt sind, selbst Recht und Hilfe zu verschaffen.‹«

»Da ist was dran. Ich frage noch mal: Sind deine Freunde sich dieser Sache sicher?«

»Bist *du* dir sicher, was unseren späteren Gegenangriff betrifft?«

»Nein«, sagte Castillo, nahm die Pfirsiche und warf sie auf Jeffs Tablett. »Aber über das Nachher machen wir uns *nachher* Sorgen.«

»Verstanden«, sagte Ox. »Dann bist du dir aber zumindest über das Jetzt im Klaren?«

Castillo schüttelte den Kopf. »Ich bin mir nicht mal mehr über das Vorher im Klaren.«

Jeff sah von seinem Teller auf. »Keine Sorge, daran gewöhnt man sich.«

45.

FEHLEINSCHÄTZUNGEN UND IHRE FOLGEN

15. JUNI, MITTWOCH – AN DER ROUTE 47, SOUTH DAKOTA

Castillo beobachtete, wie Jeff an seiner Gasmaske herumnestelte und probeweise den Kopf bewegte, um ein Gefühl für das Gewicht des seitlich angebrachten Filters zu bekommen. Dieses Baumuster war vor einem Jahrzehnt bei der britischen Spezialeinheit SAS eingeführt worden. Castillo schätzte, dass die Masken Ox pro Stück dreihundert Dollar gekostet hatten. Auch die Bundeswehr-Ponchos, die sie trugen, waren nicht schlecht; bei einem flüchtigen Blick mit einem IR-Nachtsichtgerät würden sie vermutlich nicht auffallen.

Durch Infrarot entdeckt werden zu können, war allerdings ihre geringste Sorge. Die Monster, die hinter Jeff her waren, brauchten nicht zu sehen, Wärmeabstrahlung zu messen oder zu horchen. Sie folgten ausschließlich dem Blut. *Wie* sie das machten, war Castillo ein Rätsel, doch es stand außer Frage, dass sie auf diese Art und Weise Jeff und die anderen Jungen aufgespürt hatten. Vielleicht hatten sie so vor Jahren auch ihn im Irak ausfindig gemacht.

Was zum Teufel tue ich eigentlich hier? Castillo hörte mit seiner Lagebeurteilung auf. *Ich fange einen Krieg mit den Vereinigten Staaten an.*

Morgen würden er und die anderen vermutlich Geschichte sein, auf eine Wiki-Seite verbannt. Ein weiteres Ruby Ridge oder Waco. Man würde sie als Verrückte bezeichnen, die sich wegen Waffen, Drogen, Religion oder was auch immer in South Dakota verbarrikadiert hatten. Wer sollte es schon besser wissen? Die wahre Geschichte würde er nie erzählen können. Geschichten erzählten nur die Sieger. Und Stanforth und die anderen würden garantiert etwas erfinden, worüber die Medien ein paar Tage lang berichten konnten. Es war ganz leicht, man konnte *jeden* verschwinden lassen – Jeff, Ox, ihn und die anderen. Vielleicht auch Kristin, wenn dieser Kampf hier schieflief. Genau das, wovor Jeff ihn bei ihrer ersten Begegnung gewarnt hatte.

Niemand würde ihnen die Wahrheit glauben. Geklonte Serienmörder? Das war ja noch absurder als die Vorstellung, die US Air Force könnte Flug 93 abgeschossen oder Goldman Sachs einen Raubzug organisiert haben, der das amerikanische Volk um sieben Billionen Dollar gebracht hatte. Viel eher konnte man glauben, tapfere Amerikaner kämpften in offener Feldschlacht gegen böse Terroristen, oder eine staatliche Bankenrettung sei unbedingt nötig gewesen, um eine neue Weltwirtschaftskrise zu verhindern. Das war sehr viel einfacher. *Wie das Lex parsimoniae.* Ockhams Rasiermesser. Es bewirkte, dass die Welt sich drehte. Männer wie Stanforth vertrauten auf dieses Prinzip, um das Undenkbare zu tun, wann immer sie wollten. Ein Drittel aller Amerikaner kannte den Namen des US-Vizepräsidenten nicht. Weniger als die Hälfte konnte Afghanistan auf einer Landkarte finden. Die meisten Leute waren ahnungslos und ungebildet.

In dem primitiven Bunker auf amerikanischem Boden erkannte Castillo, dass er selbst kaum anders war. In den letzten zwei Jahren hatte er sich auf ein kleines Bild konzentriert: auf sein eigenes, das immer deutlich war und vernünftig erschien. Arbeiten. Schlafen. Vögeln. Essen. Sport gucken. Danach wieder von vorn. Und die ganze Zeit redete man sich ein, man sei einer von den Guten. Nicht wie die anderen blöden Arschlöcher.

»Sie sind da.«

Jeffs gedämpfte Stimme riss Castillo aus seinen finsteren Gedanken. Er wandte sich dem Jungen zu.

»Castillo …?«

Er klopfte Jeff auf die Schulter, dann tippte er leicht auf den Sender an seiner Brust. »Blue acht, kommen.«

Der Junge neben ihm begann zu zittern. Castillo versuchte es noch einmal. »Blue acht, bitte kommen.«

»Hier Blue acht.«

»Seht ihr irgendwas?«

»Bisher nicht«, antwortete eine Stimme aus zwei Meilen Entfernung. Ein »Team«, das aus einem Mann bestand. Sie hatten keinen Grund, ihre Anzahl preiszugeben.

»Sie sind da«, wiederholte Jeff.

Castillo blickte den Graben entlang zu Ox, der mit den Schultern zuckte. Nichts. Castillo hob sein Gewehr an die Schulter, ein modifiziertes G3, und suchte das Gelände vor ihm durch das Zielfernrohr ab. Nichts. *Nada.*

»Team Gold vier?« Das war der Scharfschütze, der auf dem Dach des Zentralbunkers in Deckung lag.

»Negativ.«

»Verstanden.« Castillo spähte erneut durch das Zielfernrohr, dessen IR-Bildwandler ihm eine geisterhafte Welt zeigte. Dies war ein Land, in dem Castillo lange unterwegs gewesen war; ein Land voller unirdischer Formen und Farbnuancen, verschwommen und durchscheinend wie eine zweite Realität, die in unserer Wirklichkeit verborgen lag. Wie viele Wochen, Monate, Jahre er darin verbracht hatte, konnte er nicht genau sagen, aber sie reichten aus, dass diese Welt ihm so tröstlich und vertraut erschien wie die richtige. Vielleicht sogar vertrauter, gestand er sich ein. Wie viele Männer hatte er schon aus dieser geisterhaften Perspektive beobachtet? Jede ihrer Bewegungen verfolgt, manchmal stundenlang. Manchmal hatte er abgedrückt, manchmal nicht. Die vielen tausend Ziegen, die er gesehen hatte, aber auch Männer, Frauen und Kinder, die durch eine schwach erhellte Landschaft aus grünen und schwarzen Schatten zogen.

Und aus dem Erebos kamen viele Seelen herauf der abgeschiedenen Toten. Jüngling' und Bräute kamen, und kummerbeladene Greise, und aufblühende Mädchen in jungem Grame verloren. Viele kamen auch, von ehernen Lanzen verwundet, kriegerschlagene Männer, mit blut-

besudelter Rüstung. Dicht umdrängten sie von allen Seiten die Grube mit graunvollem Geschrei, und Entsetzen ergriff mich.

Homers Worte fielen ihm ein, aber in seinem Blickfeld erschienen keine Geister. Nur kahles unirdisches Gelände. Verlassen. Tot.

Sie sind da …

Jeffs Worte hallten in ihm nach.

»Team Gold?«, fragte Castillo noch einmal.

»Augenblick«, krächzte der Mann. »Irgendwas …«

»Delta zwo.« Das war Ox' Stimme. »An alle: Bewegung links neben dem Pick-up.«

Castillo wusste, dass der alte Pick-up rechts von ihm stand, aber außerhalb seiner Schusslinie war. Er hatte nur seinen Sektor im Auge zu behalten, weiter nichts. Jeff neben ihm war sichtlich nervös.

»Scheiße, was?«, fragte Ox' Stimme in seinem Ohr. »Gold?«

»Positiv«, antwortete der Scharfschütze über ihnen. »Was macht er da?«

»Charlie zwo, Feuer frei?«, fragte Ox.

»Deine Entscheidung«, antwortete Castillo.

»Gold vier«, sagte Ox zu dem Scharfschützen. »Hast du ihn im Visier?«

»Ja, positiv … verstanden. Drei, zwo …«

Die beiden Schüsse aus dem Scharfschützengewehr krachten laut wie eine kleine Kanone. Dann hämmerte Ox' Sturmgewehr und überlagerte das Echo dieser ersten Schüsse.

Castillo stieß Jeff sanft mit dem Ellbogen an, um ihm die Angst zu nehmen.

»Verdammt laut«, sagte Jeff.

Castillo nickte, beobachtete weiter, hielt sein Gewehr schussbereit. Nichts.

Blue machte Meldung. »Hier Blue acht. Bewegung im Süden und Westen«, sagte der zwei Meilen von ihnen entfernte Mann im Tarnanzug mit gedämpfter Stimme. »Fünf, sechs … zehn Mann. Sie schwärmen aus. Bilden einen Umfassungsring.«

Zehn Mann. Castillo schüttelte den Kopf. Das waren nur die, die Blue sehen konnte. Ein weiteres Dutzend oder mehr konnte außerhalb seines Blickfelds in Stellung gegangen sein. Trotzdem waren *normale* Männer ihre geringste Sorge.

»Gold vier?«

Keine Antwort. Castillo wandte sich Ox zu. Der kleine Mann kauerte mit dem Rücken zu ihm im vordersten Graben und beobachtete mit schussbereitem AK-47 die freie Fläche vor ihm.

»Team Gold vier?«, fragte Castillo noch einmal. »Ox?« Es machte keinen Sinn, Decknamen zu verwenden. Diese Leute wussten längst, wer Ox war, wo er lebte, was er wusste.

»Ja?«, sagte Ox knapp.

»Ziel in Sicht?«

»Negativ. Das heißt … vielleicht. Ich hatte ihn genau im Visier. Aber jetzt … Ich weiß nicht. Aber ich gehe bestimmt nicht hin und sehe nach.«

»Wie sieht's bei dir aus, Wilke?« Vermutlich hatte der Scharfschütze den besseren Überblick. »Was ist los, Wilke? Meldung.« Castillo widerstand dem heftigen Verlangen, das Bunkerdach über ihnen mit Blicken abzusuchen.

Jeff neben ihm murmelte etwas. Castillo wusste nicht, ob es irgendeine Bemerkung gewesen war, und wandte sich ihm zu. Der Junge stand wie eingefroren da, Hände und Arme vor sich ausgestreckt, und starrte auf seinen Poncho. Winzige Spritzer, sternförmig zerstobene Blutstropfen glänzten auf dem glatten Material. Ein Dutzend roter Sternchen.

Castillo starrte verständnislos darauf, während ein weiterer Stern erschien. Und noch einer.

Dann begriff er.

Die nächsten Tropfen trafen Castillo selbst. Sie kamen wie rote Regentropfen von oben. Er sah auf. Jeff ebenfalls.

Der rote Regen kam vom Dachrand des Betonbunkers. Außerdem liefen mehrere rote Rinnsale an der rauen Wand hinab. Über die Dachkante baumelte ein Unterarm. Er gehörte Wilke, dem Scharfschützen. Finger und Handgelenk hingen schlaff herab. Blut tropfte von der baumelnden Hand. Castillo und Jeff beobachteten, wie der Arm langsam verschwand, als jemand den Toten vom Dachrand fortzog.

»Hier Castillo«, zischte er und packte Jeff vorn am Parka. »Red eins, Feuer frei!«

»Feuer frei?«, fragte eine Stimme.

»Ja, verdammt!«, brüllte Castillo, vergaß alle Vorsicht und zog Jeff mit einem Ruck zu sich heran.

Die Nacht schien zu explodieren. Der Boden unter ihren Füßen zitterte. Dem Detonationsknall – einer Aufeinanderfolge heftiger Explosionen – folgte ein unnatürlich helles, rasch schwächer werdendes Leuchten über den westlichen Wäldern.

Castillo hielt Jeff mit dem linken Arm an sich gedrückt und trug ihn im Graben zum Bunkereingang. Einzelne Gewehrschüsse aus dem Wald ließen erkennen, dass der Köder geschluckt worden war. Unter den Bäumen wogten Rauchschwaden hervor und verbargen das freie Gelände wie im Nebelschleier.

Ox und ein weiterer Mann warteten an der Stahltür des Bunkers, um Castillo und dem Jungen Feuerschutz zu geben. Sie ließen auf das Vorfeld einen Geschosshagel niedergehen, während in den westlichen Wäldern erneut Detonationen zu hören waren.

»Anscheinend haben sie's nicht gleich kapiert«, sagte Ox, als er die Bunkertür aufzog. »Rein mit euch!«

»Es hat unseren Scharfschützen erwischt«, berichtete Castillo keuchend.

»Verstanden«, sagte Ox, dessen Stimme unter der Gasmaske dumpf und fremd klang.

»Charlie zwo an alle: Fall Blau, Fall Blau.« Castillo gab den Befehl zum Rückzug in den Bunker, um die anderen näher bei ihnen zu haben. Dann führte er Jeff, Ox und den zweiten Mann den düsteren Tunnel entlang. Schwache grüne Leuchtstoffröhren markierten den abfallenden Boden. Als Castillo sich umsah, verschwammen sie zu einer einzigen langen Linie. Jeff, der genau wusste, dass jede Sekunde zählte, schlurfte hinter ihm her. Ox und der zweite Mann – McLaughlin – hielten mit ihnen Schritt. Weitere Schüsse erzeugten immer leisere Echos hinter ihnen. Verstärkungen, nur zwei Mann, rückten in neue Stellungen ein, um die Gegner zu stoppen.

Als der Tunnel auf einen Quergang traf, schob Castillo Jeff hastig nach links in die Dunkelheit. Rasch drehte er sich um und ließ sich auf das rechte Knie fallen. Während McLaughlin noch mit seinem Gurtzeug kämpfte, nahm Ox auf der anderen Seite der Abzweigung dieselbe Haltung ein.

Castillo beobachtete den langen Tunnel. Durch die Nachtsichtbrille war nichts zu sehen, durch das IR-Zielfernrohr ebenso wenig. Castillo konnte es kaum glauben. Wie war das möglich? Wie konnte man die Wärmeabstrahlung menschlicher Haut genetisch verändern? Was war das für eine Welt, in der man so etwas konnte? Ein menschliches Wesen genetisch in einen gewissenlosen Killer zu verwandeln?

Castillo starrte angestrengt durch das Zielfernrohr, konnte in dem Tunnel aber nichts erkennen.

Wartet dieses Monstrum auf die anderen? Hat es nicht angebissen?

»Castillo?« Jeffs Stimme hinter ihm war durch die Gasmaske gedämpft.

»Nicht jetzt«, zischte er und forderte Jeff mit einer Handbewegung auf, still zu sein, während seine andere Hand am Abzug blieb. Er konzentrierte sich wieder auf das Zielfernrohr und versuchte etwas zu erkennen, das nicht da war.

»Castillo …« Wieder Jeffs Stimme.

Castillo schaute zu ihm und sah, dass der Junge an die Wand gelehnt zu Boden gesunken war. Er hatte die Knie hochgezogen und hielt die erhobenen Hände in einer schützenden Geste vor seine Maske.

»Keine Bange, Jeff, wir passen auf dich auf.« Castillos Stimme klang sogar in seinen eigenen Ohren fremd und ungewohnt. »Er ist noch nicht hier. Wir müssen abwarten, bis …«

»Es *ist* hier!«, rief Jeff verzweifelt. Er zitterte unkontrolliert. Seine Finger auf dem harten Gummi der Gasmaske zuckten.

Castillo suchte den Tunnel nochmals ab und starrte angestrengt durch das Zielfernrohr, konnte aber keine Spur von Leben entdecken. »Hier ist niemand. Ich …«, begann er, stockte dann aber, als Jeff heiser zu stöhnen begann. Es war ein beinahe animalischer Laut der Angst – kein Geräusch, das ein Junge von sich geben sollte. Kein Geräusch, das *irgendein* Mensch von sich geben sollte, obwohl Castillo in einer Höhle im Irak selbst einmal ähnliche Laute ausgestoßen hatte.

»Seht ihr irgendwas?«, fragte er die anderen.

»Negativ«, antworteten die beiden Männer ihm gegenüber wie aus einem Mund.

Verdammt!

Jeffs Finger lösten sich von der Gasmaske und ballten sich zur Faust. Ein dünner Finger deutete bebend vor Angst in die Dunkelheit. »Es … ist …«, flüsterte er heiser, als bekäme er die Worte nur mit größter Willenskraft heraus. Dabei wies sein Zeigefinger weiter in das pechschwarze Dunkel des Tunnels.

»Was hast du, Junge?«

»Es steht gleich *hier*«, sagte Jeff.

Castillo starrte durch sein nutzloses Zielfernrohr. Dann schaute er Jeff an, dieses Ein-Mann-Ortungssystem für alle Übel dieser Welt. »Verflucht!«, stieß er hervor. »McLaughlin! Feuer frei!«

Der Mann auf der anderen Seite der T-förmigen Einmündung fuhr zu ihm herum. Obwohl Castillo seine Augen nicht sehen konnte, war die Überraschung des Mannes beinahe mit Händen zu greifen. »Feuererlaubnis?«

»Ja!«, blaffte Castillo. »Los jetzt!«

McLaughlin reagierte schon, bevor der Befehl ganz ausgesprochen war. Er trat vor Jeff und ließ seinen Flammenwerfer eine lange Feuerzunge in den dunklen Tunnel spucken. Doch der tödliche Flammenstrahl wurde aufgehalten und zerstob in sämtliche Richtungen. McLaughlin riss hastig die Mündung hoch. Blendend helles Licht, Flammen und Hitze schlugen gegen ihn und die anderen zurück.

»Verdammt!« Castillo wich zurück und zog den Jungen mit sich. Flüche und Geschrei hallten. Der Flammenwerfer spuckte kein Feuer mehr. Aus dem Tunnel schlug den Männern ein Gluthauch entgegen. Brennendes Flammöl bildete eine lodernde Linie auf dem Boden.

Und da war noch etwas anderes.

Etwas, das dicht vor ihnen stand. Keine zwei Meter entfernt.

Etwas, das laut schrie und in Flammen stand.

Ein Mann.

Castillo erkannte die Gestalt auf den ersten Blick.

Er packte Jeff unterhalb der Gasmaske am Kragen, riss ihn zu sich heran und schob ihn hinter sich.

46.

WER MIT UNGEHEUERN KÄMPFT

15. JUNI, MITTWOCH – AN DER ROUTE 47, SOUTH DAKOTA

Jeff starrte in den Tunnel. Der Feuersturm, der die Dunkelheit erhellt hatte, war zu einem einzelnen Punkt geschrumpft, einem brennenden Mann. Ein Mann, der irgendwie Teil seines Ichs war. Der vor Schmerzen schrie, gegen Boden und Wände trat und brüllend um sich schlug. Der Verstand des Mannes war mit dem Jeffs vereint, seine Gedanken waren Jeffs Gedanken, und seine grauenhaften Schmerzen waren Jeffs Schmerzen.

Raus aus meinem Kopf!, kreischte der Junge in Gedanken.

Neben ihm krachten zwei ohrenbetäubende Schüsse. Jemand – Castillo, vermutete er –, erlöste den in Flammen stehenden Mann von seinen Qualen. Oder er wollte Jeff von den Schmerzen befreien, denn im nächsten Augenblick waren die fremden Gedanken und Empfindungen verschwunden.

»Wir müssen wieder rauf«, sagte Ox, als läge kein entstellter, noch rauchender Leichnam vor ihnen. »Die anderen brauchen Unterstützung.«

Sie setzten sich wortlos in Bewegung, trabten durch den Tunnel zurück. Selbst durch seine Maske hindurch nahm Jeff den Geruch von verbranntem Fleisch wahr und konnte es sich nicht verkneifen, den Mann ein letztes Mal zu betrachten.

Und er *war* ein Mann, kein Ungeheuer mehr. Ein Mann mit starrem Blick und vor Schmerz weit aufgerissenem Mund. Ein Mann, der

Jeff selbst hätte sein können. Aus demselben Stoff herangezüchtet. Von seinem Vater.

»Weiter«, forderte Castillo ihn auf. In der plötzlichen Stille klang seine Stimme überraschend laut.

Jeff setzte sich wieder in Bewegung. Als sie dem Verlauf des Tunnels folgten, wurden die kleinen grünen Leuchtstoffröhren wieder sichtbar, an denen sie sich orientieren konnten, bis der Tunnelausgang erreicht war.

»Bleib unten«, sagte Castillo. »Bleib hier an der Wand in Deckung.«

Jeff nickte und rieb mit dem Ärmel über die Gasmaske, um den Ruß des Flammenwerfers von den Gläsern zu wischen.

»Du hast dich gut gehalten.« Castillo packte ihn an der Schulter. »Hörst du?«

»Ja.«

»Lass uns einen Moment Zeit, bis die anderen da sind. Dann ziehen wir uns wie geplant zurück. Okay?«

Jeff nickte erneut und schluckte trocken.

Castillo und die anderen liefen geduckt ins Freie. Durch den Bunkereingang konnte der Junge sehen, wie Ox aus einem Graben heraus wild gestikulierte. Sekunden später waren ein Pfeifen und mehrere dumpfe Explosionen zu hören. An einem Dutzend Stellen stieg dichter Rauch auf, der den Graben ausfüllte, bis in den Tunnel wogte und Jeff die Sicht nahm. Er konnte keinen Meter weit mehr sehen.

»Castillo!«, rief er.

»Bleib, wo du bist.« Castillos Stimme kam von draußen, war aber beruhigend nahe. »Das ist nur Rauch.«

»Granatwerfer!«, brüllte jemand, dessen Stimme Jeff nicht erkannte.

»Runter!«, blaffte Castillo und stürmte zum Tunnel zurück. Ein gewaltiger Knall erschütterte die Welt. Castillo packte Jeff, zerrte ihn aus dem Bunkereingang, stieß ihn in einen flachen Graben und sprang ihm hinterher. Jeff spürte den Aufprall bis ins Mark. Während ihm von der Detonation die Ohren klingelten, rang er unter der Gasmaske nach Atem. Er drückte sich tief in den Graben, während die feuchte, kalte Erde sich unter ihm zu drehen schien. Um sich her hörte er Flüche, Befehle und Gewehrfeuer.

Instinktiv kroch er auf der Suche nach Deckung weiter in den Graben, während die Benommenheit allmählich von ihm abfiel. Er verharrte, hob den Kopf und spähte über den Rand des Grabens hinweg. Er sah dichten Rauch, in dem vereinzelt Gestalten umherirrten wie Gespenster in einem Ascheregen. Dann schaute er sich nach Castillo um, aber der war verschwunden.

»Castillo!«, rief Jeff verängstigt, doch im anhaltenden Gewehrfeuer ging seine Stimme unter.

Dann lichtete sich der Rauch ein wenig. Jeff schaute sich mit zusammengekniffenen Augen um. Zu seiner Erleichterung kauerte Castillo nur wenige Meter von ihm entfernt und winkte ihm zu. Sein Gesicht war unter der Gasmaske verborgen.

Jeff stemmte sich hoch und taumelte zu ihm. Zum ersten Mal seit vielen Stunden verspürte er echte Erleichterung.

Castillo zog sich die Gasmaske vom Kopf und lächelte.

Jeff blieb stehen wie vom Donner gerührt.

Fassungslos starrte er auf den Mann vor sich.

Das war nicht Castillo.

Und sein Gesicht war kein Gesicht mehr.

Nur ein offener Rachen, von Blut triefend, mit grausiger Lüsternheit grinsend.

Dieses Nicht-Gesicht hatte Jeff schon hundertmal gesehen. Solange er zurückdenken konnte, war diese Horrorfratze durch seine Albträume gegeistert, hatte ihn aus dem Dunkel beobachtet und aus den Schatten angegrinst. Es war nicht Castillos Gesicht, es war *jedes* Gesicht. Es war *sein* Gesicht. Teds Gesicht. Henrys Gesicht. Alberts und Davids Gesicht. *Alle* Gesichter. Sogar das des Jungen, der sich immer als Clown verkleidet hatte.

Jeff warf sich herum und rannte.

Wo war Castillo? Er musste Castillo finden. Aber der konnte überall sein.

Jeffs Blick glitt über Gebäude, Bunker, Männer hinweg. Überall blitzte Mündungsfeuer.

Der Rauch hatte sich mittlerweile so weit verzogen, dass Jeff die zehn, zwölf Meter entfernten Bäume am Waldrand sehen konnte. Wenn er es bis dorthin schaffte, war er vorerst gerettet. Dort konnte er sich verstecken, dort war er in relativer Sicherheit. Castillo würde ihn finden, wo immer er sich aufhielt.

In den Wald!

Jeffs Lunge brannte, als er unter den dichten schwarzen Bäumen verschwand, über Wurzeln und dürre Äste stolperte und so angestrengt atmete, dass seine Gasmaske von innen beschlug, bis er wieder blind war. Es kam ihm vor, als liefe er in einem Albtraum durch den Wald. Mit einem zornigen Schrei riss er sich die Maske vom Kopf und schleuderte sie weg. Keuchend blieb er stehen, blickte zu den Häusern auf der Lichtung und die Scheune dahinter. Welches Gebäude sollte er nehmen? Er entschied sich für das kleinste, am weitesten entfernte: ein Lagerhaus, gleich vor der Scheune. Er rannte dorthin, verschwand durch die nicht abgesperrte Tür, ohne sie von innen zu verbarrikadieren. Nichts hätte lauter *Hallo, ich bin hier drin!* gerufen, als ein unter den Türknauf geklemmter Stuhl.

Das kleine Lagerhaus enthielt reichlich Vorräte an Wasser und Lebensmitteln. Jeff machte große Augen, als er an langen Regalen mit Konservendosen, in Folie eingeschweißten Tagesrationen und großen, mit Wasser gefüllten Plastiktanks vorüberging, die fast so groß waren wie er selbst. Seitlich schob er sich zwischen zwei Behältern hindurch, um hinter die erste Reihe zu gelangen. Der Raum dahinter war nicht besonders groß, aber der Platz reichte, dass Jeff sich auf den Boden kauern und warten konnte. Auf Castillo.

Sich verstecken. Überleben.

Die Eingangstür des Gebäudes ging auf.

Jeff stockte der Atem. Er hörte die Schritte eines Mannes. Es waren langsame, gemessene Schritte.

Das war nicht Castillo.

Castillo hätte seinen Namen gerufen.

Jeff versuchte, leiser zu atmen.

Die Schritte kamen näher, das hörte er deutlich. Sie bewegten sich an den Regalen mit den Konserven und Tagesrationen vorbei. An Paletten mit Nudeln und luftig gelagerten Säcken mit Mehl und Reis. Jeff konnte das Wesen beinahe instinktiv spüren, als es die ersten Wasserbehälter erreichte.

Es wittert mich.

Und es kam näher.

Gedanken durchfluteten Jeff, wirr und ungeordnet, aber auf unheimliche Weise zusammenhängend. Sie stammten von der Kreatur. Jeff spürte ihren blinden Zorn. Ihre Zielstrebigkeit. Ihre Jagdlust.

Die *Mordlust.*

Ja. Das war wieder ER. *Es.* Das Monster.

Ein weiteres Exemplar.

Ich bin tot, schoss es Jeff durch den Kopf.

Das Ungeheuer würde ihn umbringen, das wusste er. Und Castillo würde nicht kommen. Castillo *sollte* gar nicht kommen. Hier ging es nur um ihn, Jeff, um die dunkle Gestalt, in die er sich verwandeln würde, wie es seine Bestimmung war.

Ich habe es nicht anders verdient.

Dieser plötzliche schreckliche Gedanke war glasklar.

Jeff spürte die Nähe der Bestie nun körperlich.

Obwohl er keine Chance hatte, mit dem Leben davonzukommen, hielt er wieder den Atem an. Obwohl er für den Tod vieler Menschen verantwortlich war. All der Menschen, die ermordet worden waren. All der Menschen, die noch sterben würden. Wie viele waren es? Er hatte den Überblick verloren. Er wollte es auch gar nicht wissen. Er war ein Ungeheuer, in einem Labor hergestellt – genau wie das Monster, das sich ihm näherte.

Das alles ist meine Schuld. Sie haben mich benutzt, haben mir Blut abgezapft, um erst Toxine herzustellen und dann solche Kreaturen wie diese hier.

Das Monster erreichte den Gang, an dessen Ende sich Jeff versteckte, und kam unbeirrt auf ihn zu. So, als könnte es ihn in seinem

Versteck wittern. Als wäre es im Besitz einer schrecklichen Wahrheit, die Jeff erst nach und nach erkannte.

Er selbst war hier das Monster. *Er selbst* verdiente den Tod.

Jeff kroch aus seinem Versteck hervor.

Und stand vor sich selbst.

Vor dem Monster, das er werden würde. Dem Monster, das er war, schon immer gewesen war.

Jeff sah zu ihm auf.

Und das Monster erwiderte seinen Blick.

47.

ALSO DOCH MENSCHLICH

15. JUNI, MITTWOCH – AN DER ROUTE 47, SOUTH DAKOTA

Castillo erstarrte, als er sah, wie Jeff sich in dem Lagerraum vor dem Dunklen Mann aufbaute. Wie sie sich gegenüberstanden, hätten sie Vater und Sohn sein können.

Nur dass dieser Vater zwei lange Messer in den Händen hielt.

Jeffs Gasmaske hing an Castillos Gürtel wie ein Talisman. Für Castillo war sie der einzige Hinweis darauf gewesen, wohin der Junge geflüchtet war. Als der Rauch sich so weit verzogen hatte, dass er etwas erkennen konnte, hatte er den Dunklen Mann in den Wald stürmen sehen. Und Castillo hatte sofort gewusst, auf wen die Kreatur es abgesehen hatte. Doch als er die ersten Bäume erreichte, hatten ihm ein Dutzend Richtungen zur Auswahl gestanden. Dann hatte er Jeffs Gasmaske entdeckt. Und nun war er hier.

Er trat noch einen Schritt näher.

Jeff und der Dunkle Mann starrten einander schweigend an. Castillo hatte den Eindruck, dass Neugier aus ihren Blicken sprach. Und Nachdenklichkeit. Vielleicht auch Angst.

Auf jeden Fall standen sie so nahe beieinander, dass Castillo nicht richtig zielen konnte. Außerdem trug der Dunkle Mann eine Kevlar-Weste.

Castillo legte sein Gewehr langsam und lautlos ab und zog sein Kampfmesser aus der Scheide. Dann stand er abwartend da, die Klinge in der Hand, und versuchte, sich etwas einfallen zu lassen, das Odysseus hätte sagen können. Oder Kristin. Oder Rambo. Aber ihm fiel nichts ein.

Los!

Er griff an. Castillo sah den Dunklen Mann im letzten Augenblick ausweichen, sodass er nicht die Halsschlagader traf, sondern nur den dick gepolsterten Arm streifte. Wieder einer dieser verdammten Körperpanzer *made in the USA*. Im Einsatz erprobt.

Jeff sprang zur Seite, brachte sich in Sicherheit, als der Dunkle Mann wie eine Furie wild kreischend auf Castillo losstürmte, in beiden Händen blitzende Messer.

Castillo griff nach seiner Pistole, aber der Angreifer war an ihn herangekommen, bevor seine Hand sich um den Griff geschlossen hatte. Sie prallten zusammen. Im gleichen Moment spürte Castillo flüssiges Feuer an Rücken und Bauch und wusste, dass das Messer ihn erwischt hatte. Im nächsten Augenblick hörte er das metallische Klappern, als seine Pistole über den Betonboden schlitterte.

Als Castillo rückwärts gegen mehrere Behälter taumelte, schwappte Wasser heraus und machte den Boden glatt wie eine Eisfläche. Mit letzter Kraft stieß er den Angreifer von sich und versuchte, die höllischen Schmerzen zu ignorieren. Reflexartig wich er nach rechts aus, hielt sein Messer weiterhin fest umklammert.

Beide griffen wieder an. *Zu nahe, zu schnell!* Den ersten Stoß konnte Castillo noch parieren, dann aber hatte der Dunkle Mann ihn gepackt und drückte ihn zu Boden. Er grinste hämisch, während seine schwarze Hand Castillos Kehle umfasste. Krallenartige Finger gruben sich in sein Fleisch, rissen, zerrten, quetschten. Die andere Hand hielt das Messer. Die Kreatur hob den Arm, um zuzustechen.

Castillos Gesicht lief vom Sauerstoffmangel dunkelrot an, seine Augen quollen aus den Höhlen, während er gegen den Klammergriff dieser Kreatur kämpfte und sie abzuschütteln versuchte. Er konnte sehen, wie sein Gegner ausholte …

… dann wurde der dunkle Kopf plötzlich zur Seite gerissen.

Irgendetwas hatte den Schädel des Monsters getroffen. Warmes Blut spritzte Castillo ins Gesicht. Die Hand löste sich von seiner

Kehle, und der Dunkle Mann kippte mit einem schrillen Schrei zur Seite.

Jeff.

Der Junge hielt einen schweren Gegenstand in der Hand, mit dem er jetzt noch einmal ausholte.

Ein weiterer krachender Schlag an die linke Kopfseite ließ den Dunklen Mann erneut zu Boden gehen.

Er lebte noch, aber er war bewusstlos.

Also ist er menschlich. Was auch sonst? Großer Gott, was hätte er sonst sein sollen?

Benommen beobachtete Castillo, wie Jeff die Pistole vom Boden aufhob.

»Jeff ...«, krächzte er.

Der Junge zielte mit der 9-mm-Pistole auf den Kopf des Dunklen Mannes.

»Nein.« Castillo rappelte sich auf.

»Ich muss es tun ... Ich *kann* es!«, schrie Jeff ihn an. In dem düsteren, staubigen Lagerraum klang seine Stimme übernatürlich laut, voller Schmerzen, Selbsthass und Angst. Castillo kannte das. So hatte auch seine Stimme schon oft geklungen. Allzu oft.

Er näherte sich Jeff, streckte den Arm aus und entwand ihm die Waffe. »Nein, das kannst du nicht«, sagte er, wobei er Jeff beinahe liebevoll anschaute. »Und du wirst es niemals können.«

Er sah, wie Jeff nachdachte.

In diesem Moment bewegte sich der Dunkle Mann.

Dieselbe Kreatur – oder einer seiner »Brüder« – hatte ihm, Castillo, damals im Irak das Leben gerettet. Sie gehörten zum gleichen Team.

Castillo zielte.

»Du wirst so was niemals tun«, wiederholte er.

Dann gab er drei Schüsse ab.

»Erledigt«, murmelte er, ehe er die Pistole sicherte. Er wusste nicht, ob er mit dem Toten, mit sich selbst oder mit der ganzen verderbten Welt sprach.

Er sank auf ein Knie.

Jeff packte ihn an der Schulter. »Castillo …«

»Womit hast du zugeschlagen, Jeff?«

»Mit einer Dose Bulgur, glaub ich.«

»Bulgur.« Castillo schüttelte den Kopf und steckte die Pistole ins Halfter. »Was zum Henker ist Bulgur?«

»Getrockneter Weizen«, sagte Jeff. »Ox hat jede Menge davon.«

Castillo drückte die Sprechtaste seines Funkgeräts. »Ox?«, fragte er.

»Hier draußen tobt ein übler Shitstorm, Kumpel«, sagte Ox, in dessen Stimme Besorgnis mitschwang. »Die bösen Jungs machen mächtig Druck. Zwei Minuten noch, höchstens.«

»Verstanden.«

»Wie nahe seid ihr …«

»Negativ.«

»Castillo, wir könnten …«

»Negativ.« Castillo schloss die Augen. »Letzter Aufruf.«

»Castillo, hör zu …«

Der ursprüngliche Plan hatte vorgesehen, dass sie die allgemeine Verwirrung nutzen und sich gemeinsam absetzen würden. Jeff und Castillo war dieser Ausweg nun versagt, aber wenigstens die anderen sollten einen Vorsprung bekommen.

»Verschwindet. Das ist ein Befehl, falls du noch welche von mir annimmst«, sagte Castillo. »Wir sehen uns im nächsten Leben. Ende.«

Castillo hinkte durch das Lagerhaus, um sich das Sturmgewehr zu holen. Jeff beobachtete ihn. Der Junge schien älter geworden zu sein; seine hellblauen Augen blickten ruhiger, verständiger. Sie sahen wie Augen aus, die tausend Jahre gesehen hatten.

»Komm mal her«, sagte Castillo.

Der tausendjährige Junge gehorchte.

Castillo packte ihn an der Schulter, als eine Viertelmeile entfernt Ox' Festung hochging. Die Detonation war so gewaltig, dass sie den gesamten Hügelrücken wegzusprengen schien. Die Nacht wurde taghell erleuchtet, und der Boden erzitterte unter ihren Füßen, während um sie herum Kartons, Dosen und Flaschen aus den Regalen flogen.

In den ersten Sekunden hatte Jeff die Augen vor Schreck über die

Explosion, die Castillos Befehl ausgelöst hatte, weit aufgerissen. Nun hatten sie sich wieder in die ängstlich und ratlos blickenden Augen eines Jungen verwandelt.

Gott sei Dank, dachte Castillo.

»Damit ist uns der Weg hier raus versperrt«, sagte er und ließ Jeff los. »Jetzt müssen wir zusehen, dass wir allein von diesem verdammten Hügel runterkommen und den Treffpunkt mit den anderen auf eigene Faust erreichen.«

»Wenn die anderen es überhaupt schaffen«, sagte Jeff.

»Um die mache ich mir keine Sorgen«, erwiderte Castillo.

»Und was machen *wir* jetzt?«

»Weiß ich noch nicht.« Castillo zog die Tarnjacke aus und streifte das von seinem Blut nasse T-Shirt hoch, das er darunter trug. *Ich hab's echt satt, von diesen Scheißkerlen mit Messern attackiert zu werden.*

Jeff schauderte, als er das viele Blut sah, und schaute weg, blickte aber wieder hin, als Castillo ein Plastikfläschchen zum Vorschein brachte.

»Was ist das?«, fragte Jeff.

»Medizinischer Klebstoff. Eine Art Superkleber für Haut.«

»Hilft das Zeug?«

»Nicht wirklich. Aber es ist besser als gar nichts.«

Castillo tat, was er konnte. Für seine inneren Verletzungen gab es ohnehin keinen Kleber. Ohne Arzt würde er nur noch ein paar Stunden durchhalten, das wusste er. Er war der Schwelle des Todes schon nahe.

»Vielleicht reicht es so lange, bis wir von diesem Hügel runter sind«, log er und fragte sich, ob er sich selbst oder Jeff etwas vormachte. Er hatte getan, was er tun wollte. In fünf, höchstens zehn Minuten würden die Angreifer erkennen, was passiert war, und vorrücken.

»Komm.« Castillo kämpfte sich bis zum Ausgang. Jeder Schritt fiel ihm schwer. Vergeblich versuchte er eine Möglichkeit zu finden, wie Jeff sich zwischen zwanzig Gegnern hindurchschleichen konnte. Er konnte sich nicht mehr konzentrieren. Seine Gedanken, sein Bewusstsein verblassten bereits.

Er wandte sich Jeff zu. »Hör mir zu …«

Der Junge blickte an den Lagerschuppen vorbei nach Westen. »Castillo?«

»Ja?« Er folgte Jeffs Blick zur Scheune und zog die Augenbrauen hoch, als er sah, wohin der Junge deutete.

»Die Pferde«, sagte Jeff.

»Pferde.«

Jeff nickte.

Der nächste Schritt fiel Castillo schon etwas leichter. Nicht viel, aber es reichte aus. »Das ist cool.«

Jeff sah sich nach ihm um. »Ja. Saucool.«

48.

WILLKOMMEN DAHEIM

16. JUNI, DONNERSTAG – RADNOR, PENNSYLVANIA

Es war früh am Sonntagmorgen gewesen. Auf der Fahrt zum DSTI und dem Massey Institute hatten sie bei einem Dunkin' Donuts haltgemacht. Der Wagen hatte nach frischem Kaffee und Rasierwasser geduftet.

Als sie beim DSTI eingetroffen waren, hatten sie den gesamten Komplex leer vorgefunden. Jeff hatte den Aufenthaltsraum aufgesucht, während sein Dad in seinem Büro irgendwelche Arbeiten erledigte. Jeff hatte auf dem großen Fernsehschirm Xbox gespielt und dann versucht, gegen sich selbst Tischfußball zu spielen. Ansonsten war alles in meilenweitem Umkreis so still und ruhig gewesen, als wäre die ganze Welt verschwunden, bis auf sie beide.

Was ist das?, hatte Jeff gefragt.

Ein Sicherheitssystem, hatte sein Vater geantwortet.

Wie funktioniert es?

Sein Vater hatte gelächelt und auf die Uhr geschaut. *Ich zeig's dir,* hatte er gesagt.

Das war eine von Jeffs wenigen realen Erinnerungen.

*

Jeff hielt die Hand ans Touchpad. Ein Hintereingang öffnete sich. Er hielt die Hand an ein weiteres Touchpad. Und eine Tür ging auf.

Castillo und Jeff standen nun auf der Schwelle des DSTI.

Ox und zwei der Männer von letzter Nacht warteten dicht hinter ihnen. Ihre Fluchtstrategie, sich in dem Chaos nach der Bunkersprengung über die rückwärtige Steilwand des Hügels abzuseilen, hatte planmäßig geklappt.

Ebenso die Sache mit dem Pferd. Castillo hatte das Tier langsam den Hügel hinuntergeritten, und Jeff hatte sich hinter ihm sitzend an ihn geklammert. Sie konnten sich am Hubschrauber vorbeischmuggeln und waren dem Flussverlauf gefolgt.

Der vereinbarte Treffpunkt war eine Farm bei Rosbys Rock in West Virginia gewesen. Jeff hatte noch nie so viele Schusswaffen auf einmal gesehen wie auf dieser Farm.

»Du gehst jetzt mit Ox«, sagte Castillo. »Als Erstes müsst ihr die Medikamente finden, die du brauchst. Irgendwo muss ein Vorrat davon gelagert sein. Dann benutzt du deine Finger so wie vorhin, um in alle Abteilungen zu gelangen, in denen noch Kids gefangen sein könnten. Du hast zehn Minuten, um möglichst viele von ihnen zu finden. Zehn Minuten.«

»Alle«, sagte Jeff.

Castillo nickte zustimmend.

Es gab keine »guten« oder »bösen« Kids mehr. Sie waren nur noch Jungen.

»Warte.« Jeff hielt Castillo am Arm fest. »Wohin gehst *du*?«

»Ich benutze den Haupteingang. Sie warten ohnehin schon auf mich.«

»Nein. Ich will nicht, dass du …«

Castillo legte Jeff eine Hand auf die Schulter. »Das ist schon okay, Kumpel. Jetzt ist alles in Ordnung.« Er ließ die Hand in Jeffs Nacken gleiten und zog ihn an sich, um ihn zu umarmen.

»Castillo?«

»Konzentrier dich auf deinen Auftrag.« Die Umarmung war kurz und flüchtig, dann trat Castillo zurück und gab den Jungen frei. »Erledige diese Sache. Danach kümmerst du dich um die anderen.«

»Welche anderen?«

»Die Kids von der Liste deines Vaters. Ein Freund von mir hat ihre Akten. Mit allen Angaben. Du bekommst sie bald. Es gibt noch weitere Namen, weitere Familien und weitere Jungen, die man jagen wird, weil sie eine Gefahr für das DSTI darstellen. Vielleicht wird schon nach ihnen gesucht.«

»Wir werden sie gemeinsam finden, du und ich.«

Castillo lächelte. »Hoffentlich. Hör zu, Jeff, ich bin mir nicht sicher, was als Nächstes passieren wird. Ich verstehe nicht mal alles, was sich bisher ereignet hat. Aber eines weiß ich, das müssen mir weder diese Wissenschaftler noch ihre Versuche beweisen: Es *gibt* Gute und Böse. Und ich weiß auch, was *du* bist.«

»Castillo, ich …«

»Geh jetzt«, sagte Castillo und wandte sich ab, bevor Jeff noch etwas erwidern konnte.

*

Castillo senkte den Kopf.

Er hatte nur mit Stanforth, Erdman und ein paar Sicherheitsleuten gerechnet. Stattdessen zählte er neun Personen in dem Raum: Stanforth, Erdman, Mohlenbrock und drei weitere DSTI-Angestellten, die Castillo unbekannt waren. Außerdem eine ältere Frau sowie Kapellas und Neff, zwei ehemalige Angehörige der Delta Force, die Castillo flüchtig kannte. Mittlerweile waren sie bei einem privaten Sicherheitsdienst beschäftigt.

Außerdem war eines der Monster anwesend. Einer der Dunklen Männer. Ein Schatten. Ein Sohn Kains.

Ein Mensch? Oder ein Ding?

Auf jeden Fall ein Albtraum.

Aber war das überhaupt noch wichtig?

Wie viele gibt es noch davon?, fragte Castillo sich. *Wäre es schwierig, Tausende dieser Freaks heranzuzüchten? Hoffentlich ist das nicht schon geschehen.*

»Willkommen daheim, Soldat«, begrüßte ihn Colonel Stanforth. »Auftrag ausgeführt.«

*

Jeff hielt die Hand an ein weiteres Touchpad. Eine weitere Tür öffnete sich.

In dem Raum dahinter schliefen fünf Jungen auf Feldbetten. Infusionsschläuche führten in ihre Arme.

Ox und ein zweiter Mann machten sich daran, die Jungen hinauszuschaffen.

Ein weiterer Flur, ein weiterer Raum.

Diesmal drei Jungen, an Stühle gefesselt. Metallbänder fixierten ihre Oberkörper und Köpfe. Sie wurden durch Schläuche ernährt. Dünne Kabel verbanden ihre Köpfe mit Computern. Die Schädeldecken waren geöffnet. Ein Dutzend Elektroden lagen an ihren freigelegten Gehirnen. Es war ein grauenhafter Anblick.

»Keine Angst«, sagte Jeff zu ihnen. »Ihr seid in Sicherheit.«

*

Es wurde still im Raum, als Castillo hereinkam. Er bemerkte den Blick, mit dem Stanforth die beiden Söldner anwies, ihre Gewehrläufe zu senken, während er langsam ein Gesicht nach dem anderen betrachtete.

»Wollen wir das wirklich hier machen?«, fragte er.

Stanforth lächelte. »Hier gibt es keine Geheimnisse, mein Junge. Wir gehören alle zum selben Team. So war es schon immer. Wir wollen nur ein paar Dinge wieder ins Lot bringen. Alles klar?«

»Nachdem Sie gestern Abend versucht haben, mich zu erledigen? Ja, alles sonnenklar.«

»Als Sie nicht wie versprochen in dem Haus in Utah auf uns gewartet haben, wussten wir nicht, was Sie vorhatten. Einer meiner Männer war erschossen worden. Und etwas sehr Gefährliches, das wir zu finden erwartet hatten, war mit Ihnen verschwunden. Meine Vorgesetzten sind nervös geworden. Sie hätten sich sofort bei mir melden müssen, Castillo.«

»*Deswegen* sind Sie nervös?« Castillo zog den dritten und letzten Behälter mit IRAXII aus dem Rucksack. Den Behälter, den er dem toten Ted abgenommen hatte.

»Ich habe nichts davon gesagt, dass *ich* nervös gewesen bin. Neugierig vielleicht. Andererseits bin ich in vielerlei Hinsicht neugierig, Castillo.«

»Das bin ich auch.«

»Zweifellos. Das hatte ich Ihnen ja gleich gesagt. Und dass es kein Zurück mehr gibt.«

»Sie wissen also, dass sie alle tot sind? Ted. Al. Jeff. Ihre ganze Brut ...« Er blickte zu dem Dunklen Mann hinüber. »Was das angeht, ist alles klar.«

»Sind wirklich *alle* tot?« Der Colonel stand auf.

»Alle, die ich in Ihrem Auftrag eliminieren sollte.« Castillo sah, dass einer von Stanforth' Schergen sich unauffällig nach rechts schob. »Und der andere Dahmer-Klon, Jacobsons Junge, ist letzte Nacht umgekommen.«

»Tatsächlich?« Castillo spürte, dass der Colonel ihm nicht glaubte. »Hat unser anderer Mann ihn erledigt?«

»Ja.« Castillo blickte zu Erdman hinüber. »Es hat natürlich so ausgesehen, als würde der Junge bald an Krebs sterben. Er war krank, so wie Henry. Eigentlich wie alle. Faulig wie altes Obst.«

»Das Klonen ist noch keine exakte Wissenschaft«, erklärte Erdman. »In bestimmten Testgruppen ...«

»Schon gut.« Der Colonel hob eine Hand, um Erdman zum Schweigen zu bringen. »Unsere größte Sorge war immer das Biotoxin.« Er machte einen Schritt darauf zu, blieb jedoch abrupt stehen, als Castillo ihm einen warnenden Blick zuwarf. »Den zweiten Behälter haben wir im Kofferraum von Jacobsons Auto in Winter Quarters gefunden. Genau wie Sie vermutet haben.«

»Das in SharDhara erprobte Biotoxin«, sagte Castillo.

Die Wissenschaftler wandten sich Stanforth zu. Der Colonel lächelte. »Richtig«, bestätigte er. »Sie haben uns gerettet, Castillo. Ich habe gewusst, dass Sie das tun werden. Jetzt wollen wir gemeinsam überlegen, wie wir aus dieser Sache rauskommen.«

»Okay. Und wie?«

»Das hängt fast ausschließlich von Ihnen ab. Ich kann Ihnen versichern, dass es im Pentagon einige Leute gibt, bei denen Sie derzeit hoch im Kurs stehen. Für alles lässt sich eine Lösung finden.«

»Ja, wenn wir die toten Kids einfach ignorieren können. Den staatlich sanktionierten Missbrauch, die Misshandlungen. Die Ermordung von DSTI-Angestellten. Die Entwicklung und Erprobung illegaler chemischer Waffen.«

»Ja«, sagte Stanforth. »Etwas in der Art.«

»War es das wirklich wert?«, fragte Castillo.

Stanforth schüttelte den Kopf. »Nein, natürlich nicht. Aber Jacobson hat uns mit dem schlimmsten denkbaren Fall überrascht. Ansonsten waren die Ergebnisse das Risiko durchaus wert, würde ich sagen.«

»Ach ja?«

»Ja. Stellen Sie sich vor, Sie könnten gewalttätige Randalierer in friedliche Schäfchen verwandeln. Oder in Supersoldaten.« Er nickte zu dem dunkelhäutigen Killer hinüber. »Speziell dafür entwickelt, Terroristen aufzuspüren und zu liquidieren.«

»Stellen Sie sich eine Biowaffe vor«, ergänzte Castillo, »die speziell dafür entwickelt ist, eine ganze Stadt in mörderische Wut zu versetzen.«

»Und die Medikamente, die das Projekt Kain uns gebracht hat? Ist es fair, sie zu ignorieren? Gerade Sie, Castillo, müssten die Arbeit dieser Männer zu würdigen wissen, vor allem mit Blick auf die Behandlung posttraumatischer Belastungsstörungen. Das DSTI hat derzeit fünf verschiedene Medikamente in der klinischen Erprobung. Weitere Versuchsreihen, die den Durchbruch bringen sollen, sind bereits angesetzt.«

»Mit Medikamenten ist da nichts auszurichten. Und selbst wenn es so wäre«, sagte Castillo mit mühsam unterdrücktem Zorn, »ließe sich damit nicht rechtfertigen, was wir getan haben. Diese armen Jungs.« Er wandte sich wieder an Erdman. »*Sie* haben den Kids das angetan. *Wir* haben es Ihnen angetan.«

»Im Zweiten Weltkrieg waren nur zwanzig Prozent unserer Kampftruppen bereit, einen Feind zu töten«, sagte Stanforth. »In Korea war der Prozentsatz bereits auf fünfzig Prozent gestiegen. In Vietnam auf neunzig. Im Irak?«

»Hundert Prozent«, antwortete Castillo.

»Da sehen Sie's«, sagte Stanforth. Einer seiner Bodyguards nickte Castillo zu, als wollte er sagen: *Komm schon, Kumpel, du gehörst noch immer zu uns.* Zugleich besagte dieser Blick: *Ich bringe dich um, sobald der Colonel den Befehl dazu gibt.* »Weil wir sie zum Töten ausgebildet haben. Weil wir die Grundausbildung um einen Monat verlängert haben, um unseren Jungs einzuimpfen, dass Schlitzaugen, Feudelträger oder kleine braune Männer Untermenschen sind, die man zertreten muss.«

»Ja, das ist Ihnen gründlich gelungen. Sie haben uns an beweglichen Mannscheiben ausgebildet. Altmodischen Zielscheiben!«

»Und das ist verdammt schwierig abzustellen, wenn man heimkehrt.«

»Ja.« Castillo holte tief Luft. »Ja, das stimmt.«

Stanforth streckte die Hände aus, als wäre soeben ein Wunder geschehen. »Nun, wir arbeiten an einem Projekt, das den Killerinstinkt bei Soldaten weckt und ihn lange genug wach hält, bis ein Krieg gewonnen ist. Wir ziehen Männer nicht mehr monatelang zu Killern heran. Wir überlassen es der Natur, das binnen weniger Minuten für uns zu erledigen. Sobald der Krieg zu Ende ist, verwandeln wir die Soldaten wieder in die Männer, die sie vorher gewesen sind.«

»Sie sind wahnsinnig.« Castillo schüttelte den Kopf.

»Es funktioniert!«, sagte Erdman von seinem Platz aus.

»Denken Sie an das viele Leid, das wir beseitigen könnten«, argumentierte Stanforth. »Alkoholismus und Drogen, häusliche Gewalt, Selbstmorde, Schießereien. Wie viele gute Männer sind heimgekehrt und konnten diese schreckliche Wut nicht mehr eindämmen?«

»Die meisten«, bestätigte Castillo.

»Sehen Sie? Deshalb wollen wir diese Sache auf die richtige Weise zu Ende bringen. Wir lassen diese Leute tun, was sie am besten können. Und Sie und ich tun das, was *wir* am besten können.«

Castillo schloss die Augen, atmete tief durch. »›Freiheit ist nicht umsonst‹ und dieser ganze Schwachsinn, was? Mal ehrlich: Wie viele Kinder und Adoptiveltern haben Sie allein in den beiden letzten Wochen beseitigt, um die Spuren zu verwischen, die Ihre neuen Spielzeuge hinterlassen haben?« Castillo betrachtete den Dunklen Mann, der in einem schwarzen Arbeitsanzug und einer Sturmhaube auf seinem Platz kauerte. Er bewegte sich leicht, als er Castillos Blick bemerkte. Castillo konnte den Hass dieses Monsters körperlich spüren.

»Wir haben das gesamte Projekt Kain beerdigt«, sagte Stanforth. »Es war zu riskant. Außerdem hatten wir schon fast alles, was wir brauchten. Die Beseitigung dieser Jungen und von Jacobsons Klon war der letzte Schritt. Damit ist Ihr Auftrag beendet.« Er fügte hinzu: »Sobald DNA-Tests bestätigen, was Sie uns über vergangene Nacht erzählt haben.«

»Wie denn, verdammt? Der ganze Bunker ist hochgegangen!«

»Ja. Wir haben schon gehört, dass es eine Riesenshow gegeben hat. Trotzdem kein Problem.« Stanforth lächelte wieder und kam noch einen Schritt näher. »Wir können rekonstruieren, was sich da draußen ereignet hat, herausfinden, ob die DNA von Jeffrey Jacobson dort zu finden ist oder nicht. Sollten wir sie nicht finden, müssten wir leider …«

Castillo feuerte.

Die erste Kugel traf die schusssichere Weste des Elitesoldaten Kapella. Die nächste zertrümmerte die ungeschützte Schulter des Rangers. In einem Schauer aus Knochensplittern und Blut, der über die Bildschirme und Mikroskope hinter ihm spritzte, wurde er nach hinten geschleudert und ging zu Boden.

Neff, der zweite Elitesoldat, bewegte sich zu langsam. Castillo traf auch ihn.

*

Jeff wartete in Ox' Van am Tor des DSTI-Geländes.

Mit ihm waren acht Jungen im Wagen. Die meisten lagen auf dem Boden wie Leichen in einer Krypta. Zwischen ihnen stand ein Seesack voller Plastikfläschchen, die sie in einem der Räume entdeckt hatten. Es waren Fläschchen mit blauen Pillen, die genau wie Jeffs »Antiallergikum« aussahen.

Ox und der zweite Mann standen draußen und hielten ihre Sturmgewehre auf das DSTI gerichtet, als wären sie bereit, das Gebäude in Schutt und Asche zu legen.

»Noch fünf Minuten, Junge«, sagte Ox.

Jeff brachte ihn dazu, zehn Minuten zu warten.

*

Colonel Stanforth hielt die Hand am Pistolengriff, hatte die Waffe aber noch nicht ziehen können.

»Tun Sie's nicht«, warnte Castillo ihn.

»Idiot!«, stieß Stanforth hervor und ließ die Hand sinken. »Verdammter Idiot!«

Castillo beobachtete den Dunklen Mann, der ihm als Einziger noch gefährlich werden konnte. Neff umklammerte sein zertrümmertes Bein, während Kapellas sich auf dem Boden wand und aus der Schulterwunde blutete. Die anderen, die Wissenschaftler, waren hinter Stühlen und Tischen in Deckung gegangen. Nur der Dunkle Mann hatte sich bisher nicht von der Stelle gerührt. Und er schien voll kindlicher Neugier und Erwartung zu lächeln, fand Castillo. Offenbar wartete er die weitere Entwicklung ab. Castillo hatte das Gefühl, die Gedanken der Kreatur, ihre unvorstellbare Blutgier und ihre Grausamkeit deutlich spüren zu können. Das Wesen wollte angreifen, wollte *töten*, obwohl die Entscheidung, wen er umbringen würde, noch nicht festzustehen schien.

»Her mit den Waffen«, forderte Castillo den Colonel und die beiden verwundeten Soldaten auf. »Alle!« Um seine Worte zu unterstreichen, deutete er mit seiner Waffe auf die Pistole, die Neff versteckt in einem Beinhalfter trug.

»Haben Sie vor, mich zu erschießen, mein Junge?«, fragte Stanforth.

»Wahrscheinlich.« Castillo zielte auf einen der ihm unbekannten Wissenschaftler, einen schlanken, hochgewachsenen Mann. »Sie da! Sammeln Sie alle Waffen ein.«

Castillo wusste, dass das dunkelhäutige Monster nicht mehr lange warten würde, bis es angriff. Ihm war aufgefallen, dass die Kreatur den hochgewachsenen Wissenschaftler ein paar Sekunden länger angeschaut hatte als die anderen.

»Die Leute hatten also doch recht.« Stanforth überließ dem Wissenschaftler seine Pistole mitsamt dem Halfter. »Kristin hat Sie richtig beurteilt. Sie sind völlig übergeschnappt.«

»Nein«, sagte Castillo und bewegte sich ein Stück weiter in den Raum hinein. Er wies den hochgewachsenen Wissenschaftler an, die Waffen der beiden niedergeschossenen Soldaten einzusammeln. Dabei ließ er Stanforth keine Sekunde aus den Augen. »Ich bin keineswegs übergeschnappt. Ich bin völlig normal. Das ist ja das Seltsame. So viel Geld, so viel Tod, um *was* zu erschaffen? Mordlust? Die Lust auf Grausamkeit? Die Gier zu töten?« Er packte den Wissenschaftler, zog ihn zu sich heran. »Vorsätzlich oder willkürlich? Aus Zorn oder aus Spaß an der Freude? Wie dem auch sei, mein Freund, ein Mord geschieht nun mal nicht unter einem beschissenen Mikroskop. Wie heißen Sie?«

»Fein … Fein …«, stotterte der Mann.

Castillo drehte ihn zur Seite, um sein Namensschild lesen zu können. »Feinberg. Ich öffne jetzt diese Tür, Feinberg, okay? Sie legen alle diese hässlichen Waffen davor ab. Kapiert? Tun Sie etwas anderes, puste ich Ihnen den Kopf weg. Haben Sie verstanden?«

»J-ja.«

»Gut.« Castillo drückte die Tür mit einer Hand auf und beobachtete, wie der Wissenschaftler seinen Auftrag ausführte. Als die Waffen draußen abgelegt waren, schloss Feinberg die Tür wieder. »Wie lange arbeiten Sie schon für das DSTI, Feinberg? Lange genug, damit dieses *Ding* da drüben Sie kennt, nicht wahr? Sehen Sie, wie der Typ Sie beobachtet?«

»Ich … ich … bitte. Ich habe nichts …«

Castillo riss den Wissenschaftler herum.

Hielt ihm die Pistolenmündung an den Kopf.

Und drückte ab.

Feinbergs linkes Ohr verschwand in einem roten Nebel aus Blut, Haut und Haaren. Die Ohröffnung war schwarz versengt. Blut lief ihm den Hals hinunter, während ein großer Hautlappen von seiner Wange hing. Die gellenden Schreie des Wissenschaftlers erfüllten den Raum.

Castillo stieß ihn auf den Dunklen Mann zu.

Der stürzte sich mit wilder Wut auf Feinberg. Die beiden gingen zu Boden. Lange Fingernägel gruben sich in Hals und Schultern des Wissenschaftlers, der vor Schmerzen noch lauter schrie und um sich schlug.

Dann geschah etwas Widerliches. Der unnatürlich schmale schwarze Kopf versenkte sich in die blutende Schusswunde. Und begann zu *trinken*. Riss nahezu die linke Hälfte von Feinbergs Gesicht weg.

Der Verstümmelte brüllte irgendetwas, doch seine Worte erstickten im eigenen Blut.

Castillo stieg über die beiden hinweg und feuerte.

Er jagte dem Dunklen Mann ein halbes Magazin in den Hinterkopf. Die 9-mm-Geschosse durchschlugen den Schädel. Blut spritzte umher. Die Kreatur zuckte, bäumte sich auf und lag dann still.

Feinberg lebte noch. Unter dem Gewicht der Leiche zur Regungslosigkeit verdammt, zitterte er vor Angst, Schmerz und Schock.

»Ist das Selbstzerstörung?«, fragte Castillo, während er zur Tür ging. »Ich würde diese Frage mit Ja beantworten. Und wie Sie sehen, lässt sich damit viel Zeit sparen. Es ist gar nicht nötig, komplizierte Experimente zu machen. Es ist nicht nötig, Abermillionen Dollar zu investieren. Es ist nicht nötig, Kinder heranzuzüchten und sie dann zu vernichten.«

Er zerschoss das Tastenfeld, mit dem sich die Tür öffnen ließ.

Mohlenbrock umklammerte schluchzend die Beine eines Tisches, der neben ihm stand.

Castillo zielte auf Stanforth. »Wie ist das eigentlich?«, fragte er. »Hat man auch ein bisschen Spaß dabei?«

»Was soll das werden, Castillo?«, fragte Stanforth. »Was haben Sie vor?«

»Weiß ich noch nicht.«

Castillo zog das Magazin aus der Pistole, drückte die letzten drei Patronen heraus und zog den Schlitten zurück, um die noch im Lauf steckende Patrone auszuwerfen. Dann schleuderte er die entladene Waffe von sich.

Er hörte, wie die anderen sich duckten, wie sie winselten und hinter ihm über den Boden krochen.

Das Böse in uns, das wir nie heilen, nie bezwingen, nie vernichten können.

Castillo griff nach dem Behälter auf dem Tisch.

Wir alle sind Abel.

Und wir alle sind Kain.

»Nein!« Erdman schüttelte verzweifelt den Kopf. »Bitte nicht!«

Castillo hielt den Behälter hoch, damit alle ihn sehen konnten.

»Mal schauen, was wirklich in uns allen steckt«, sagte er und riss die Dose auf.

49.

CASTILLO ALLEIN

16. JUNI, DONNERSTAG – RADNOR, PENNSYLVANIA

Der Raum füllte sich mit Gas.

Die giftigen Dämpfe überzogen die Plexiglasscheiben der wandhohen Fenster mit fettigem Miasma.

Castillo bekam kaum noch Luft. Der synthetische Gestank von brennendem Kunststoff stieg ihm in Nase und Rachen. Sein Kopf füllte sich mit hundert Gedanken. Schrecklichen, furchteinflößenden Gedanken.

Alles verschwamm vor seinen Augen.

Dunkle Schemen bewegten sich durch den Raum. Kreischend. Winselnd. Um sich schlagend.

Und da waren noch andere Geräusche. Furchtbare Laute, wie Castillo sie noch nie vernommen hatte.

Jemand kam auf ihn zu. Castillo stieß ihn von sich. Er sah, wie die Gestalt über eine andere herfiel, um zu töten.

Er rieb sich die brennenden Augen, atmete tief durch. Konzentrierte sich. Er dachte an die Gefallenen. An die Männer, die neben ihm gestorben waren.

Er wollte töten.

Würgend brach er zusammen.

Ich will töten.

Castillo sah den afghanischen Jungen vor sich. Shaya. Hörte sein Lachen.

Er dachte an seinen Vater.

Ein Schwall Blut klatschte ihm ins Gesicht.

Er drehte den Kopf zur Seite. Drückte die Stirn an das kühle Plexiglas.

Sein ganzer Körper zitterte vom Blut Kains.

Er dachte an Kristin.

An Jeff.

Jeff.

Er wusste, dass Kristin sich um den Jungen kümmern würde, wie sie es versprochen hatte. Dass sie Jeff helfen würde, so gut sie konnte. Schon jetzt, in genau diesem Augenblick, würde sie den Medien Informationen über tote Angestellte und illegale Experimente zuspielen.

Die Bombe würde platzen, und sie würden in Sicherheit sein.

Auf der anderen Seite der Scheibe konnte er beinahe den Schatten des Jungen erkennen.

Ein Herz, das Kummer und Leid erträgt …

Castillo schloss wieder die Augen.

Und dann gab es nichts mehr.

50.

LAUFENDE ERMITTLUNGEN

ZAHL DER TODESOPFER NACH AMOKLAUF IN EINEM INSTITUT STEIGT

von Jacob Heuker (19. Juni)

Ein Polizeisprecher hat die Bergung einer zehnten Leiche aus dem fast völlig ausgebrannten Dynamic Solutions Technology Institute (DSTI) bestätigt. Diese pharmazeutische Forschungseinrichtung liegt in einem Vorort von Radnor, Pennsylvania, fünfzehn Meilen nördlich von Philadelphia.

Laut Polizeibericht eröffnete am Freitagmorgen ein mit mehreren Sturmgewehren und Pistolen bewaffneter ehemaliger Mitarbeiter das Feuer und setzte dann das zweigeschossige Laborgebäude mit selbst gebastelten Sprengladungen in Brand.

Gestern identifizierte die Polizei den Amokläufer als Shawn Castillo, einen ehemaligen Captain der US Army, der ein Jahr vor dem Vorfall im Zusammenhang mit einer posttraumatischen Belastungsstörung aus dem Dienst entlassen worden war.

Ebenfalls tot geborgen wurden Thomas Rolich, 53, Verwaltungsdirektor des DSTI, sowie Gregory Jacobson, 61, der Forschungsdirektor des Instituts. Die Leichen der Genetiker Theodore Erdman, 46, Robert Feinberg, 33, und Martin Dechovitz, 37, sowie der Labortechnikerin Catherine Callahan, 51, wurden bereits Anfang der Woche identifiziert. Die Identifizierung dreier Leichen, darunter der erst heute Morgen geborgene Tote, steht noch aus.

Shawn Castillo war erst sechs Wochen vor seinem Amoklauf vom DSTI als Sicherheitsmann eingestellt worden. Über die Motive des Todesschützen, von dem es kein Bekennerschreiben gibt, rätselt die Polizei noch immer.

Castillo hat sich nach dem tragischen Vorfall am Tatort erschossen. Sein Leichnam wurde zusammen mit den verkohlten Leichen aus dem DSTI geborgen.

Terry Maley, eine Sprecherin des DSTI, erklärte heute in einer Pressekonferenz vor den Ruinen des Laborgebäudes, das Institut werde sich zu seinen Sicherheitsmaßnahmen weiterhin nicht äußern. Sie verweigerte auch die Auskunft darüber, ob es mit Mr. Castillo disziplinarische oder andere Probleme gegeben habe.

Nach Mrs. Maloneys Darstellung wussten die zuständigen Personen des DSTI bei Mr. Castillos Einstellung von seiner psychischen Erkrankung, waren aber nicht vor einer gewalttätigen Veranlagung gewarnt worden.

Captain Kristin Romano, Fachärztin bei Veteran Affairs, die Castillo im Jahr nach seiner Entlassung aus dem Dienst wegen posttraumatischer Belastungsstörungen behandelt hatte, erklärte gegenüber der Presse, der Vorfall sei »eine tragische Erinnerung daran, dass unser Land sich weiter um die medizinische Betreuung und das soziale Wohl seiner Veteranen kümmern muss« und verweigerte jeglichen weiteren Kommentar.

Castillo, ein hochdekorierter Soldat, war in Afghanistan und im Irak im Einsatz gewesen. Über seine dienstlichen Aufgaben und seinen militärischen Werdegang wurden keine näheren Angaben gemacht.

Das DSTI ist eine private Biotechnikfirma mit rund 200 Mitarbeitern, spezialisiert auf die Entwicklung pharmazeutischer Therapien durch Zellforschung. Außerdem betreibt das Unternehmen das Massey Institute, eine praxisorientierte Wohlfahrtseinrichtung zur Förderung der mentalen Gesundheit von Kindern und Jugendlichen.

Die private Jungenschule und die Klinik auf dem Institutsgelände waren zum Zeitpunkt des Überfalls geschlossen, sodass keine Schüler zu Schaden kamen.

Ausgerechnet am Tag des Amoklaufs sahen das DSTI und seine Konzernmutter Goodwin Bio-Med sich landesweit mit Fragen von Behörden und Medien konfrontiert, nachdem der *Philadelphia Inquirer* in einem kritischen Artikel detailliert über zweckentfremdete Staatsgelder, die Entwicklung und Erprobung verbotener biologischer Kampfstoffe und die noch immer nicht zweifelsfrei aufgeklärten Umstände eines Flugzeugabsturzes berichtet hatte, bei dem vor fünf Jahren vier DSTI-Führungskräfte den Tod fanden.

Ob es einen Zusammenhang zwischen der Berichterstattung des *Inquirers* und dem Amoklauf gibt, ist gegenwärtig noch nicht bekannt. Laut Auskunft von Leonard Kerry, Polizeichef von Radnor, werden die Ermittlungen weitergeführt.

51.

NÖRDLICH VON EDEN

8. OKTOBER, SONNTAG – ALABAMA

Jeff schleuderte einen weiteren Stein über das dunkle Wasser des kleinen Sees. Er sah ihn zweimal in die Höhe springen, bevor er in der schwarzen Tiefe versank. Im nächsten Augenblick schnellte ein kleiner Barsch aus dem Wasser, während die untergehende Oktobersonne das jenseitige Ufer mit seinem Binsengürtel und den herbstbunten Bäumen in goldenes Licht tauchte. Neben Jeff lag sein neues Buch aufgeschlagen im Gras. Der kühle Herbstwind spielte mit den Seiten und zerzauste das struppige blonde Haar des Jungen, während er die Sonnenbrille zurechtrückte, die Ox ihm geschenkt hatte.

In der Ferne waren das Lachen und die Rufe einiger der anderen Jungen zu hören, die Football spielten. Auch in diesem Punkt hatte Castillo recht behalten: Ox und seine Freunde hatten genügend Platz und Lebensmittel für sie alle. Und für so lange wie nötig.

Für alle Jungen – auch diejenigen, die Castillo und er unterwegs noch aufgesammelt hatten.

Hier konnte man sich wohlfühlen. Hier gab es keinen Wissenschaftler in hundert Meilen Umkreis.

Jeff dachte wieder an seinen Vater.

Eine Woche lang hatten die Medien über den Amoklauf in einer kleinen Forschungseinrichtung in Pennsylvania berichtet. Über den Tod seines Vaters. Und Castillos Tod.

Natürlich war das alles gelogen gewesen.

Doch als eine weitere Woche, ein Monat, ein Vierteljahr vergangen waren, hatte sich alles schon wieder in Luft aufgelöst. Beinahe so, als wäre das alles nie passiert.

Beinahe.

Jeff beobachtete, wie Castillo über die Wiese auf ihn zukam.

Er hatte Kristin soeben zum Flughafen zurückgefahren. Sie kam alle paar Wochen zu Besuch, um mit Jeff und den anderen Jungen zu reden. Darauf verstand sie sich besser als alle anderen. Es war jedes Mal schön für die Jungen, wenn sie kam.

Ox und seine Freunde sorgten dafür, dass Castillo und Kristin bei diesen Besuchen nie beschattet wurden. Allerdings machten die beiden sich auch keine allzu großen Sorgen darüber. Es war Kristin gewesen, die gemeinsam mit einem alten Kameraden Castillos, einem Mann namens Pete, den Zeitungen brisante Informationen zugespielt hatte. Mit genügend Wahrheitsgehalt, um das DSTI und das Pentagon für immer von ihnen fernzuhalten. Es war nur ein kleiner Vorgeschmack darauf gewesen, wie die *vollständige* Dokumentation aussehen würde, falls Castillo, Kristin, Ox oder einem der anderen jemals etwas zustoßen sollte.

Oder Jeff.

Castillo blieb bei ihm stehen.

Wie er es geschafft hatte, das IRAXII zu überleben und wie er lebend dort rausgekommen war, verstand Jeff noch immer nicht.

Aber er hatte einen Verdacht.

Es war etwas, das in uns allen steckte.

Gott sei Dank, dachte Jeff und hob den Blick.

Castillo schaute das aufgeschlagene Buch an und schüttelte lächelnd den Kopf.

Kristin hatte Jeff dieses Buch gleich bei ihrer ersten Begegnung geschenkt. Nun dachte Jeff an die Textstelle, die er zuletzt unterstrichen hatte:

Schlecht ziemt's mir, in Tränen sitzend erblickt zu werden. Ew'ge Trauer tut nicht wohl.

Castillo setzte sich wortlos neben den Jungen.
Jeff schaute wieder über den stillen See.
Miteinander reden konnten sie später.

Epilog

IRGENDEIN JUNGE

Jack bewegte sich langsam über den weiten grünen Rasen. Das dichte Gras kitzelte ihn an den nackten Zehen, und er ließ die Füße bei jedem Schritt ganz einsinken, bevor er den nächsten Schritt machte. In einer Hand hielt er eine kleine Plastikschale, die seine Mami mit Goldfischkräckern gefüllt hatte. Die mit Käse- und Pizzageschmack, die er am liebsten mochte. In der anderen Hand hielt er einen Getränkekarton mit Traubensaft. Als er auf die Einfahrt trat, war sie heiß unter seinen Füßen, sodass er schneller ging, um sein Ziel zu erreichen: den Schatten des großen Baumes, in dem seine Dinosaurier warteten. Der T-Rex war sein Liebling – und der neue Stegosaurus, den sein Dad ihm mitgebracht hatte.

Vorsichtig ließ er sich auf den natürlichen Hügel unter dem Baum nieder und stellte seine Schale mit Goldfischchen sorgfältig ab, wobei er auf die Ameisen achtete.

Auf der anderen Straßenseite spielte Alec mit seiner Mom. Alec wurde jedes Mal wütend, wenn man ihn »Alex« nannte.

Jack fragte sich wieder einmal, ob es Spaß machen würde, Alec zu töten. Ihn im Swimmingpool zu ertränken. Oder ihm etwas auf den Kopf zu schlagen, bis er sich nicht mehr bewegte.

Alec und seine Mami winkten ihm über die Straße hinweg zu.

Jack wusste nicht, warum er an so etwas dachte.

Später konnte das auch niemand erklären.

In seiner Familie gab es keine Fälle von psychopathischem Verhalten oder Gewalttätigkeit. Er hatte kein physisches oder mentales Trauma erlitten. Sein Serotoninspiegel und sein Glukosemetabolismus waren völlig normal. Er war kein Adoptivkind. Er war kein Klon.

Sein Blut und seine Gedanken gehörten ganz allein ihm.

Er war ein normaler Junge.

Irgendein Junge.

Jack winkte zurück.

Danksagungen

Der Schriftsteller Don DeLillo hat ein Buch, das im Entstehen begriffen ist, einmal als »schrecklich missgebildetes Kind« bezeichnet, das dem Verfasser überallhin folgt, sich ohne Nase und mit Stummelarmen über den Fußboden schleppt und sabbernd Liebe einfordert, bis der Autor ihm seine endgültige Form gegeben hat.

Der Verfasser ist jedoch nicht der Einzige, der diese intensive Kinderbetreuung durchstehen musste.

Und zieht man zwei Bücher gleichzeitig auf *(Verdorbenes Blut* und sein Zwillingsprojekt), ist man für alle zusätzlichen Hände/Augen/Köpfe/Herzen sehr dankbar.

Mein besonderer Dank gilt Jason Sizemore und dem *Apax Magazine*, die meinen Kain-Fötus als Erste getragen haben; Peter McGuigan und Stephen Barbara von Foundry Literary & Media, die vorschlugen, dass es »Zwillinge« werden sollten und sich als standhafte Paten bewährten; Katie Hamblin und Matt Wise, die coolsten und beliebtesten Babysitter der Jungen; den liebevollen Pflegeeltern Megan Reid und Stacy Creamer; sowie Kristin Ostby, die dieses Kind in eine Decke gewickelt vor ihrer Haustür fand und es trotzdem wie ihr eigenes aufzog.

Des Weiteren danke ich allen Angehörigen und Freunden, die den Entstehungsprozess begleitet haben (bis ein Junge schließlich fragte: »Würdest du bitte aufhören, über Jeffrey Dahmer zu reden?«).

Mein besonderer Dank gilt Mary, die meine langwierige und egoistische Elternschaft der »Kains« mit Geduld und Zuspruch ertragen hat.

Der erste weltumspannende Blockbuster von Sebastian Fitzek bei Bastei Lübbe

Sebastian Fitzek
NOAH
Thriller
560 Seiten
ISBN 978-3-404-17167-5

Er weiß nicht, wie er heißt. Er hat keine Ahnung, wo er herkommt. Er kann sich nicht erinnern, wie er nach Berlin kam und seit wann er hier auf der Straße lebt. Die Obdachlosen, mit denen er umherzieht, nennen ihn Noah. Dieser Name ist in seinen rechten Handballen tätowiert. Noahs Suche nach seiner Herkunft wird zu einer Tour de Force. Für ihn und die gesamte Menschheit. Denn er ist das wesentliche Element in einer Verschwörung, die das Leben aller Menschen auf dem Planeten gefährdet und schon Zehntausende Opfer gefunden hat.

Bastei Lübbe